U0918185

婚斗

HUN DOU

雪娟◎著

重庆出版集团 重庆出版社

图书在版编目（CIP）数据
婚斗 / 雪娟著. — 重庆 : 重庆出版社，2012.6
ISBN 978-7-229-05053-5

Ⅰ. ①婚… Ⅱ. ①雪… Ⅲ. ①长篇小说 – 中国 – 当代
Ⅳ. ①I247.5

中国版本图书馆 CIP 数据核字(2012)第 055991 号

婚斗
HUN DOU
雪　娟　著

出 版 人：罗小卫
策划编辑：侯清香
责任编辑：陶志宏　汪晨霜
装帧设计：颜森设计

重庆出版集团
重 庆 出 版 社　出版

重庆长江二路 205 号　邮政编码：400016　http://www.cqph.com
北京新世界文慧图书发行有限责任公司制版
北京雁林吉兆印刷有限公司印刷
重庆出版集团图书发行有限公司发行
E-MAIL:fxchu@cqph.com　邮购电话：023-68809452
全国新华书店经销

开本：710mm × 1000mm　1 / 16　印张：17　字数：260 千字
2012 年 6 月第 1 版　2012 年 6 月第 1 次印刷
ISBN 978-7-229-05053-5
定价：29.80 元

如有印装质量问题，请向本集团图书发行有限公司调换：023-68706683

目录

01 命中注定的劫难

教育局办公室主任陈家豪天天泡在酒局里，他觉得特没劲。最近拟担任教育局副局长公示了，没有应酬，陈家豪就在家上网聊天玩游戏，等着正式上任的日子。

可就在这当口，意外出现了。

太太张秀荷去九寨沟旅游，女儿朵朵在她姥姥家，陈家豪心里有说不出的孤单寂寞，便打开电脑，边玩游戏边聊天。陈家豪玩游戏是高手，聊天只不过是为了方便和朋友们通通气。突然，电脑黑屏了。这年头，离了电脑怎么活？陈家豪随手捞起电话打给文印室的郝波让她来帮忙装系统。

郝波今日穿低胸衣衫，坐在电脑旁，身子前倾，那道粉粉的胸沟便没有遮挡地跃进陈家豪的眼帘，陈家豪顿时感到气短、胸闷，心跳也无端地加速。有人说，女人对男人的诱惑绝不是裸，而是极力遮掩起来的裸。陈家豪就被这种极力遮掩着的裸压迫着，发不出声音，一双眼却挣扎在窥与不窥的斗争中，整个身体就像通电了一样，他感到自己全身都在发热，那种近距离的窥视实在让他有些冲动，他甚至意识到自己的手有种本能的企图。他大口呼吸着，压抑着这种本能。可是越压抑越抑制不住心跳加速，浑身燥热，心底压抑很久的东西开始蠢蠢蠕动起来。

陈家豪嗅到一股清淡的香水味，是那样的沁人心脾，分不清到底是郝波的体香还是香水味，怎么嗅也嗅不够。老婆张秀荷从来不用香水，所以他对香水有着一种特别的好奇心。他多次说服张秀荷用香水，张秀荷说老师用香水不好，这让陈家豪很失望。所以他特想和一个有香水味儿的女人在一起，他大口大口地吮吸着郝波的味道，觉得全身都要飘起来一般，那感觉爽极了！很久没有这种心动的感觉了！眼前这个娇滴滴的女孩子几乎让他无法自持，总想和她发生点什么才过瘾……

郝波好像觉察到什么，坐正了身子，一双玉笋似的小手在键盘上翻飞着，

系统很快就装好了。

朦胧的灯光映射出暖暖的橙黄，鼓胀着饱满的欲望，为陈家豪平添了几分突兀的亢奋。陈家豪倒了两杯拉菲酒，一人一杯，把玩着，品尝着，酒的热度迅速提升了他们的关系，立刻就从淡淡的羞怯转为浓烈。再次倒酒时，郝波坐着，陈家豪站着，他窥觑到的就不只是那道魅力四射的沟，而是极精致极能调动男人想象的蕾丝。陈家豪便没话找话，请教着网络知识。郝波甜美而温婉地详细解答。

郝波帮着陈家豪开通了微博，加了未来副局长的QQ，俩人开始了网聊，距离越来越近，关系越来越暧昧。在这种甜蜜和酸涩交织的感觉中，陈家豪和郝波就像两根带电的电线，想靠近，又怕擦出火花，引发一场大火。陈家豪从没想过要放弃家庭，只想在家庭这个厚重的盔甲外伸伸胳膊撂撂腿，偷偷出来透透气。

郝波和陈家豪感情的升温以至越轨也是环境促使的。张秀荷外出旅游，陈家豪感到不曾有过的孤独寂寞，想到郝波，他心里竟有种莫名冲动。孤独产生罪恶，陈家豪渐渐嗅到了罪恶即将到来的味道。

这几天忙着录入中考成绩，郝波忙得头不抬眼不睁，两天没上网。白天上班忙忙碌碌倒没觉得什么，一到晚上，陈家豪就心急火燎，误将微博当QQ，把对郝波的思念之情发在上面，然而，石沉大海，没泛起一丝波澜。

夜深了，空气中偶尔划过一些寂寞的音符……没有郝波的回应，陈家豪就给她打电话，发信息。

郝波上线了，陈家豪欣喜若狂，又误把微博当成QQ，说去海上俱乐部。

他们踏着苍茫的夜色，去了位于海军基地的海上私人会所。一切都是水到渠成，那么势不可挡！

眩晕中的陈家豪感慨，张秀荷像木头，没滋没味，做起爱来没有半点涟漪；郝波像火焰，那欢愉的叫喊声强烈地刺激着男人的征服欲，让人燃烧，让人流连忘返。张秀荷从来不叫床，而郝波却叫得山响。女人叫床和不叫床感觉就是不一样。

陈家豪时时回想着郝波在他的强大攻势下浑身颤抖，周身痉挛的模样，那由迷离到灿烂的表情，内心自鸣得意。

张秀荷打电话说，他们转道去西藏了，半个月才能回来。天天去海上俱乐部，郝波嫌远，上下班不方便。陈家豪干脆就把她带回了自己的家，夜夜做新郎。

陈家豪晚上有应酬，打郝波电话，无法接通，便给她 QQ 留言，说单位晚上来了重要客人，安排在海上俱乐部接待，希望她下班以后直接去俱乐部原来那个房间等他。末尾加了一句："郝波，你是我生命中最难忘的女人，你的初夜在这里给了我，你开启了我性爱的情趣，我陈家豪永远爱你！"匆忙中，陈家豪又把微博当成 QQ，就这样直播出去了。

陈家豪没想到微博会惹祸，他和郝波的私聊会遭围观。

陈家豪的山盟海誓，受到了微博上很多人的关注，一夜间，陈家豪的粉丝激增，成了"名人"。网友们通过人肉搜索，发现陈家豪是滨海教育局的办公室主任，郝波竟然是文印室的工作人员。陈家豪也太给力了，敢通过微博直播他们的私情，勇者无惧！陈家豪"打情骂俏开房间"成为了网络谈资。

网友们各种各样的评论铺天盖地，一不小心，成了网络红人，陈家豪和郝波却蒙在鼓里，还在温柔乡里享受鱼水之欢。诚然，与郝波的幽会满足了陈家豪的性趣，抚慰了他空寂的心灵，也让他尝到了偷欢的欢愉和刺激。青春女人的皮肤，和三十多岁的女人就是不同，手指碰触处，光滑而有弹性，像睡莲一样水灵。和郝波这样的女人做爱，酣畅淋漓，有滋有味，陈家豪觉得做回了真正的男人，驾驭的欲望特别强烈。

陈家豪知道这种游戏玩不得，稍有不慎就会葬送家庭的和睦与幸福，但食髓知味，久违的心动被郝波重新唤醒，和张秀荷丢掉的感觉重新在郝波这里拾起，想罢手是很艰难的。郝波带给陈家豪的心动不仅仅是一种情感的新鲜和刺激，还有对现有生活的一种颠覆性的冲击，这种感觉让他心悸又心动。有时候陈家豪想：也许道德和人性根本就是相互矛盾的，原则上婚姻从一而终，但感情却会背离婚姻而出轨。

任何事情发生质的改变往往只在一瞬间……

朵朵姥姥家附近有几个小孩得了手足口病，朵朵也病了，发烧，一抽一抽的，症状很像手足口病，滨海医院说让带着去津海市儿童医院去检查。张秀荷的母亲害怕了，匆匆忙忙打电话让张秀荷立马赶回来，带朵朵去医院检查检查。

张秀荷立马终止旅游飞了回来，从机场打的赶到母亲家带着朵朵回家拿

钱，撞上陈家豪和郝波的奸情。

“不要脸的狐狸精……”歇斯底里的张秀荷和郝波撕扯在一起，朵朵扑过去帮妈妈，狠狠地朝着郝波的手臂咬了一口，郝波尖叫着，躲到陈家豪的身后，手臂上的牙印清晰可见，很快冒出了鲜血。

陈家豪的一记耳光，结结实实地打在朵朵的左脸上，又脆又响，朵朵哇的一声放声大哭。张秀荷又急又心疼，将女儿搂在怀里。在陈家豪的掩护下，郝波急匆匆穿上衣服，想跑。张秀荷挣扎着再次扑了过去，陈家豪恼羞成怒，一把扯住她的胳膊狠狠一推，用力过猛，张秀荷重重地摔倒在地。郝波一闪身到了门边，打开门狼狈而逃。

陈家豪的这一耳光，打碎了父亲在朵朵心目中的形象。

张秀荷是一个喜欢简单的人，喜欢简单的感情，喜欢简单的人际关系，喜欢简单平静的生活。她并不奢望太多，只求一份心灵的安适。她和陈家豪是大学同学，两人在上大学的时候就恋爱了，可谓郎才女貌，般配得很。她无论如何也不敢相信，一个对她满嘴恩呀爱呀的男人，会背着她干出那么恶心的事。她设想了很多理由，替他开脱，企图让自己相信，他是一时鬼迷心窍，或者是一时糊涂，管不住自己。她多么希望那只是一个噩梦，她只是太在乎他，所以才胡思乱想，一觉醒来，就会发现自己原来错怪了他。

可惜，生活就是生活，朵朵被掴红的脸庞在无声地告诉她，一切都是真实的。

如果不是自己亲自捉奸在床，张秀荷打死也不会相信陈家豪会背叛她。她茫然失措地抱着朵朵放声大哭，娘俩哭成了泪人。

然而，在陈家豪的认错和保证下，张秀荷原谅了这个出轨的男人。

谁都有犯糊涂的时候。张秀荷想。她简单地收拾一下屋子，把他们用过的床单、被套统统扔到垃圾桶里去了。用冰水给朵朵敷了敷脸，安抚好朵朵，嘱咐她不要出去乱说。

“妈妈，跟姥姥也不说吗？”朵朵懂事地问。

“嗯，对谁也不准再提起，这件事到此为止。”张秀荷一再叮嘱。

“妈妈，爸爸不会不要咱们了吧？他对咱俩好凶啊！”朵朵心有余悸地问。

张秀荷不明白今天朵朵怎么这么多的废话，她不想让女儿揭自己的伤疤，表情很不自然，底气不足地说：“不是说不准再提这件事吗？爸爸只是一时糊涂，他是爱你的，爱咱们这个家的。”

朵朵撇撇嘴，再没有做声。

张秀荷带着朵朵去津海市儿童医院检查了，医生说是感冒引起的发烧，不是手足口病，医生给开了针剂，打了吊瓶，朵朵不烧了，张秀荷惶恐不安的心这才安定下来。

回到家，张秀荷把朵朵托付给母亲，她打算和陈家豪好好谈谈。她竟然听到了一个晴天霹雳的消息：陈家豪因为微博“直播”开房和大胆地表露性爱，被人举报，被停职检查。怎么会这样？张秀荷蒙了。

陈家豪没在家，打他电话关机，她来到陈家豪办公室，有人说他去了局长办公室。

办公室刚调来一个男孩临时帮忙，看见张秀荷忍不住夸道：“都说陈局家嫂子漂亮，此言不虚，确实是很有气质！”

只是公示了，还没正式公布，周围人对陈家豪的称呼已经变了，不再是陈主任，而是陈局了。张秀荷无心听那个男孩阿谀奉承，心想：哼，漂亮……漂亮，陈家豪还出轨呢？

听说陈家豪被停职，郝波紧张得要命，也匆匆忙忙从二楼文印室来到陈家豪的办公室。冤家路窄，看见张秀荷，郝波脸上的笑容凝固了，脸色骤变，紧张得腿都打颤了，手心里满是汗，心里跟长了草一样惊慌。这可怎么办？她怎么来了？郝波一时六神无主。

张秀荷脑海里闪过他们恣情放纵的声音，她连杀人的想法都有了，一股巨大的愤怒涌来，袭击着她，鞭挞着她，让她疯，让她狂。

郝波只觉得左脸一麻。

“臭婊子！”张秀荷左右开弓，啪啪啪抡了郝波三个巴掌，然后挥舞着双手哗啦一声自上而下撕开了郝波的薄衬衫。

办公室的那个男孩还没弄明白怎么回事，只见郝波的衬衫生生被撕破了一大块，露出里面的蕾丝文胸。蕾丝文胸里隐隐约约露出洁白的乳沟，他的脸红了，赶紧低头开溜。

“我以为是什么人间尤物，原来不过如此，呸！”张秀荷朝郝波脸上啐了一口唾沫。

教育局的人大多认识张秀荷，她这么一打一闹，大家纷纷把办公桌上的

东西一卷，消失于无形。

郝波泣不成声，恨不得找条地缝钻进去。

事情闹到这一步，所有人都知道陈家豪有了外遇，他不得不提出离婚。

陈家豪坚决要离，张秀荷为了孩子不想离，竟然越闹越大，找到大学时的老师——现在的副市长李天翔当中间人来调解。家的温暖销声匿迹，张秀荷和陈家豪陷入了无休止的混战。

张秀荷对婚姻彻底绝望，心理崩溃，几乎疯癫。

祸不单行，正在焦头烂额的时候，陈家豪的大哥陈国辉心肌梗塞而猝死，阴霾笼罩着整个家族。陈家豪的爹娘老年丧子，整天哭天抹泪，好像天塌了一样。大嫂在机关单位上班，根本不会经商，大哥的女儿还小，只有十多岁。偌大的家族企业谁来接管？

陈家豪面临着人生的重大抉择。

三十出头的陈家豪年轻气盛，觉得再在机关待下去可能永无出头之日，一不做，二不休，干脆带着郝波下海，接管了大哥的公司——国辉实业。

张秀荷没有料到，她的人生和世界会变得如此快，变得这样阴霾，变得这样悲惨。几日之间，什么都不同了，天地都失去了颜色。她的心开始流泪，曾经美好的家庭到头来还是难逃夫离子散的结局。这一切究竟是谁的错呢？快乐、欢愉、喜悦……早已成为历史的陈迹。悲惨、沉痛、愤恨……竟取而代之，变成她刻不离身的伴侣。依稀仿佛，曾有那么一个“无忧无愁”的女人，守着一个安静而又和睦的家；而今，那家支离破碎了，不见了，无影无踪了！只有一个悲凉、寂寞、幽怨，而心力交瘁的怨妇带着一个饱受心灵创伤的女儿。家，不再是个家了。她的世界，突然灰暗倾斜，完全坍塌。

看着铁了心的陈家豪薄情寡义，整日以泪洗面的张秀荷绝望了，捆绑不是夫妻，一气之下就和陈家豪离了婚。女儿朵朵被陈家豪的一记耳光打凉了心，义无反顾跟着妈妈离开了。

看着陈家豪远去的背影，朵朵问：“妈妈，爸爸真的不要咱们了吗？”女儿的话无疑是在张秀荷的伤口上撒盐。张秀荷听得很清楚，但是她权当没听见，因为她不想回答。

房子判给了张秀荷，也许是心理障碍，只要回到家，张秀荷的耳边总是响起陈家豪和郝波纵情呻吟的声音，挥之不去，使她寝食难安。她觉得再住下去自己会发疯，将房子租了出去，和朵朵搬回了母亲的四合院。朵朵就喜欢姥姥住的那个四合院，去了就这个屋子钻，那个屋子窜，没个闲时侯。偌大的一个四合院，就李淑贤一个人住，很多人想租赁，都被她拒绝了，因为这所老房子藏着一个有关家族宝藏的秘密，她连女儿张秀荷都没有告诉，哪能租赁给外人？李淑贤的母亲就是为了看守这些宝藏，带着李淑贤留在这里，其余的家人解放前都去了国外。李淑贤每天的事情就是打扫每一间屋子，开开窗透透气，说房子抗住不抗闲，有了人气就塌不了。张秀荷小时候听姥姥说，这个四合院历史悠久，建造于八国联军侵略中国的那个年代。

02 不幸接踵而来

娘俩拖着行李一进四合院，朵朵就扑进姥姥的怀里放声大哭，凄厉的哭声像针一样直扎李淑贤的心尖，痛得她一颤一颤的。看着可怜的娘俩，不觉已泪潸潸。

“姥姥，爸爸不要我们了，我和妈妈没有家了，你收留我们好不好？”朵朵扬起满是泪珠的小脸惊恐无助地瞅着姥姥，眼睛里写满与其年龄极不相称的忧郁。

可怜的孩子！李淑贤的心再次缩紧，泪流满面地抚摸着朵朵的头，安慰道：“朵朵乖，不要哭！这里就是你的家，你还有妈妈和姥姥呢！”

“妈——”张秀荷再也抑制不住辛酸的泪水，扑过去紧紧搂住母亲，娘仨哭成了泪人。

这些日子的憋闷和委屈随着磅礴的泪水喷涌而出。

张秀荷没想到她的命运是和丈夫联系在一起的，自从嫁给了陈家豪，便顺风顺水，一路平坦，一路微笑，她原以为人生就该如此，不会有什么变故，所以始终保持着一份简单的心态和平易近人的谦逊。现在她才明白，夫妻夫妻，休戚相关，很多时候女人的风光全部来源于丈夫。以前她是教育局办公室主任陈家豪的老婆，老公即将升任副局长。现在她是个被抛弃的离婚女人，人们

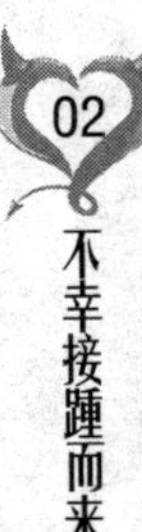

对她的态度发生了急遽的变化，学校领导的目光变得挑剔了冰冷了，不像以往那样巴结她；同事们看她，也是那种隔岸观火的暗含着幸灾乐祸的目光。她像传染病患者一样被隔离着，大家都怕沾了霉气上身。她受不了，真的受不了，心理的重荷压得她透不过气来，她觉得自己快要崩溃了。

昨晚朵朵发烧，折腾了大半宿，天亮时她才迷糊着，不料睡过了头，母亲看她睡得踏实，没舍得叫醒她。自从离婚以后，张秀荷就失眠，有时候整宿睡不着，人也变得无精打采，精神也恍恍惚惚，干什么都心不在焉，母亲看在眼里痛在心里。

“妈，我今天有第二节课，怎么不叫醒我，这不给学生耽误上课了？”张秀荷心急火燎地埋怨道。她是一个责任心很强的老师。

张秀荷一脸倦意、神色沮丧地一溜小跑进办公室，孙校长正坐在她的座位上等她，其他老师都在埋头各忙各的工作。离婚后，孙校长事事针对她，横挑鼻子竖挑眼，经常抓住一点诱因，就小题大做，鸡蛋里面挑骨头。要是在以前，空堂的状况绝对不会出现，有的老师会自动调课，替她上课。

“张老师，学生们在等你上课！你已经迟到快两节课了！你还有没有组织纪律性？”孙校长声色俱厉地训斥道。

张秀荷本来情绪就不好，没好气地顶撞了一句：“我女儿病了。”

迟到了还这么横，不检讨自己，还满是理由，孙校长很不满意张秀荷的态度，不由得大发雷霆：“孩子病了是迟到的理由吗？谁家没有孩子？都像你这样，咱这个学还用教吗？”他咄咄逼人，得理不让人，继续说教：“身为一名教师，要时刻记住自己的身份，为人师表，要把学生把课堂摆在第一位，不要分不清轻重缓急。”

“我本来想打电话让别的老师替我，可是……”张秀荷还没有解释完，就被孙校长毫不留情地打断了：“工作是你自己的，你有什么权力要求别人替你？别人愿意帮你，那是情义；别人不愿意帮你，也是理所当然的事。各人有各人的工作，谁也没有资格得到特殊照顾。”

办公室的老师没有一个人吱声，没人声援她，维护她，反而有种暗地里看笑话的感觉，张秀荷不知道他们为什么会持这种幸灾乐祸的态度，平日里她和他们相处得很融洽，没什么矛盾纠葛啊！

“我没有要求特殊照顾。你孩子有病，你不也陪着去打过吊瓶？”张秀荷反唇相讥，没好气地顶撞。

揭人不揭短，张秀荷当着所有老师的面公然指责校长大人，跟他做比，孙校长感到他的威望遭到了冒犯，于是气不打一处来，脸上愠怒之色愈来愈重，板起脸训斥道：“我没影响工作！张秀荷老师，你的攀比思想很严重，都像你这样，你攀我比，工作还用不用干了？歪风邪气将会在咱们学校蔓延。我要把你当成个坏典型在全校点名，以示警戒！”

事情一下子提升到上纲上线的高度，张秀荷给气哭了，声音不觉尖锐起来：“不用给我戴高帽，我就一普通教师，歪风邪气与我何干？”

越挨批评越有理，孙校长更加不满：“怎么与你无关！你上课迟到，空堂，这是极不负责任的表现！在学生和家长面前造成了极坏的影响！我不能助长你这气焰！”

一听孙校长把“不负责任”的帽子往她头上扣，张秀荷认为这是在故意刁难她，又羞又恼，心里的火扑腾一下就冒了上来。她是个老师，不是他孙校长的手下户，爱怎么揉捏就怎么揉捏，她不能让人欺负到这份上，便火冒三丈地和校长顶撞起来：“不负责任？我怎么不负责任了！我一向勤勤恳恳工作，诚诚实实做人，我不知道什么原因让你处处看我不顺眼！”

当着这么多老师的面顶撞校长，张秀荷吃了豹子胆！疯了，疯了，竟敢顶撞领导。

孙校长怒不可遏：“你说能有什么原因？”他鼻子不是鼻子，脸不是脸，说：“我是一个校长，一个管理者，除了你不认真工作之外，还会有什么让我看你不顺眼？”

不就耽误两节课吗？何必借题发挥，故意找茬？张秀荷觉得校长太欺负人，血往头顶冲，被彻底激怒了。她气得浑身哆嗦，杏目圆睁，脖子上的青筋都突兀出来，借话赶话，和校长较上劲儿了：“我今天是迟到了两节课，可是事出有因，我已经跟你解释了。你把莫须有的罪名强加给我，就是让我难堪！不就是承担责任吗？用不着这么激动，这点责任我张秀荷还担得起！”

简直目无领导，目无法纪！反了天了！

孙校长也不示弱，嘴利如刀片，口不择言，一连声地“羞辱”：“啧啧啧，连认识错误的态度都没有？还谈什么承担责任？张秀荷，我告诉你，不要以为你离婚了，就可以破罐子破摔，就可以三天打鱼两天晒网，这个班爱上不上。不

要在我面前摆出一副可怜兮兮的模样，没人同情你。只要在我手下工作一天，就要守一天的纪律，就不能想来就来，不想来就不来。”

校长的话字字句句啃噬着她的心，直戳张秀荷的痛楚，离了婚就该遭人踩践吗？那屈辱感来得那么快来得那么直接，她火冒三丈，声音不觉提高八度，先咆哮了：“我怎么想来就来，不想来就不来了？我上班跟我离婚有什么关系？别拿我离婚说事，这是我的私生活，与你无关！与工作无关！”

这是什么态度？所有老师都像张秀荷这么顶牛，他这个校长还当得成吗？工作怎么做？谁还听他的？

盛怒之下，校长啪地把出勤簿摔在张秀荷面前，拿实事说话：“怎么没关系，你把不好的情绪带到工作中，你看看你这个学期的出勤：第一周，一周没上课，请假离婚；第二周又有一天没上课，说是搬家，还迟到两次；第三周又缺勤半天，后面还有……”孙校长是哪壶不开提哪壶，专戳张秀荷的痛处，有痛打落水狗的架势。

张秀荷怎么也想不通孙校长为什么要挤对她，让她在学校无立足之地。他们之间也没什么不可调和的矛盾啊，她张秀荷也没得罪他啊！她和以前没什么两样啊，虽然离了婚，还是以前那个认真工作、踏实做人的张老师啊！

孙校长对张秀荷的敌意并不是无缘无故的，矛盾源于陈家豪在工作中曾经得罪过他，他现在趁机打击报复，落井下石！

有一年冬天，陈家豪到学校检查安全工作，发现教师单身宿舍大白天还插着电褥子，被褥已经开始冒烟，幸亏发现及时，才没酿成火灾。陈家豪如实汇报给局长，孙校长差点儿被免职，局长作为典型大会批小会点，这让孙校长记恨在心。现在可逮到机会了，小肚鸡肠的校长能不打击报复？

张秀荷柔中带刚，不委曲求全，原则性的问题她向来毫不含糊。孙校长说她“把不好的情绪带到工作中”，“破罐子破摔”，听着就有些刺耳，谁家过日子都那么顺心如意？谁不都有情绪低落的时候吗？她和孙校长扛上了，不怒反冷笑：“你也有有事请假的时候，今天孩子病了，我请假。”说完，也不管校长同意不同意，拎起包就走人。

“你……”孙校长气得目瞪口呆，浑身发抖。

张秀荷彻底明白了什么叫现实，这是个弱肉强食的世界，以前有丈夫遮风挡雨，她没感觉出来。自从陈家豪离开以后，所有的不幸随之而来。

一种无法言语的伤感侵袭了她的五脏六腑，她觉得脑袋是空的，心是空的，浑身上下每一个细胞都是空的，这种无着无落的感觉似曾相识。父亲去世以后，她和母亲饱受冷眼，她的内心时常充斥着这种无着无落的感伤，招之即来，挥之不去……直到陈家豪给了她一个温暖的家，她才得以克服这种恐惧。可是如今，这种恐惧感又回到她的身上，并且在女儿身上得以轮回。朵朵在重复她所走的路，想到这里，她不敢再想下去……

丈夫说离就离，领导说挤对就挤对，张秀荷感觉身心皆疲。

她漫无目的地在大街上乱走，两腿像灌了铅那样沉重，前路还那么漫长，而她已经浑身乏力。她将何去何从？她不知道！她的人生之路又何尝不是如此？三十二三岁的年纪，后半生还很漫长，而她已经罄尽全力。她像一个无助的孩子，心中迷茫、苦闷……

今后怎么办？她不想再回学校去看校长那副丑陋的嘴脸。她该怎么办？辞职？辞了职又能去干什么呢？百无一用是书生，她一个教书匠能干什么？张秀荷此时发现自己居然是一个这么没用的人，除了教书之外，她别无所能。

路人都用好奇的眼神看着迷迷瞪瞪、失魂落魄的张秀荷，有些好心人看她脸色暗黄，无精打采的模样，关切地问她是不是病了，需不需要帮助。张秀荷摇摇头拒绝了。在他们眼里，她会是一个什么样的女人呢？一个长相平凡、脾气暴躁、被丈夫遗弃的女人？还是一个身无分文、孤苦落魄、被社会遗弃的女人？想想自己凄惨的样儿，张秀荷陡然觉得自己很可怜，也很可悲。

实在挪不动步了，张秀荷在河岸边找了个僻静的角落呆坐在那里，仿佛过了一个世纪，直到手机铃声响起，才被拉回现实。她感到自己的脸上有些冰冰凉，用手一抹，竟是满脸的泪水。她机械地按了挂断键，烦得要命，哪有心思接电话？

电话接着又打过来，执著得让人愤怒，她忍耐着接了，也没问是谁，不耐烦地说："别理我，烦着呢！"

"姐，你怎么了？"听筒里传来王惊涛关切的声音。

"啊……是惊涛，没什么！"她赶紧改口。

"你怎么了，姐？"惊涛急切地问，关怀之情溢于言表。

"没什么。"张秀荷尽量压抑住哽咽，让声调尽量保持平和。

"姐，你在哪儿？我马上过去。"王惊涛追问。

一个女人在脆弱无助的时候最渴望的就是别人的关爱，特别是像王惊涛这样穷追不舍地问，如果她不想说你就不问，她会认为你在敷衍她，只有不断地追根究底才会让她感受到真正被呵护被关心。张秀荷的心底陡然升起一丝暖意，丝丝缕缕荡漾开来。

“你在哪里？快说！你要急死我？”王惊涛还在执著地催促着，一副见不到她誓不罢休的样子。

“我在上班呢。”张秀荷撒谎说，声音里带有明显的悲伤。

“姐，你到底在哪里？我马上过去找你！”惊涛知道她在说谎，不断地追问。

“我真的在上班。”她不想让惊涛看见自己垂头丧气的模样，还在继续圆谎。

“不可能，上班的地方怎么会有汽车轰隆的响声？姐，告诉我，你到底在哪儿？我都快急疯了！”惊涛着急地问。

张秀荷无语。

“你是不是在大街上？”

张秀荷还是不吱声。

“姐，你在学校附近的路上？你倒是说话呀！”王惊涛锲而不舍。

张秀荷坚持说：“没有。”

“姐。”惊涛说，“你不想说，我也不勉强你。记住有事一定找我！”

“明白。”张秀荷轻声答。

“人生没有过不去的坎儿，想开点，姐。有什么事情就打我电话。”惊涛细心叮咛。

“好。”

“姐，那我先挂了。”

“好。”

惊涛挂了电话，手机里传来一阵忙音，这声音让张秀荷觉得更加空虚而迷茫，她难过得弯下腰去，泪水再次模糊了她的眼睛。失败的婚姻让她失去了原有的生活轨道，夫离家散，尝尽痛苦，受尽折磨，不是为了女儿朵朵和母亲，她真想把眼一闭，一死了之，这些烦恼都将烟消云散。

张秀荷坐在这个被人遗忘的角落里，被无边的空虚和寂寞所吞噬，她不知道何去何从，天地之大，哪里才是她安身立命之地？

一个高大帅气的身影出现在她的视野里，是惊涛！他怎么会找到这里？他有一双闪亮的眼睛，虽然只是关切的一瞥，张秀荷还是被那道目光尖利地刺痛了一下。那是一种怎样的光？明亮、锐利、敏感、细腻、扣人心弦。

王惊涛用一种极其担忧的目光盯着她，一直看进她的心底。她的心渐渐融化得不成样子，涩涩地快乐起来。

“惊涛，你怎么找来了？”张秀荷有点吃惊。

“我……不放心你，你还好吧？”

“没事。还好。”张秀荷低头，感动得热泪盈眶，她觉得眼泪象决堤的海一样纵横。她再也忍不住了，软弱地趴在惊涛的肩头上，眼泪没完没了地涌出。

惊涛也不去安慰她，他知道有些伤心是安慰不了的，她现在最需要的不是那些毫无说服力的宽慰之词，她只需要一个知疼知热的人静静陪她一会儿。看着张秀荷心力交瘁的模样，王惊涛的心很疼很疼，思维混乱到了极点，但他这时必须努力保持镇定，因为他必须支撑张秀荷渡过这个难关。

温暖的阳光在河面上撒下一片金光，看起来是那样绚丽多彩，满河的金光反射在惊涛的脸上，看上去很真实，张秀荷就这样依偎在惊涛的怀抱中不说也不道。

沉默了良久。

“发生什么事了？”惊涛搂着她的肩膀问。

张秀荷徒劳地张了张嘴，又颓然地闭上。她发现这一切竟无从说起。

“到底出什么事了？能让你如此伤心？”

“没什么。”哭出来了，张秀荷觉得心里亮堂多了，有些事是不能让别人知道的，何况是鸡毛蒜皮的小事。

看见她不愿意说，惊涛没有再勉强。她就是不说，惊涛也猜了个八九不离十。他凝神想了想说：“这样吧，我托人在医院帮你弄一张假条，你先请几个月的病假，调整一下自己的情绪再上班。”

“好吧！听你的！”张秀荷点头同意。她现在最怕见人，惊涛的建议正合她意。她想找个没人的地方躲起来，慢慢舔干自己的伤痕。

惊涛轻拍着张秀荷的肩膀，轻轻地劝慰道：“离婚只是一张纸，锁在抽屉里就行了，用不着写在脸上。工作只不过是生活的一部分，大不了换个环境，没什么大不了的事！”他说得很轻松，可是事情搁谁身上，谁知道难处，不是说

说就能忘记了的事情。

张秀荷听了，不禁一怔，惊涛说的有道理。

“姐，我送你回家，你这个样子在街上乱逛，我不放心！”

“我不回家。”张秀荷神经质地抓住惊涛的手，像抓住了救命的稻草。她不想让母亲看见她那双被生活折磨得失去了光彩的满是哀愁的眼睛。

“那去我公司好吗？”惊涛轻声商量说，他真怕张秀荷一口拒绝，那只能陪她待在河沿上了。

“好吧！”没想到张秀荷居然答应了。

惊涛的拍卖公司是和聂志远一起合伙办的，他们两人是律师，曾经跟拍卖公司打过交道，知道只要有了关系，搞拍卖能够赚大钱。这在大城市里屡见不鲜，可是在滨海，是新生事物。聂志远和惊涛都是老总，招聘了一个少妇肖灵是副总，实际上公司的业务都是这个叫肖灵的副总在打理。

这个拍卖公司是他们俩的副业，王惊涛和聂志远正式的职业是律师，大学毕业那年俩人都取得了律师证，受聘于滨海市最有名气的英伦律师事务所。他们意识超前，看见滨海没有一家正经的拍卖公司，于是不谋而合，注册了志远拍卖公司。这两个职业都是和法院打交道，用惊涛的话说，是一个牛牵着，两个牛赶着，一当俩。他们俩赶上了好时光，那时拍卖公司不是很多，又有律师这个职业做铺垫，没多久便做得风生水起。

肖灵的公公在滨海中院执行局当局长，根基很深，想做什么案子，基本都能拿到。还好，肖灵属于那种不显山不露水的人物，广结善缘，有饭大家吃，有汤大家喝，跟同行也就没结什么怨，生意做起来顺风顺水。

“志远，我秀荷姐来了。”惊涛热情地介绍着。

“你好！我叫聂志远，也跟着惊涛叫你姐姐吧！惊涛的姐姐就是我的姐姐。”聂志远伸出手轻握了一下张秀荷的手。

聂志远个子高高的，长得有点像男模胡兵，戴着一副金边眼镜，看起来像是那种阳光灿烂的男孩子。

惊涛要给张秀荷泡茶，聂志远小嘴很甜地说：“你陪咱姐坐坐，我来，为你们服务是我的荣幸！”

“志远，最近让秀荷姐来公司帮帮忙好不好？别让她在家闲出病来，我得帮她找点儿事做。”惊涛和聂志远商量道。

“求之不得，公司正缺人手，肖灵忙不过来，咱俩有了案子，整天东跑西颠，顾头不顾尾，公司交给肖灵和姐，放心！咱俩可以高枕无忧了！像姐这样气质高雅的女人在咱们公司干，买卖一定兴旺！”

张秀荷发现聂志远很会说话，溜须拍马的功夫绝对到位，让人如沐春风。

“姐，欢迎你！我可有伴儿了，呵呵，不用男女比例失调了，比例均衡，2∶2！”肖灵高兴地给了张秀荷一个热情的拥抱。

03　去意已决

惊涛怕秀荷闷在家里让母亲担心，天天来接她上班，惊涛的拍卖公司简直成了张秀荷的避难所。她很快适应了新环境，和肖灵相处得很融洽，拍卖公司在她面前展现了一个新天地，她如饥似渴地去了解这个未知的领域，几乎忘却了离婚给她带来的伤痛。有时候越想忘却，有些东西却无情地呈现在眼前，让她的心灵饱受折磨。

朵朵说有点累，蔫蔫的很不舒服的样子，张秀荷就没让她上学。她的左耳最近轰隆轰隆的直响，闷闷地好像听不见声音，躺在床上想再睡一会儿。等李淑贤做好了饭菜去叫她的时候，却发现朵朵的脸红红的，一摸额头，烧得烫手。李淑贤惊了，这段时间手足口病又闹得很厉害，就怕这个。手足口病最可怕，得了还能重复得，如果治疗不及时还可能危及生命。

李淑贤连忙打电话给张秀荷，将朵朵送往滨海医院。一拍片，说肺部已经感染，有脓包。张秀荷一听急了，火烧火燎的不知所措。面对张秀荷着急的一连串的询问，医生说还得做进一步的检测、化验，然后便开了一系列的单子。张秀荷知道医院宰人——有个小病先检测先化验，恨不得让你把医院里所有的检测手段、仪器设备都过一遍，不让你掉个千儿八百的，好像显示不了医院的医疗水平。面对可怜兮兮的女儿，除了乖乖地掏腰包，还能有什么办法？

“秀荷，既然来了就做个全面检查，给朵朵测测听力，感觉她有时候耳朵有些背，最近摇头捂耳总说闷死了。这么点儿小屁孩就耳背？”姥姥建议说。她心细，能及时发现问题。

“左耳完全失聪，已经错过了最佳治疗时间。”医生测试完毕，下了定论。

“什么？大夫，你说什么？”张秀荷怀疑自己听错了，不相信地连声问。

“左耳完全失聪。”医生眉毛纠结在一起，无奈地摇摇头。

“怎么会这样？”张秀荷眼前一黑，仿佛觉得自己被什么猛击了一下，倒退了几步，稳了稳心神，停顿瞬间，这才扶着墙站稳了。她不相信这是真的，不相信聪明伶俐的女儿左耳会完全失聪。

“大夫，她还小，往后的路还很长，你想想办法救救她啊！”张秀荷扯着医生的手，疯了似的哭着哀求道，差点儿给医生跪下。

医生再次摇头，张秀荷的心跌落到了极点，难过得打自己耳光的心都有了。

“妈妈，自从爸爸打了那一耳光以后，耳朵就闷。我看你心情不好，就没告诉你。”朵朵边给妈妈擦泪，边说原因。她的嘴唇一撇一撇的，使劲忍着不让自己哭出声来，眼泪珠子却没忍住，啪嗒啪嗒地往下滴。

多懂事的孩子啊！都是离婚惹的祸！陈家豪，看看你干的“好事”，我会记住这笔血债的！会让你血债血还！张秀荷咬牙切齿恨恨地想。

肠子都悔青了，张秀荷将懂事的朵朵搂在怀里，自我检讨：“是妈妈不好，让朵朵跟着受苦了。以后妈妈一定快快乐乐地和朵朵在一起，给朵朵一个快乐的童年好不好？”

“妈妈！”朵朵搂紧张秀荷的脖子，递上一个热乎乎的吻。

住院后，折腾了大半天，这项检查那项化验全部弄完，已经晚上七八点钟了。张秀荷这才感到饥肠辘辘，连忙去弄点吃的，祖孙三人这才吃饭。

张秀荷情绪低落极了，勉强动了动筷子。没想到陈家豪的一巴掌，能让聪慧的女儿左耳永远失聪，新恨旧恨涌上心头，她把牙齿咬得咯嘣响。她在心底怒吼着：陈家豪，我跟你是不共戴天之仇，跟你没完！只要有机会，我会让你死无葬身之地！

“要不要给陈家豪打个电话，朵朵毕竟也是他的女儿，他有知情权。”李淑贤问。

张秀荷想都没想就坚决摇头否定了，叫他来干什么呢？如果他有责任心，怎么会狠心地抛弃她们娘俩不管不顾呢？离婚以后，他连个电话都没打过，陷在温柔乡里，哪管她们娘俩过得怎么样？

张秀荷离婚不久，必然会碰到诸多的问题与麻烦，李淑贤清楚地认识这一点，但是，她并没有急于与女儿沟通，她认为很多事情只有靠她自己去面对、去消化、去处理，她才能成长起来，时间是最好的疗伤药。如果碰到事就要寻求外援，那她以后怎么独立生活？现在，秀荷开朗多了，脸上也慢慢有了神采，角色也转换过来了，该适应的都已经适应了，如果还有什么让她感到困扰的事，那恐怕就真的需要借助于外力拉一把了。李淑贤认为是时候该跟女儿好好谈谈了。

她拍了拍沙发，让女儿坐在身边，温和地说："咱娘俩很久没坐下来说说心里话了。"

"是啊。"秀荷说，"我还记得上学的时候，您经常让我坐在对面的椅子上背课文和英语单词给您听。有时候想糊弄您，总是逃不过您的耳朵。妈妈，我知道，凡事逃不过您的眼睛。"

"我是咱们滨海的女秀才，想糊弄我，没那么容易！你姥姥省吃俭用供我读书。那时候，只有男孩子才能进学堂读书，我一个女孩子鹤立鸡群，一年下来，光石板就被那些调皮的男孩子打破十来块，可是我还是坚持念完高小。"李淑贤的眼睛闪着光亮，似乎回到了遥远的过去。

"妈，您最喜欢的文章是《与朱元思书》。最喜欢的句子是：'风烟俱净，天山共色。从流飘荡，任意东西。'您欣赏的是作者的心态：'鸢飞戾天者，望峰息心；经纶世务者，窥谷忘返。'"

"是呀！我一直期待你也能拥有这样的修养和气度，做个虚怀若谷的人。况且，'木秀于林，风必摧之'，特别是女人，要学会隐忍。"

张秀荷笑了笑，不置可否。夫离家散，工作上被人挤对，已经到了山穷水尽疑无路的地步了，是能忍孰不能忍？她心里有许多话想对母亲说，吐出来的却是简简单单的一句："您放心，没有蹚不过去的河，没有过不去的坎儿，您女儿坚强着呢，不会轻易被打倒。"

李淑贤静默了一会儿，眼里满是担心和忧郁，深深地叹了一口气，说："自小你性格倔犟，锋芒四射，你认为正确的，就是头破血流也不回头，怎么也得讨个公道。"

张秀荷静静地注视着母亲，等待她的下文。

“这件事可能你自己都不记得了，那时候你年纪太小，还不满五岁。”母亲说，“你爸爸刚刚牺牲，组织上安排我回家乡教书。在幼儿园，小朋友欺负你，说你是没爹的野孩子，你说你爸爸是英雄，打隧道的时候排哑炮牺牲了。你和小朋友打起来了，以一敌十，被打得头破血流还不认输，一定要小朋友给你赔礼道歉。小时候，只要谁欺负你，你就会还回去，姥姥都说你的性格不像女孩子，倒像个英勇无畏的男孩子。”

张秀荷对这件事情全无印象。

母亲说：“那时候你还不满五岁呀！你这倔脾气我是既高兴又担心。”

张秀荷接过话题：“妈，我这不长成了一个温尔娴雅的淑女了嘛，你还担心什么？”

“我怕你会吃苦。有些事忍一忍就过去了，你太过激。”李淑贤叹了一口气，幽幽地说。

张秀荷知道母亲指的是自己和陈家豪离婚的事，心里一咯噔，柔软的心立即坚如硬铁，毫无回旋余地地说：“我不会和别的女人分享我的男人。从小您不是就教育我要不服输吗？妈，我决定了，我要和陈家豪一决高下，我要他像狗一样败在我面前乞摇。”

张秀荷的牙咬得咯嘣响，陈家豪这个狼心狗肺的东西，她恨之入骨。一个大男人，怎么能对自己的亲生骨肉下那么重的黑手呢？他那一耳光，让朵朵左耳永远失聪，她恨不得扒他的皮，喝他的血。

李淑贤说：“我高兴的是你的执著，你为了找回自己的尊严，可以付出血的代价，付出别人做不到的努力。我也担心你的执著，佛说，执著即苦。秀荷，在这件事上，你也有错，一个巴掌拍不响，过去的就过去吧，你得往前看。任何人都不可能背负着你所有想要的东西走完人生的全程，总要有所取舍，放弃能寻获另一种释然的快乐。秀荷，放弃仇恨，做回你自己！这是妈妈对你的期望。”

“妈，我主意已定，佛争一炷香，人争一口气，我要和陈家豪一决高下，我要让他死无葬身之地！”张秀荷咬牙切齿恨恨地说。

李淑贤哑然无语，过了好一会儿才说：“秀荷，不要被恨蒙蔽了心灵，是非成败转头空。我希望你成为一个优雅淡定的人，好好回学校教你的书。在商海里拼搏，那是男人做的事情，你是女人最好不要去涉足。”

张秀荷听母亲说出这种话，心里不禁微微一震，和校长闹得那么僵，好多人都知道是她毁了陈家豪的大好前程，还有什么脸面回学校为人师表？

张秀荷心下酸楚，母亲苦巴巴地熬了大半辈子，到老了还要为自己操心，真是不孝。她不赞同母亲的生活哲学，她是不愿再走母亲的老路，她要和陈家豪一决高低，不信活不出个人样来。

张秀荷一向是雷厉风行，向单位递交了辞职信。很多同事以为她离婚受了刺激，神经有些错乱，这份稳定的工作怎么会主动放弃？她辞职后靠什么养活自己？同事们替她忧心。

舆论哗然，很多人认为张秀荷得了神经病。陈家豪亦愕然，张秀荷没有了经济来源，她能养活得了女儿吗？张秀荷已经被推到风口浪尖，关于她的话题，招人口舌，在外人看来则是她不能忍。每个人的生活态度不一样，张秀荷是一个不肯低头认输的人，特别是与母亲深谈之后，更加感觉到身上背负的重担。母亲的年纪越来越大了，能给予她的照顾将会越来越少，以后一切都要靠自己了。女儿还小，如果她垮了，女儿依靠谁呀？

想和陈家豪较量，说话容易，可是做起来难，张秀荷没有资金，怎么和陈家豪斗？陈家豪现在可是春风得意。

04　姐弟情深

陈家豪接手管理家族企业——国辉实业，包括三部分：最大头就是滨海的公交公司，是他大哥一手创办的，控股70%，当时没有这个实力，就邀请了一些小业主入股，今年下半年合同到期。公交这一块已经上了轨道，不用陈家豪操心。另外一部分就是国辉地产，想有所作为，就得靠它发扬光大。最小的一部分就是国辉实业生产的空气净化器，这个厂子也已经上了轨道，有专人管理。

陈家豪本身就是一个备受争议的人物，贬褒不一，有人说他敢做敢当，对小三负责，是个真正的爷们儿；有人认为他背信弃义，抛妻弃女，冷酷无

情。甭管别人怎么评价，陈家豪成功地完成了事业上的转型，不用一个月就轻松驾驭了国辉实业。

事业是男人的精神气儿，更是男人的姿色。现在的陈家豪是春风满面，兴意盎然。男人的姿色最动人的不是二十来岁，而是在而立或者不惑之年。陈家豪顾盼自雄，踌躇满志，那过人的魅力锐不可挡，一颦一笑，举手投足，都带“范”儿。

陈家豪举行了一场声势浩大的婚礼，迎娶新娘郝波。婚礼上，陈家豪神采飞扬，气宇轩昂，脸上充满自信，嘴角带着微笑。郝波光彩夺目地挽着陈家豪的胳膊，一脸的优雅，一脸的幸福。

陈家豪迎娶新娘郝波的消息被网友转发到网络上。有网友评论说：“像陈家豪这样敢于承担爱情的男人是男人中的极品。这是一个物化的世界，是一个连谈情说爱都快餐式的电子世界。对于生活其中的一些现代人来说，和女人上床只是一个动作，像吃饭喝水一样，没有丝毫的特殊意味。随心所欲的性生活是这些现代人日常生活的快乐源泉，是对身体和心灵最为彻底的放松，和未来无关，和承诺无关，和责任更是无关。陈家豪敢于承担责任，真让网友们大开了眼界，这世界就需要有担当的男人！”

这则评论，引发很多人转帖。陈家豪的粉丝都很激动，这对网络红人的婚礼得到了网友们的一致支持。

听到陈家豪娶郝波的消息，王惊涛和聂志远惊了，连案子也不办了，赶回拍卖公司来陪伴张秀荷。不但他俩回来了，还不动声色地带回了两个朋友，说是来喝茶的。

惊涛问：“喝什么？龙井还是大红袍？”

穿西服的胖子说：“惊涛，听老聂说姐的功夫茶手艺不错，不知道我们有没有这个口福，想喝姐的功夫茶。”

“切！姐的功夫茶是泡给我喝的，你小子想喝，没门！”惊涛怕张秀荷知道陈家豪今天结婚，心情不好，一口拒绝。

“姐，我跟着惊涛沾点光，行吗？”胖子恳求道。

张秀荷回眸一笑，端出茶具。放茶，洗茶，烫杯，闻香，注水，浇壶……整条程序逐一展示，然后为客人上茶。张秀荷身穿深青色牛仔裤褐色大毛衣坐在茶几边悠闲地斟着茶，看上去既明朗又温柔，特别是那一头长长的直发，虽然用发带简单地绑了一下，旁边总有几丝不安分地飘落下来，她也顾不得去捋，任它们尖尖地刺在脸上，更添了几分风韵与娴雅。

胖子喝了一口，觉得满口余香，通体舒畅。连声说好！

惊涛说："那是我的茶好，顶级的乌龙，观音王。"

胖子呵呵一笑："不是你的茶好，是姐的手艺高，水温与茶火候相宜。惊涛，你有这样的姐姐，真幸福！"

聂志远赶紧孩子气地扯着张秀荷的胳膊，依偎在张秀荷的身旁，打趣道："不光他幸福，我也幸福，对吧，姐？"

"幸福，都幸福！你说怎么和惊涛一样，这么大了还像个孩子？"张秀荷一脸幸福地微笑着说。

"都是你给宠的。"聂志远腻歪歪地越靠越近。

"这是我姐，聂志远，你离姐远点好不好？腻歪歪干吗？"惊涛吃醋了，胖子他们开心地看着他俩磨牙。他们俩经常这样斗嘴，越斗越亲，张秀荷已经习以为常。

"就不，就喜欢腻歪在姐的身边，气死你。"聂志远有意把头依偎在张秀荷的肩膀上，调皮地朝着惊涛做了个鬼脸。

"好了，都别闹了，喝茶还堵不住你们的嘴。"张秀荷淡雅地笑着当和事老。

"观音王的妙处第二杯才能完全品味出来，第二杯香气清远，口舌生津，回味悠长。大家都尝尝。"张秀荷微笑着斟了茶。

"哈哈，还有这讲究？今天真是口福不浅啊！"胖子端起来仔细品尝，赞同地点点头。

几个人继续喝茶。胖子叹了口气，说起律师事务所的事情："今天那几个人，能找到咱们律师事务所，已经非常不容易了。那些小煤窑主也太可恨！一个个人模狗样，在北京、上海买别墅，一掷几百万，甚至上千万，眼都不眨巴下。他们只管自己享乐，哪管矿工们的死活？矿工一个月才挣几个钱，发生矿难把井下的尸体弄上来，然后偷偷拉出去烧了，毁尸灭迹消灭证据，逃避法律责任。一个矿工的生命就给二十万元，想用这二十万堵上死难矿工家属的嘴。

有的矿工家属不要钱，想告他们，就找过来了。咱头儿觉得这钱不好挣，不接这个案子，我觉得咱们应该帮帮他们！"

同来的那个瘦高个儿说:“哥几个,都别听他的。李俊,我可告诉你,天底下可怜人多的是,你帮也帮不完。”

“人就应该有颗仁慈之心,能帮就帮。”张秀荷忍不住插了一句。

“姐的观点我赞成。”惊涛和聂志远像跟屁虫一样异口同声地说。

“就怕好心没好报!”瘦高个儿叫屈道。

“不管怎么样,我都支持姐的观念,能帮就帮!”胖子李俊说。

几个人海阔天空地聊着,从小煤窑问题谈到环境污染问题,无所不谈。张秀荷从他们的杂谈中增长了见识。

“姐,律师事务所最近特忙,不能按时接你上下班。我给你预订了一辆车,不知道你喜不喜欢。走,咱们提车去,哥几个,你们先聊着,拜拜!”惊涛不管张秀荷同不同意,拉起她就走。

“可是我连首付款都没有,怎么提车?”张秀荷磨磨唧唧不肯去,小声跟惊涛嘀咕道。

“姐,我的钱还不是你的钱,跟我还分得这么清?我这条命都是你给捡回来的。”惊涛欷歔着,“姐,多少钱能买条命?一千万,一亿买得到吗?姐,听我一次行吗?”

“这是两码事!”张秀荷就是不肯去,一副无功不受禄的模样。

“姐,你的脾气怎么这么倔?牵着不走赶着打着倒退。这样好不好,等你有了钱以后,再还我好不好?”王惊涛一把裹挟住张秀荷,不由她同意或者不同意,把她塞进车里,绝尘而去。

王惊涛永远是不可拒绝的,他总有办法让张秀荷接受他为她做的一切。

这是一款枣红色本田雅阁,是张秀荷歆慕已久的车。车行已经给挂好了牌子,看看车牌号78K56,张秀荷满意地笑了。王惊涛好像她肚子里的蛔虫一样,对她的意思总能心领神会。

“我看看,还缺什么?”惊涛围着车转了一圈,端详着,琢磨着。

“来,把车屁股上贴上‘绝对新手’,再加上‘证是买来的’这两条警示语。”他打了一个很响亮的响指,吩咐车行的人说。

“不好意思,这些东西我们车行不准备,你想要的话,得去车辆美容店买。”服务生躬身回答。

惊涛开车就去了车辆美容店,立马把这两个警示语买来,贴在车屁股上。

张秀荷越看越别扭,心里老大不乐意,新车,屁股上贴那玩意干吗！不过看到惊涛热火热络的,就不好意思拒绝。

“一切就绪,开着你的座驾上路。”惊涛把钥匙抛给张秀荷,弯腰做了个请的动作。

张秀荷考了驾驶证后就再也没有摸过车，她的驾驶技术真的不敢恭维。一路上,司机们看见警示语,都躲得远远的。这样还险情迭生,人家不撞她,她撞人家,惊涛坐在旁边,脑门子上都惊出了冷汗,幸亏他眼疾手快,关键时候帮着张秀荷轻打方向盘,才把一个个悬之又悬的险情甩到一边。遇到红绿灯,张秀荷就熄火,手忙脚乱还急得发动不了车,惹得后面的车鬼哭狼嚎喇叭响成一片。惊涛让张秀荷找了一个僻静地方停车,他捂着心口窝,吓瘫了,一个劲儿地叫着:“惊涛来家吧,魂儿来家吧,挣挣耳朵魂儿来了。”

“我开车都不怕,你坐车怕啥?”张秀荷就纳了闷了,惊涛怎么这么胆小如鼠。

“姐,都是开车不怕坐车怕,遇到险情,我坐在副驾驶座上,脚习惯地踩刹车,妈妈呀！吓死我了,再也不坐你的车了。姐,亏着把所有的保险都保齐全了,要不真不放心让你开。”

“还男子汉大丈夫,就这胆量?”张秀荷笑话说。

“唉！小时候吓破了胆了,遇事心就跳到嗓子眼儿了。”惊涛的这句话,把他们的思绪抛掷于那久远的岁月……

紧张的三天高考结束了,张秀荷感觉不错,这下可得带惊涛好好玩几天了。中午时分,高高兴兴回了家。听说惊涛病了,张秀荷急忙奔过去,两家只隔一个门。

惊涛躺在床上,盖着厚厚的被子,脸色蜡白,两眼紧闭,身子不时地惊乍、扭动着,昏睡不醒。惊涛的妈妈在旁边抹着眼泪告诉张秀荷,已经三天了,带着他去了医院,又是抽血,又是验尿,就是查不出个病因来。针也打,药也吃了,就是不见好转。张秀荷攥着惊涛滚烫的小手,惊涛渐渐安静下来。

张秀荷心痛得一个劲儿掉泪,哭红了眼。三天不见,惊涛脱了相,瘦得皮包骨头,奄奄一息。惊涛和她自小就亲,惊涛妈妈是医生,上夜班,惊涛就跟张秀荷睡,张秀荷也像呵护弟弟一样呵护惊涛。

两点多钟,电话骤响,惊涛妈出去接了,说是有个重要手术要她做,急促

地说:“荷子,帮阿姨照看一下惊涛。”就匆匆地走了。

惊涛一直处在昏迷状态,张秀荷就这样攥着他的手,抹着眼泪守候了一下午。太阳快落山了,妈妈、叔叔、阿姨都没有回来。惊涛还没醒,可把张秀荷急坏了。忽然,她想起,小时候,她也这样昏睡过。姥姥说是吓掉了魂儿,叫叫,把魂儿叫回来就好了。居然很灵验。

惊涛是不是也吓掉魂儿了?张秀荷按照姥姥当时的做法,焚上香,用红线系着,挂在门框上。香烧到三分之一的时候,张秀荷拿起惊涛一件衣裳悄悄出去了。屋后就是墨水河北岸,寂静的夜笼罩着墨绿的柳林,河水在低沉地呜咽,张秀荷轻轻地吆喝着:“惊涛——回家吧!惊涛——回家吧!”少女清脆圆润动情的呼喊声涉水穿林,回荡在空中,传得很远很远……张秀荷分明听到了回应:“回来了!我回来了!”

张秀荷急急忙忙跑回来,把衣裳小心翼翼地盖在急剧抖动的惊涛身上……

惊涛冷得要命,全身战栗起来,张秀荷急了,顾不得少女的矜持与羞涩,敞开襟怀把惊涛紧紧搂在怀里,用自己柔润的玉体包围着惊涛那弱小灼人的身子。小惊涛紧紧地贴在张秀荷洁嫩细软的肌肤上,呼吸慢慢匀称起来……

渐渐地,躺在张秀荷怀里的惊涛停止了抖动,恢复了常人的体温,小手摸索着伸进了张秀荷的乳罩里,轻轻捂在她那丰满挺拔柔滑的乳房上,微微地抚摩着……

吃奶的时候,惊涛含着妈妈的乳头,小手捂住妈妈另一只乳房,珍爱亲昵地呵护着,生怕被别人占去似的。已经懂事的张秀荷经常看到这样的情景,可她现在出落成十六岁的姑娘了,从来没有经历过这样的事情,脸腾地绯红了,心怦怦直跳,然而,一种母爱的力量很快掩饰了这一切。她像母亲一样轻轻拍着惊涛的脊梁……惊涛脸色红润了,睁开了大大的眼睛,不好意思地娇气地叫了声“姐”,手抽出来,头埋在秀荷怀里……

有病乱投医,张秀荷的瞎碰乱撞,竟然救了小惊涛一命。

“姐,记得小时候,我感觉自己快要死了,你搂着我,你的怀抱好温暖。在我生命垂危的时候,总感觉你身上有一种不可思议的神秘力量在传递给我,支撑着我,是你把我从死神手里夺回来,给了我新的生命。”惊涛沉浸在往事里喃喃地叙说着。

张秀荷说,姐哪有那么大的能耐,听老人都说,那是吓掉魂了,小孩子不知道遇见什么惊吓的事,比如,草丛里突然钻出一条花花蛇来……如果大人知道,当晚去那里叫两声,喊着孩子的乳名,“小什么,回家吧!小什么,回家吧!”魂儿就回来了。要是不叫的话,魂魄就有可能叫阎王爷抓去了,不出三天,孩子就可能会死掉。至今民间,尤其是农村还沿用这样的传统方式给孩子叫魂。

那谁也不愿回首的往事,触动了惊涛的思绪,他终于打开尘封的记忆,说出了当时被惊吓的情景。

“那天傍晚,我和小朋友在河边树林里挖蝉猴,见到一个小洞,我就用手指去抠,突然,呱的一声,蹦出一条浑身疙瘩的大癞蛤蟆来,吓得我一抖擞,全身起了鸡皮疙瘩,恍恍惚惚不知道怎么就回了家,总是迷糊……啥也不记得了。后来,我只记得被一张血盆大口吸着,眼看就要吸进去了。我拼命地喊叫着,挣扎着,却发不出声音来,身子像被大山压着动弹不了。就在这时,我听见好像有人在喊我回家!我使上吃奶的劲儿回应了一声,回头见妈妈朝我跑来,我奋力扑向妈妈的怀里……醒了,却在姐的怀里……”

“都过去那么多年了,你居然还记得这么清楚……”

“姐,救命之恩永不能忘!让你过上幸福的生活,是我的责任。”惊涛揽着张秀荷的肩膀,一脸认真。

“惊涛,你给了我一份稳定的工作,不用看别人的脸色过日子,远离错综复杂的纷争,我还有什么不满足的呢?我觉得自己是世界上最幸福的人了。和你们刚刚谈论的那些拿命挖煤的矿工相比,我知足了!”

“姐,你有一颗善良的心。就凭你这句话,我也要为这些矿工讨个说法,一个律师路见不平,不能拔刀相助,我良心难安啊!”

“姐支持你。”

05 双 赢

听说王惊涛和聂志远要替某挖煤工跟小煤窑主讨个公道,英伦律师事务所的老板怕惹一身骚,百般阻挠。正好律师事务所接了一个大案子,几百万的

代理费，也是个非常急的案子，老板就把这个案子交给他们俩联袂做，省得他们闲出风来，没事找事。俩人匆匆跟肖灵和张秀荷道别，直奔省城而去。

拍卖公司最近也特别忙，接手一桩大买卖，为著名画家李国柱组织一场艺术品拍卖会，已经开始筹划和准备了。运作费双方平摊，委托方的佣金由李国柱支付，拍卖公司百分之百地稳赚。

走的时候俩人再三嘱咐，一定办好这次拍卖会。

“你们怎么像俩老太太一样絮叨，有我和秀荷姐在，你还有什么不放心的？”肖灵把他们推出门。

拍卖公司之所以接下这桩买卖，是因为李国柱的画朴素、真实、抒情，能一下子抓住人们的心灵，让人恍惚置身于作品之中，给人最直观也是最亲切的感受。无论在题材的选择还是在语言的表达上，观者感觉画家始终没有离开最自然朴素的生活，捕捉到的是最自然最安详的表情，既保留了传统画的精神特质，又增加了厚度和空灵感。连肖灵和张秀荷这样不懂画的人看了，都不觉沉溺其中。

拍卖公司一连半个月都在电视上打广告，做宣传。不但在滨海打广告，还在省市电视台打广告。那副《惠风》出现在电视画面上，让观众眼前为之一亮。画面描绘的是一个天真烂漫的维吾尔族少女，充满怜爱地抱着一只初生的羔羊，动作曼妙而委婉，画家以简约流畅的笔墨表现了维吾尔少女的无邪和新生命的鲜活，让观者一时沉入了远离尘嚣，忘我体验生命喜悦的情景之中，意境淡泊而宁远。

画是国家的软文化，是民族的灵魂。在当下复杂的生存环境中，精神和人格的分裂正在日益加剧，李国柱的画让人精神一振。

广告的作用是无穷的，还没开始拍卖，很多人的心蠢蠢欲动，都想收藏一副李国柱的作品，不时有电话打进拍卖公司，询问拍卖事宜。

拍卖会开始了，人们从各地涌来，拍卖会人头攒动。这种来钱的方式太爽了，张秀荷惊得目瞪口呆，人们疯了似的，钱好像不是钱，是纸。价格一路攀升，都不觉得贵，认为物有所值。

这次拍卖会旗开得胜，拍卖公司大赚了一笔，李国柱的腰包也鼓胀胀的。

张秀荷有一种成功的飞扬感，身心为之一爽，挣钱的感觉好爽，爽得她真想大喊大叫。

她打电话给王惊涛，想让他分享一下这种快乐的感受，可是无法接通，他不是去了省城吗？怎么会无法接通呢？

担心惊涛，她又打电话给聂志远，面对张秀荷的诘问，聂志远底气有点不足，总是重复惊涛出去了，回来就给姐回电话。

其实，王惊涛和聂志远早就分道扬镳了，聂志远去了省城，王惊涛去了山西，煤矿死人的事，俩人商量定了，一定要管，并且要管到底。

王惊涛悄悄来到山西省，并且和那几个矿难的家属联系上了。他们让王惊涛换上矿工的服装，领着他来到了刘家腕子乡刘海子村联营办的一个小煤矿，这个煤矿什么手续都没有，就这么偷偷摸摸地干。直到后来县煤炭安全监督管理局局长发现了之后，就勒令停了下来。安监局下来察就停下来，走了就继续干。乡里、村里为了地方利益，干脆睁一只眼闭一只眼，为这些小煤窑主大开方便之门。

办手续就需要花钱，可是刘家腕子乡政府和刘海子村村委会谁也不愿意出这个钱，最后一商量，干脆，谁出钱办手续就让谁承包。就这样，李大海最后以每年上缴一千五百万元的代价拿下了这个年产五十八万吨的煤矿，这个煤矿的纯利润至少在六千万以上。李大海虽然没有办过煤矿，可是这方面的专业人才在当地可并不缺。煤矿的这些手续虽然难办，李大海却并不这么认为。李大海认为，只要是钱能办到的事儿，那就不是什么难事。

这不，干了一年，证刚下来，就出事了，二十多个矿工在井下作业，遇到瓦斯爆炸，无一生还。李大海往上面报的数目是“三死两伤”，他认为这样报不至于追究县里领导的责任。他再三强调一定要做好遇难矿工家属的安抚和赔偿工作，如果马上签合同的，在二十万的基础上多追加三万。

李大海现在不能说实话，必须一口咬定“三死两伤”，县公安局局长带着十多个刑警来了，他只要说死了二十多个，那他马上就会被警方控制起来，这个道理和常识他还是有的，所以李大海只能硬着头皮这么说。

刘海子煤矿遇难的二十多名矿工家属很快都拿到了赔偿金，第一天在合同上签字的五名家属都拿到了二十五万元的赔偿金。其他家属虽然悲痛，但是知道再哭亲人也回不来了，也就先后都在合同上签了字。就是刚刚生了孩子的王秋菊死活不在合同上签字，她活要见人死要见尸，她不相信早晨还活蹦乱跳的丈夫说没就没了。人没了，骨灰还在吧？她要骨灰。李大海就留下三

具尸体遮活人眼，其余的都泼上汽油烧毁了，尸骨无存，上哪儿去给她找骨灰？

王秋菊趁着回家奶孩子的工夫，把孩子托付给邻居，悄然搭上一辆便车，跑回娘家跟弟弟商量此事。懂点法律常识的弟弟带着她躲到滨海的姨妈家，在姨妈的协助下，找到英伦律师事务所。

王惊涛了解真相以后，拍案而起。现在这个法制社会怎么会这样草菅人命？

他走访了很多死难家属，取得第一手资料，他发誓不收费，也要替这些尸骨无存的矿工们讨回公道。

这个官司很难缠，王惊涛用了半年时间往返山西省，经历千难万险，终于替死难的矿工们讨回了公道。通过这个案子，王惊涛一举成名，成为滨海炙手可热的律师。

06　耻辱的施舍

日子在平淡中过了两年，现在没有十几二十万，惊涛是不会轻易出手的，他现在成了滨海的金牌律师，接手的案子，胜算的把握至少有六成以上。

拍卖公司的业务慢慢地做起来了，人手也在不断地增加。张秀荷的表现一直让王惊涛和聂志远震惊，他俩干脆隐居幕后，游离于法院高层寻找战机。张秀荷是名义上的老总，肖灵是她的副总，俩人配合默契，心有灵犀。肖灵是一个尽职尽责的优秀副总，总是把手头上的工作做得无可挑剔。有这么一个搭档，干什么都顺手。

张秀荷一直在帮王惊涛张罗对象，给他介绍了几个姑娘，他都说没感觉，现在的年轻人找对象竟然找什么所谓感觉，说什么跟着感觉走，紧抓住梦的手，梦里的事哪里都会有？呵呵，三十来岁了还寻梦，真有他的！“梦里的事”和所谓“感觉”能当饭吃？她是真替他着急，急有什么用？皇帝不急太监急！

聂志远和王惊涛一个鼻孔出气，俩人好像是从一个娘肚子里爬出来的，说男人不想戴绿帽子就最好别结婚，只做爱不恋爱，从不觉得男人找女人做爱有什么不好，只要大家感觉都爽，那就值得。这是什么论点，80后的这一代想法真的很特别。聂志远对自己的感情把握得很准，对他来说，往身上贴的女孩子多的是，能够喜欢多少就喜欢多少，但绝不会对其中的任何一个人动真心。喜欢是一种相对随便的、轻松的感情，可以任意地挥洒；情呀爱的，就不一样，那应该是一种灵与肉的交融，他还没找到这种感觉。结婚，对他来说是可望而不可即的事。

到现在，他们俩还没有女朋友，闲着没事王惊涛就喜欢去接朵朵放学，并且乐此不疲。

"舅舅，今天下午放学你来接我。"一大清早朵朵就给惊涛下达了任务。

惊涛和朵朵的关系最铁，张秀荷说爷俩臭味相投。

"好，舅舅今天正好没事儿，一定去接朵朵。"惊涛刮了一下朵朵的鼻子说。

朵朵跟王惊涛最亲，闲暇时两人在一起疯玩，没大没小；节假日惊涛带着她到处逛，说是增长阅历。如果开庭，朵朵休息，惊涛也会带着她，让她坐在旁听席上听他辩论案情，朵朵听得全神贯注。这小家伙的脑子特好使，回到家能一字不落地把惊涛在法庭上所说的话复述出来，连神情都学得惟妙惟肖。

"妈妈，我长大了一定也像惊涛舅舅那样做一名最牛的律师，不光伸张正义，而且还要挣很多很多的钱，让妈妈过上幸福的生活。"每次旁听回来，朵朵就重复她的这番豪言壮语。这让张秀荷很开心，女儿有此奋斗目标，她这个做母亲的很自豪。

"呵呵，惊涛，你最忠实的追随者，最贴心贴意的粉丝出台了，我靠边站。"张秀荷打趣道。

他们像一家人一样其乐融融，李淑贤看在眼里，喜在心里，她自小把惊涛当成自己的孩子看待。

惊涛等到天黑没接着朵朵，给张秀荷打电话，张秀荷急了，打电话回家询问母亲，母亲说朵朵早已回家，神神秘秘地躲在自己的房间，好像有什么事。问她，也不说。捂着个书包发愣，还没写作业呢！

拍卖公司这几天有点忙，张秀荷和肖灵接手了一桩土地拍卖案，这可是一桩大买卖，正在做准备工作。张秀荷越来越热爱拍卖这个行业了，做得有声

有色，风起水涌，真的有点大老板的味道了，身上的铜臭味愈来愈浓了，书卷气几乎被掩盖在满身的铜臭味之中，消失殆尽了。

刚进家门，朵朵就冲出来，拉着张秀荷的手，像犯了错误的孩子，紧张不安地说："妈妈，我今天遇见爸爸了。他车上拉着弟弟，总是冲着我笑，真可爱。爸爸让我抱着弟弟玩了一会儿。他让我把这个给你。"朵朵递上一个牛皮纸信封。朵朵看似前言不搭后语的话，把事情经过说得明明白白。

"遇见爸爸是好事啊！朵朵，爸爸亲你爱你，这不他带着弟弟来看你了。"张秀荷不想加深女儿对父亲的仇恨，总是鼓励女儿和睦地跟陈家豪相处，父女连心嘛！张秀荷知道女儿幼小的心灵里需要有爸爸的护佑，需要父亲这座山依靠。她不想把两个大人的恩怨强加给孩子，这不公平。

陈家豪已经不是原来那个年轻气盛的陈家豪，商场的磨炼使他更加成熟，他有些后悔自己当初轻率的决定，他和郝波一吵架，就想起张秀荷的好来。现在有钱了，他想补偿她们娘俩。他所掌控的国辉实业越来越红火，权力也在慢慢加固。陈家豪任实业公司老总，郝波任副总兼现金出纳，郝波的弟弟郝杰担任国辉地产的总经理，其余几个副总都是聘请的。陈家豪还聘请了退居二线的老领导们担任国辉实业的顾问，为国辉实业赢得了更大的利益。国辉实业进入了一个质的飞跃阶段。

张秀荷打开信：

"秀荷，我这一生，最对不起的就是你们母女，我知道自己罪不可恕，给你们娘俩造成了极大的心灵伤害，无法弥补……这卡里有一百万，送给朵朵作为抚养费，银行卡的密码，是朵朵的阳历生日。你辞职了，担心你们生活没有着落，你可以拿它当起步资金开个公司……"

张秀荷一激灵，陈家豪给了她一百万？什么？有没有搞错？一时间，她呆住了，陈家豪竟然在离婚两年后补偿她们娘俩一百万？

张秀荷的心被触痛了，脑海中突然闪现出当年失魂落魄、家不成家的模样。尽管时间慢慢抚平了她内心的伤痕，没了当年那撕心裂肺的疼痛，也没了家在她眼前瞬间坍塌的悲壮。想着这些恍如隔世的往事，一丝嘲讽不自觉地漫上了她的嘴角：陈家豪这个王八蛋，这个曾经遗弃她的男人，如果说完全忘记了他，那纯粹是胡说八道。她恨他，恨之入骨，恨不得扒他的皮食他的髓。这个她恨之入骨的男人，现在放一百万在她的眼前，她竟然会显得如此的平静和无动于衷。

这笔从天而降的钱，让她感到一种强烈的刺痛与羞辱。这耻辱的一百万无言却极具讽刺意味地放在朵朵的书桌子，仿佛是一块烫手的山芋，要不要？张秀荷还没拿定主意，这可真是一个让人头疼的问题。

真像陈家豪所说的，拿这些钱去开个什么狗屁公司？解决温饱问题，看起来是个相当不错的主意，可她还没到靠出卖自己的尊严吃饭的地步，她张秀荷不屑于这样做，不食嗟来之食。不是她有多清高，而她始终不明白，两年后陈家豪给她们娘俩这一百万到底算是什么？是背叛家庭的愧疚与施舍？还是对朵朵左耳永远失聪的良心补偿？无论哪种，她都不愿意接受。

她觉得这事特别滑稽、特别讽刺，也特别让她难以接受。“无法弥补”，就用一百万来补偿？好好一个家被他毁了，他毅然决然带着新欢离去，剩下她一个人，独自面对诸多问题、诸多麻烦。家庭的破裂，命运的改写，精神的坍塌，子女的伤害，并非用金钱就可以补偿与拯救的。这世上还有什么东西能牢牢抓在手里呢？她不知道！结婚时承诺好的山盟海誓顷刻会坍塌，由此带来的伤害可能延续一生，成为她这辈子挥之不去的阴影。

对陈家豪来说，拿出这百八十万补偿费不算什么，简直是小菜一碟！张秀荷辞去公职给人家打工，一个月就那么几个可怜兮兮的工资，不够塞牙缝的。但张秀荷自我感觉良好，和女儿快快乐乐厮守在一起地过日子，轻松舒坦，优哉游哉。这一切看似没什么不好。

这笔钱是奇耻大辱，是她人生的失败的凭证，严重挫败了她的自尊心。张秀荷甚至有种恍惚的错觉，觉得已经愈合的心灵伤疤再次被撕裂，在流血，痛得她忍无可忍。她不想永远生活在这个耻辱与伤痛的阴影中，苟且了活残生。人没有受不了的苦，用这笔钱来享受生活，她更做不到。刚离婚和辞职那个艰难时候她都挺过来了，现在就更不需要了。可是，如何处置这笔钱呢？张秀荷不知道，也没主意，退给陈家豪，就这样便宜他？她不愿意。

看着这张卡张秀荷就犯堵，就头疼，她无法接受这个让自己犯堵、让自己头疼的东西，它像一根长刺直梗在张秀荷的心里，她感觉自己快要疯掉了。

“妈妈，你没事儿吧？”看到张秀荷脸色蜡白，魂不守舍的模样，朵朵扯着她的衣角担心地问。都说女儿随父亲，朵朵跟陈家豪就像大脸扒小脸，一个模子里扒出来的，连神态都像，这烙印怎么也抹不掉。

女儿的关心把她拉回现实生活中，这笔钱女儿也有份，就算她再憎恶这笔钱，也得征求女儿的意见，她不能私做主张。

“乖女儿，妈妈没事，刚才考虑问题走神了。”张秀荷决定征求朵朵的意见，强打精神问，“朵朵，这笔钱是你爸给你的抚养费，你说该怎么做？留下还是退回去？”

“我有权处理这笔钱吗？”朵朵犹犹豫豫地问，好像不相信这么一大笔钱妈妈能让她做主。

“嗯。”张秀荷点点头。

“那我考虑一下再说，我还想征求一下惊涛舅舅的意见呢！”朵朵小大人似的忽闪着大眼睛说。家庭的变故，让她比同龄人成熟了许多，她学会了思考和应对问题的能力。

07 “棘手”的一百万

朵朵和惊涛关在屋子里嘀嘀咕咕了大半天了，声音时大时小，不用寻思，他们一定是在为一百万考虑去处。

张秀荷认为自己太过于残忍，让十岁的朵朵独自承受这些无法承受之重，她突然觉得心酸和难过。但是有些东西，必须让女儿独自作出决定，这牵涉朵朵的未来生活，她不能替女儿做主。张秀荷不禁在心里暗暗地骂自己浑蛋。一个工薪阶层，充什么大头，花花绿绿的票子送上门不要白不要！就算真把钱退还给陈家豪，那又能怎么样呢？向陈家豪证明潜藏在她心底的无比骄傲和自尊？可笑之极！她还有什么骄傲和自尊可言？在他眼里，她如同一只被彻底打败的疯狗，不能忍别人之所忍，亲手毁了自己的家，毁了陈家豪的官运。她再怎么有自尊和爱折腾，也不过是一个疯婆子，还用得着费这么多心思来自寻烦恼吗？

爷俩终于出来了。朵朵满是稚气的脸上充满严肃，她朝张秀荷笑了笑：“妈妈，我已经作出决定了，以爸爸的名义把这笔钱全部捐献给福利院，您不会反对我这个决定吧？”

张秀荷听后，精神为之一爽：“这主意太绝妙了。朵朵，妈妈支持你！”张秀荷朝着女儿竖起了大拇指。

“姐，我也支持朵朵的这个决定。朵朵以后的所有费用我这个舅舅全部包圆了，我王惊涛吐口唾沫就是个钉，我现在挣的钱都够朵朵的儿子花的了，咱还在乎陈家豪这一百万？”惊涛掷地有声地说。

“妈妈，我和惊涛舅舅商量好了，要捐就轰轰烈烈地捐，让电视台录像，滚动播出，让所有滨海人都知道陈晓朵替爸爸陈家豪向社会福利院捐款一百万。”这孩子人小鬼大，主意不错！捐了钱，事情很快就传到陈家豪的耳朵里去了，要的就是这个轰动效益。

“那我来替你运作这件事，一定让它产生轰动效应。”惊涛赞赏地抚摸着朵朵的头以资鼓励。

“那咱们先去社会福利院看看，和院长协商一下。”张秀荷被他俩感染了，两眼放光，说做就做。

孩子的能力是锻炼出来的，这是朵朵的事，当然得由朵朵来办了。惊涛和张秀荷在一旁笑眯眯地看着，不发表任何意见。

“院长，我想捐一百万给你们社会福利院，让所有的孤寡老人过上幸福的生活……”朵朵忽闪着美丽的大眼睛，面带笑容真诚地说。

社会福利院院长听说这个小女孩要捐一百万，不相信地瞪大眼睛，撇撇嘴，认为朵朵在说瞎话。大人在身边也不管管，任由一个小孩子瞎忽悠，说得天花乱坠，还好意思笑。

“小朋友，谢谢你带来的水果，出去玩去。”院长打断朵朵的话。天快要冷了，暖气还没维修，烧暖气的煤钱还没有着落，她有一大堆正事要忙。一个十多岁的孩子睁着眼说瞎话，信口胡说要捐一百万，说破了天院长也不相信。家长在旁边看着任由孩子胡说八道，现在的家长把孩子宠成什么了？真是的！

“院长，她说的是真的！”王惊涛看见院长满脸的质疑，掏出律师证递给院长，“这是我的律师证，我以法律的名义保证，陈晓朵的每一句话都是真实的！”

院长懵了，揉了揉耳朵：“你再重复一遍！”

“这是国辉实业老总陈家豪的女儿，她想代表国辉实业捐给社会福利院一百万，这会儿听清楚了吗？”惊涛说。

“天上真的会掉馅饼？这消息实在太令人惊喜了。”院长掐了掐自己的腮帮子，“疼！”

“咱们商谈一下捐赠仪式，一定要搞得热闹一点儿，这是朵朵的心愿，也是我们的心愿。”王惊涛提议道。

“行行行，你们说怎么弄就怎么弄。”院长像小鸡啄米一样点着头，连声应承。

捐赠仪式非常给力。滨海市电视台现场直播，分管副市长张克亮来了，宣传部长来了，下面的很多领导也来了。

“好人哪，好人！这么点儿就这么有爱心，长大了一定了不起！”颤巍巍的老人热泪盈眶地抓住陈晓朵的手一个劲儿说感谢话，有的还感动得抹起了眼泪，那场面温馨感人。

最令人难忘的是陈晓朵的一番得体大方的话：“家有一老，如有一宝。我代表爸爸陈家豪捐献一百万给社会福利院，希望这些鳏寡孤独老人能安享晚年，国辉实业将会尽自己微薄的力量帮助那些需要帮助的人们……”

这段话哪像出自一个十多岁孩子的口，就是大人面对电视镜头也不一定说得如此得体。朵朵简直就是一小精灵，处事大方得体，王惊涛对着她竖起大拇指。

滨海市的副市长张克亮接过话筒，情不自禁地赞美道：“如果人人都像国辉实业这样取之于民，用之于民，这社会将更加和谐。我代表滨海市委市府和社会福利院的孤寡老人感谢国辉实业。”

电视台主持人满怀激情地说：“洒下一粒种子，撑起一片绿荫。人都有老的时候，国辉实业能这样回报社会，难能可贵！”

社会福利院的房子终于有了修缮经费，还不用求爹爹告奶奶，可把社会福利院院长乐坏了，老人能在暖和的屋子里过冬，她就心安了。

当天晚上，滨海新闻就播出了陈晓朵代表国辉实业捐钱的消息，现在媒体的力量非常强大，宣传特别到位，陈晓朵捐钱的这段视频不知被谁传到网上，点击率非常高，第二天《滨海早报》也刊登了陈晓朵奉献爱心的消息。一时间，陈晓朵成了滨海的名人，滨海市委市政府专门给陈家豪颁发了“爱心大使"荣誉证书。

这消息来得那么措手不及,虽然这不是陈家豪要的结果,事已至此,他只好顺坡下崖了。在女儿的启发下,他当着市委市府的领导的面拍板:我女儿说得对,国辉实业取之于民,用之于民,将把公益事业进行到底。我决定,满60周岁以上的老人,乘坐国辉实业的公交车一律免费。

这消息鼓舞人心,同时也树立了国辉实业在滨海人心目中的美好形象,这是多少钱都买不到的,为国辉实业的后续发展奠定了基础。金杯银杯不如老百姓的口碑,金奖银奖不如老百姓的夸奖。老百姓对国辉实业好评如潮,这功劳应该归功于朵朵。

目的达到了!陈晓朵要的就是这样的轰动效果,张秀荷就是想借此机会表明不要陈家豪的钱,日子一样会过得很好。

只要陈家豪给,她们娘俩就捐,这是张秀荷现行的游戏规则。张秀荷发誓绝不要陈家豪一分钱,自己把朵朵拉扯大,她要以牙还牙。李淑贤了解女儿张秀荷的个性,她认定的事八头牛也拉不回来。

很多人替陈晓朵惋惜,可是朵朵却毫不在乎地说:"钱财乃身外之物,生不带来死不带去。长大了自己再挣就是了。"

连日来的阴霾一扫而光,堵在心口窝儿这口闷气终于全部释放出来了,张秀荷有一种说不出的快感。

"哈哈,捐钱的感觉就是爽!"陈晓朵忍不住大喊大叫。

"哈哈,这感觉爽极了!"王惊涛也像朵朵一样爽。

08 婆媳矛盾

陈家豪的母亲看原来的媳妇张秀荷怎么看怎么顺眼,婆媳俩是王八瞅绿豆——对眼了。看郝波是怎么看怎么不顺眼,整个一破坏儿子家庭的狐狸精。老太太根本就不认郝波这个儿媳妇,郝波结婚那天她腆着个猪肚子脸,愣是没个笑模样。郝波给她这个婆婆敬茶:"妈,您喝茶!"

老太太冷眼瞅着不接，哼了一声说:“搁那里吧！以后别叫我妈，我担当不起。”

一开始就给了郝波个下马威，郝波端着茶尴尬地不知所措地站在那里，闹了个大红脸。

老两口独居在城里的一栋平房里，逢年过节，也不让郝波进门，说她伤风败俗，拆散她儿子的家庭，把幸福建立在别人的痛苦之上。郝波叫她，老太太从来不理不睬，当没听见，装聋作哑。郝波委屈地大哭，跟陈家豪告状，但是陈家豪总是说，天下没有不是的父母，还批评郝波不懂事，不会处理婆媳关系，弄得他这个儿子也跟着难做。陈家豪是个孝子，不管母亲有理没理，他总是站在母亲这边，这把郝波弄得好尴尬，很难看，也很没有面子。直到郝波生了儿子豆豆，婆媳关系才有所缓解。

“妈，郝波顺产生了个大胖小子。”陈家豪报喜。

“家豪，你再说一遍。”母亲以为听错了。

“郝波生了个大胖小子。”陈家豪重复了一遍。

“老头子，咱们打车去医院，老陈家有后了，咱也有孙子了。”老太太激动地说。老太太就是老传统、老观念，重男轻女思想很严重，认为不孝有三无后为大。现在有了孙子，她可以在街上挺起腰杆做人了，不用在街面上矮人半截了。老太太挺胸抬头，说不出的风光。

老人都是隔代亲，看着孙子那胖乎乎的笑脸，做婆婆的把所有的不愉快都摒弃到脑后，一天看不见孙子，老两口觉得没着没落，心里空落落的好像缺了若干东西。陈家豪趁机劝说:“爸爸妈妈，搬过来一起住吧！豆豆需要你们的照顾。再说郝波也不会带孩子，我整天忙得不着家，有你们俩在，我放心！”

这正合老两口的心思，孙子的一颦一笑牵动着老两口的心，老人巴不得天天守着这个宝贝孙子，他们欢天喜地地搬到儿子家同住。

一个锅摸勺子，总有磕着碰着的时候。譬如说老两口希望郝波亲自奶孩子，母乳哺乳有助于孩子健康。郝波为了保持身材，坚决不给孩子喂奶，在医院就给孩子喝进口奶粉。老太太看不惯，气得干瞪眼。

“儿啊！你媳妇就知道自己俊，竟然不给孩子喂奶。医生说母乳喂养，有助于孩子健康。你得说说她，一个结了婚的娘们保持身材给谁看？”老太太扯着儿子的手絮叨。

“郝波，你就听咱妈的话，别给孩子喝奶粉了。听老人的话不吃亏！”陈家豪好言相劝。

“爱谁喂谁喂，反正我不喂。”郝波的脸呱嗒一下子绷起来，一口拒绝。

老太太的脸顿时暗下来：“儿啊！你听听她说的是人话啊，这世上哪有这么当娘的？”

老太太气得摔摔打打，但是郝波在月子里，她忍着没有发作。

出了月子，郝波立马就回公司上班去了，她关心的是公司的财务大权。她不攥着，陈家豪不定折腾出什么事来，见风就下雨，再拿钱去填张秀荷那个无底洞，又生出什么轩然大波来，还得跟着往她们脸上贴金，娘俩认为钱是东海潮来的，一百万捐出去连眼也不眨巴一下，不是她们的钱，当然不心痛了；二来不愿意在家看老头儿老太太的那两张臭脸，天天腆着个脸，老阴天，好像谁欠他们八百吊钱似的。在公司郝波感受到的是春风，是阳光，所有的目光都灌了蜜似的，都围着她这个太阳转，不管走到哪里迎接她的都是灿烂的笑脸。

孩子就彻底扔给了保姆。

老头儿老太太明明是跟儿子一起过日子，却摆不正自己的位置，家里大事小事都得由老太太做主，她说了算，老头儿也依随她，她说什么老头儿都随声附和，跟个应声虫似的，俩人一唱一和。比如找保姆，非得老太太找，郝波生下豆豆以后，几个月里换了十几个保姆，全被老太太撵走了。婆媳俩拧着，只要媳妇看中的，老太太一定看不中，挑三拣四，横竖不顺眼。

“只要是郝波找的人，我都看不上眼，她找的那些保姆打扮得花里胡哨，整天就知道涂脂抹粉，哪像看孩子的样儿？整个一妖精，别吓着我孙子。”老太太跟儿子说。

陈家豪孝顺，只要老太太高兴，全家就高兴。“妈，那你去找啊！我相信老妈的眼光。”陈家豪就知道一味哄老太太开心，哪管郝波开不开心？矛盾就这样积成了，并且越积越大，以至于不可调和。

春花就是老太太亲自考察筛选来的，她在保姆服务中心转悠了好几天，面试了很多人，只要是涂脂抹粉的，染着红指甲的，她都相不中。和这样两位老人相处，委实不是一件容易的事，何况郝波同样有个性。在老人和媳妇之间，任何一件小事都有可能演化成大矛盾。就说吃的吧，春花买回来虾，郝波喜欢吃油焖大虾，老太太一定会吩咐春花多加点儿盐清煮，说老头儿就爱这

样吃，清淡，有利于健康。不是老头儿爱吃，关键是老太太一定要找借口和郝波对着干，让她吃不成这口。如果春花按照郝波说的做了油焖大虾，老太太的脸就阴着，吃饭的时候把锅碗瓢盆弄得叮当乱响，以示抗议。郝波心里气得闷闷的，只好权当听不见看不见。郝波忍住怒气对自己说："要习惯，要习惯，习惯了就好了，时间久了，就会慢慢适应的。"

老太太爱管闲事的习惯就是改不掉，只要郝波喜欢的，她能鸡蛋里挑骨头。一点鸡毛蒜皮的小事婆媳两人就能吵起来，弄得春花劝也不是，不劝也不是，挺尴尬。郝波爱听歌，特别爱听郭兰英唱的《南泥湾》，在家没事时就放着碟跟着哼唱，这天哼得正起劲。歌词唱到"到处是庄稼，遍地是牛羊"这里，老太太突然把碟关了。开始挑理了："什么'到处是庄稼，遍地是牛羊'啊！简直胡说八道，那么多牛羊不把庄稼吃完了？这是谁写的歌词？简直胡编乱造，不靠谱！"

郝波不愿意了，脸色一变，皱着眉头说："你真多管闲事，管天管地还管我听歌！"

"听着不顺耳，我就要说。"

"不愿意听把耳朵堵起来。"

"我看你是故意找茬。"

"你什么意思啊！"

春花赶紧做和事老，像哄豆豆似的拍拍老太太的手："嗨！奶奶，你就别较真了。也许歌里的牛羊都听话，只吃庄稼地里的草，不吃庄稼啊！"

"你训练的？就你会说话，能哄我这个老婆子开心。"老太太被春花逗笑了。

郝波一看这局势，赶紧撤。

老太太看不惯郝波铺张浪费。郝波习惯买束鲜花摆在客厅里，两天一换，老太太实在忍不住了问花了多少钱，郝波如实回答，她张口就来："你不知道节约吗？我儿子挣钱不是让你瞎摆阔的。"弄得郝波好心情尽失。

有时，见郝波买大包小包的东西回家，她就问这个多少钱，那个多少钱，郝波如实告诉她，她就咂着嘴，嫌她乱花钱。时间长了，婆媳两人时不时会流露出对对方的不耐烦。老太太耳朵背，说一遍有时候听不见，重复第二遍时郝波肯定不耐烦，老太太就说郝波呵斥她，嫌弃她，动不动向儿子告媳妇的状，并且要挟儿子说:“我不在你家住了,免得生闲气。”听到老太太跟陈家豪告状,郝波头大了,这才明白把公公婆婆接来同住是多么大的一个错误。

为参加同学聚会,郝波特意飞香港花了5000块钱做了头发。她的好朋友小艾觉得郝波的发型特漂亮,特能衬托出一个人的气质来。打电话问郝波在哪里做的,她也想做个这样的发型。

“你也想做?不早说,咱俩一块飞香港,起码有个伴儿。”

“你在香港做的?怪不得这么漂亮呢!多少钱?”

“5000!”

“物有所值。加上来回的机票,这次做头发是不是得花万数?”

“一万出头。”

郝波舒舒服服坐在沙发上,和小艾神聊,忘记了隔墙有耳,老太太正支着耳朵听着呢!只要涉及到钱的事,老太太的耳朵就不聋了。

她最烦这个儿媳妇大手大脚地花钱。

“花5000块钱做头发?加上来回机票一万多?”老太太听到这里,别提多郁闷了,已经到了忍无可忍的程度,儿媳妇整天不着调,除了花钱就是花钱,儿子整天没白没黑地忙,挣的钱都被她这么糟蹋掉了。

老太太绷不住了,不等郝波和小艾说完话,就气急败坏地夺过郝波的电话,一把扔在沙发上,用手指着郝波说:“整天瞎折腾,做个头发就花一万多,有钱烧包的?滨海这么大,盛不了你了,还跑到香港去……”

和好朋友瞎聊几句,老太太都管,也管得太宽了。电话里传出小艾着急的声音:“郝波,你婆婆是不是又在数落你?她怎么这样专横跋扈?”这句话老太太听得真真的,她指着郝波骂道:“碎嘴子,跟外人说我的坏话,你不知道家丑不可外扬?这个家的脸都让你给丢尽了!”

郝波忍不住不屑:“我和朋友聊聊天你都管,你管天管地还管我做头发?吃饱撑的!钱挣来就是花的,这钱有我的一份,我爱怎么花就怎么花,你管得着吗?”

老太太一时愣住了,没有料到郝波就去了一趟香港,回来就变得伶牙俐齿会和她犟嘴了,竟然敢顶撞她。老太太手指儿媳,气得浑身哆嗦,也指不准了:“媳妇竟敢呛婆婆?还有没有天理王法了?我就知道你不是个善茬子!我

就知道你嫌弃我老太婆多嘴多舌，嫌我管得太多太宽，看我不顺眼……”老太太咧开嘴大哭啊，眼泪哗哗地流淌出来。

老太太气抖抖地数落着，陈家豪一步迈进家门。有了儿子撑腰，老太太更来劲了：“家豪，你看看你娶的败家娘们儿，整个一花钱祖师！做个头发还跑了香港去，有钱也不能花在这上面，不当吃不当喝的，一万块就这么抛洒了。”

陈家豪上前搂着老太太的肩膀劝：“妈啊，哭什么啊，多大点儿事……不就做个头发？我教训教训她，以后不准她胡乱花钱就是了。您老就别生气了！”说了又说，没劝住，想起老人最心疼自己，就软硬兼施，“行，行，你们就瞎折腾吧，我一天到晚在外面累死累活，回家也没有个清闲时候，折腾死我算了……哎呦，头怎么这么疼？”回头对目瞪口呆的郝波：“你是不是想把咱妈气死你才罢休，还不向咱妈赔个不是？”

郝波傻眼了：“错的又不是我，是你妈故意找茬！”

“你花钱大手大脚，我妈说你几句还敢犟嘴？你连我妈都容忍不了！是不是不想过了？不想过就拉倒！”陈家豪要挟道。

郝波委屈得眼泪在眼眶里直打转：“可是你妈管得也太宽了啊，什么都管……”

陈家豪梗着脖子，青筋暴起，一字一顿：“你怎么听不进人话去！我妈管你是为了你好，能听你就听，不能听你就走人，这个家着不下你了。”

没想到老公竟然说出如此绝情的话，泪眼纷飞中，一时也没有了主意，郝波号啕大哭起来，伤心啊，只要与婆婆闹别扭，为什么不管有理没理，老公总是向着婆婆？

老太太更火了：“你看看吧，守着你都这样蛮横无理地顶撞我，你不在还不知道怎么欺负我呢！老了，惹人嫌了。我和你爸搬回去住吧，眼不见，心不烦！”老太太说着，还真的行动起来，不知道哪里来的力气，颤悠悠回自己的房间开始收拾东西。

“儿啊！我和你爸收拾一下连夜走吧！俺俩住在这里，碍她的眼。咱不能为了点鸡毛蒜皮的小事不和她过了，娶也娶过来了，连孙子都生了，日子倒不回去了，有些事能睁一只眼闭一只眼就睁一只眼闭一只眼吧！婆婆媳妇两姓人，住不到一起的！俺就这命，摊着个好儿媳妇又被你遗弃了，找了这么个不着调的东西。”老太太坐在床沿上，哭天抹泪地诉说着。

陈家豪扑通一声跪下了："妈，儿子不孝，惹您老生气了。这里就是您的家，以后别说走走的。放心，我一定好好教训教训这个败家娘们，让她知道天高地厚。"陈家豪连哄带劝才把老太太的火气压下去。

"还不过来跟咱妈认错！"陈家豪呵斥道。

郝波愤懑地瞪着老太太，绷着脸不吱声，也不道歉。

"你什么意思？连我妈都容忍不下？你不尊重我妈，就是不尊重我。这个家我妈说了算，我都听她的，你竟敢不听？我再说一遍，不想过你就走人！"只要涉及他妈，陈家豪就像疯狗一样。

老太太沉默不语，和郝波杠上了，就等着郝波过来认错。她这个婆婆必须占上风，她才能气顺。

羞辱的泪珠磅礴而下，郝波被逼无奈说了句："都是我不对，妈，您就别生气了！"郝波对老公家人，已满心疲惫满心厌倦，有时心里恨得牙痒痒的，但是为了老公，还是满腹委屈地向老太太认了错。

郝波满含眼泪灰头土脸地回到楼上，不知为什么，郝波觉得心里特别气愤和恼怒，一股恶气怎么也释放不出来，简直怒发冲冠。

陈家豪紧紧抱住她哄道："郝波，我知道让你难堪了，但看在我的面上，别再和咱妈争吵了好吗？横竖都是我家人，我也难做啊！"

有了第一次，就有第二次、第三次……每一次较量，都以老太太的全胜而告终。

婆媳俩为鸡毛蒜皮的小事很容易就会争吵起来，谁也不让谁，吃饭、应酬、管孩子、花钱……几乎所有的问题都能成为争吵的理由。家里的气氛逐渐尴尬起来，郝波觉得和公公婆婆一起生活很累。老太太总爱抓住郝波的空隙出口就来，婆婆管东管西，没有不管的闲事。郝波虽然厉害，但是在家里却很孤立，她跟公公婆婆明显合不来。首先是老两口不喜欢她这个儿媳妇，再就是陈家豪不喜欢听婆婆妈妈的家长里短，光大事就够他忙的了，回到家累得困得要命，哪有工夫听郝波絮叨？有时候烦闷了，郝波也会跟春花说几句心里话："早晚有一天，我得让这老两口给熬死。"

老头儿看见儿子有时候回家晚了，在酒席桌子上没吃饱，就去超市买了一大箱康师傅方便面，回来晚了老太太就让春花给陈家豪下碗面，再卧上两个荷包蛋放上两棵绿油油的油菜，看着让人食欲大增，陈家豪每次都吃得呼

噜响,连声说好吃,赞美说甭管多大,有个妈就是好。看见儿子吃得那个香甜,老太太也好上这口,早晨晚上都吃康师傅方便面,弄得家里到处弥散着一股方便面的调料味儿。吃得郝波直反胃,一闻着方便面味儿就恶心呕吐。

“春花,今天去超市买面包,以后每天早晨吃面包喝牛奶。”郝波叮嘱道。

“我庄户肚子,享不了那个福。”老太太说,“春花看孩子,没空,就吃方便面,爱吃就吃,不吃拉倒!”

把郝波气个半死,干翻眼,守着陈家豪没有还嘴。很快一箱吃完了,老头儿遵照老太太指示,去超市又买了两箱,郝波一看,头嗡的一声大了。

春节,亲朋好友还有老邻居来看老太太,问老太太身体怎么样,吃住在儿子家还习惯吧,并且好心好意忠告老太太,你年纪大了,一定要注意均衡营养,别吃一些含有防腐剂或者膨化剂的食品。老太太说:“嗨!什么均衡不均衡的,我现在天天就吃方便面。”

人们大惊失色,一个劲儿埋怨春花,特别是老太太的妹妹,话里话外夹枪带棒,矛盾直指郝波:“几万块钱的皮草穿在身上,穿金戴银,却天天给我姐吃方便面,说出去不怕别人戳你们脊梁骨,你们怎么这样对待她?吃坏了身体怎么办?真是的,老太太这么大年纪了,还能吃你们几天?真不孝!”

郝波受不住了,血往头顶上冲,脸上白一阵红一阵,翻动着白眼珠直瞅春花,黑着脸大声叫嚷:“春花,把家里剩下的那些康师傅方便面全部扔进外面的垃圾箱里去!”

郝波气势逼人,老太太的妹妹被震慑住了,吓得闭口不敢再言。老太太握着妹妹的手,委屈地仰着头,那神情好像说:“守着外人她都这么厉害,我没冤枉她吧?家豪把她给宠上天了,她根本没把我这个婆婆放在眼里,你不知道我受了多少委屈啊!”

“姐,你这儿媳妇比张秀荷厉害多了,张口就给填上个豆。”老太太的妹妹吓得赶紧告辞,这让老太太觉得很没面子。

晚上陈家豪灌了一肚子酒醉醺醺地回家,饿了想吃方便面,春花不敢吭声,就冲陈家豪做了个手势,陈家豪跟着春花来到厨房,春花小声嘀咕说:“家里没有康师傅方便面了。”

陈家豪一头雾水:“明天让我爸去买啊！家里没有了,超市里还能没卖的?这不是小事一桩儿,这么神神秘秘干吗！”

春花探出头去朝着门外瞅了瞅,确信没人,声音更轻了:“我不敢告诉爷爷,你去问问郝姐她让不让买。”

陈家豪更奇怪了,大声道:“不就是方便面吗?怎么还得问问她?你呀！小题大做！”

“嘘,小点声！我不想制造矛盾,我什么都不知道,啊。”春花惊得把指头放在唇边及时制止说。

陈家豪上楼去了,过了不久,就听见他们俩的卧室传来压抑的争吵声,吵什么听不清楚。

豆豆睡觉易惊醒,被吵醒了,睡眼蒙眬地大哭起来。春花连忙去豆豆卧室哄豆豆入睡,她抱着豆豆,轻声拍打着。

老头儿搀扶着老太太上楼,老太太猛烈地拍打着儿子房间的门:“家豪,别和她一般见识,不理她就是了。太不像话了,我儿子一天到晚在外忙碌,回到家还不让他安生,真摊着个‘孬媳妇’！罪孽啊罪孽！”

只听哗啦一声巨响,好像什么东西摔在门上,应声而碎。

“还敢拿东西砸我妈,你活腻了是不?”陈家豪低吼道。啪,又是一声,又脆又响,是巴掌掴在身体某个部位的声音,譬如,谁的脸。

接着传来郝波凄厉的尖叫声:“我做错什么了,你凭什么打我?你为什么就不能问问青红皂白?”

老太太听见儿子教训了儿媳妇,长舒了一口气,由老头儿扶着下楼去了,心里在喝彩:“家豪,你给老娘我出了一口恶气,好样的！好！打得好！我再叫你狂！再叫你跟我作对！”

老比小,只要儿子站在她这个当娘的这边,她的气就顺了,儿子替她出了胸中这口恶气,看来没有白养儿子,她就要跟儿媳妇置这口气。老太太以为,这是儿子家,不是媳妇家,这个家必须由她说了算,儿子听她的,媳妇更得听。

郝波一晚上辗转反侧,难以入眠。气愤、恼怒、绝望,充斥着她的心,对这个挑事婆婆,她是受够了,但是束手无策,真不知该怎么办才好。

09 矛盾升级

豆豆咳嗽着，拖着长长的鼻涕从幼儿园回来了。宝贝孙子病了，这可心疼坏了奶奶。

老太太觉得豆豆身子骨弱，动不动生病，与没吃母乳有很大关系，总是当着豆豆说一些郝波的坏话："你娘心狠，光顾自己保持身材，自小就不喂你奶，记住，长大了不用孝顺她。"

"嗯，我记住了！奶奶，我长大了挣钱给你花，不给我妈花！"豆豆的一句话逗得老太太心花怒放。

"这孙子没白疼！"老太太感动得泪水花花。

豆豆依赖老太太，跟老太太最亲，却不依恋郝波，郝波认为这与老太太的挑拨离间有很大关系。两周岁就送幼儿园，老太太本来就反对，认为太小。但是郝波不能让豆豆在家里被老太太猛灌输一些不好的观点，去幼儿园是远离老太太唯一的办法。

"豆豆，衣服上吐了脏东西也不跟老师说，老师能知道吗？"郝波边给豆豆脱衣服，边把他塞进浴室洗澡。

"那也不能跟老师说！老师说，午休时间就是闭眼睡觉，谁大声嚷嚷，吵着小朋友睡觉，谁就去厕所拉臣臣，我又没有臣臣，不想去厕所，太味儿。"豆豆小嘴巧，什么话都能学上来。

"小傻瓜，那你就冻着，这不，又冻病了？咳嗽还流鼻涕。以后遇到这种事必须告诉老师，听见了吗？"

"妈妈，这几天就别让我去幼儿园了好不好，我想在家跟奶奶……"豆豆奶声奶气地央求道。

"真是的，不去幼儿园哪行？什么也不会，会变成大傻瓜的。以后不准再提这样的条件。"郝波刮了一下豆豆的鼻子说。

豆豆不服气地辩论道："奶奶说她也没上过幼儿园，也没变成大傻瓜啊！"

豆豆那张嘴，别的不会，接话来得快，这点儿就随她奶奶。

郝波说："真是的，你奶奶还不傻呀！她就爱吃方便面，简直傻帽透顶！"

豆豆最亲奶奶，妈妈说奶奶的坏话，他不高兴了，陡然拉开浴室的门，大声跟在客厅看电视的奶奶告状："奶奶，妈妈说你是傻瓜！说你傻帽透顶！"

"小孩子，瞎说什么。"郝波赶紧把豆豆拉回浴室，给他洗澡。

豆豆一去幼儿园就浑身上下埋汰肮脏，豆豆就喜欢趴在地上和小朋友玩，说也说不听。他的衣裳几乎成了幼儿园的地板擦子，在地面上蹭来蹭去。可能接触地面着凉了，去了就生病，所以豆豆回到家的第一件事就是洗澡。郝波亲自动手，把豆豆扒个溜光，泡到大澡盆里，从头到脚把豆豆洗干净，然后擦净，用大浴巾把豆豆包裹起来，里外换上新衣服。

老太太不赞同郝波这种做法，她的观点是不干不净，孩子没病。天天洗得干干净净的，灰尘不沾，不生病才怪。当时她的两个儿子，埋汰得很，可是从来不生病。这个媳妇，说不听，道不理，她这个当婆婆说的事儿媳妇从来都当耳旁风，听不进去。

老太太听到孙子的话了，儿媳妇郝波竟然说她是傻瓜，老比小，她越想越生气，她想跟郝波说说道道，不能让她平白无故地在孙子面前说三道四，贬低自己。这个儿媳妇，真是无法无天了，怎么会在孙子眼前损她呢？她闷闷地坐在餐桌旁边，心想：老了，儿媳妇都嫌弃自己了。

最近老太太的腿胳膊都不好，胳膊颤巍巍总是抖个不停，走路都有些蹒跚。去医院检查，医生告诉老头儿说，老太太的心脏和血压都有问题，要格外小心，不能惹她生气，尤其不能动怒。老头儿让老太太卧床休息，老太太躺不住，坚持一日三餐在餐桌上吃，可以和孙子相处一会儿。听豆豆说一些废话，是她最开心的事，孙子就是她的开心果。

洗完澡的豆豆可有精神头了，围着满客厅乱跑，可能洗澡饿了，就大声喊叫："春花阿姨，给我泡康师傅。"

老太太听到康师傅三个字，一下子有了精神，老眼昏花的眼睛立马有了光亮，久违的康师傅是她的解不开的情愫，孙子真懂事，说出了她的心愿，她的心一下子舒展到无限大，豁然开朗，张开怀抱，说："来，豆豆，让奶奶亲亲。"

豆豆笑眯眯地唱着："让你一次亲个够……"冲向奶奶的怀抱。有了奶奶的支持，方便面吃定了，豆豆这样的鬼心眼有的是。

老太太听孙子唱歌，越发糊涂了，你说孙子亲什么不好，单去亲个狗？孙子“亲狗”，都是跟小保姆春花学的，小孩子见什么学什么。春花最近不“亲狗”了，而是转向了“蝴蝶”、“老鼠”了。什么“慢慢飞啊”、什么“老鼠爱大米”了，乱七八糟的，老太太整不明白。春花这是怎么了，朝着昆虫、老鼠使的什么劲儿？有空跟春花说说，别让她去整这些不正经的，小姑娘家家的，不好！

豆豆在奶奶脸上结结实实亲了一口，老太太心里乐开了花。“老头子，豆豆想吃方便面，去买康师傅方便面。”老太太支使道。

“谁也不准买。”郝波一声断喝，立马制止。

郝波的话语过于硬呛，伤了老头儿的自尊心。

“管天管地还管我买方便面？今天我非买不可。”老头儿的犟劲儿上来了。

豆豆察言观色，觉得爷爷能胜，倔犟地仰着头，眼巴巴地瞅着爷爷：“我就要吃康师傅方便面。”

老太太也坚定地点点头表示赞同，真是祖孙同心。

春花不吱声，瞅瞅这个，看看那个，心想到底谁能斗过谁？

“家里没有康师傅方便面。”郝波说。

“超市就有，我陪爷爷去买过。爷爷，咱们走，不理妈妈。”有爷爷奶奶撑腰，豆豆就是不屈服。

春花一看不好，怕跟着遭殃，赶紧溜厨房去了。心想：你厉害，看你能厉害过你儿子，还是能厉害过你婆婆？

“我说不买就不买，更不许吃。”郝波一巴掌打在豆豆屁股上。

豆豆一愣，一屁股坐在地上，放声耍无赖，边哭边喊：“我就要吃，就要吃！”豆豆的脾气很倔，平常日子里顺着他惯了，今天郝波态度的突然变化令他十分不解。

打了老太太的心肝宝贝孙子，这比打在老太太身上还痛。老太太生气了，气冲冲地指着郝波道：“你这不是诚心跟我过不去吗？我和豆豆就想吃包方便面，又不是想吃地球，吃月亮，你阻拦着这不是有意和我过不去？告诉你，我这是住在我儿子家，你说了不算。老头子，领着豆豆去超市买方便面。”老太太就非得赌这口气，语气刚强地说道。

郝波一把拖住儿子，冷冷地呵斥道：“吃什么方便面，那里面除了防腐剂就是色素，万一要是吃出人命来，我可负担不起！”

老太太听出郝波的话中话来了，绕来绕去这是和我较劲，刺挠我呢！正想发作，豆豆杀猪似的嚎叫起来。

“爷爷，救命！”豆豆抓住老头儿的手死不撒手。

一场拉锯战开始了。你拖我拉，好像要把豆豆撕裂了似的。

“奶奶救命！”豆豆大喊，一双小眼泪汪汪地瞅着她。

老太太气得脸色发紫，浑身发抖，指着郝波说：“都给我撒手！你这个狠毒的女人，诚心打击报复！我儿子瞎了眼，怎么娶了你这样的媳妇。你这个人心眼不好使，心底狭隘，阴险毒辣！我在你们家不是白吃白住，是来给你们看孩子的，雇个保姆一个月还得给 2000 多块钱呢！买方便面还是花我自己的钱，不是跟你们要钱。再说我家老头儿一个月 4000 多块钱的退休金，吃包方便面还不让吃。如果我兜里没钱，还不得让你活活给饿死！”

郝波拖着豆豆想走，她不愿意听老太太胡咧咧，闹心。

“奶奶，救我！”豆豆龇牙咧嘴地嚎叫着。

“这是向我示威啊！”老太太凛冽着令人害怕的脸，拄着拐棍，挪到郝波眼前，瞪着眼呵斥道，“放手！”

“不放！我管孩子跟你何关！”郝波直视着老太太，眼里的挑衅气息越来越重。

“奶奶，救命！”豆豆挣扎着想扑向奶奶的怀抱。

“放手！”

“就不放，不能惯些坏毛病！”

“你放不放？”

“不放！”

啪，一记响亮的巴掌拍在郝波手背上，老太太动手了。

啪，又一巴掌反打回来。

反了天了，竟然敢还手。

婆媳纠缠在一起，你一拳我一脚，又踢又咬，捶胸脯，揪头发，专拣要害部位踢打。你卡脖子我抓脸，一时间头发乱飞，指甲乱挠，都在可着劲儿反击。老头儿过来拉架，却被郝波一把挠在脸上，鲜血直流。

郝波年轻，占了上风，她咬牙切齿地掐住老太太的脖子，老太太身子发软，直翻白眼。老头儿一看老太太吃了大亏，上前一把捋住郝波的头发，使劲

拽！郝波痛得龇牙咧嘴，鼻涕眼泪崩流，却更加用力地把自己的脚踢向老头儿的裤裆，正中靶心。老头儿痛得狼叫一声，捂着私处滚倒在地。

老太太看见老头儿痛得满地打滚，疯了似的和郝波骨碌在一起，你扯我扭，你上我下，你使劲我更用力，俩人使出看家本领，揪在一起，相持不下。

春花一看双方混战起来，大打出手，费了九牛二虎之力才把两人拉开。

郝波表面上没有任何伤，脸色灰白，头发拽得满地都是，春花连说带劝把她哄上楼去。

老太太可惨了！脖子上胳膊上的淤紫清晰可见，她心力交瘁，坐在地上没有力气站起来。看着老头儿还在痛苦地扭动着身躯，放声大哭，边哭边诅咒说，自己的儿子瞎了眼，娶了这么个伤天害理、骑在婆婆头上拉屎的活祖宗。

老太太真动了气，脸憋得发紫，气也喘不上来了。春花害怕了。去敲郝波的房门，郝波正在气头上，懒得搭理。

郝波知道老太太会向陈家豪告状，知道老太太有打电话诉苦的本事，她会把今天发生的事情添醋加油地告诉她儿子和亲戚们，让她在亲戚朋友面前抬不起头来。

“爱咋说就咋说吧，不就婆媳一言不合，大打出手。这个老不死的死了才解气！”郝波豁出去了，不为所动，恨恨地想。

老头儿一看老太太气得不行，赶紧找了药让她吃了，和春花搀扶着老太太回了房间。豆豆这时候也不哭不闹了，扯着奶奶的手摩挲着，安慰着。

“爷爷，我饿！”豆豆可怜兮兮地说。

豆豆这么一说，老头儿不觉也饥肠辘辘。

老头儿安顿好老太太，带着孙子去超市买了康师傅方便面，春花赶紧打上鸡蛋下出来，每人一碗。

老太太的那碗就放在饭桌上没动，她和衣倚在床头，无力地闭着眼睛，嘴唇干裂，就是不下床吃饭，也不喝水。任凭老头儿磨破嘴皮，任凭豆豆和春花怎么逗引，她就是不吃。没办法豆豆用了激将法：“奶奶，你再不下去吃，我妈妈就把你的康师傅全吃光了。”老太太当然不理会豆豆的这一套小把戏，她执意要把牙咬到底，等儿子回来给她争口气，好好修理修理这个泼妇。她就不信治不了这个儿媳妇。

国辉实业在滨海首屈一指，效益很好，陈家豪事务很繁忙。现在这个社会竞争激烈,有限的资源正将被无数的窥觑者瓜分,他不敢有丝毫的懈怠和停滞,他几乎没有节假日,把所有精力都用在打理国辉实业上,他必须保持在最短的时间内知道业界的最新动向,以便寻找有利的时机,把握最佳的时间,把工程项目竞争到手。他的压力实在太大太大,他太忙太忙,几乎没有机会在家里吃晚饭,总是应酬在各种场合。对于这一点,全家人都知道,郝波知道,父母知道。有时候司机送他回家的时候,他已经在车上睡着了。

但是今天老太太不争出个是非曲直来,绝不罢休!儿媳妇是不能惯的,再不教训教训,也许就会骑到婆婆头上拉屎了!她要等儿子回来,给她出这口鸟气。

过了午夜,门响了,陈家豪回来了。

一进门陈家豪就感到奇怪,这么晚了,保姆春花还愁眉苦脸地坐在客厅的沙发上无精打采地打瞌睡,茶几上孤零零摆了一碗康师傅方便面。

“春花,怎么还不睡?”陈家豪问。

“……”春花瞥了一眼老太太的房间,无语。

“你真好,还给我泡了面,我正好饿了。”陈家豪拿起筷子吃了一口,“怎么是凉的?”

“不是给你泡的,这是奶奶的面,奶奶到现在没吃饭。”春花实话实说。

“我妈怎么了?”陈家豪一惊,急促促地问。

春花摇摇头,指指陈家豪的房间,小声说:“奶奶和郝姐置气呢,说要饿死,不吃饭!”

陈家豪匆匆忙忙进了老太太的房间。春花趁机溜到自己的房间,插上门,她清楚,一场大战迫在眉睫。不要说今天的事是郝波理亏,就是有理,陈家豪也从来不站在郝波这边。说实话,春花不喜欢吵架,但是她内心深处,对这场即将到来的风暴却有着隐隐约约的期盼,她也希望陈家豪煞煞郝波的嚣张气焰。

老太太和老头儿都伤在明处。老太太的胳膊上脖子上的淤紫全部表露鼓胀出来,青紫交织,结着血痂;老头儿顶着一张花脸。陈家豪看得触目惊心,惊得眼都红了。

“妈,妈,你这是怎么了?你说话呀!”

陈家豪被吓懵了,连叫几声,老太太没有半点反应。老头儿惊醒了,老

泪纵横。

看见父亲掉泪，陈家豪泪眼婆娑："爸，到底怎么回事？你说清楚啊！怎么会这样？"

"被你媳妇打的……"老头儿哽咽着说不下去了。

陈家豪除了震惊还是震惊，郝波怎么能对他父母痛下毒手呢？老两口脸都挠破了，鼻青脸肿，脖子青一块紫一块。他愤怒到了极点，恨不得把郝波千刀万剐。

"妈，妈，你消消气，我这就去教训这个臭娘们！"他想先安抚好母亲，再去跟郝波算账。老太太还是一点儿反应也没有，口吐白沫，呼吸困难。陈家豪彻底吓傻了。慌慌张张跑到客厅，哭着吆喝着："快快快，我妈不好了！她晕过去了，叫她也不答应。"

春花迅速打开房间门，冲向老太太的房间。看到老太太嘴唇发紫，头歪在一边，呼吸困难。

平时那么精明强干的陈家豪一下子没了主意，只在那里扎煞着手，口里喊着"快快快"，老头儿一看急了，想去摇晃老太太，春花及时制止了，有心脏病的人最忌讳搬动。还是春花机灵，跑到客厅拨通120，可是说不清地址。

"家豪哥，我叫了救护车，你来说地址。"

豆豆也被惊醒了，他披着一张床单，光着脚丫，跑进奶奶的房间，瞪着小眼问："爸爸，奶奶怎么了？"

"春花，赶紧给豆豆穿上衣裳，别让他感冒了。"郝波不知道什么时候也过来了，吩咐道。

"叫她走，你妈不愿意看见她。"老头儿满是怨恨地瞅着郝波，眼睛里都冒火星子，似乎一点就着。

春花怕救护车急忙找不到门，拿着手电筒守在大门外。很快，急救车到了，老太太被抬上车，老头儿跟着就上了车，陈家豪也上了车。

"春花，赶紧上车去医院！"陈家豪叫道。

"我去，春花在家看孩子。"郝波想往急救车上挤，被老头儿一把推下车，"一边去，猫哭耗子假慈悲！你把老太太气成这样，现在冒充好人，晚了！"

"我去！"豆豆挤上车。

"把豆豆抱下车。你是不是想咱妈死？春花，上车，走！"

春花抬脚上了车。

“为什么不让我去？”郝波委屈地问。

陈家豪看了周围的人一眼，终于忍住了没发火，从鼻孔里冷冷地哼出一句：“你非得把我妈气死才甘心？”

春花心里想，还有脸问为什么？你还不知道为什么？老太太不是叫你气成这个样子吗？

急救车车门关上的一刹那，春花听见郝波兀自骂了一句：“陈家豪，你们一家子都是混蛋！”

“妈妈，我不是混蛋！”豆豆忽闪着大眼睛辩解说。

10 老太太病逝

到了医院，一阵忙乱。其实是医生护士在忙，他们根本插不上手，陈家豪懵了，傻了，木了，在急救室门外转来转去，不知道该怎么办才好。医生让缴费，他从包里拿出一沓钱交给春花，春花跑来跑去办理各种手续。等到所有手续办完了，医生也处理完毕了。老太太被推进观察室，昏睡着，氧气瓶冒出一连串气泡，床边的液体有规律地滴着。医生告诉陈家豪，老太太的病很危险，她有高血压，但是实际的元凶是盛怒引起的心脏衰竭，关键是这几天，如果能挺过去，老太太还能多活几年，如果挺不过去，就很难说了。

老头儿就那么流着泪一眨不眨地瞅着老太太，生怕他一闭眼，老太太就没了。

“爸，你迷糊会儿吧！我来守着妈。”陈家豪说，老头儿好像没听见，就那么瞪着眼直瞅着。

陈家豪闷闷地坐在老头儿身边，两眼死死地盯着液体，脸色铁青。他不时伸手摸一下口袋，又缩回来。春花知道，他的烟瘾犯了。可是在观察室不准抽烟，这是医院的规定，他得遵守。

春花同情地说：“家豪哥，你去抽支烟透透气吧，我和爷爷都守在这里。”

陈家豪面无表情地摇摇头说:“医生说了,今晚很关键,谁也不能代替我,只有我守。你和爷爷回家睡觉,明天一早来接我的班。明天我还得回公司办事。”

“爷爷,咱们走吧!”春花去拉老头儿。老头儿坚决地摇摇头,不走。

“墙根儿有张床空着,你抓紧时间睡觉,垮了谁都不行。”陈家豪对春花说。

春花迟疑了一下,建议说:“家豪哥,你工作这么忙,家里出了这么大的事,你得让郝姐来帮你分担一些啊!家是两个人的,不该什么事你一个人顶着。”

“别跟我提她,说起她,我就烦,她就知道添乱!不是她,老太太能这样吗?”陈家豪心存芥蒂地说。

老头儿气还没完全消,接过话来:“你妈就让她给气成这样的,如果醒来,看见她还不得气死?让她来干吗!”老头儿气抖抖地说。

还好一宿平稳无事,大伙儿都舒了一口气。医生来看了看说:“总算缓过来了!”

陈家豪上班去了,这几天他忙得要命。

在公司碰到陈家豪,郝波提出要去医院探视婆婆,陈家豪不让去,愤怒地瞪视着她,像瞪视着一个弑母的仇人似的,那愤怒的眼光恨不得把她杀死。

老太太还是没有意识,就知道睡觉。老头儿听说老太太缓过来了,精神一松,压在心里的大石头终于放下了。在那张小床上打盹,一会儿就鼾声如雷。

春花昨晚就迷糊了一小会儿,在医院也睡不踏实,这会儿困得要命,上下眼皮在不停地打架,瞅着吊瓶眼就迷糊成一片。

这时候,进来一个很有气质很温和的女人,带着一个十来岁的小女孩,和蔼地向春花点点头:“辛苦你了,我来守着朵朵的奶奶,你小睡一会儿。”

朵朵?记得老太太说她有个孙女叫朵朵,难道是家豪哥的前妻?怎么会是这样平易近人的一个好女人呢?他原来的老婆真不孬,家豪哥怎么会舍弃她而娶郝波呢?春花的大脑在不停地转悠,好奇心也在不停地探寻,但是又不能问得太多。

“好的。”她信任地点点头,虽然刚刚相识,但是春花总觉得她有股说不出的亲切感。

春花和老头儿醒来的时候已经是中午，张秀荷正在给老太太擦洗被尿和粪便弄脏了的身体，朵朵在一旁端着脸盆，那刺鼻的屎臭味，让人有想吐的感觉，娘俩浑然不觉。擦洗干净了，张秀荷替老太太换上尿不湿。

“秀荷——”老头儿嘴唇哆嗦着，泪水盈出了眼眶，“我们老陈家对不起你！”

“爸，过去的事就让它过去吧，还提它干吗！听说妈妈病了，我带着朵朵来看看能不能帮上忙。”张秀荷泪汪汪地说。

“爷爷！”朵朵扑向爷爷的怀抱。

“长这么高了，想爷爷吗？”老头儿抱着朵朵抽噎着。

“想爷爷，更想奶奶！”朵朵呜咽着。

“爷爷，等奶奶病好了以后，去我们家住吧！我姥姥家地方可大了，你们来了保准住得舒服。”朵朵动员说。

“好！奶奶好了以后，我们就跟你和你妈妈同住，省得受那女人的气。”爷爷点头答应。

“那咱们拉钩。”

一老一小伸出小指头钩在一起：“拉钩上吊，一百年不许变。”

“妈妈，这下家里可热闹了，姥姥不是说人丁兴旺家业兴旺吗？你、我加上姥姥、奶奶、爷爷，咱家这不就人丁兴旺了吗？咱们一家子和和睦睦在一起，姥姥也有说话的了。”朵朵向往地说。

“朵朵，这么大了还让爷爷抱着，不害羞，给爷爷端饭。”张秀荷说。

“爷爷，朵朵给你买了你最爱吃的大柳树包子，你吃个尝尝？”朵朵拿了个包子放在爷爷嘴边。

那诱人的韭菜味儿，惹得老头儿食欲大发，他这才觉得饥肠辘辘。

“好，爷爷吃，孙女知道给爷爷买包子了。”老头儿一边簌簌掉着眼泪，一边幸福地咽着包子。

“爸爸，今天、明天我休息，我在这里照顾妈妈吧。”张秀荷慢声细语地说。

“好，你妈醒来看见你，保准高兴得不得了。”老头儿就喜欢这个贤淑的前儿媳妇。

“唉！朵朵都能给奶奶端屎端尿了，长大了！”老头儿怜爱地抚摸着朵朵的头，长叹一声，声音里充满无奈。

“爷爷，我还会讲故事呢！等奶奶醒来，我就讲故事给她听。”朵朵小大人似的依恋爷爷，哄爷爷开心。

“嗯，好！”

春花想：这两个媳妇比比，一个尖酸刻薄，一个温尔雅静，这么好的女人，家豪哥怎么说抛弃就抛弃了呢？看样子，有钱的男人靠不住。春花得出这样的结论。

整整两个晚上，陈家豪没有回家，连个电话都没有。在公司相遇，郝波告诉陈家豪想去医院探视婆婆，陈家豪就愤怒地瞪视着她，满眼都是厌恶与冷漠：“你还嫌闹腾得不够？想把我妈气死才甘心？”郝波也在气头上，想想自从婆婆来后，她够委屈自己了，气不打一处来，冲着陈家豪脱口而出：“一个巴掌拍不响，你妈也有错！”

陈家豪冷冷地看着她，转身离开。

晚上，陈家豪来接班的时候，张秀荷带着朵朵已经走了，爷爷嘱咐春花不要跟陈家豪这个昧良心的说张秀荷来过。

“为什么？”春花打破砂锅问到底。

“这个昧良心的对不起她们娘俩，说穿了是个白眼狼，把你奶奶气得半死不活，跟他说干吗！”

陈家豪晚上守在这里，神经时刻处在紧张状态，他眼睁睁看着形容枯槁的母亲慢慢走向死亡，就是再多的金钱也不能挽救她的性命，他心如刀绞。白天忙碌一天，晚上再熬一宿，陈家豪眼圈都发黑了，胡子茬儿也仿佛在一夜之间冒了出来，灰蒙蒙地包裹了下巴和腮帮。

春花暗想：都说娶了媳妇忘了娘，陈家豪可是个大孝子！白天忙活一天，晚上一宿不睡守着老太太，心中不觉对陈家豪多了几分敬意。可是老太太的生命体征每况愈下，让陈家豪心情格外沉重。老太太除了昏睡还是昏睡，听医生说是在用药物稳定老太太的病情，延长她的寿命。

“唉！要是郝姐对奶奶好点儿，也不至于这样。”春花像是对陈家豪说又像是对自己说。

一说到郝波，陈家豪就默不作声了，这是他的死穴。

春花想，陈家豪找了郝波这样一个老婆，真是瞎了眼了！陈家豪那么能干，挣那么多的钱，却调和不了婆媳之间的矛盾，连自己的妈吃包方便面都不能遂她的心愿。

陈家豪让父亲和春花去睡，春花说她白天睡多了，晚上睡不着。“家豪哥，你睡吧，我来守着奶奶就行了，有事我就叫你。”

两宿了，没睡个囫囵觉，陈家豪浑身发软，眼皮打架，严重缺觉。在医院熬人，陈家豪瞌睡得很厉害，往小床上一躺，就睡过去了。

陈家豪最近在忙老城区拆迁改造的项目，这可是个大项目，是市政府重点项目工程，吸引了各路魑魅魍魉、妖魔鬼怪的眼球，谁最终能够得到，就看谁的权力大，谁的本事高，谁的后台硬。方方面面的工作已经做得差不多了，就等着市政府最后的拍板了。这时候是关键的关键，稍有不慎，就会失去这个项目，三猫六个眼都在那里等着呢！

也许是最近吃不好睡不好的缘故，陈家豪觉得难受得要命，睡着睡着就咳嗽醒了。

春花倒了一杯热水给他。“家豪哥，你怎么了？脸怎么这么红？”春花说着，用手试了试陈家豪的额头，“哎呀！这么烫，你发烧了。”

值班护士来量了体温，说烧得很厉害，得马上找医生开处方打针输液。

陈家豪听说自己发烧了，长叹了一口气，心中顿时涌起一阵委屈。自己从早忙到晚，晚上还得来陪床，郝波也不体谅自己。吃不上一顿正经饭，睡不了一个囫囵觉，连句暖心的话都没有，半路夫妻就是两门两道，还是原配好。想着，陈家豪的眼圈湿润了。

春花见陈家豪这样，笑道：“原来你也怕打针。好了好了，今晚我不睡了，我来值夜班，看着奶奶，陪着你打针。”

陈家豪别过脸去，抹了一把眼泪，感激地看了春花一眼，躺在床上等护士来扎针。不是怕打针，只是自己觉得委屈罢了。这是怎么了？他想，怎么自己变得如此脆弱，如此婆婆妈妈呢？也许人生病了，感情就是如此脆弱。

打了针输了液，连病带累，陈家豪睡得像块石头那么沉。早晨起来觉得身上有劲了，他接了个重要电话，匆匆忙忙走了。

张秀荷带着朵朵来了，还带来了老头儿最爱吃的小馄饨，春花和老头儿连汤带面吃了，浑身很暖和，这是在医院吃的最好的一顿饭。

还没吃完，就发生了险情，老太太突然被一口痰卡住了，喉咙里发出呼噜呼噜的声响，她难受得手挥脚蹬，眼看就要憋死过去了。老头儿顾不得吃

馄饨了，眼泪汪汪地瞅着老太太，手足无措；春花更没经历过这样的事情，吓呆了。只见张秀荷麻利地按响呼叫铃，接着将老太太扶起，轻轻在老太太后背上拍打着，老太太下意识地咳嗽了几声，那痰就到了嗓子眼儿了，春花这时候才恍然醒悟，弯腰抽出床底下吸痰器的皮管，对准老太太的嘴巴，啪一声就把一口浓痰吸了出来。张秀荷将老太太慢慢放倒，替老太太整理好被单、被头，又替老太太梳理好头发，用棉球蘸水润了润老太太干裂的嘴唇。护士赶来的时候，张秀荷已经处理好了这一切。

护士对老头儿说："大爷，你真有福气，摊着这么个好媳妇，可给我们帮了大忙了！"临走又赞美道："温尔贤淑，气质还这么好，这样孝顺的儿媳妇现在打着灯笼也没处找。"

老头儿赞同地点点头，送走了小护士。

老头儿感激地望着张秀荷说："朵朵她妈，没想到你这么能干，也不嫌弃我们老两口，我心里有愧呀！"

"爸，嫌弃什么，谁都有这么一天，你和妈妈把朵朵看大，孝敬您二老还不应该？咱们国家讲究百善孝为先，人在做，天在看，不为别的，就为朵朵做个榜样！"张秀荷通情达理的一番话说得老头儿心里热乎乎的。

中午，张秀荷的妈妈李淑贤竟然送来了午饭，自己包的包子，还熬了小米粥。

老头儿拉着亲家母的手，热泪盈眶。

"来，趁热吃，以后一日三餐我包圆了，做熟了我就送过来，别嫌弃不好吃就中。"李淑贤说。

春花大饱口福，撑得肚皮滚圆，连声说好吃。春花想破了脑袋就是想不明白，这么好的老婆孩子，陈家豪怎么会说不要就不要了呢？张秀荷和公公相处这样融洽，婆媳关系一定不错，看面相就可以看出，张秀荷是一个与人为善的人，和谁都相处得很好。

自从老太太入院，陈家豪就不准郝波去探视。老太太的病情，郝波只能靠拨打春花的手机获得，陈家豪和老头儿像防贼似的防着她，好像她是催命鬼，生怕她的到来，刺激老太太病情加重。

郝波觉得这家人都成了神经病！她也快要被逼成神经病了。

这天凌晨时分，张秀荷的手机铃声响了。

"你……赶紧……带朵朵赶紧来医院。"老头儿声音低沉,有说不出的悲痛。

张秀荷立即意识到什么,放声恸哭:"爸……我这就去……"

"开车慢点,速度要快。"

张秀荷立即压抑住哭声,跑进了朵朵的房间,把睡眼蒙眬的朵朵从床上揪起来,俩人衣衫不整地开车往医院奔。到了门口,小保姆春花拉着两人就往楼上冲。

病房里,老头儿泣不成声,张秀荷扑过去抓住老太太的手:"妈,秀荷来看你了!"

老太太神智还算清醒,目光炯炯。医生说这是回光返照,像在等什么人到来。

看见张秀荷,老太太的嘴巴在蠕动,就是听不清她说些什么。张秀荷附耳过去,也无法听清。她的手指头在动,张秀荷连忙握住老太太的手,老太太握着张秀荷的手,费力地抬起,将陈家豪的手交付在张秀荷的手中,又冲陈家豪和张秀荷粲然一笑,绝尘而去。

接到春花的电话,郝波飞奔到医院,老太太已经去了。陈家豪一直不看她,一脸僵硬。郝波望着婆婆干瘦苍白的脸,眼泪止不住:天哪!怎么会这样?陈家豪和老头儿对郝波的到来视而不见,甚至没跟她说一句话,连看她的眼神都带着深深的厌恶。这家人真是的,能打电话通知陈家豪的前妻张秀荷,却没人通知她,婆婆的死由一个小保姆来通知。想到这里,郝波的眼泪哗啦哗啦流了下来。

哀嚎一片。

张秀荷让朵朵参加了老太太的丧礼,她没有露面,离婚的媳妇出现在丧礼上,会招来风言风语。陈家豪现在可是滨海叱咤风云的人物,她不想和陈家豪之间有什么联系,老太太临终的心愿她明白,那也许是老太太病糊涂了,才做出这样的举动。

安葬了老太太,陈家豪憔悴了很多,他的模样让郝波心疼。晚上,郝波特意做了他爱吃的莲子百合糯米粥,端到他的跟前让他喝。陈家豪打量着她,好像不认识似的,眼神里有一丝藏不住的厌恶,这冰冷地刺伤了她。他声嘶力竭地喊了一声:"滚出我的房间,以后我们井水不犯河水。"

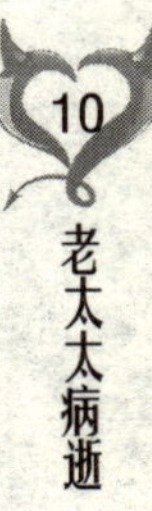

郝波瞠目结舌。

为什么和老太太的一场争执就让爱情糟糕到这种程度呢？郝波终于明白了陈家豪的厌恶，假如没有那天的争吵，老太太就不会动怒，就不会……在他的心里，郝波是间接杀死他母亲的罪人。

郝波搬出了原来的房间，和陈家豪分居了。她躺在床上，想着陈家豪的满眼厌恶，捂着被子的一角任泪水肆虐。

11 这种痛叫“失去老伴”

老头儿备受打击，在最初的几天里，站都站不起来，被春花搀扶着都无法挪步。

他看见郝波就激动，心尖儿就难过得打颤，哭喊着嚷嚷：“你这个黑心肠女人，把老伴儿还给我！是你气死了豆豆的奶奶，杀人凶手！”

这种痛叫“失去老伴”。

失去了老伴，老头儿一下子失去了生活中心，精神骤然颓废了，无边无际的孤独感涌来。儿子、儿媳妇都上班，连周六、周日都不歇。豆豆上幼儿园，家里就剩下他和春花，年轻人和老人总是有距离的，哪里有那么多的话说？他觉得自己真不幸，这么老了，老伴儿还让儿媳妇给气死了。四十多年的相濡以沫，老太太主内，他主外，已经形成习惯了。他觉得自己好孤单，想到这里，心里酸酸的，几滴老泪从布满皱纹的眼角流出来。

今天是星期六，豆豆在家，他用小手给爷爷擦着眼泪，懂事地说：“爷爷，爸爸说奶奶去了天堂，她看见你不快乐，会不开心的。”

孙子是他的心头肉，老头儿搂着豆豆，老泪纵横。这时候电话铃响了，春花想接电话，豆豆像小狗一样扑了过去：“让我接，让我接。”

电话是朵朵打来的，说是找爷爷。

“爷爷在抹眼泪，不开心呢！”豆豆想跟朵朵说会儿话，说了不找爷爷听电话的原因。

"豆豆,乖,把电话给爷爷,姐姐带你出去玩。"

"骗人是小狗!"豆豆小嘴不饶人。

"姐姐什么时候骗过你,乖,把电话给爷爷。"朵朵耐心地哄道。

爷爷接电话的当儿,豆豆站在旁边竖着耳朵仔细听着,听不清就撅起了小嘴,发脾气。

"春花,给豆豆穿上外套,咱们去朵朵姥姥家,一起出去玩。"老头儿突然有了精神头儿,走路也麻利了。

"咱怎么去?路挺远的。"春花问。

"坐我爸公司的公交车去。"豆豆急不可耐找来了外套,斜偏倒挂地往身上套。

"打的去,公交车太慢。"老头儿说。

"打电话跟郝姐说声。"春花多此一举地说。

"你留下来看门,豆豆,咱们走。"一提郝波老头儿就不耐烦了,他抱起还没穿好衣服的豆豆往外就走。

"爷爷,别落下我,我不说了还不行?"春花追着撵了出去。

朵朵打扮得花枝招展的,在门口张望。

"姥姥,妈妈,爷爷他们来了。"朵朵的脸乐成了一朵花。

"姐姐!"豆豆旋风似的扑向朵朵,勾住朵朵的脖子,在脸上啪地亲了一口,"想死我了!"

"哪里想?"朵朵淘气地问。

"这里,这里,还有这里!"豆豆指着嘴巴,脑袋,心脏说,"浑身上下都想。"

"小鬼头!"张秀荷抱起了豆豆,豆豆俯在张秀荷耳根说,"大妈,豆豆最亲你。"

"不亲爷爷?"老头儿诙谐地问。

"亲,都亲!"

看着孩子毫无罅隙的亲热劲儿,老头儿的心里无比欣慰,这都是前儿媳妇教子有方。

"爸爸,咱们去海边看看怎么样?今天大潮,说不定满载而归。"张秀荷兴致勃勃地提议。

"好啊!去哪里都行。"老头儿点头说。人和人的缘分天定,只要和前儿媳妇在一起,他就快乐无比。

“一车六个人,好热闹!”朵朵挨着点点坐。

“好挤!”豆豆挪动着身子嚷。

“你不去就不挤了。”春花故意逗弄他。

“挤挤还热闹。”豆豆很聪明,很会说话。

他这句话把大伙儿都逗笑了,老头儿摸着豆豆的头,笑道:“小鬼头!”

孩子们在沙滩上嬉戏着,搬动着小石块,捡着海货,老头儿悠闲地在钓鱼,一家人其乐融融。

坐久了,李淑贤想起来活动活动,老头儿跑过来伸给她一只手,将李淑贤拉了起来。这是他的习惯动作,老太太活着的时候,坐下起来费事,都是他这样伸手拉她起来。可是老太太却先他而去了,剩下他孤孤单单一个人,活着没劲儿!

“瞧!人家老两口多感人,这感情没说的,这就叫形影相随。”有对小恋人羡慕地说。

玩了一天,余兴未尽,往回走的路上豆豆意兴盎然地问:“大妈,明天上哪儿?”老头儿眼神跟着亮了起来。

“明天大妈有事,不能带你们出去。”张秀荷耐心地解释。

老头儿的眼光一下子黯淡了,人也没精打采了。

老头儿这些细微的表现李淑贤看在眼里,她立即找了个话题:“我明天包包子,豆豆爷爷,你来搭把手,帮我揉揉面。我的胳膊酸痛,不敢揉。”

“好好!”老头儿立马阴转晴,又有笑模样了。只要不在自己家待着,老头儿就精神百倍。

“我也要来吃包子,春花阿姨在家看门。”豆豆生怕落下他,赶紧声明。

“门有什么好看的?锁上就行了。爷爷没劲揉面,我来揉面。”春花抗议。自从老太太去世以后,整天在家守着个萎靡不振的老头儿,闷也闷死了,春花觉得家里死气沉沉的,连空气都是冰冷的。

“都来,都来!”李淑贤乐呵呵地说。

第二天吃完早饭,陈家豪夫妇还没走,豆豆就等不及了,穿戴整齐,坐在沙发上眼巴巴地看着爷爷。

“豆豆,今天妈妈没事,带你去姥姥家看望姥姥,姥姥想豆豆了。”郝波妈打了几遍电话，说想豆豆了。

“不去。”豆豆回绝得很干脆。

“你这孩子，你不去，妈妈可去了啊！”郝波吓唬说。

“拜拜！”豆豆不为所动，就是不挪窝。

“春花，抱着豆豆跟我走。”郝波支使道。

“郝姐，我得照顾爷爷，去不了。”春花的理由很正当。

“把豆豆给我抱到车上去。”

“不去，坚决不去！”豆豆一头钻进他的房间，关上门。

郝波不走，谁也走不了。如果出去，她一定得问去哪里。老头儿和春花都不愿意撒谎，他们在家干着急，尤其是春花，像热锅上的蚂蚁转来转去，她怕郝波带她去豆豆姥姥家。

郝波在家磨叽了大半天，接了个电话走了，大伙儿长舒了一口气，豆豆从房间里跑了出来，三个人欢天喜地去了朵朵姥姥家。

欢歌笑语充溢着整个家，老头儿吃了 7 个包子，恢复了以往的活力。只要到了朵朵姥姥家，他就觉得年轻，时间也过得飞快，不知不觉一天就过去了。

慢慢形成了规律，星期一到星期五日子就过得好慢，太阳挂在空中总是不动，老头儿老态龙钟，茶饭不香。周六周日老头儿就健步如飞，神采奕奕。他在家盼星星盼月亮，就盼着去李淑贤家，天天掐着指头在算。去了老头儿就闲不着，帮着李淑贤收拾老房子。

“老嫂子，房子住不了，闲着也闲着，干吗不租出去？”

“清闲惯了，租赁出去乱哄哄的，受不了！”李淑贤不可能说出不租赁的原因，这房子藏着一个不可告人的秘密，就是有关家族宝藏的传说。

12　老房子的传说

谁也没想到陈家豪接手的旧城改造竟然是原来的丈母娘李淑贤住的这一区域。消息传来，李淑贤懵了。

听说儿子陈家豪接手拆迁李淑贤那片老城区，老头儿觉得无颜见亲家母，像做了亏心事似的，一个人闷在家里，郁郁寡欢。李淑贤打电话叫，他也觉得没脸去了。

李淑贤陷入了前所未有的低潮和恐慌之中……

“怎么才能保住这栋房子？”李淑贤急得抓耳挠腮，不知所措。

“拆迁是政府行为，我也没办法保住它啊！”张秀荷从来没有看到母亲这样慌乱，也跟着没了主意。在张秀荷的印象中，不管遇到什么事，母亲总是从容不迫。

“把惊涛叫来，咱们商量商量看看，这四合院不能拆。”李淑贤掷地有声地说。

“如果想不拆迁，唯一的办法就是申报文化遗产，可是以什么理由申报呢？”惊涛一筹莫展。

这栋老房子是李淑贤的祖上在八国联军侵略中国的时候置下的产业，距今有 110 多年的历史。李淑贤的祖上曾是晋商，做的是票号生意，富甲天下，传说慈禧老佛爷当年都借过他们的银两。房子仿照北京四合院的格局修建，有丰富的文化内涵。日月沧桑，世事变迁，当年的老房子早已褪尽往日的风采。“文革”期间几经浩劫，早已败落得不成模样，院墙一大半儿被毁掉，到处是残垣断壁，只剩下这个正屋勉强住人，李淑贤一直坚守着，死也不挪窝。

王惊涛和张秀荷准备了一大堆材料，抱着这些材料，他们天天跑申报部门，但是事件毫无进展。

要将四合院申报文化遗产，难！李淑贤的心跌落到了冰点，祖辈传下来的家业眼看着保不住了，她以后怎么有脸见自家的先人？李淑贤的心里仿佛塞了几根尖尖的茅草，粗粗糙糙地横亘在她的心窝里，很是扎人，拔也拔不出来，咽又咽不下。看样子是时候该把这栋老房子的秘密告诉女儿了。

那尘封在心底的往事，埋了多少年啊！不是万不得已她是不会说出这个秘密的。李淑贤的脑袋轰的炸开了，满地都是碎片，待到尘埃落定，才颤巍巍地把尘封多年忌讳莫深的往事告诉张秀荷和王惊涛。

“我有两个哥哥，解放前与父亲一起到国外去了。”往事在李淑贤的心底流淌着。

“妈妈，你为什么没和他们一起去？”张秀荷问道。

“留下我和你姥姥看守老房子，说死也不准挪窝，在这里等他们回来。”

张秀荷一怔，心想：一栋房子有什么可看守的？

看着张秀荷疑惑的眼神，李淑贤接着说：“父亲临走时说祖上传下话来，这老房子地底下有东西，至于什么东西，在哪，没人知道。”

张秀荷的神经在那一刻突然兴奋起来，仿佛沉睡了多少年之后忽然被唤醒，浑身带着初醒的抖擞和警觉，她知道她正在走进一个故事，一个有关家族历史的故事之中。

李淑贤断断续续地叙述开来……

这些东西传说是李鸿章帮忙从海上运回滨海的。李家在北平做的是票号业务，怎么会和李鸿章有渊源呢？

渊源可大着呢！没有李鸿章的扶持，就没有李家的汇通天下的票号业务。

咸丰八年(1858年)，35岁的李鸿章丁忧起复，可是手里没有银子，跟票号去借，票商看他做了那么多年的大员，竟然没有银子回京复职，便认为他没用，即便将来复了职，也没银子还他们，都不借给他。

李鸿章郁闷之极，借酒浇愁。正好碰到在京城做票号生意的李德龄，李德龄饱读史书，泾渭分明，十分同情李鸿章的遭遇。俩人在酒席桌子上因为一盘菜成了朋友，交谈之下竟然惺惺相惜。

原来大清国的官员丁忧出缺，想官复原职，必须通过吏部堂官向吏部交银子。吏部堂官虽小，但是却掌管着这些朝廷大员们的升迁，过不了他们这一关，凭你的官再大，就是有缺也补不上。花点儿银子才能排个快班复职，就是二品、三品顶戴的大员也是如此。只要离开了朝廷，再回来就不容易捞上实缺了。

李德龄忍不住生气道：“这就叫贿赂公行，在天子脚下，难道就没人管？”

“管？世风如此，怎么管？”

“您可是大官啊！他们怎么能这样待您？”李德龄说。

李鸿章苦笑着说：“我一个三品大员，拿不出银子来复职，就肯定不会贪污受贿！一个不会贪污受贿的官员，只靠一点点俸禄，养家糊口尚且艰难，如何连本带息还给票商银子？他们不借给我也是为自己的利益考虑，他们只认得贪官污吏，正人君子一概不借。”

李德龄等他说完，开口道：“在下问一句，就是有票商借给大人银子，让您

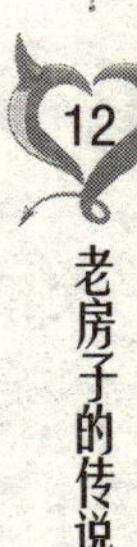

回朝为官,您又能为天下百姓做些什么?”

李鸿章正色道:“你是商人,不懂吾心。下官之所以盼着早日补官,回到朝廷之上,并不为几两俸禄。丁忧返乡三年,天下之乱日甚一日,百姓苦楚年胜一年,朝廷大臣,尸位素餐,能出奇策献良计,脚踏实地让我大清拨乱反正的竟无一人。就是连一个小小的吏部堂官,都敢公开在家收取贿赂银子。下官虽然算不上什么大员,可是只要有一日见到皇上,就要大声疾呼,为民请命,为我大清兴利除害,让百姓安居乐业,天下万民休养生息。我要弹劾那些贪官,整治吏治,为国除贼,为民除害!”

李德龄不觉叫了一声:“好!大清国有你这样的官员,是黎民百姓之福。”

李鸿章讲得兴起,眼中精光闪烁:“然后深谋远虑,倡导洋务,师夷之长技以制夷,革吾国之旧弊,卧薪尝胆,奋发三十年,富国强兵,让我泱泱华夏之大国,重现汉唐之气象……”说着说着,李鸿章像泄了气的皮球,叹息道:“罢了,罢了,吾纵使有万千雄韬伟略,没有银子,回不了朝廷,所有的所有万事皆空啊!”

“大人,就凭您这颗为国为民的心,有的票号就能借给你。我知道一家票号,就是山西的德顺成票号,您不妨去试试?”李德龄沉思良久说。

李鸿章将信将疑地看着李德龄,屡借屡败的闭门羹已经将他的所有的勇气消失殆尽,这些票商狗眼看人低。

李鸿章果然在德顺成借到了银子,并且和德顺成的老板李德龄成了好朋友。

咸丰是个倒霉皇帝,那个时代动荡不安,太平军占据长江一线,遮断了南方各省向京城解送官银之路,朝廷也在着急。在李鸿章的帮助下,李德龄替很多省份向京城解送官饷,解了朝廷和各地官府的大难,李德龄因此大赚,票号生意在那个动乱的年代蒸蒸日上。

八国联军侵略中国的时候,李德龄怕银库里的银子存放在京城不安全,李鸿章就通过海路帮忙运到滨海储存起来。

“这是在墙壁里找到的一个首饰匣子,当时里面有六个金元宝,还有这本《论语》。”李淑贤的故事讲完了,她拿出一个精致的首饰盒,打开递给张秀荷,叹了一口气说:“就为这个不着边的传说,这个家的先人们曾经掘地三尺,结果什么东西也没找着。”

王惊涛随手拿起那本《论语》，一张空白便笺从《论语》里飘然落地，正好落到水里，惊涛手慌脚乱地去捡，谁也没想到便笺上竟然现出了淡淡的字迹。

三个人立即凑过去看，这张便笺上写的和李淑贤说的故事同出一辙，证实了这个传说的真实性。

可是东西在哪里？还存不存在呢？张秀荷和王惊涛决定探个究竟，以解李淑贤心中之惑。

怎么探？俩人大眼瞪小眼，都没主意。还是王惊涛机灵，说上网查查看，看到网络上有卖金属物品探测器的，王惊涛决定网购。

13　探寻宝藏

命运尽管对有些人倍加虐待，但是久而久之也会厌倦，而意外的幸福偶尔也会降临到他们的头上。这是张秀荷度过的许多最心绪不宁的夜晚中的几个。最近几天夜里，好运与厄运在她的脑子里交替出现。倘若她闭上眼睛，就看见《论语》里的便笺；倘若她打个盹，一些荒诞不经的梦就会来扰乱她的大脑，梦里她找到了祖传的宝藏。张秀荷喜不自禁，心花怒放，在口袋里装满珠宝；可是珠宝却突然变成了石头。梦总是困扰着她，给了她幻想，给了她欲望，也纵容了她的野心。

没有这笔宝藏以前，张秀荷一心想过平静的生活，现在光有平静的生活已经不够了，她还渴望财富，渴望和陈家豪一决高下。要说过错，那不在张秀荷，而在命运，它限制了人的能力，却给了她无穷的欲望和野心。

太阳已经升到半空了，五月的阳光暖洋洋的，照着这个有点儿破旧的四合院。王惊涛和张秀荷拿着金属探测器和十字镐在这个院子里每走一步，都小心翼翼，他们此时的感觉无以言状，有点儿近乎恐惧，有点神秘，那是因为他们在光天化日之下总有点不放心，以为有人在窥视他们。

这种情绪极为强烈，以至于王惊涛在开始探测院子里的宝藏时，又停下来，放下金属探测器，仰头四下张望一下。

成群的唧唧喳喳的小鸟儿,停栖在屋后的歪脖枣树上,王惊涛看到这些,安下心来。

这时,他们从前院迅速往后院探测,行动极为谨慎,不放过任何蛛丝马迹。

后面院子西北角有一口封起来的古井,青苔蔓延在四周,一些枯败的野草覆盖在上面。金属探测仪在此处响个不停,测定好具体位置,王惊涛仔细挖开土层,露出了一块两米见方的石盖。

但是石盖太沉,依靠人力想搬动这块石头,似乎不可能。俩人商量了一阵,决定应该先移动这块石盖。可是用什么方法呢?

家里不能有太大的动作,更不能有太大的动静,怎么办?俩人苦思冥想。惊涛先用千斤顶将石盖一角撬起,再用石块垫起来,这样忙碌了一上午,才将四个角全部垫起来,露出了一条大小可以伸进胳膊的缝隙。从来没有干过体力活的王惊涛累瘫在地,大口喘着气。

王惊涛打电话叫来起重机,从后墙移走了石块。

巨石下面露出了一个圆形空间,在一块方形石板中间,露出一只封口的铁环。

张秀荷和王惊涛又惊又喜,惊呼一声。想不到第一次尝试就得到圆满成功,现在的科技真是太先进了。

他们本想继续干下去,但是已经饿得前胸贴后背了,特别是王惊涛,两腿直晃荡,心脏跳得过于激烈,他感到双眼灼痛,视力模糊,于是他不得不歇歇手。

他们匆匆忙忙扒了几口饭。在这样的时刻,是没有时间坐下来吃饭的。王惊涛把撬棒伸进铁环,用力一抬,封住的石块被移开,露出一个陡坡,有点像阶梯似的,一直通到黝黑的不知多远的地方。

换了一个人,也许会一头冲下去一探究竟,或者兴奋地大喊大叫,但是王惊涛却停住脚步,迟疑不决。

唉!张秀荷心想,命运已经对我不公了,我屡遭厄运,不要再让失望把自己搅得一蹶不振。如果没有宝藏,我岂不白忙活了吗?如果我的期望值过高,跌落到无情的现实里一定会大失所望,那我的期望不就被跌碎了吗?如果宝藏只不过是个传说,这个洞里什么也没埋下,那岂不是空欢喜一场吗?

王惊涛和张秀荷一样，一动不动待了一会儿，脑子里转着念头，眼睛直愣愣盯着这个幽暗而深邃的洞。他们都看过《鬼吹灯》系列书，明白这样的洞有危险性，不能轻易进入。

不过，我已经不再指望什么，既然已经清楚再抱有幻想是不理智的，那么对我来说，进一步探险是对母亲有个交代。张秀荷仍然呆呆地站着，看着洞口沉思。

也许国外探宝片看多了，她甚至幻想道：这样的地方，一般都有一条巨大的游蛇作为神秘通道的卫士吧？她建议先把活的鸡鹅拴着腿放进去，惊涛笑她胆小如鼠。张秀荷回屋拿来一个强光手电筒，嘴上带着将信将疑的微笑和王惊涛一起走下去。

大概往下走了三四十米，就到了尽头。里面比较宽敞，什么也没有，就像抗日战争的时候挖的地道一样，可能是兵荒马乱时候的藏身之处。

“天哪！”张秀荷笑了，“先人们和后辈开了一个极大的玩笑。弄得我们满怀希望，想入非非，结果竹篮打水一场空。”

他们在洞里待了几分钟，感觉洞里的空气并不潮湿，反而有点温润。王惊涛不死心，回到洞口把金属物品探测仪拿了进来，响声继续。

“仪器也有不准的时候，啥也没有，它嘟嘟响什么？”张秀荷笑惊涛白费力气。

因为人体机能上的一种奇特的、难以解释清楚的现象，张秀荷那脆弱的心变得越来越多疑，甚至几乎泄气了：“走吧，什么也没有，还在这里磨叽什么？这只是一个传说而已！”

王惊涛仔细看了看四周，用十字镐在洞壁上乒乒乓乓响了一阵，洞壁发出的沉闷响声让他彻底失望了。就在要放弃的那一刻，洞壁的一处发出的回声较为深沉，较为空远。王惊涛用力敲了敲，加大了力量。

这时候，张秀荷看见了不可思议的一幕：在重力的敲击下，那地方的泥皮纷纷剥落，露出一块土黄色的石块，大小跟我们平时见到的石块差不多。

于是王惊涛用十字镐猛凿，从这个地方一点点挖进去，嵌进去的岩石有寸把深。

新的进展本来应该赋予他更多的力量，可是从来不干体力活的他已经筋

疲力尽了，十字镐软软地落下，几乎要从惊涛手里滑落了，他把工具放在地上，擦着额头上的汗，拉着张秀荷跑到洞口，他需要呼吸新鲜空气，因为他感到自己快要闷昏过去了。

惊涛仰头咕嘟咕嘟喝下了一瓶矿泉水，再回到洞中，他已经充满了信心。

刚才还觉得十分沉重的十字镐，现在又变得十分轻巧了。抡了几镐以后，他发现石头并没有完全封牢，只是一块块摞起来的，在外面涂了一层泥巴。惊涛在其中一条缝隙里嵌进十字镐尖，再使劲按压镐柄，一块石块滚落在他的脚下。

打开了一块，其余的很快也就落在惊涛的脚下，没费多大的劲儿。

又一个洞呈现在他们面前，俩人对视了一眼，谁也没有急着钻。多等一会儿，就可以多抱一会儿希望，推迟一会儿证实这希望的破灭。

俩人迟疑了片刻，钻进了第二个洞中。这个洞比第一个矮些，弯弯曲曲，洞内发出阵阵恶臭，那气味令人恶心想吐、头晕目眩，它像第一个洞一样空空如也。

王惊涛手里的金属物品探测仪还在响个不停。张秀荷踢了它一脚："什么也没有，瞎叫唤什么！"

"正因为它叫唤，才证明里面有东西啊！你太心急！"王惊涛朝着叫唤的方向大踏步走过去。

激动不安的时刻到了，张秀荷是极乐还是极悲马上就可以见分晓了。王惊涛仿佛突然间猛下了决心似的，大胆地猛击地面。

十字镐凿了五六下，铁镐头在一块铁上震响。

惊涛在刚才试探处旁边又凿了几下，虽然同样有东西挡着，但声音却不同。

"这可能是个包着铁皮的箱子。"惊涛说道。

张秀荷举着强光手电筒给他照明，王惊涛开始工作。不一会儿，王惊涛和张秀荷看到一个箍着一圈铁皮的橡木箱子，年岁已久，铁皮已经锈蚀透了。

张秀荷惊叫一声，这就是家族遗留下来的宝藏无疑了。至此，不再有任何疑问了，宝藏就在这里，被她和王惊涛挖掘出来了，如果在这里放一个空箱子，是犯不着这样防范的。

她把箱子周围清扫干净，看见两个锁环中间的一把大锁，又找到箱子两侧的提环。她和王惊涛一边一个，想把箱子抬起来，但是绝无可能。她想把箱子打开，但是大锁和锁环都箍得死死的，这些忠诚的卫士似乎不愿意把它们的财宝拱手交出。

惊涛用十字镐嵌进木箱和箱盖之间，用力一压镐柄，木箱被毳开了。俩人一阵眩晕。起初张秀荷像孩子一样闭上眼睛，怕眼前的一切是空，不敢看。然后又重新睁开眼睛，心醉神迷地呆望着木箱。

木箱被分成两格。

在第一格里装的是一锭锭白银，因为年代已久被氧化而带点黑色，不是那么有光泽。

第二格竟是一块块的金条，闪烁着带有深黄色的光泽，是那样耀眼，排列得整整齐齐，以其重量和价值诱人。

俩人蹲下身，抚摸着这些金条，颤抖着把手插进它们中间，抚摸着，亲吻着。现在这些无可计数、不可思议、天方夜谭般的宝藏属于张秀荷，她弄不清楚她现在是在做梦还是醒着呢？她究竟是在做一个短暂的梦呢，还是实实在在置身于现实中呢？

她需要母亲来分享这一快乐和现实，张秀荷颤抖着拿出一块金条，她站起来，几乎像个疯子似的魂不守舍、抖抖索索梦游般走出地道，送到母亲的跟前。倏儿，她拉起母亲钻进地洞。

李淑贤颤抖着抚摸着这些不可思议的神话般的宝藏，兴奋地哭了。许久，她跪下来，用痉挛的双手压住狂乱的心跳，双手合十，喃喃地祷告着，没人听得清她在说些什么。

很快她又恢复了镇静，心情也轻松了许多，连脸上的皱纹也舒展了许多，她长长地舒出一口气。这是女儿张秀荷的福分。

他们把金银一趟趟搬到屋子里，直搬到手软。他们开始计算财富，把金条换成人民币究竟是多少。

“我们发财了！”王惊涛欢呼雀跃。

看着这些财宝，张秀荷一阵惬意涌上心头：“陈家豪，我一定要和你争个高下，你去死吧！”

14 心在滴血

陈家豪此时忙得不可开交，旧城区的拆迁让他很挠头，有些钉子户就是不让量房子，也不签字。

房地产商大多拥有丰富的人脉资源，占着天时地利人和这个优势，几乎没有摆不平的人，搞不定的事，唯有钉子户除外。钉子户，是开发商与产权人在利益博弈过程中的产物。钉子户就像牛皮糖，嚼不烂，融不了，软硬不吃，最要命的是，一旦黏上就甩也甩不掉。“宁建十栋楼，不拆一座房”，只要谈起拆迁，哪怕有政府工作人员保驾护航，开发商也照样头皮发麻。

胡德旭家就是最难缠的钉子户，死活不搬，说家里有 80 岁的瘫痪老娘，住楼房不方便。

胡德旭的三弟胡忠旭在城建部门负责拆迁，他大哥家的房子又在拆迁范围内，他已向有关部门表态，决不做钉子户，一定配合市里的拆迁行动。至于补偿，他答应跟大哥碰过头后再给有关部门一个答复。谁知他刚把补偿两个字提出来，就被胡德旭一顿臭骂，说他是败家子，内奸。还骂他吃里爬外，为了求官，竟连老娘也不管不顾了。

胡忠旭性格比较内秀，不像生意人那样会说，自然说不过做生意的大哥。胡德旭骂急了，他就顶撞道：“不拆咋办，四周都拆光了，就留下你那六间屋，怎么住？”胡德旭骂他糊涂，说这不是六间房的问题，这关系到瘫痪老娘的问题，住楼房，怎么往上搬弄咱这瘫痪的娘啊！尿布咋晒？被褥天天尿得透透的，得天天洗，天天晒，高楼不能开窗透风，家里不味儿死？你小子住高楼，老娘轮到你家时，搬弄不上去，也知道放在俺家，让俺帮你尽孝！”他反问胡忠旭，不等胡忠旭回答，他又道，“为了咱这 80 岁的老娘，俺死也不搬。”

老三做不通工作，在政府部门工作的老四胡李旭也来做工作，胡德旭油盐不进，一口咬定就是不搬家。

“大哥，水电都断了怎么办？”

“你也不是不知道，为了给咱娘洗洗刷刷，咱家自己打的井。小时候没电，咱不是一样过吗？”

胡李旭拿他没办法，讲理胡德旭根本听不进去，咬定牙根儿就不搬。这么些年，兄弟们最怵的就是大哥的愚顽。胡德旭要是犯起倔来，九头牛都拉不回。娘在大哥家住的时间最长，要说尽孝，大哥最孝顺，老娘瘫痪 8 年，本来说弟兄四个轮流伺候，一家一个月，可是都上班，中午有时候不回家，大哥二哥主动担负起照顾老娘的责任，胡李旭总是觉得亏欠大哥很多，说话也不是那么理直气壮。

胡德旭说：“娘带大咱们弟兄四个不容易，那个时候你们小，不记事。娘生了我以后，正赶上北大荒允许带家属，就带着我去北大荒找咱爹，北大荒的条件特别艰苦，听当年一块儿在北大荒的阿姨说，娘带着我，怕天气热，蚊子多，又没有蚊帐，怕蚊子咬我，就坐在我身边，一夜一夜不睡觉，用扇子给我扇蚊子，白天还要跟大伙儿一块儿干活。三年困难时期，有了二弟，娘怕饿坏了我们，每天回家把食堂里供应的窝窝头带回来给我们吃。有了老三和你以后，家里更困难了，半大小子，吃穷老子。我们吃饼子，娘就喝稀的，那时候我们不懂事，抢着吃干的，哪想到娘吃了没有？在咱们长大成人之前，娘就没吃过像样的东西，在我的印象里，柳树叶、槐花、榆钱、野菜咱娘都吃过。娘拉扯大咱们不容易，虽然瘫了，不认得人了，可是我想让娘多活几年，享享福。”

听着大哥声泪俱下地诉说娘的往事，胡李旭也跟着落泪，拆迁的事也不好再提了。

“哥，现在强拆的到处都是，有的地方都出了人命，你千万小心点。”胡李旭临走时不放心地嘱咐道。

拆迁的房子挨家挨户丈量，进门就量，连院子都算面积。

李淑贤家 700 多个平方米，她们家院子大。惊涛建议不要钱，房价现在每平方米 5500 元左右，补偿金每平方米才 3500 块钱。就要六套 100 多个平方米的房子，加上每套房子 16 平方米的公摊面积，正好。以后不住，卖了也挣钱。他是律师，这小算盘打得清清楚楚。惊涛的建议，李淑贤很赞同。这孩子头脑灵活，总能算计得恰到好处。

这几天张秀荷也很忙，她想找一家小房地产公司合作，借人家的壳用，自己不露面，和陈家豪一争高低。现在有了钱了，就有了和陈家豪对抗的资本

了，只要是陈家豪想做的事情，张秀荷都要从他的手里抢过来，不惜一切代价。

这样的人太难找了。要能干，吃得开还得靠得住，把握得了。

崔永合就是在这个时候被王惊涛看中的。搬迁在即，王惊涛和张秀荷还没来得及和崔永合谈。

眼看着到了搬迁的日子了，李淑贤摸摸这里，动动那里，依依不舍。她瞪着眼看周围的东西，好像要把这里的东西都装在眼睛里带走似的。只要想想：73年来，她就跟着丈夫在部队待了几年，其余时间在这里，这里的一草一木都跟她息息相关，现在即将离去了，老房子不复存在了，她心里就难受，还一阵阵绞痛。

最近张秀荷发现母亲很反常，常常絮叨："七十三，八十四，阎王不叫自己去。"她觉得要搬迁了，母亲睹物思旧，黯然泪下，这是人之常情，也没往心里去。

这天早晨，张秀荷起来没见母亲的踪影，早饭也没做。母亲向来早睡早起，不管是病了还是累了，都起来做早饭给全家吃，说是早晨肚里有食，人也舒坦。

她推开母亲房间的门，顿时魂飞魄散。

李淑贤仰面躺在床上，一动不动，头往后仰着，冰冷苍白的脸上显出死的宁静，一只苍白的手像要抓住什么似的，从床上垂下来。

"妈妈……"张秀荷号啕大哭，扑了过去。她不相信昨天还精神抖擞的母亲睡了一宿觉，就这样无疾而终了。

"惊涛，快来，我妈妈……我妈妈……"张秀荷失声恸哭，泣不成声。

"阿姨怎么了？姐，你别哭，我马上就过去。"王惊涛意识到事情的严重性，要不然张秀荷不会乱了手脚，连话都说不连贯。

惊涛冲进张秀荷的家门。

"快，叫救护车，看看还有没有救。"惊涛临危不乱。

救护车来了，医生翻着眼皮看了看，试了试脉搏，说："瞳孔散大，脉搏全无，尸身已凉，已经死亡多时。"

"妈妈！"张秀荷再也抑制不住，她抱着母亲只知道哭。

王惊涛成了丧事的主办者。张秀荷失了章法，朵朵就知道跟着哭。王惊涛有条不紊地安排一切，灵堂里满是鲜花和花圈，前来吊唁的邻居和李淑贤的学生络绎不绝，王惊涛代表家人鞠躬致谢。

陈家豪没有来，可是他的老父亲在保姆春花的搀扶下来了，哭得鼻涕一把泪一把，伤心至极。

他骂自己养的儿子是浑球，不逼着拆迁，不会逼死亲家母，老头儿哭得肝肠寸断，好像要哭死过去似的。

张秀荷这几天汤水不进，哭哑了嗓子，动不动就哭晕过去。王惊涛衣不解带地守在她的身边，安慰着。王惊涛在她的旁边，拍拍她的手："姐，你还有我，还有朵朵！每个人都会有这一天。别伤心了，阿姨心愿已了，去得很安详。"

惊涛替李淑贤选的坟址是在他买下的那片山的南坡。待到坟墓封口的那一刻，张秀荷哭得悲悲切切，惊天地泣鬼神，那泪水顺着她的脸惶惶赶路。她起先是哭母亲，后来似乎又在哭自己，哭自己的生活是那样的不如意。

安葬了母亲，亲戚朋友都走了，张秀荷的情绪陷入了无法自拔的低谷，恐惧和空虚漫天漫地地把她裹在里面。她觉得她的天再次塌陷。

看见妈妈无助的模样，朵朵哀愁地抹着眼泪。她的心惶然无助，失去了姥姥这个依靠，她恐惧极了。

天黑了，王惊涛想去买点吃的，张秀荷这几天就没怎么吃东西，他怕饿坏了她。

"舅舅，你不要走！你不要走！你和我一起照顾妈妈，好不好？姥姥去世了，爸爸不要我们了，你再走了，我们怎么办？"朵朵惊恐地抱着王惊涛的腿大哭着说，好像天塌了一样。她还未从悲痛中走出来。

"朵朵！舅舅不走，舅舅本来就打算留下来陪朵朵！舅舅看见朵朵和妈妈没有吃饭，去给你们买饭吃。"王惊涛慈爱地抚摸着朵朵的头说。

"舅舅，我怕，爸爸说不要我们就不要我们了，姥姥说没就没了，想到这些我就很恐慌。"朵朵浑身抖动着，是那样楚楚可怜。她自小就跟姥姥最亲，姥姥突然离世，让她幼小的心灵没着没落，她是一个爱姥姥超过自己的人。

从她幼稚的脸上，惶惶不安的眼神中，他看到了她的恐惧，前所未有的恐惧笼罩着她，那种没着没落的恐惧让王惊涛的心缩得很紧。他搂紧朵朵说："不怕，舅舅永远陪着你和妈妈，一辈子不分离！"王惊涛抚摸着她的脸蛋说。

"那咱们说定了，永远不离不弃！来，拉钩。"朵朵伸出手指，用力地勾了勾

王惊涛的手指，惊涛用力拉着她的手，一种难以名状的父爱在王惊涛心里涌起。王惊涛感觉自己有一种责任有义务照顾她们娘俩。

张秀荷沉浸在悲痛中不能自拔，整天整天呆坐在沙发上，好像进入梦游状态，惹人怜爱地抱着胳膊不说话。

王惊涛看得出，张秀荷和陈家豪离婚以来眼神里总是不自觉流露出一种恐慌，但是当他出现在她面前时，那种恐慌自然而然就消失。也许，这些心理和表情连她自己也未觉察得到，但却逃不过王惊涛的眼睛。自小他就跟在她身旁，默契地面对很多事，她的每一个眼神，王惊涛都能读懂。她是一个无助的女人，女人遇事喜欢寻求男人的庇护，尤其是处在痛苦无助的时候，这是女人的天性。现在他是她唯一能够依靠的男人。

王惊涛推掉所有的案子，哪里也不去，只待在张秀荷身边陪着她，呵护她。

张秀荷的心在滴血，她越想越伤心，家不成家，一个人孤孤单单送走母亲，想到这些她不由得潸然泪下。如果不是郝波横刀夺爱，这应该是陈家豪做的事情。惊涛，成了张秀荷的精神依靠。

张秀荷把母亲的死归罪于陈家豪，没有陈家豪的拆迁，母亲也不会这么早死。她恨透了陈家豪这个王八蛋。

15　爱的微澜

母亲去世，张秀荷陷入无边无际的悲痛中无法自拔，什么心情也没有，惊涛怎么安排，她都顺从。现在惊涛就是她唯一的依靠了，不听他的听谁的。家里没个主事的男人，家不叫家。

“姐，买房也来不及装修了，也别去租赁房子了，你和朵朵住在外面我不放心，就住在我家吧！等我结婚的时候，你们再搬走好吗？我自己住100多平方米的房子，觉得空荡荡的，有你们，家里就热闹了。”王惊涛央求说。

“好啊！咱们就住惊涛舅舅家。”朵朵欢呼雀跃，一百个赞成。

张秀荷也没想合不合适，别人会怎么看，怎么议论。母亲的猝然而逝，让她无法独立面对生活，她觉得她必须依靠惊涛才能重新站起来。惊涛，这个毫无血缘关系的邻家男孩，就是她的依赖。

破烂不碎的家具也没搬，张秀荷找了个收破烂的全卖了，就带了日常用具和被褥，简简单单搬进了惊涛家。

她当然没有料想到，这样搬过去住，就住出了一个故事来。

母亲就葬在惊涛买下的那片山林的南坡。给母亲烧五七纸，车开到护林的那个小屋旁边就上不去了，其余的路只能步行。

惊涛拉着张秀荷的手，行走在几乎没有路的山坡上，张秀荷不习惯，总觉得有一些高一脚低一脚的别扭。草丛湿湿的有些露水，打湿了他们的裤脚。草很密，惊涛在前面用树枝拨开乱草，说是打草惊蛇，踩在草丛上闷闷实实的，听不见脚步声。没有大雾，有的是一层极薄的水蒸气，隔在人和树木中间，朦朦胧胧的，让人看得见，又看不远。惊涛穿着一件红色T恤衫，在这绿草绿树中间显得分外耀眼，他健步如飞，如风中舞动的花，青春，明亮。

俩人不紧不慢走了好一阵，就来到一个开阔的地，迎面一汪水，清凌凌地横亘在他们的面前。有的地方深有的地方浅，深处不见底，浅处露着两行大小不一的石头，是让人涉水过河的布丁。

"这布丁是我的杰作，踏实着呢！有了这些布丁，这水面就有了生机。"惊涛自鸣得意地介绍说。

放眼望去，这些歪歪扭扭的布丁，像水面冒出的大蘑菇，的确是生机无限。惊涛的眼光就是和别人不一样，唯美！绝伦！

惊涛随手扔了一块大石头进去，水咕咚一声碎了，一群野雀惊飞起来。鸟声渐远，四周便万籁俱寂。直到水面慢慢平复，虫声鹊起，聒噪如旧。

"这里好美！怎么下葬的时候没路过这里？"

"你不知道吧？下葬过水不吉利——当时咱们走的是南坡。"

张秀荷正想打破砂锅问到底，只看到一道红光朝自己迎面飞来，准确地落到头上，挡住了视线，是惊涛的红色T恤衫。惊涛已经嗖的一声窜入水中，水破了一道长长的口子，将惊涛一下子吞没了。张秀荷立在岸边，望着渐渐平息的水圈直发愣。待到再破开时，惊涛已经游到最深处，对着张秀荷伸出两个手指头，做了个V字手势。倏然远逝，水底下扑腾扑腾的仿佛有鱼在不停地翻

动。眨巴眼工夫，惊涛不见了，水底咕噜咕噜冒出一串串气泡。水泡愈来愈大，扁扁地浮到水面，慢慢裂开了，变成一圈一圈的涟漪，后来便渐渐平和了，水面动静也没有了。惊涛就这样无声无息地沉底不见了。

耳边虫子的聒噪声依旧。

张秀荷顿时感到一种无法言喻的恐惧，胸口有个东西晃悠了一下，神经跟着跳跃了一下，一种不祥的感觉席卷她的全身。这种恐惧慢慢持续下去，胸口的那阵晃悠却逐渐加大，加大。那一瞬间，身子不由得惊悚起来，心也跟着战栗起来。她禁不住往坏处想，越想越害怕，越害怕越想。张秀荷大惊失色，哭着疾呼："惊涛——"无人应声，又叫了一声，这次声音走样得不成调，依旧无人应声。

"惊涛——"她失魂落魄地大喊，跌坐在岸边。水面平静依旧，波澜不惊，甚至连个气泡都没冒出来。她急了，脱了鞋，想下水去摸人，才记起自己不会游泳。

在这渺无人烟的山林里，想找个人救惊涛都找不到。怎么办？怎么办？张秀荷一时心慌，五内俱焚，失神地对着水大喊："惊涛，我的惊涛……"那声音里明显带有哭腔，是那样悲切，那样的伤心欲绝。

那个"涛"字还没有结束，水突然在她的脚边裂开一道缝隙，惊涛像鸭子一样抖着头上的水，用手抹一下眼睛和鼻子，只穿一条短裤湿漉漉爬上岸来，一把捂住她的嘴顽皮地说："别在这里哭嚎，我养的鱼都叫你给吓死了。呵呵，原形毕露了吧？我还以为我的眼里只有你，你的心里没我呢！原来你也关心我的死活！"

这玩笑开大了！张秀荷抓起惊涛的红色T恤，劈头盖脸朝着惊涛猛抡过去，惊涛也不躲闪，任由她发泄。张秀荷连惊带怕浑身出了透汗，加上这一通发泄，身子像剔了骨似的疲软下来，没有半点气力，坐在地上大口大口地喘气。惊涛拽着张秀荷的胳膊，本意是想扶她起来，却觉得一股温软的电流电击全身，整个儿燃烧了，爆炸了。容不得细想，就将张秀荷扳倒在地，紧紧地吮吸住张秀荷温软的唇。

张秀荷挣扎了两下，就不再动了，只觉得自己的整个身心在惊涛的唇齿间瞬间融化成一股旋流，旋啊，旋啊，她浑身发热，激情在澎湃，在燃烧。她和陈家豪离婚以后，就再没有做过爱，她渴望有个男人亲她爱她。但是理智终于占了上风，不由得恐慌起来，惊涛是她的弟弟，虽然毫无血缘关系，但是她一直把他当做弟弟看待。她狠命地推开惊涛，坐了起来，却浑身虚弱地发颤，仿佛自己的心肝肺腑都叫惊涛吮吸走了，剩下的，只是一具空壳而已。

“惊涛，你……你疯了，我是你姐，比你大了好多。”

“我姐？我们根本没有血缘关系，我就喜欢你，打小就喜欢你。”惊涛的那双炙热明亮的眼睛，如同一块黏热的狗皮膏药，横横地粘贴在张秀荷的脸上，让她甩也甩不掉。

张秀荷顿感浑身燥热起来，脸莫名其妙就红了，她心慌意乱地装做不经意地把眼光移开，不敢和惊涛对视。

惊涛看着她，莫名其妙的，脸也有些发热，而且心跳得很厉害。感觉？这感觉很曼妙啊！他要找的就是这感觉，呵呵，找到了，他找到了！“脚步越来越快活，心情像风一样自由……”对对对，就是这种感觉！没想到寻找了多年的感觉就在身边。

“张秀荷，你就是我要找的另一半。我找到了，就不会轻易放弃！”王惊涛没头没脑地扔出这句话。

“瞎说什么呀！我是一个被抛弃的女人，我老了，对男人，对爱情已经不再相信和渴望。”

“被抛弃怎么了？说明那人没眼光。谁说你老了？真老了该老老实实待在家里，相夫教子，还谈什么理想抱负？还开什么房地产公司？”

张秀荷忍不住笑了，瞪了惊涛一眼说：“你也老大不小了，早该找个姑娘结婚，生个胖小子，洗奶瓶换尿片，做个奶爸，闲暇时和小保姆调调情，讨老丈人欢心，还在我这里做哪门子无用功。”

张秀荷说完了，就暗暗地吃了一惊，没想到自己木讷的个性，在惊涛面前竟然如此伶牙俐齿，活泼起来。

“这年头已经找不到纯真的姑娘了，都被污染了。上哪里去找你这样简单清纯的？就看好你了，不把你追到手，誓不罢休。”王惊涛趁机表明决心。

张秀荷不屑地啐了惊涛一口：“你们男人都一个德行，有了简单的，又想复杂的。嘀！对付不了复杂的，回过头来又找简单的。对感情，我彻底失望了，本人拒绝付出热度。打住！不想再听了！”

惊涛咦了一声，正想辩解，抬头看见张秀荷的脸色陡变，知道她的伤疤在

痛，就把话强咽了回去。离婚，对她的伤害太大了。他麻利地穿好衣服，扯着张秀荷的手继续赶路。这一程，俩人却不再搭言，张秀荷任由惊涛攥着她的手前行，只感觉到惊涛的手好温暖，真想一辈子任由他攥着走下去。

到了坟地，烧上纸，把香插在坟头，青烟随着轻风袅袅上升，纸灰低低地盘旋着。惊涛跪下了，对着坟墓叩头发誓说："阿姨，放心吧！我会照顾好秀荷姐的，会一辈子对她好！不离不弃！"

"谁要你照顾啊！你还年轻，你有你的生活。"张秀荷横眉怒对，丝毫不领情，"妈，别听他胡言乱语，这是不可能的！"

"阿姨，你看，秀荷姐总是欺负我，对我太凶了。你不在的这些日子里，她打也打过我，骂也骂过我，再往下发展，就该是刑事犯罪了。你得显显灵，替我做主啊！"王惊涛一副委屈的小男人样儿。

张秀荷听了，不禁一怔，想回嘴反驳，一时找不到话。张秀荷的心里，豁然打开了一条缝，爱的阳光从那里汩汩流入，她没想到，属于她的光和爱，竟会在母亲的坟茔地生出来。张秀荷看着王惊涛，从来不信命不信神的她，但在那一刻，觉得冥冥之中有母亲的引导，她的心明了。

在张秀荷生命最黯淡的那个时刻，王惊涛走进了她的生活，和他在一起，轻松，愉快，没有压力。

女人在自己喜欢的男人的强烈攻势下，是没有抵抗力的，这话一点不假。张秀荷在心里对自己说，张秀荷，你要坚强，要挺得住，不要好了伤疤忘了痛。可是说归说，做归做，王惊涛已经走进了她的生活，再排斥也排斥不了了。

返回城里，张秀荷特意绕路去看看老房子，她对这栋老房子有着极深的感情。

看到陈家豪的车停在拆迁的废墟旁，张秀荷眼里露出一丝冷峻的光，那颗安静的心顿时纷乱不已，她要和他来个硬碰硬，只要属于他的，她都要抢过来，不能让他过得太如意。

老房子周围几乎成了一片废墟，各种大型机械忙碌着，尘土飞扬。几乎都搬走了，就剩下胡德旭家没搬了，陈家豪告诉郝杰派人监视着这家人的一举一动。他把拆迁大权全部交给郝杰，自己好专心弄服装批发市场附近的那块空地。

陈家豪对服装批发市场附近的那块空地垂涎已久，他曾在市里活动了很长时间，当时市国土局的工作人员告诉他，这块地在省厅批不下来，就一直压在那里搁置着。后来得知这块地的审批权一直控制在分管城建的副市长刘成进的手里。当然，他那时并不知道刘成进压着这块土地的目的，还以为是省里准备在这里搞什么大的项目呢。

现在刘成进成了国辉地产的顾问，给陈家豪交代了自己为何没有批那块土地的原因：盯着那块地的人太多，省里、市里都有，是块烫手的山芋，不论批给谁，都会得罪一大片得不到的人，只有压着拖着不批，虽然也得罪人，但不会招致祸端，不会影响自己的政治前途。姜还是老的辣！陈家豪听了刘成进的解释，笑着说，还是刘市长有官场智慧，能将如此棘手的问题妥善解决好。

刘成进说："那是没有办法的办法啊，要学会平衡各种各样的关系，得随机应变看事办事。人在官场，身不由己，如履薄冰！"

刘成进长叹了一口气说："唉！如果没有退下来，把这块地批给国辉地产一点问题也没有，现在我退下来了，就不是我能操纵的了。没实权了，谁还理我这老头子？"

"刘市长言重了，虽然您现在退居二线，但是威望还在，人情还在，关系网还在啊！再说了，现任副市长赵国明是你一手提拔起来的，您对他恩重如山，不买您的账买谁的？要是没有你的举荐和提拔，他能有现在这样的局面？"

刘成进被陈家豪一番话说动了心思，答应说："那我就豁出这张老脸陪你跑跑看看，成不成两说。"

"刘市长，咱们出手要快，听说市里在那附近要建一所实验小学和实验中学，如果上面批下来，地价会猛增。"陈家豪急不可耐地说。

拆迁基本已结束，房屋塌的塌，倒的倒，满眼狼藉，水电早已经切断，到处都是破碎的砖瓦石块，各种机器轰鸣着，有的地方已经破土动工。

胡德旭家周围挖了一条深沟，进来出去都不方便，何况洗洗刷刷，特别是尿布不用洗衣机甩干，遇到阴雨天干不了，还有股臭味。院子里的晾衣绳上，上搭下挂都是老娘这几天的尿布和尿湿了的被褥，像联合国的国旗，五颜六色。

"大哥,你家没电,让老娘来我家住几天吧!"老二胡杨旭跟大哥商量说。

"中,我收拾收拾,明天星期天就让老娘搬你家。"

弟兄四个抬着担架把老娘送往老二家,这几年都是这样搬来搬去,胡德旭推着轮椅跟在后面。这轮椅陪伴了老娘八个年头了,是给老娘晒太阳用的,把老娘抱上轮椅,用一根宽带子绑住身子,推着在太阳底下晒晒,有利于钙的吸收。

"你们看,你们看,他们要搬走了。"拆迁办的一个工作人员兴奋地说。

"这个老顽固能搬走?除非太阳打西边出来。"了解胡德旭的人泼了一瓢凉水。

"据观察,胡德旭儿女都已经成家立业,他娘一走,就他和他老婆住在这里,白天在街上摆摊卖袜子,都不在家。咱们趁机动手!"

"真是遇到钉子户了,给多少钱也不搬,理由还蛮充分,为了瘫痪的老娘,坚持到底!"

"那就等他家没人,把房子强行推倒。"郝杰下了命令。

在老二胡杨旭家住了两天,有天晚上,胡杨旭的老婆接到家里的电话,说她母亲突然得了脑血栓,生命垂危,家里万分着急等着她回去见母亲最后一面。胡杨旭是个孝顺的儿子,也是个孝顺女婿,他打算明日一早买机票陪着老婆回沈阳看望丈母娘。

弟兄四个披星戴月又把瘫痪的老娘搬回了胡德旭家。

郝杰等不及了,他想快点拆迁完,对开发商来说,时间就是金钱。

"你确定他家里没人?"郝杰问负责瞭望的工作人员。

"他娘不住他家,前几天搬走了,大伙都亲眼目睹。他们老两口现在这个钟点应该在外面摆摊,应该没人。"

"好!挖掘机,推倒胡德旭家的房子。"郝杰下令。

房子轰然倒塌,而胡德旭80岁的瘫痪老娘也被压到了倒塌的房屋底下,一命呜呼,房子就成了她的坟墓。

上午十点,胡德旭回家给老娘换尿布,看到坍塌的房子,惊得腿都酥软了,一屁股坐在地上,头拱地大呼:"娘……"

他用手拼命扒拉石头瓦块,不相信娘就这样丧命了。很快,一双手血肉模糊。

16 操作失误

陈家豪在华山高尔夫球场上和赵国明副市长还有刘成进打球。还没来得及说服装批发市场附近那块地的事,手机就响了。里面传来郝杰焦急、恐惧的声音:“姐夫,出大事了。那家钉子户的老太太被砸死在倒塌的房屋里。”

陈家豪无比懊恼地闭上眼睛,脸色惨白,牙齿咬得腮帮子都鼓出痕迹来了。“这个小舅子真不叫人省心,光天化日之下怎么会弄出人命来?”他首先想到的是不能让媒体曝光,如果一曝光,这件事就大了,处理起来也就麻烦了。

“封锁消息,不能外传。满足他们家人的所有要求。我马上回去处理。”

当陈家豪赶到现场的时候,老太太那具血肉模糊的尸体已经从残垣断壁中扒出来了。模样惨不忍睹,有人赶紧给老太太盖上白布。周围站了很多人,有公司的员工,有老太太的家属,有工地的民工……郝杰一脸的惶恐,不知道等待他的会是什么。陈家豪的到来,引起一阵骚动。沉浸在巨大的悲痛中的家属猛然醒悟过来,疯狂地揪住陈家豪的衣服诅咒着,谩骂着,刀子一样锋利的话语,直戳陈家豪的心,好像要把陈家豪杀死偿命似的,受害者家属扬言要严惩杀人凶手,一命换一命。

陈家豪的头涨成两个大。

疯狂的家属瞪着血红的眼睛拉扯着,推搡着,恨不得把陈家豪撕裂。郝杰想过去制止,陈家豪瞪了一眼,他止住了脚步,拳头攥得紧紧的,有和这帮人拼命的架势。陈家豪理亏,一动不动任由他们撕扯,发泄,捶打,他泪水四溢,哽咽着鞠躬道歉说:“对不起,对不起!”

“对不起有什么用?把我娘还给我!”胡德旭揪着陈家豪的衣服不撒手,瞪着血红的眼狼嚎着,咆哮着,好像要把人撕碎似的。都说床前百日无孝子,胡德旭八年如一日不离不弃伺候瘫痪老娘,他对娘的感情颇深。

陈家豪已经卷入这场可怕的战争了,现在必须争取在旋涡的边缘全身而

退，否则后果难以预料。毕竟人命关天啊！

“放心，我一定追查责任，绝对不能让老太太就这么死了。”陈家豪给了这家人明确的答复。

好说歹说，总算把这家人的情绪平复下来。但是胡德旭不是省油的灯，他们把老娘的尸体冰冻起来就是不火化，说要讨个说法。

回到办公室，郝杰诚惶诚恐地问：“姐夫，现……在怎么办？”

陈家豪铁青着脸不说话，面色阴沉得吓人。他气糊涂了，真想甩手给郝杰几个耳光，他气抖抖地指着郝杰说：“你这个娄子捅大了，这是一条人命，我要花多少精力才能摆平这件事！”

他不停地在办公室转来转去。转得郝杰头都晕了，过了良久，他停下来说：“把许栋梁给我叫过来。”

“许律师出去办案了，正在往回赶的路上。”郝杰回答。

“他回来立即让他来见我，你出去吧！”陈家豪不耐烦地挥挥手。

许栋梁脸上挂着细密的汗珠都来不及擦一把，匆匆忙忙赶到陈家豪办公室。

“你先去和那个挖掘机司机的家属谈，让他去公安局自首。不要乱说，就一口咬定是操作失误。叫他记住，不该说的话一句别说。让他把所有的责任揽在自己身上，他进去了，国辉实业每年给他家五万块钱的生活保障金，出狱以后，他就是国辉实业的职工，国辉实业养他一辈子。”

“好的。”许栋梁答应说，转身想走。

“等等，这样的过失杀人能判多少年？”

“最少十六年。刑期过半，可以假释。”

“需要我做什么？”

“你大学的老师李天翔现在不是分管公检法的副市长吗？听说你们师徒关系不错。胡李旭不是在他的手下干吗？让他出面找胡李旭，争取将老人的尸体早日火化，入土为安，不留后患。公安局那边让他打声招呼，不要太较真。”

陈家豪跌坐在椅子上，从早上到现在他汤水未进，全身出了虚汗。思忖良久，他拨通了老师李天翔的电话：“李市长，我是陈家豪，有个事，我想见你面谈。”

“我刚结束会，你过来吧。”李天翔痛快地答应说。

深夜一点,陈家豪才一脸疲惫地跨进家门,郝波知道弟弟闯了大祸了,睡也睡不着,干脆坐在沙发上等陈家豪回来。一看到陈家豪连腿都抬不起了的狼狈模样,知道大事不妙,忍不住关切地问:“处理得怎么样了?”

陈家豪懒得多说,只是摇摇头。

“你倒是说话呀,我这不是寻思郝杰嘛。”郝波不识趣地追问。

陈家豪的火气腾地上来了,累了一天,回家也捞不着清净,还得听她絮絮叨叨个没完没了,在外面想发没发的火一下子被郝波勾上来了,他忍不住站起来指着郝波的鼻子说:“你们两个饭桶,郝杰这是在坏我大事!你们知不知道这是往国辉实业身上抹黑?啊?这是把国辉实业往死路上推。你知不知道现在有多少事情等着我去摆平?你们姐弟俩是烂泥扶不上墙,始终摆脱不了鸡鸣狗盗。我让郝杰担任国辉地产的总经理,不是叫他去给我捅娄子的,我真是看走了眼了。”陈家豪哪句伤人心说哪句,气得郝波浑身哆嗦。

自从嫁给陈家豪,郝波就受气,管她有理没理,错都是她的,现在陈家豪竟然骂她是饭桶,她受不了了,哭得稀里哗啦。

俩人吵得天翻地覆,把老头儿和春花都吵醒了。郝波并不示弱,和陈家豪对吵个不停。

“离婚,娶了你这样的老婆倒了八辈子霉了。”陈家豪气极了,口不择言。

“离就离,谁怕谁。”郝波也不示弱。

“你们都少说两句,半宿大夜的,你们不怕把邻居们吵醒了?都给我闭嘴,睡觉!”老头儿怒吼道。

王惊涛正在和合作者崔永合交谈,张秀荷踏进来时,电话铃正好响了,她说了声“不好意思”接起了电话。

“秀荷,我不在儿子家住了,想跟你们一起住。”老头儿使性傍气地说。儿子媳妇动不动吵吵闹闹,让他心烦。他跟儿子说了多少遍了,家和万事兴,可是没人听他的,照吵不误。

“怎么了,爸爸?”

“这个家冷,我住不下去了。”老头儿诉苦说。

“爸,我现在正忙着,中午接您一起吃饭再说好不好?”张秀荷耐心地哄道。

“那我等你电话。”

崔永合睁大了眼睛，完全被对面这个女人震慑住了。自打她一进门，就觉得这个女人气质不凡，一头飘然的长发，得体大方的休闲装，与人目光相遇时，双眸里总有浅浅的笑意，那目光纯净如水。当得知她就是投资人张秀荷时，心里便有了几分无言的期待。

第一面的印象非常重要。

“我和惊涛决定进驻滨海房地产，想跟你一起合作。把你们的公司包装起来，争取做大。”她说话了。

崔永合没想到，这样一个优雅、矜持的女人，说话会如此谦和、坦诚、恰到好处。他甚至觉得，每一句话都那么令人回味，以至王惊涛叫他时，才如梦初醒。

“多大？”

“注册资金2个亿。”

崔永合不好意思地咧嘴笑了：“嘿嘿，算了吧！干活我行，搞这个，我不拿手。我那个公司，全卖了，能值二百万，还都是流水账。”

当他草草拒绝时，发现张秀荷正含笑看着他。那一刻，他们的目光相遇了。

“你们直接注册公司好了，找我干吗？”他有点不好意思地补充了一句。

“我是个律师，不想扔掉自己的专长；秀荷姐是个女人，不能在外打拼。况且我们都是门外汉，你是个实干家。我要的是你在滨海房地产业界的信誉，再加上你公司的壳子，借你的名字使一下。你怕什么？”

“我考虑考虑，天上掉馅饼总觉得不是什么好事，糊弄人的营生我可不干。”

崔永合是一个小打小闹的开发商，在别人手里承包点小活干干，一年进个十万八万的，他自己挺知足。王惊涛和他打过几次交道，这个人除了粗鲁点，人品还不错。

“你看我像个糊弄人的人吗？我想把事业干大，干好，这才找你合作。我不想做个气宇轩昂、风风火火的女强人，只想在你的背后优雅地做个副总，做个柔柔弱弱的小女人就行了。”张秀荷微笑着不急不慢反诘了一句，她的话不多，但是很有说服力。

在张秀荷那双漂亮而不轻浮的眼睛的注视下，崔永合变得语无伦次了：“嘿嘿，糊弄人的骗子脸上都没贴帖！”

“我说崔永合，你这人怎么不识抬举？你跟在人家屁股后面哼哼点工程，只能赚些小钱，养家糊口而已！机遇现在就在你眼前，你要珍惜啊！这个社会，一个人干不了什么事，得知道整合资源，才能有所成就。”王惊涛点到为止。

“这是大事，给我时间，我考虑一下好吗？”崔永合冷静地说。

崔永合知道，如果接受这个邀请，他的人生可能会彻底改变。可是，天上真的会掉馅饼砸到他头上吗？他有点不相信自己能有这么好的运气。

送走崔永合，张秀荷突然记起答应老头儿的事情，打电话说去接他，老头儿高兴得跟孩子似的，立即出门等着张秀荷。

老头儿像个老小孩一样守着张秀荷大吐苦水，无非是郝波天天给他冷脸子看，进门连声“爸”都不叫；儿子陈家豪早晚都看不见人，末了加上一句：“我要跟你一块儿住！”

“爸，现在拆迁，我借住朋友家不方便，等回迁我一定接你过去住。”

“那我等着你回迁，我就想和你一起住。”老头儿坚持道。

老头儿狼吞虎咽地吃着张秀荷给他点的饭菜，胃口大好。一粒米饭粘在老头儿的嘴角上，随着嘴唇一动一动，服务员看着直笑，张秀荷拿了一张餐巾纸，给老头儿擦了擦嘴，看见眼角有眼屎，又仔细擦拭着。老头儿像个孩子似的乖乖地坐着，任由儿媳妇擦拭，满脸幸福。

“大爷，您女儿待您真好！”服务员羡慕地说。

“这是我儿媳妇。”老头儿笑吟吟地纠正说。

“您有这样的儿媳妇真幸福。”服务员忍不住竖起大拇指。

“嗯！就是，我这儿媳妇没得说！”老头儿心满意足地夸奖说。

17　有了快感就大喊

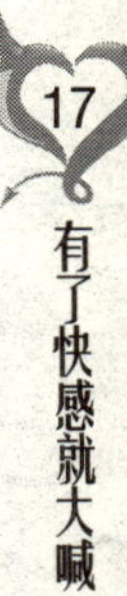

崔永合开着奔驰500，一身名贵，从头到脚焕发着光彩，出现在王惊涛面前。钱真是好东西，转眼之间，张秀荷把他包装起来了，真有点大老板的范儿。

“我这个土包子穿成这样，还真不习惯，嘿嘿……有几个认得名牌的？几万块钱穿在身上，这不是烧钱嘛！啧啧啧……三套衣服十几万，总觉得上晃。”崔永合认为这钱花得不值，张秀荷纯粹在浪费钱。

“你不认，不等于别人不认，识货的人很多。富裕要让别人看见，否则没人相信你真的有钱。穿衣品位，是一种生活态度，更是一种智慧财富。有了钱，你得会穿。崔总穿上这身衣服，真有大老板的气势。”张秀荷看着崔永合这一身名牌，笑嘻嘻地夸奖说。

“不就件衣服？反正我没觉得有多好！穿衣戴帽自己觉得合适就行了，哪里那么多讲究？”崔永合说。

“你现在必须讲究，必须高调，让滨海所有人知道你有钱。该炫富的时候就得炫耀。”张秀荷说，“和人交往，第一印象就看着装。看似简单的穿衣品位，实则包罗万象。男人的品位是女人培养出来的，也是女人夸出来捧出来的。”张秀荷的话包含着丰富的哲理，让崔永合受益不浅。

“我赞同你的观点，好男人是女人捧出来的，此话不假。我都让你捧上天了，晕乎乎的，找不着北了。”崔永合深有感触地说。

张秀荷的观点正确，这年月“人靠衣裳马靠鞍”，“狗眼看人低”的主儿多着呢！

“咱中国人有了钱就爱炫富。有人为了出名，为了炫富，花 65 万多请美国股神巴菲特吃一顿饭，多浪费！有这钱，干什么不好！”王惊涛一脸不屑，和平常日子里那种随和形成鲜明的对比。

“这些都是土老帽干的傻事，崇洋媚外，虚荣心强，也是咱中国人的悲哀！我就不喜欢巴菲特，固执，小气，靠投资发财。不过他也有可取之处，白手起家，热衷冒险，不怕犯错误……”张秀荷说出自己的观点。

“管他娘的巴菲特不巴菲特，啧啧啧啧……别说，花钱的感觉就他娘的爽！我这身行头从头到脚 3 万块钱，怎么觉得烧包得慌？”崔永合的粗话顺口淌了出来。

“以后说话要把口头语去掉，注意形象，别动不动‘他娘的’！这有损形象！”王惊涛瞪了崔永合一眼说。

张秀荷和声细语地嘱咐道：“你现在是永合地产的董事长兼总经理，就要有董事长的派头。不要在乎花多少钱，而要琢磨如何抓住机遇去赚钱，只有会花钱的人，才能赚到大钱。记住，公司的日常事务我会及时处理好，不劳你费心。你是董事长，要有董事长的威严，无论是谁找你说事，如果没有提前预约，你可以一律拒绝接见。一句话，你要处处注意你的形象和威严，你代表的是公司的形象，而不是你自己。还有，你要永远记住，在这个公司里，公司的所有员工都听从你的调遣，为你服务；在表面上，我也是如此。能弄明白其中的利害关系吗？”张秀荷猛灌输如何当好老总的这一观点，给崔永合恶补。

“明白！”崔永合回答道。他边说边浑身别扭地扭来扭去，“怎么觉得这身衣服穿在身上不舒服，板人。”

“别这样不自在，习惯就好了。其实你穿西服的样子蛮好看的，看起来很从容，你具备一般男人都没有的自信。”张秀荷赞美道。

“我相信你的眼光，呵呵，听你的，以后我就穿西装，咱也来个他娘的西装革履洋气洋气。那几套搭配好的西装，我让司机放到办公室的衣柜里了。”张秀荷的观点，崔永合愿意接受。

“晕倒，你是狗改不了吃屎，怎么又带口头语？这些坏习惯什么时候能改掉？”王惊涛哭笑不得。

“不好意思，习惯了，一定改！”崔永合虚心接受。

他的话把所有人都逗笑了。

崔永合心里美滋滋的，但也有点发毛。从今天开始，他就是永合地产的董事长兼总经理了，当董事长的感觉是超爽，不过这总经理肯定也不好当，他是实干家，当官的经验少，能不能把这总经理做得八面玲珑，心里不是太有底。他对自己也不是没信心，做什么事一般都是开头打怵，或者找不着北，但摸到门道儿后，就能大刀阔斧，甚至游刃有余了。

永合地产租下滨海最昂贵的写字楼高调亮相，在五星级大酒店豪门多功能厅大宴宾客。

今天是星期日，来宾都是滨海的头面人物。张秀荷出面，连滨海的副市长李天翔和城建局局长张曙光都请来了。有崔永合仰慕已久的地产界大老板，他曾经在这些人手底下转包一些工程，挣几个小钱。

“老崔，发达了，不忘这帮哥们，够义气！”地产界的大亨们拍着崔永合的肩膀说。

李天翔副市长说了几句简单的祝贺的话，人们恭维着，逢迎着，一团和

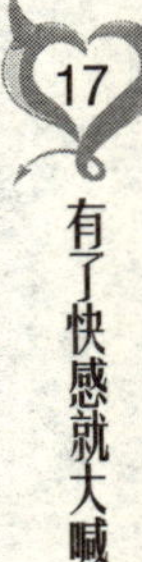

气,酒席桌上气氛热烈。

西苑庄村的书记胡庭河也来了,他和王惊涛是朋友加合作伙伴,西苑庄北面是村里的一片工业园,王惊涛就是这片工业园的特聘律师。大批的外来务工人员积聚在西苑庄,虽然是市郊,比个小城镇还繁华。西苑庄旧村改造了一半,另一半因为开发商资金不足,就闲置在那里,胡庭河当场问崔永合有没有意向去开发。

崔永合知道这样的大主意必须张秀荷和王惊涛来拿,他就是一干活的,就打了个哈哈含糊着,眼睛直瞟王惊涛。

"崔总,生意送上门来了,还不赶紧接?"王惊涛笑嘻嘻地提醒。

"好啊!具体事宜咱们日后商谈。"崔永合得体地回答。

开门红,酒席桌子上接了一单大生意。

从酒店回家,张秀荷和王惊涛各自回了自己的房间。张秀荷喝了一点干红,腮被衬托成桃花面色,坐在电脑前和朵朵聊QQ。朵朵放暑假了,和同学结伴跟着旅行社去了北京,正在用手机上网,跟妈妈汇报行程。

张秀荷的电脑吱吱响了一下,是QQ上有人来信了——是惊涛的网名。

"我喜欢你,自小就喜欢你。秀荷,人生下来的时候只有一半,为了寻找自己的另一半而在人世间寻寻觅觅。有人幸运,能找到,而有些人需要寻觅一辈子。呵呵,我终于找到了自己的另一半,这个人就是你——张秀荷!"

面对惊涛真情的表白,张秀荷渐渐踌躇起来,甚至有些怕了,觉得自己还没有承担这幸福的能力。感情投入进去倒是容易,之后呢?世上万物千般世情,许多是开头就能看见结局的,唯有感情,不能。陈家豪伤她很深,很深,离婚以后,她总是感觉,感情的事情往往是暖一刻,凉一刻,为了不凉,她拒绝付出热度,即使付出了,也总控制在合理的范围内。

万一爱上了,陷进去不能自拔,又该如何?张秀荷想,三年就是一代人了,他们相差六岁啊!可是王惊涛的坚持铁硬到底,一有机会就表白。那好吧,张秀荷想,男未婚女未嫁,似乎可以掩盖所有的荒唐吧?姐弟恋这也谈不上荒唐吧?尽管她无法接受,尽管他不在乎,恋爱与别人有什么关系呢?张秀荷还是陷入了前所未有的迷茫中……

她犯了一会儿怔。想回复,可是不知道怎么回复。又想起那天惊涛在山林里那个炭火一样炙热的吻,脸更加红热起来。惊涛,惊涛,惊涛新月一样闪亮闪烁的眼睛。惊涛笑起来整整齐齐瓷片一样的牙齿。惊涛没有一丝赘肉的身影。惊涛皎洁的面容,分明地写着“青春”二字。惊涛的生命之树正在生发的时节。惊涛叫一切走进他树荫的人,情不自禁想撷取一片青春。

她不由自主在 QQ 上打上:惊涛,惊涛。

不知怎的就发了出去。

门被一阵旋风般的力量打开,张秀荷还没明白过来,腰和胳膊已被人从身后紧紧抱住,接着一股温热的气浪从脖颈后重重袭来。张秀荷吃了一惊,却听见惊涛在身后扑哧笑了:“姐,你叫我?”

回过头,正碰上惊涛如烛的目光,烧得她一身燥热。

惊涛粗重的呼吸声呵得她全身痒酥酥的,张秀荷眩晕了。

“惊涛……你撒手,你疯了,吃错药了!怎么会对我一个老女人动情?”

“秀荷……我没疯,我敢肯定,爱的就是你。”

她恍然领悟,感情哪里是说控制就能控制的?她已经心不由己。张秀荷伸出小拇指,准确无误地勾住惊涛的手,两只手的大拇指跟小拇指连结在一起,四根手指头结出一颗不变的心。

惊涛呼地从下面抄起张秀荷的双膝,毫不犹豫地将她横抱在胸前,然后坚定地朝床边走去。一边走一边俯下身子,热烈地吻住了张秀荷的唇。张秀荷挣扎着想离开惊涛的怀抱,她很用力,但是她自己清楚,这是在做样子。她的力量虽然很大,但是就差那么一点点儿,恰恰不足以抵消惊涛的狂热。对于这一点,惊涛自然是心领神会。时间在那一刻停滞了,偌大的世界突然空了,只剩下两条舌头,深深地、久久地、刀光剑影地交战着。

她被抛掷在床上。惊涛异常灵活起来,几乎毫无阻隔地扒掉了张秀荷所有的衣服,那片温软湿润的芳草地就这样一览无余地呈现在惊涛面前。惊涛的手指像魔棒,伸向那个地方,那里便生出水和火来。

张秀荷娇羞地忍着,没有任何声响。

“秀荷,别忍着,有了快感你就喊。”惊涛诱导着。

张秀荷的目光渐渐迷离起来,像烟波浩渺的海。他捕捉到她的这种目光,顿时激情满怀。她的目光愈来愈朦胧,愈来愈混沌,眼睛慢慢地不好意思地合上了。胸脯却起伏不定,呼吸急促。最激越的乐章启奏了,海面上涌起了疾风骤雨,那汹涌的浪花奔腾着,翻滚着……

她忍不住呻吟了一声，又马上为这样响亮的呻吟声深感羞愧与不安。张秀荷第一次发现可以恣情放纵自己的性欲，又被自己的发现深深震惊着。她这个彻底缴械的女人心甘情愿做了惊涛的俘虏。

张秀荷两腿紧紧箍着惊涛的腰，脚蹬在结实如铁的肌肉上，她有多少力气蹬他，他就生出多少力气来对抗她，她蹬得愈狠，他对抗愈有劲儿。在这之前她并不知道她的身体可以是火，也可以是水。以前她只知道陈家豪说她是木头，是一块肉。

“啊哦——”张秀荷忍不住呻吟着。

欲火在她的体内欢畅地流淌着，激荡地奔涌着，感觉越来越爽，她的呻吟声越来越大，表情越来越迷离……惊涛的刺激让她释放出前所未有的酣畅，欲望在茫茫的荒漠中潜伏了多少年，没想到却被王惊涛给诱导出来，淋漓尽致地发挥着，流淌着，让她无可奈何地抛弃了作为女人的矜持和掩饰，在这个燥热的夏天她突然完成了水和火的蜕变，达到了灵与肉的共同高潮。

那酥麻的感觉让她欲死欲仙，这就是传说中的高潮吧？张秀荷忍不住遐想。

和陈家豪在一起八年之久，她被动地承受着，从来就没有过这种感觉，难怪陈家豪说她是木头。

突然想起陈家豪，张秀荷在心里恨恨地骂了一句，牙齿咬得咯噔咯噔响。

惊涛用手去擦拭张秀荷身上的汗，突然轻轻地笑了。张秀荷问惊涛笑什么，惊涛就是不说。

“你说不说？你说不说？”张秀荷用手挠着惊涛的肋骨，惊涛怕痒，身子扭曲着：“我说，我说。陈家豪怕是一辈子没见过你这疯样子，没听见你快意的呻吟声吧？要不他怎么会舍得离开你？”惊涛用手指绕着她一缕头发叹息：“有的女人外表风骚，但是到了床上，就像白开水一样，寡淡无味；有的女人，外表没味道，甚至是传统的，但是在床上却别有风味，咀嚼无穷。人身上无外乎两大欲望——‘性欲’和‘食欲’，如果女人这两种欲望都旺盛的话，哪个男人愿意出轨？可惜咱们中国女人受传统观点的影响根深蒂固，认为做爱是件见不得人的事，所以性爱就变得索然无趣了。”

张秀荷的心，骤然在水与火的交融中怦然跌落。张秀荷感觉有一种尖利的东西在心头悄然无声地划过，划破了什么和涌流出什么，像撕裂一般疼痛。

是的，她和陈家豪在床上，就像王惊涛所说的，像白开水一样，寡淡无趣。陈家豪常常抱怨，和她做爱，与一块肉或者木头做爱没什么两样。可是和王惊涛做爱，为什么就放得开呢？感觉就是不一样。

王惊涛呆望着她，本来想说点轻松的话题把这尴尬掩盖过去，但是努力了几次，还是没有说出来。

经过了那一天，张秀荷的心情完全变了。她变得气爽心高，生活变得明媚了，有意义了，充实了。

惊涛对她的态度也变成兄长似的。晚上，她依偎在他的怀里，他轻拍着她，喃喃低语。

"秀荷，我打小就喜欢你，和你在一起，是我的福气。"王惊涛嗅着张秀荷的体香亲昵地说。王惊涛自小就依恋张秀荷，总是觉得她身上有着一种与众不同的魅力，举手投足之间有种莫名的吸引力，让他身陷其中不能自拔。

张秀荷给他一个吻："惊涛，和你在一起真的很开心，有你在干什么都踏实。你是我今生的最爱，只要你在我身边就足够了，我什么都可以舍弃。"听了张秀荷的这番话，王惊涛觉得此生足矣！

他们一起去考察了西苑庄村，预测了房子的出售情况。惊涛发现，打工者买房很多是为了方便孩子上学，西苑庄有所小学，215 路公交车西苑庄是末站，从西苑庄出发，20 分钟公交车就到了中学门口，方便快捷。投资西苑庄，稳赚不折。

没几天崔永合就适应了总经理这个角色，已经很好地融入到工作中了，状态极佳。啊噢！我也是老总级别的人物了，像是在做梦，这一天居然来得这么早！他自豪地想。

永合地产和西苑庄村委很快签订了旧房改造计划，崔永合是个实干家，一天到晚泡在工地上，严把质量关，张秀荷很省心。

刚刚开始动工，八字还没有一撇，预订房子的人就很多，抢房子跟不要钱似的。稍微一犹豫，就让人订了去了；再一犹豫，整栋楼没了。销售情况空前火热，这是崔永合没有想到的，他的干劲更猛了。崔永合这个人有点儿迷信，他认为，人这一生挺怪的，有时候一顺百顺，有时候一不顺百不顺。开盘卖得这样火，真是他娘的顺，跟着张秀荷和王惊涛干，真他娘的爽。干大工程和小打小闹，感觉就是不一样，定金像纸片一样飞来，崔永合特有成就感，那快意的

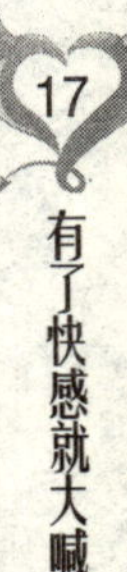

感觉涌遍全身。

崔永合打心眼里感到了满足，他们刚进军西苑庄商品房的开发，就得到了老百姓的认可和追捧。他原来的公司口碑向来很好，口碑是最好的活广告，无需传播成本，还会比媒体广告更形象更具体，最主要的是能带动周边人群的连锁反应。

王惊涛和崔永合的感觉一样爽，惊涛高兴得像狼一样嚎叫着，“嗷——嗷——”把快感酣畅淋漓表达出来。张秀荷笑盈盈地看着王惊涛嚎叫，看着身边这两个男人疯狂瞎闹。

“秀荷，你也喊几句，痛快极了！那感觉爽极了！”王惊涛的情绪感染着张秀荷，她也疯狂地跟着瞎胡闹：“嗷嗷——”那感觉确实爽极了！

仨人大喊着，疯闹着，高兴之余突然一根刺横亘在张秀荷的心里，她的心像被蛰了一下，很疼很疼。这根刺就是陈家豪。现在有实力了，到了该和陈家豪一决高下的时候了。

18 虎口夺食

陈家豪最近忙得晕头转向，和津海市公交车接轨正在热火热络的商谈接洽中，这事得到滨海和津海市市委市政府的大力支持，看样子势在必行。但是服装批发市场附近那块地始终是他的牵挂，他势在必得。

刘成进一直在为此事奔忙。

赵国明来给刘成进过生日，知遇之恩不能忘，在滨海政界，曾有人背地里称他们二人为“官场师徒”……没有刘成进的提拔和重用，就没有赵国明今天的地位和辉煌。

刘成进提到那块地，赵国明说：“老领导啊，你应该比我更清楚，服装批发市场南面那块地是肥肉，想要的人很多，三猫六个眼儿都在瞪着呢。老领导啊，你这是把这个得罪人的难题留给我。”

刘成进便打哈哈。

赵国明说:“既然老领导开了口,我怎么也得批给您啊。可是您也知道,这事操作的难度有点大,咱们得想个万全之策,既要保证您得到这块地,又不至于得罪人。”

刘成进说,走正常流程,事在人为嘛。

赵国明稍微一思忖说:“我懂您的意思。您看这样可不可以,这是一块商业用地,我让国土资源局将这块地公开拍卖,你让国辉实业参与竞拍,至于如何得到这块地,老领导就不用我说了吧?我可以给各个单位打声招呼,让他们配合一下。”

走正常流程,拍卖这块地是唯一可行的办法,看上去既透明又阳光,又可以通过某些手段暗箱操作,控制拍卖结果,的确是好主意。

陈家豪分析说,围标肯定行不通。围标,就是想要得到土地的主儿,邀亲朋好友的公司都来帮忙参与竞拍,而竞拍过程中真正举牌的只有一家,其余的都是陪衬,这样就能以最低的起拍价拿到这块地。围标,只适应小块地操作。国辉实业目前看中的这块地,很多有背景的大公司也都在虎视眈眈,他们自然不会袖手旁观,眼睁睁看着花落别家。自然会有一番角逐,鹿死谁手还不一定呢!说不定白费力气,为别人做嫁衣。

《滨海早报》在一个很不起眼的边角发布了几则土地拍卖的消息,之所以混杂在一起发布,就是为了混淆人们的视线,转移人们的注意力。其中就有陈家豪看中的服装批发市场附近的那块地,报纸上的标的为“城西 911 号地”。

香也烧了,佛也拜了,就等着挂牌期满那块地的拍卖了。国土资源局局长张惠如是个女的,和聂志远关系不错,有生意都介绍到他的拍卖公司,于是就把聂志远介绍给了陈家豪。

没想到张惠如的一番好意,却让聂志远有机可乘。

许多事情积攒到一块了,千头万绪向陈家豪涌来,他恨不得有分身术。国辉公交有一部分车到了报废年限,正赶上国家出台以旧换新政策,得赶紧申报,进的这批新车打算不烧汽油,烧天然气。滨海还没有天然气加油站,向省市打报告审批建造国辉实业的天然气加油站,已经审批下来了,正在选址。

服装批发市场附近那块地已经是十拿九稳的事情了,陈家豪干脆将它交给妻子郝波,让她和聂志远一起暗箱操作。

郝波迈着轻盈的步子走进了拍卖公司,动感优美,聂志远的视线随着她漂移。郝波齐耳的短发，黑亮的眼睛，细长而轻微上挑的眉毛，又高又挺的鼻子，配上精心搭配的服饰，既不失女性的柔意，也不乏职业女性的气质。他以成熟的男人的眼光欣赏她，她既有少妇的成熟韵味，又有有钱人的淡定。她不仅漂亮迷人，而且能让所有的男人为之心动，为之倾倒。

聂志远发现自己在胡思乱想。

郝波越来越近，聂志远只能收回目光。渐渐地，聂志远四周的空气充满若有若无淡淡的香味，是那样的轻柔，那样沁人心脾。

他的心醉了，也迷乱了。一种前所未有的电击感觉传遍全身，也许这就是传说中的"一见钟情"吧？

"郝总，你真漂亮。"肖灵赞美说。女人羡慕女人，是打骨子里羡慕，这叫惺惺相惜。

"谢谢！"郝波矜持地淡淡一笑。

"我来给郝总泡茶。"聂志远殷勤地说。

郝波没有想到，聂志远在把她的杯子递过来的一瞬间，会用他的手指头在她的手指头上轻轻地滑那么一下，一切都在一瞬间完成。郝波当然分辨得出来，那不是两个人肌肤的简单相亲。

奇怪的是，郝波心里如通了电流似的突然生出了一种酥麻的感觉，这种感觉是那样让她心悸。

郝波这次来就是和聂志远谈那块地的拍卖操作。聂志远耐心听着，不断提出自己的建议，俩人合作很默契很愉快。

送走郝波，聂志远的心恍惚了。但是他没忘记这个女人和张秀荷之间的恩怨纠葛，他的心还是向着张秀荷的。

"惊涛，来菜了。你和秀荷姐在哪？我去找你们。"聂志远跟王惊涛打电话说。

聂志远把事情原原本本说了一遍。

"什么？你说什么？"张秀荷不相信自己的耳朵，真是踏破铁鞋无觅处，得来全不费工夫。她做梦都没想到郝波竟然撞到她的枪口上来了，这样的机会岂能轻易放过？

"志远，咱们里应外合，来个虎口夺食怎么样？"张秀荷急切地说，机会难得，她太激动了！

聂志远眼睛里闪过一抹犹豫,没有吱声,他有他的打算。

“切,我知道你小子的花花肠子,看好了郝波是不是? 想借此机会把她弄到手? 别跟我说什么‘一见钟情’,见鬼去吧,我根本不信那玩意儿!”惊涛一语道破聂志远的心思。

俩人在一起时间长了,彼此的心意摸得透透的。用王惊涛的话说,尾巴一撅,就知道拉几个粪蛋。

聂志远笑笑,不置可否。

“我靠,告诉你,你把这块地弄砸了,陈家豪一定朝郝波大动肝火,你趁机拉拢腐蚀,这不就有机可乘了? 切,如果你帮她把事情办好了,哼,恐怕你连擦屁股的机会都没有了。”还是惊涛歪主意多,一语点醒梦中人。

“那咱们真得好好谋划谋划,做到万无一失。”聂志远赞同王惊涛的说法,立即改变主意。

打从他们正儿八经谈土地拍卖的事情以后,聂志远就再也没有轻佻的表示,甚至连握手都漫不经心,看郝波的眼神也是坦坦荡荡的,不带半点儿私心杂念,她不由得怀疑自己的感觉,他们第一次接触时,他是否真的用一根手指头轻轻地撩拨过她。

和聂志远相处,非常惬意,他总能恰到好处地揣摩郝波的心理,默默地做着准备工作,从来不在郝波面前邀功请赏。郝波感受到了拍卖公司这帮人能耐大得很,作为商人,他们最会算投入和产出之间的账,何况这账其实也不复杂,傻瓜都算得清楚。

张秀荷和王惊涛也没闲着,悄悄在做准备工作,以达到瞒天过海的效果。

挂牌期满后,滨海市国土资源局在市民大厅六楼会议室举行了拍卖。这一天恰巧是9月11号,滨海市原分管基建的副市长刘成进,市国土资源局局长张惠如亲自坐镇监督拍卖。

拍卖时间定于上午9点11分。

上午八点半一上班,就不断有开发商凭竞拍资格证书在现场领取写着编号的应价牌,陆续进入拍卖大厅。虽然《滨海早报》刊登得不起眼,但是很多人时刻关注着,因为这块地位于滨海市的服装批发市场南面,和服装批发市场仅一路之隔,有极高的商业价值,炙手可热,不仅滨海的房地产商全都闻讯而

至，外地的一些房地产商也蜂拥而至，想分一杯羹。

拍卖大厅座无虚席，可见这块地的炙热程度，人人都怕错过参与竞拍的机会，早早来了。经常参与竞拍，大多数人相互熟识，相互打着招呼。崔永合带着助手也领取了应价牌，找了个地方坐下。

陈家豪和郝波都没有来，郝杰来了，他正打电话跟陈家豪汇报现场的情况。

有些好事的人凑在一起，交头接耳议论着他们今天的离奇发现。中国人好议论，什么事都能联系在一起，浮想联翩，红的都能议论成白的，黄金也能议论成稻草。这些人小声议论着今天的三个巧合：那就是此次拍卖的标的命名为“城西 911 号地”，今天又是 9 月 11 号，9 点 11 分开拍。有人说 911 这数字不吉利，肯定会撞得头破血流。

不过，与往次拍卖不同的是，今天到会的媒体不多，只有《滨海早报》的记者在现场，连电视台都没邀请。

竞拍时间到了，拍卖师精神抖擞地走向拍卖台。

拍卖师有条不紊地介绍了标的物的具体情况：“城西‘911 号地’位于滨海城西面的服装批发市场附近，是商业用地，服装批发市场生意红火，必然会带动周边地带。‘911 号地’和服装批发市场仅一路之隔，商机无限，是块黄金宝地。‘911 号地’，占地面积 390 亩，起拍价为 3.5 亿元人民币。”

拍卖师介绍地价的时候，下面开始有了一小阵骚动，很多人窃窃私语。

对这样的场面，拍卖师司空见惯，待大家稍微安静后继续道：“此次拍卖加价幅度为每次一千万元人民币，竞买者加价额度如果超过这个数，请喊价说明……下面正式开始，欢迎竞买者踊跃举牌。”

拍卖师话音刚落，44 号竞拍人迫不及待地举起手中的应价牌：3.6 亿！

“第一位竞买人 44 号加价一千万！现在是 3.6 亿！”拍卖师卖力地吆喝着。

有人小声议论：“今天真是邪门了，又是 911，又是 44，怎么一开始就不吉利？”

“就是，咱中国人就讲究个吉利，娶媳妇、搬家都挑个好日子，这么大的拍卖活动，怎么单挑这样的数字？”

13 号竞买人举起手中的应价牌：3.7 亿！

“第二位竞买人 13 号加价一千万！现在是 3.7 亿。”

所有人的眼睛再次瞪大了，13在西方是最不吉利的数字，和中国的4一样不受欢迎。今天真是越来越邪门了，不吉利的数字接连出现。

正在拍卖师眉飞色舞煽动买家加价的时候，突然旋风般从门外冲进来一伙人来，大约有六七个，为首的是一个穿紫色汗衫的小伙子，进来就大声叫嚷，说有事要说。拍卖只好暂时中断。

工作人员立即上前询问，但这群人情绪激昂，好话赖话都听不进去，他们不停抗议着："这块地绝对不能拍卖，早已抵押给我们公司了，30年的使用权属于我们公司！"

人们蒙头转向，秩序顿时大乱。

依照这伙人的说法，正在拍卖的这块土地属于滨海市同济办事处宅子头和河东头两个村，宅子头村上一任书记发展村属企业，和大兴公司一起注册了一家工厂，生产大芯板，因为村里当时没有足够的资金投入，就把这块土地抵押给大兴公司，不足资金则由大兴公司筹齐。

听到这个消息，整个拍卖大厅乱作一团，说什么的都有。有人跟着瞎起哄，有人大声埋怨，有人骂娘，也有人看笑话。场面一片混乱。

"唉！911，911，你说能吉利吗？刚开拍44号就举牌，接着来了个13号。咱中国人干事就图个大吉大利，这种晦气地段少掺和为佳。"人群里不知道谁喊了一声。

"这位老兄高见，我也有同感。不是迷信，干房地产的都信这个。你看看，赵柯竹建的楼上都写着'上吉'两个字，这两个字给他带来无数财运！"有人随声附和。

场面乱哄哄的无法控制，张惠如站起来看了一下闹哄哄的人群，知道一时无法让人们静下心来，便和工作人员商议了一下，让拍卖师宣布中止本次竞拍，等事情调查清楚后再重新拍卖。

拍卖师无奈宣布中止拍卖，又是一阵大声喧闹，很多人拍打着座椅发泄着不满，那些准备充分的竞买者叫嚷着不给个说法就不行。

"我们不走，必须给个说法。"有人大声抗议。

"对，这不是忽悠人嘛！不给个说法今天就不行！"很多人跟风。

"那……愿意等的，就等会儿，我们商量一下，会给你们个答复。"工作人员吞吞吐吐为难地答复。

“唉！看来是温水煮青蛙，我想今天不会有什么结果了，别等了，咱们走吧！”有些人垂头丧气地发表自己的看法。

“老兄所言极是，他们说的不算，还得请示上面，能商量出个屁结果来，我不在这里等了，撤了！”一竞拍者闹心地说。

这番煽动性的蛊惑，让在场所有人的心都拔凉拔凉的，都不抱什么太大的希望了。大概知道今天的拍卖不会有什么结果，一部分竞买者随着这个人撤退了，大厅顿时冷清了许多。

工作人员将那群无理取闹的人请到了隔壁办公室，说是想了解一下具体情况。剩下的竞拍者一开始还抱有一丝希望，翘首以盼，耐心等待，不见动静，有的烦躁了，骂骂咧咧地走了。等工作人员再次来到拍卖大厅时，留在拍卖大厅的竞买者所剩无几。

一位工作人员径直走上拍卖台，不急不躁地向继续留守者解释：“今天的事的确是个意外，这块地有可能存在隐性债务问题，具体情况我们还需要进一步落实核查。因此，今天的拍卖活动不能持续下去了，不好意思，大家请回吧。有消息我们再另行通知。”

大多数人拿着包准备走人，没有希望了，还继续留在这里干吗！突然，有竞买者大声提出了异议：“我们坚决反对取消这次拍卖活动，为了今天的拍卖活动，我们公司耗费了大量的人力物力，如果取消了，那我们的辛苦不就白费了？你们刚才提到这块地涉及隐性债务，我想知道，这债务的具体数目。”

工作人员有些为难，不想说，颇踌躇了一会儿，含含糊糊地说：“多少我也不清楚，你问具体数目，难道这笔隐性债务你愿意承担？”

见要动真格的，很多人不愿意涉险，又有一多半的买家悻悻地离开了，大厅里所剩寥寥无几。

“只要能拍到这块地，我愿意替他们偿还这笔债！”那位抗议者情绪激动，有种不达目的誓不罢休的气势。

大厅里的人惊讶地瞪大眼睛，有人悄声议论：“嗬！这年头，还真有不怕死的，敢硬着头皮上，勇气可嘉。”

“既然这样，少安毋躁！我进去请示一下，立即告诉你们。”工作人员一看有较真的，一溜小跑进了办公室。

在他的诱导和鼓动下，居然有很多竞买者跟着起哄，纷纷表示支持和声援，要求继续竞拍。

“我们要求继续，继续！不能停！”抗议声越来越大，剩下的竞拍者竟然抱成了团。

郝杰坐在一旁没有吱声，冷静地观察事态的发展。

在场的几位领导商量后，答复说：“既然大家强烈要求继续竞拍，又有人愿意承担可能存在的隐性债务，拍卖活动可以继续进行。咱们丑话说在前面，愿意继续参与竞拍者，必须先签订一份愿意承担‘911号地’一切隐性债务的承诺书。”

“我来签。”那位抗议者率先拿起笔。

“等等，真正的债务人在这里，看明白了，白纸黑字红章。”在场的一位男子拿出一份合同，摆在众人面前，合同上赫然盖着河东头村委的公章。

“这是怎么回事？怎么出现两份债务？还一明一暗？”郝杰心中迷惑。

“姐，你快来，大事不好！”郝杰沉不住气了，打电话催郝波。

“看清楚了，你所赔偿的不是几百万，还想签吗？”男子晃动着合同，盛气凌人地问。

“……”那个抗议者缄默无语了，这不是他能做主的事，他只是受人之托，忠人之事。

事情横生变故，先前计划好的一切眼看着就要泡汤了。此时此刻，郝杰已搞不清楚状况了。

牵涉到公司的利益，郝杰急忙凑过去，仔细阅读着合同的内容，辨认着真假。他倒吸了一口冷气，呆呆地瞅着这份合同，拿着承诺书，望而却步。

这份合同不会有假！

“姐夫，情况有变，出现了真正的债务者，合同都齐全。还签吗？”郝杰打电话请示。

“我考虑考虑再给你答复。”陈家豪说。

两帮人这么一闹，谁也不敢签这个字。隐性债务又没有个准数，明的就接近一个亿，很多人心里没底了。毕竟这块地上了几个亿，不是儿戏。

郝杰一遍又一遍拨打陈家豪的电话，总是在通话，又不敢私做主张，急得火烧火燎。

"姐,怎么还没到?签不签?"郝杰一遍一遍电话打给郝波,额头上都渗出了汗珠,他烦躁得很。

"堵车堵得很厉害,我去了看情况再签。"

"我就不信这个邪,我来签。"崔永合拿起笔签上名。

"勇者无惧,我也签。"

……

郝杰这时候也分不清哪些是他们的人了,这件事具体是他姐姐郝波操作的,她不愿抛头露面,就让他来了。他在心里期盼,姐夫,你怎么还不来电话,我该怎么办?这是大事,他做不了主。

这时候有六家公司陆续签了承诺书,郝杰急得如热锅上的蚂蚁。

没想到工作人员以竞买者太少为理由拒绝继续竞拍。

说出的话不给做主,这可引起了民愤,群情激昂。这六家签了承诺书的买家发出严重抗议,死活要继续。根据法律法规明文规定,拍卖开始前,竞买者不低于三人,应当继续拍卖。

民意不可违,拍卖活动不得不继续进行。

来回几个回合的折腾,拍卖师也乏了,失去了原来的神采。他按照程序规定,将前面的话有气无力地重申了一遍,然后宣布竞拍开始。也许是叫一明一暗的债务吓怕了,好多人吆喝得起劲,动起真格的来,就往后缩。拍卖活动开始后,六个买家只有两人先后举牌,一共加了两回价。最终,"911 号地"以 3.7 亿成交。

郝波踏进拍卖大厅,拍卖师的拍卖槌正好落下,尘埃落定,余音还在缭绕。3.7 个亿的业务,拍卖公司槌子一敲,佣金可以有上千万的进账。

"这位先生留下办相关手续,其余人请回吧!"拍卖师说。

"谁拍得了这块地?"郝波抓住郝杰的手,急切地问。

"崔永合。"

"完了,完了。"郝波的脸死灰一样,表情比哭还难看。

"不是咱们的人?"

把攥着的事没想到就在临门一脚时突遭变故,陈家豪兴师问罪首当其冲的当属她郝波。她双腿一软,站立不稳,差点儿晕过去。毕竟,到嘴的肥肉生生被永合地产抢了去,放谁身上都难以痛快。

19 离家出走

听到胜利的消息,王惊涛一把抱起张秀荷转个不停,“哇塞!”这感觉爽极了。第一个回合,赢了!

“陈家豪,你去死吧!往后有你好看的!我偏要和你争斗到底!”张秀荷痛快淋漓地嘟囔道。

王惊涛快乐地自编自唱:“人逢喜事精神爽。这感觉好极了,棒极了,没治了,盖帽了!”

这种做法虽然有点儿不择手段和上不了台面,它却赢得很真实,真实得如同疯长在背后的青苔,没有阳光,却生机勃勃。这不过是螳螂捕蝉黄雀在后,这一招瞒天过海确实高明。

最近干吗吗顺,自从组建了永合地产,张秀荷步入了人生的辉煌。

“秀荷,你真棒!你是怎么说服河东头村书记张明国签订那份合同的?这个老油子不是油盐不进吗?”惊涛好奇地问。

张秀荷笑了笑,这是秘密,不能说。

如果惊涛知道张明国提出的条件是顺利中标后张秀荷陪他去海南一游,不给他捅上刀子才怪呢!惊涛对张秀荷动了真感情,别人动她一个指头,他都会跟人家拼命!

事实上,张秀荷还是缺少承担幸福的信心,感情的天平虽然倾斜到王惊涛身上,她却不能全心全意投入到新的感情里,在她的潜意识里,她是离过婚的女人,和惊涛的姐弟恋是世俗不能容忍的,他们之间存在着一些难以逾越的东西,惊涛应该有自己的路要走。

第一次较量,虽然大获全胜,可是张秀荷却高兴不起来,想到要陪张明国去海南旅游,张秀荷就犯愁,孤男寡女一同出去,天知道会发生什么事呢?

第二天上午,张秀荷把那份盖了章的合同还给了张明国,希望他能够保存几天,以应付上面调查核实。

这份合同在这次竞标中起着决定性的作用。合同上清清楚楚写着:河东头村因为兴建工业园以及配备工业园设施配套，拖欠复兴建筑公司人民币9800万元,村里无钱偿还,特把河东头村北218亩地抵押给复兴建筑公司,有偿使用期30年。

如果张秀荷无赖的话,拿着这份合同告上法庭,那么张明国真的就闯下天大的祸了。白纸黑字红章外加张明国的签字和村委的盖章,具有真正的法律效应。他真的好大胆,敢签一份虚拟的合同交给只有几面之缘的张秀荷,让她以此来搏输赢,就不怕她讨要这笔钱?就是借给别人八个胆,也没人敢冒这样的险。

张明国接过合同锁进保险柜里,回答说:“我会保存好的,为你,赴汤蹈火也在所不辞。”张明国眼神灼灼地瞟了张秀荷一眼,随手递给张秀荷一张飞机票。

“后天上午八点的飞机,我在机场等你。”

张秀荷的心怅怅的,接过机票塞在包里,转身走了。

就为那块竞拍的地,陈家豪和郝波又吵起来了,忍了又忍的愤怒终于爆发了。

自从陈家豪的爸爸妈妈搬来住以后,大大小小的架,记不清吵了多少次。他们今天吵得空前厉害,到嘴的肉却被别人顺手牵羊牵走了,忙活了几个月,却为别人做嫁衣,越寻思越上火。陈家豪的火气很盛,可以说大动肝火。两人相互贬低着,顶着嘴,话愈说愈狠,越说越伤人心。

“什么事也不敢指望你,十拿九稳的事你都能办砸了?不知道你脑子整天寻思些什么?是不是进水了?”陈家豪气愤地指责。

“我按你的计划筹划的,计划不如变化快,谁知道会‘半路杀出个程咬金’来,这怪你考虑不周,不要拉不出屎来怨茅房不好。”

“不检讨自己,反而推卸责任,你他娘的真是成事不足败事有余!当初我是昏了头,瞎了眼,娶了你这样的老婆,倒了八辈子霉了!”

“是我瞎了眼,嫁给你这个狼心狗肺的玩意儿,一天舒坦日子没过。我不是你老婆,是你的出气筒、受气包,这日子没法过了。”

越说言辞越激烈,哪句难听说哪句。

“那咱们就离婚！”陈家豪气愤异常，“离婚”的念头无比强烈。

“离就离，谁怕谁？”郝波根本不买陈家豪的账。

每次吵到高潮，这是他们俩必然会喊出来的话。因为总不兑现也就屡次失效。

“这个败家娘们，在公司公然和我对抗！我的威信何在？”陈家豪怒不可遏，火透顶了，再不发泄出来，他觉得要气爆了，顺手抓起桌上沏满热水的茶杯，用力朝郝波摔去。

“我再叫你嘴犟！”

郝波没想到陈家豪会用茶杯掷她，茶杯不偏不正砸在郝波的头上。盛怒之下的陈家豪出手没轻重，顿时，郝波头破血流。

血顺着脑门流下来，模糊了眼睛。郝波用手一抹，黏黏的，稠稠的，手上鲜血淋漓。

看见郝波头破血流，陈家豪似乎不为之所动，他还在像火车喷气那样从嘴里发出骂咕叽的声音，辱骂着郝波。

“滚！你给我滚！”陈家豪吼道。

郝波悲凉地瞪视着陈家豪，怒火四射，觉得把他生吞活剥也不解恨。她的心彻底凉了，带着满腹怨恨冲到门口，猛地拉开门跑了出去，嘭的一声带上门，好似从此一去就不复返了。

陈家豪气得浑身发抖，还觉得不解恨，郝波的拂袖而去又使他失去了发泄的对象，他大口喘息着，以图尽快平复情绪。可是越想越生气，为别人做嫁衣，这口气他真的咽不下去。想到这，他怒火中烧，站在原处，面对空荡荡的屋子，还在不住地出声咒骂。

这是在公司，他得维护自己的形象，他努力克制自己的情绪，坐到办公桌前，拉开抽屉，掏出一盒苏烟，抽出一支，点燃了，猛吸了一口，让心情慢慢平复下来。

香也烧了，佛也拜了，二十四拜都拜了，前前后后忙活了这样久，到最后竟然是为他人做嫁衣。他不甘心，可不甘心又能怎样？事已至此，无力回天！这个败家娘们做的“好事”！

郝波气糊涂了，并没有马上去处理头上的伤，而是开着车漫无目的地在大街上瞎转悠，她不知道该去哪里，也实在没地方可去。

手机在这时候不知趣地响起来，她烦得要死，没有心思去接，顺手挂断了。

“陈家豪！去死吧！”郝波白了手机一眼，咒骂道，“这时候知道后悔，晚三秋了。夫妻吵吵闹闹很正常，但是怎么能动手呢？打了人，还不知悔改，连句软话都没有，你这样的男人猪狗不如！”郝波在心里狠狠地诅咒着。

可是电话还是一遍遍不知趣地打过来，执著得要命。越寻思越上火，郝波接通电话，火气冲天地怒吼道：“陈家豪，你死去吧！”

“郝总，我是聂志远，你怎么了？”电话里传来聂志远关切的声音。

郝波再也忍不住了，哇的一声失声恸哭。所有的伤心在这一句普普通通的问候中迸发出来，泪水像决堤的海。

“告诉我，你在哪里？我必须马上见到你。”聂志远焦急地问。

“在利群商厦附近。”郝波呜咽着说。

“你停在路边别动，我这就赶过去。”

郝波就这样乖乖地停在路边，等着聂志远的到来。她和陈家豪在别人眼中看起来至少表面是幸福的，可是所有的苦楚只有她自己知道。婆婆的死让他们成了陌路人，气死婆婆的罪名是她系在他心上永远无法打开的死结，他们的感情随着婆婆的去世也永远死去了。

郝波直勾勾地盯着风风火火赶来的聂志远，热泪盈眶。

聂志远大惊失色，赶紧送她去医院包扎。郝波脑门上缝了几针，打了破伤风针，血也止住了。医生在她头上缠了绷带，看上去像是电影里在战场上光荣负伤的战士。

“我送你回家，你这样子满街乱跑，我不放心。”

“不，坚决不回，死也不回家。”郝波拒绝道，说这句话时她的眼中带着无法表述的寂寥。

那寂寥的眼神深深刺痛了他，不由得就想，这女人啊，真不容易，那双忧郁眼睛的背后，究竟还藏着多少无人知晓的伤和痛？转念又想，她太孤立无援。唉！偌大的世界，像她一样苦苦挣扎深陷在商海欲海里的女人真是不少，哪一个不是和她一样遍体鳞伤？

“家已经不是家了，是硝烟弥漫的战场，火药味很浓，一触即发。回家还是吵，回去干吗！”郝波绝望地说。

“那到我家去，好吗？”

聂志远抓住郝波塞进车里，不管她同意不同意。郝波的手纤细柔滑，冰冷而潮湿。那种凉，一直穿透他的血脉和骨髓，直抵他的心脏。他真想抱紧郝波，用他的体温给她暖暖。但是他不能这样做，这样做会被她以为轻佻，会吓跑无家可归的她的。

“走，回家，我做饭给你吃。”

这是夫妻间常说的一句平常话，从聂志远口里说出来是那样自然。郝波的心扑腾跳了一下，她真的说不清楚那一刻的真实心情。只是感觉，她的心口就那么微微地一热，振奋和忧伤夹杂在一起，电击一样地席卷了她。

暴风骤雨似的发泄完了，陈家豪的心情渐渐平复下来，变成浅浅的水纹。他开始后悔自己的过激行为，动手有伤夫妻感情，可是人气极了，情绪失控，哪管得了这些？他感到屋子里空荡荡的，有一种激战过后的战地那样出奇的安静，静得让人别扭，空虚，没着没落的。于是，悔意在他的心里荡漾开来。事已至此，朝着她发火有用吗？

他想给郝波打个电话，踌躇了一阵，放下了，不能惯她这些坏毛病，女人是不能宠的，生够了气她就会回家。他们以前吵架，她也跑出去过，但总是气消了就悄悄回来。天黑了，郝波仍旧没有回家。外面下起了小雨，陈家豪禁不住胡思乱想起来，不会出什么事吧？

他终于沉不住气了，拨了郝波的电话，电话里在重复：对不起，您所拨打的用户已关机。

下午五点多春花就把豆豆接回来了。豆豆这孩子，只要郝波在家，他就立刻翻脸不认春花，只缠着妈妈。但是只要郝波不在，他就跟爷爷好得很，是个知道进退的孩子。从幼儿园回家，豆豆就依偎在爷爷身旁看动画片，看见爸爸进门，就问：“我妈妈呢，她什么时候回来？”陈家豪糊弄他说：“你妈妈去做美容去了。”

“我妈妈怎么还不回来？春花阿姨都做熟了饭了。”

“她一会儿就回来了。”

“那咱们等她吃饭。”

“她在外面就吃了。”

每次都被陈家豪搪塞过去。可是豆豆是何等聪明的孩子，根本就别指望

能一直骗他，他很快抓住了陈家豪的漏洞。

洗澡睡觉的时候，豆豆问："我妈妈呢？"春花漫不经心地说："妈妈在外面和人家谈事。"豆豆说："爸爸不是说去做美容去了？"春花说："也许我听错了。"

"你拨我妈妈电话，我问问她在哪里。"

"洗完澡让你爸爸拨。"

"不嘛，我现在就要你拨。"豆豆执拗得很。

"先洗澡。"春花不耐烦了，呵斥道。

这一呵斥，豆豆翻脸了，赤裸裸站在澡盆里，满面怒气，斥责春花道："妈妈说，我是这个家的小主人，我说的话你得听！"

"那你先披上浴巾，别冻感冒了好吗？我抱你去让爸爸拨。"

豆豆拗得很，他扭动着身子，就是不让春花碰。春花怕豆豆生病，硬是把他从澡盆里提溜出来，准备把他放在脚踏垫上，给他披上浴巾。谁知豆豆力气大得很，在空中双腿乱蹬，火辣辣地大哭："不准你碰我！"他挥舞着双臂，浴巾就是裹不上。

春花正无计可施，忽然传来一声吼："闹什么闹！"

豆豆救命似的喊："爸爸，我要找妈妈。你给妈妈打电话让她回家。我要找妈妈——"

陈家豪再次拨打郝波的手机，还是关机。他慌了，拨打郝杰的电话，又拨打了岳母家的电话，都说没见影。豆豆好像看出了什么苗头，撅着小嘴，跑回房间，使劲关上自己房间的门。

她能去哪里呢？

此刻，郝波正躺在聂志远家的床上准备睡觉。聂志远安慰了几句，想回自己的房间。听着窗外的细雨，像一首泣歌，郝波突然被一种无法言喻的悲哀袭来，隐隐有些惶恐起来，心隐隐地生疼，是那种和丈夫有了罅隙的空洞的疼，是那种婚姻陷入绝境的空洞的疼，那洞隙小得只有她自己知道，却又大得没有任何东西可以填补的痛。想到这里，郝波有了一丝恐慌，在黑暗中瑟瑟发抖起来，她无助地拉住聂志远的手。"不要离开我！"她小声央求道，"我一个人好孤单。"

"好的，我留下来陪你。"聂志远关了灯，坐在床头，轻拍着郝波，哄她入睡。

睡在一个陌生人家里，郝波有些不适应，辗转反侧，难以入眠。一个响雷，炸得房子都颤颤，郝波一下子钻进聂志远的怀里，她有些失神地喃喃道："别走，我怕！"

"我不走，就睡你旁边。"聂志远脱了衣服，钻进被窝。郝波又累又乏，枕着聂志远的胳膊，精神一松懈，居然呼呼大睡。聂志远怎么也控制不住自己的欲望和冲动，他的心在剧烈地跳着，有一种生理需要从心灵向整个肢体蔓延开来，尤其是两腿间那个关键的东西，不由自主地在蠢蠢欲动，他忙把身子侧了过去，使劲向后缩着，怕碰触到郝波。如果是仰面躺着，那个坚硬的东西就把被子顶起来了，几乎要跳动起来似的难以自持。郝波吐气如兰，身体很暖很柔，贴在他的怀里，周身都洋溢着成熟女人的气息，性感、柔情、芳香四溢。她像个成熟的桃子，让人垂涎三尺……

他几乎无法自持……

他不停地告诫自己，"忍耐，忍耐……一定要忍耐……"可是身边这个曼妙的女人像炭火，他是一个正常的男人，怎么能克制得住？他不想乘人之危，怎么办？怎么办？身体热得受不了，欲火在燃烧，难受得要死，再不发泄出来，他就要憋死了。于是他爬了起来，跑去卫生间，在水与火的交织中让体内那团燃烧的火焰喷涌而出。

半夜里，豆豆突然哭闹起来，陈家豪先是好言哄劝，安抚，豆豆就是不听，哼唧着要妈妈。

"我要找妈妈，我要妈妈——"豆豆哭着，絮叨不已。

"乖，睡觉。"陈家豪抱着，轻拍着。

"不嘛，就要妈妈，你告诉我，妈妈呢？"豆豆执拗地追问。

哄了一会儿，陈家豪不耐烦了，干脆告诉豆豆实话："别哭了，爸爸妈妈吵架，妈妈离家出走了，今晚不会回来了。"豆豆一听，放声大哭，哭着哭着，哇一声吐了，喷了一床一地。豆豆自小就有这个毛病，一哭就吐，老太太活着的时候埋怨说这是因为郝波不用母乳喂养的缘故。

陈家豪焦急地喊："春花，豆豆吐了，你快来帮着打扫打扫。"

他的喊声把老头儿也惊醒了，连忙起来，春花麻利地弄干净了地面上的呕吐物，换了床单。老头儿用温水给豆豆擦着脸和手。

“郝波呢？她怎么不过来帮忙？”老头儿诘问。

“没回来。”

“爷爷，爸爸妈妈吵架了，爸爸说，妈妈离家出走了。”豆豆知道向爷爷告状。

“看看你娶的败家娘们，还敢彻夜不归，哼！”

“爸！”陈家豪瞅了豆豆一眼，意思是别说了。

豆豆这么一折腾，全家人都没睡安稳。

早晨，郝波睁开眼，看见自己躺在聂志远的怀里，娇羞地不知道躲到哪里才好。

她脸红的样子好美，聂志远心想。

“醒了？我给你做早饭。”聂志远一个鲤鱼打挺坐起来，结实饱满的肌肉在郝波眼前晃动着，他飞快地穿上衣服。

“吃了早饭，就回公司上班，别让家人担心。”

“我这个样子怎么出去见人？不去！”

“再赖在我家不走，被我非礼了怎么办？我可不是柳下惠，能坐怀不乱，我的忍耐力可是有限的。”

郝波一时很是感动起来，对着聂志远娇羞一笑：“我才不怕，你阳痿，不好使。”

“那咱们见证一下？”聂志远挤了挤眼睛，幽幽地说。

聂志远就是这样一个人，适时地说一些幽默的笑话，把气氛弄得十分活跃、融洽。

“得了，不就是想撵我走吗？我走就是了。”郝波瞪了聂志远一眼，幽怨地说。

“这是家门钥匙，你想来就来，别嫌弃我这个家脏乱差就行了。这是车库遥控器，来了把车开进车库，你那辆宝马太耀眼。”聂志远一一交代。

“这还差不多，起码我的心灵有了一片栖息地，谢了！”和聂志远在一起，感觉很舒服，她真想在他家待下去。

“我上班了，你在家慢慢待着。”聂志远挥手告别。

下了班，一进家门，饭香扑鼻而来，聂志远立马感到饥肠辘辘，狼吞虎咽地吃起来，边吃边说：“有个老婆就是好，一进家门就吃饭，干脆嫁给我得了。”

郝波像个温柔贤淑的妻子，就坐在他的旁边，一边给他夹菜，一边优雅地看着他吃。当聂志远看她的时候，她就装做不经意地把眼光移开。

"郝波，你怎么不吃，光我吃？"他说，"我发现你比前些日子憔悴了不少，气色也不好。"

郝波轻轻摇了摇头："我堵得慌，不想吃。"

聂志远威胁说："人是铁，饭是钢，一顿不吃饿得慌。你不吃，尽管我很饿，我也不吃了，陪你一起憔悴。"

郝波心软了，说："那好，我陪你一起吃。"

他很高兴地给她夹菜，她看着他，笑了一下："聂志远，你是个值得信赖的人，是个谦谦君子。"说到这里，她的脸莫名地就羞红了，为了掩饰自己，她立即低下头吃饭。

聂志远深情地看着她，心跳得厉害。莫名其妙生发了想和她牵手一辈子的冲动，想和她"执子之手，与子偕老"，这感觉是那么强烈、分明。

"今天接了一个案子，我得抓紧时间整理材料。你房间里有电脑，自己玩会儿！我去忙了。"聂志远说。对工作，他向来一丝不苟，今天几个哥们邀请他去喝酒，他拒绝了，工作对他来说，永远是第一位。

忙了一会儿，聂志远内急，匆匆忙忙冲往卫生间，他一个人生活习惯了，忙昏了头，竟然忘记了家里还有其他人。郝波刚刚冲完澡，正在用毛巾擦拭身上的水，而聂志远听到卫生间里没有声音，门又虚掩着，于是他就那样冲了进去。

就在门被完全推开的那一刹那，他整个人都惊呆了。

郝波也惊呆了，而且被吓坏了，以至于忘了惊叫，手里的毛巾掉在地上。一尊玉色的、白皙的近乎透明的玉体呈现在他的眼前，他看到她那杂草丛生的芳草地上露珠欲滴；丰满的乳房高高地耸起，由于惊吓在不停地颤悠着，明亮地晃动着他的眼。他有股原始的冲动，想冲过去吮吸它，爱抚它。

继而醒悟过来，她慌乱地娇羞地用手捂在胸前，转过身去，白皙的身子战栗着。是那样惹人爱怜！

聂志远简直不知所措了，他呆呆地站在那里，心都要蹦出来了。

天啊！这可怎么解释？他真的不是故意的。想解释，又不知从何说起。他明白所有的解释都没有用，只能越描越黑，他觉得自己是那样鲁莽，他的行为在她看来，一定是有意而为之。

这一夜他没睡踏实，胡思乱想了很多，做着各种奇怪的梦。

第二天清早他就悄悄地逃到了律师事务所。这一天，他整个人恍恍惚惚的，心不在焉。郝波这个女人，让他彻底乱了方寸。这是前所未有的状况，以前，他总是游戏人生，可是对郝波，他竟然动了真情。

土地拍卖郝波流标，使郝波偏离了原有的生活轨道，和陈家豪的矛盾纠葛越陷越深，感情的天平自然而然向聂志远这边倾斜。这些都归功于王惊涛的神机妙算。

下午，张秀荷在阳台上给蝴蝶兰浇水，王惊涛站在旁边端详，那盆蝴蝶兰开得娇艳欲滴，引来几只蜜蜂嗡嗡地闹着，更添了几分风韵。

忽然，惊涛像发现新大陆似的叫了起来："姐，你仔细端详端详，蝴蝶兰的花像什么？"

张秀荷仔细一端详，羞怯地笑了，嘴里不住地赞叹："真像！真像！"

"像什么？"王惊涛明知故问。

张秀荷就是不说，"像女性的生殖器"这句话怎么能说得出口？中国人对性、对生殖器本来就讳莫如深，谈性色变。

王惊涛却侃侃而谈："贾平凹的《废都》中不是描绘得直言不讳嘛！'花朵是什么，花朵就是草木的生殖器。人的生殖器是长在最暗处，所以才有偷偷摸摸的事发生。而草木却顶在头上，草木活着的目的就是追求性交，它们长起来就是为了炫耀自己的生殖器，然后招蜂引蝶，草木为了追求这美丽的爱情，只有把自己的生殖器变得绚丽多彩……'"王惊涛对着蝴蝶兰有感而发。

"奇谈怪论！"

"我是就事论事。"

俩人在阳台上打嘴官司，电话铃声响了，王惊涛进屋拿了手机递给张秀荷："陈家豪父亲的电话。"

"秀荷，家豪和郝波打起来了，郝波两宿没回家了。如果他俩离婚，你也没找主，回来好吗？这个家欢迎你！"老头儿痴人说梦似的呓语着。

"爸，你别这样。我现在有我的生活，陈家豪就是离了婚，我也不会回去的。"张秀荷拒绝得干脆利落。

扔下电话，张秀荷兴奋地哭了。好啊！打起来了，离家出走了！哈哈，打吧，打吧，使劲打，打得越欢越好！陈家豪，你家无宁日的时候到了，你的报应到了。

郝波离家出走，太好了！

想起那块地，陈家豪就难受。忙活了许久，即将吃到嘴里的肉刚到嘴边又掉了，摊到谁头上谁都不会心甘情愿。陈家豪从失去“911号地”就在思考一个问题，到现在他还是没有想通：从最初操作到最后敲定，就几个人知道，是哪个环节出了问题？所有事情进行得都很流畅，为什么单单在最后一步杀出个永合地产？将近一个亿的债务，为什么崔永合就敢签订承诺书？这里面有什么猫腻？

郝杰和几个副总私下打探也没有结果。这一次仿佛一切都蒙上了一层神秘的色彩，他们没有获取到任何有价值的信息。陈家豪面对这样的结果更加陷入了迷茫的状态中。

螳螂捕蝉黄雀在后，真是高中还有高中手。陈家豪郁闷地点了一支烟坐在沙发上闭目养神，他不愿意再去想任何事，但遇上这样烦心的事，遇见这样一个看不见的对手也由不得他不去想。当务之急，陈家豪要做的，必须尽快堵死永合地产所有的渠道，千方百计阻挠它贷款，唯一的办法就是困死它。

“永合地产，我要让你怎么吃进去，就怎么给我吐出来！敢和我玩阴的，咱就玩玩看！老子整不死你才怪！”陈家豪拳头握得紧紧的，阴沉沉地砸在沙发上。

20　海南私会

土地已经竞拍到手了，是张秀荷兑现诺言的时候了。

“秀荷，我开车送你去机场。”王惊涛自告奋勇地说。

“我打车去就行了。”

张秀荷心中有鬼，如果王惊涛看见她和张明国一起出去旅游，心里会怎么看她呢？她搪塞着，拒绝着。

“我想跟你一起去海南，你说‘911 号地’还有很多事情要处理，要我留下来陪崔永合一起处理，我听你的。可是为什么不让我送你去机场呢？”王惊涛委屈地说。

“在机场卿卿我我，那么多双眼睛瞅着，我害羞。”

“我亲我的爱人怎么了？有本事他们也卿卿我我？”

“行了，就你歪理多。别腻歪了，我走了。在家看好朵朵，有事给我打电话。”

“我送你上出租车。”王惊涛提起张秀荷的箱子就走。

张秀荷赶到的时候，张明国已经在机场恭候多时了。

飞机起飞了，张秀荷心里突然涌上一股茫然无助的感觉，这感觉是那样无助。就这样随他飞往海南？就这样为了“911 号地”，不顾一切地飞向那茫然未知的世界和不可预知的将来？地已经到手了，本可以不遵守诺言的。可这不是张秀荷的做人原则，答应别人的事就一定要兑现。此时张秀荷心也慌了，意也乱了，眼眶就不由自主地湿润了。张明国眨眨眼，对她温和一笑，伸过手来，紧紧地扣住了她玉笋般的小手，他的手温暖而又潮湿，他望着她的眼睛，一直望到她的心里，说：“别紧张，秀荷，有我在！”

张秀荷抽了一下没抽回来，任由他握着。

可她的神色忐忑不安。

他低语道：“我告诉你，你的未来是安全的！我不会强迫你做自己不愿意做的事情。”

“张书记，我……”

他打断她的话，很郑重地对她说：“有件事，请你帮一个忙，好不好？”

“什么事？”张秀荷有些吃惊地问，她紧张得手心出了汗。难道才上飞机，他就要出难题了？

“你瞧，咱们是朋友，对不对？别张书记、张书记地叫，不就一村书记？咱们在私底下，用不着有职务的称职务，没职务的称同志，对吧？”张明国诙谐地说。

张秀荷困惑地点点头。

“你能不能不要再叫我张书记了？我也不叫你张总？”他一本正经地说，

“我叫你秀荷，你叫我明国或者老张都行！”

哦！原来是这事！张秀荷如释重负，忍不住就含泪笑了起来。虚惊一场！她抚抚心口，长舒了一口气。

他愉快地对她做了个鬼脸说：“最近忙着竞拍累坏了吧？迷糊一会儿，很快就到了。”

经张明国这么一提醒，张秀荷的困意上来了。昨天下午，陈家豪父亲的电话让她的神经末梢兴奋不已，呵呵，打起来了，离家出走了。郝波，你的报应到了，你也有无家可归的时候。

一会儿，张秀荷迷糊着了。

“秀荷，醒来，我们已经到了。”张明国喊。

张明国在三亚亚龙湾的凯特莱大酒店订了一个总统套房，进入酒店，张秀荷站在阳台上一看，惊呆了。海就在阳台下面，蔚蓝蔚蓝的，波浪起伏着，白色的沙滩上有五颜六色供人遮阳的大伞，椰子树长长的叶子在迷人的海风中摇曳着，好像女孩子的长发在随风飘逸。

她不由得张开双臂迎接海风，赞叹道：“哇，好美啊！这地方，我喜欢！”

张明国来到阳台上，端着两杯红酒，笑嘻嘻地说：“喜欢就好。”

“嗯，发自内心喜欢！真有诗情画意。”张秀荷情不自禁地陶醉在这美景中。

张秀荷淡雅地站在他面前，目光是清澈的透亮的，不含一点儿杂质，更不带什么欲望，但这目光足以让张明国生出些许幻想。他陶醉在那股清澈里，定定地望着她。

“来，咱们喝一点儿红酒，增添一点儿情趣。”

他对她举起了杯子，轻轻碰撞在一起，他的脸忽然变得郑重其事：“祝福我们的未来，都能找到适合自己的另一半，这是你我共同的心愿，不是吗？”

张秀荷赞同地点点头，然后一口喝干了杯中酒，他也干了。他们相互照了照空杯子，会心一笑。然后，他深深地凝视着她说：“我带你到这个最美丽的地方，就是想和你单独相处几天，培养培养感情，想给你一个最温暖的家。我老婆前年因病去世，我就寡居，一直在寻寻觅觅，希望找到我的另一半，直到遇见你。看到你的第一眼，我就认定这辈子非你不娶。”

“你我并不合适。”张秀荷拒绝得干脆利落，她这次陪他来海南，纯粹是因

为感恩。

“没相处,你怎么知道?”张明国信心十足。

他中年丧妻,以他的身份和年纪,可以招手即来,挥手即去,想要什么甚至只需传递一个眼神。说媒的都赔了门,大姑娘,离了婚的小娘们儿,外带死了男人的小寡妇,很多主动投怀送抱,他不稀罕。第一眼看见张秀荷,心里那种喜欢就喷薄而出,挡也挡不住。

下午他们随意地逛着,渴了就喝椰汁。

“我想吃榴莲,越臭越好!”张秀荷坐在卖榴莲的铺子边不走了。

“好,咱们吃。”张明国让老板挑了个开口最大的,闻起来最臭的,陪着张秀荷吃起来。只要张秀荷愿意干的事情,他都愿意陪伴,张明国认为这叫妇唱夫随。

“咱们搬一个回酒店,晚上吃。”张明国提议说。

“呵呵,老土,吃臭不闻臭!酒店不让往回搬的,太臭,味儿几天都散不去。”张秀荷笑张明国不懂规矩。

他不好意思地挠挠头笑了。

晚上,他推开浴室的门。

“你应该好好地洗一个澡,小睡一下,然后,咱们一起去看看三亚的夜景!”

“我洗一个澡就可以出去!”张秀荷说。

他摇摇头,疼惜地说:“逛了一下午,你已经累得够戗,我要强迫你小睡一会儿,才可以出去!”

“好吧,不论怎样,我先洗一个澡。身上已经黏糊糊的了,很不舒服。”

抱着要换的衣服,张秀荷走进了浴室。经那温热的浴水里一泡,她才知道自己有多乏。倦意很快地从脚底往上涌,迅速扩散到她的全身,盹意涌上来,她哈欠连天,眼皮要多沉有多沉。走出浴室,那温软的床诱惑着她,张秀荷一下子扑倒在床上,她把头埋在那雪白的枕头里,口齿呢喃不清:“你去洗澡,等你洗完了,我们就去看夜景!”

“好的。”他点点头微笑着说,拉开薄毯,轻轻地盖在她身上。

她信任地阖上眼睛,安然地睡去。这一觉她睡得好香好甜好深好沉好踏实,累乏俱消。

醒来时，她看到窗外阳光明媚，张秀荷惊愕地翻转身子，还好，大床上就她一个人，什么事情都没有发生。

“醒了？来，先喝杯水，清清肠胃。”张明国笑眯眯地从外间走了进来。她接触到的是他温柔的眼神和关爱的脸庞。

“哦，几点钟了？”

他看看手机：“快七点了。昨晚你睡得真香，看样子这几天累着了！”他望着她微笑。

她心里一动，被人呵护的感觉真好。和王惊涛相比，他比较稳重老练，彬彬有礼；而惊涛和他的名字一样惊涛骇浪，敢作敢为，总能给人惊喜。他们是两个类型的男人。

“怎么？你一夜没睡吗？”

“在外间睡了一会儿。”他说。

跟张明国在一起，简洁、明净、轻松，根本无需设防。这个中年男人连一句暧昧的话，一个暧昧的眼神都不曾有过，她甚至产生了隐隐约约的失落。她很惊讶张明国现在这种正人君子的姿态，他和她一起来海南，难道就为了这种所谓的培养感情？

张明国自己经营两个厂，不时有电话打进来，他总是愧疚地、抱歉地看着张秀荷，怕扫了她的雅兴。

这天早晨刚起床，张明国的手机就响了。对方好像和张明国很熟，说完正事就聊起天来。

“我在海南。”

“公干？”朋友问。

“旅游。”

“我马上赶过去看你。”

“别过来了，明天就回去了。”

“住哪？”

“住在三亚亚龙湾的凯特莱大酒店。”

“生意上的朋友要来看我们，没经过你的同意。”张明国像做了错事似的不好意思地说。

“要不要我回避？”

“不用。”

张明国的朋友来了,南方人特热情,寒暄着:“到了家门口也不告诉我们一声,太不够朋友了。这是嫂子吧?气质真好,人也特文静。张总,你们真有夫妻相。”

张明国瞅着张秀荷笑了笑,没有解释,他心里甜滋滋的,巴不得张秀荷成为他的妻子。

“今天有什么安排?”朋友问。

“三亚就这么大点儿一个地方,周围都逛遍了,想随意走走,没什么安排。”

“离这不远刚建了一个方程式赛车场,听朋友说过,我们也没进去玩过,一起去看看?”朋友邀请说。

盛情难却。

“你们是开自己的车,还是租赁?”赛车场的服务员问。

“怎么说?”

“开自己的车,如果我们确认所有的保险都齐全,交上一定的费用,就可以进去。”

“租赁呢?”

“跑车不同,价格也不一样。还得缴纳一定数额的车的保险和意外伤害保险。”

“不差钱,租赁,玩就玩个痛快!”朋友说。

张秀荷一眼相中那款红色的法拉利跑车。除了轮子,跑车通身都是红色,看上去酷似一匹赤兔宝马。这款车不同于一般的四门双排座,是只有两个门的双门单排坐。南方的朋友更识货,朝着那辆保时捷就去了,这是一款蕴含着日耳曼民族魂的梦幻跑车。张明国没选任何车,他坐到张秀荷的副驾驶座上扣好了安全带。

两辆车已经发动,预热,只等着主人登车驾驭。被疾驰向前的欲望推动着,车身轻微颤动着,发出低吟的轰鸣,仿佛两匹鬃毛飘飞、奋蹄欲驰,时刻等候主人的命令准备翻山越岭、跨溪渡江的骏马。

“出发!”

张秀荷一踩油门,车像箭一样弹射出去,仪表盘中的速度指示针猛地蹿升起来。

“嗷嗷嗷——不是盖的，这车玩起来真过瘾！”一阵快感涌上心头，张秀荷由衷地赞叹。

跑车以惊人的速度向前疾驰。南方朋友的车超越了张秀荷的车。张秀荷嘴唇紧闭，一双喷火的眼睛紧紧盯住前方。她的法拉利在加速，企图赶上前面的保时捷。

在一旁呆呆地望着张秀荷这个柔情似水的女子和一个南方人展开生死追逐，张明国在想，这个不服输的小女人，我喜欢。在她柔弱的外表下，有颗敢于自己否定自己、超越自己的心。张秀荷驾车疾驰，追逐的正是欲望化身的她自己。

“害怕吗？”

“真给力！不怕！”张明国直截了当地回答。真奇怪，张秀荷把车开得那样快，那样疯狂，他居然没有感到一丝不安和恐惧，反而觉得可以把自己的生命交付给她。

“那我奋起直追了！”

法拉利不断加速，车速已经超过240迈，车身稍微有点飘的感觉。

没想到这个文静如水的女人骨子里有一股不服输的理念，这是咱们中国女性所缺少的斗志。刹那间，张明国便深深爱上了变幻莫测的张秀荷。

南方朋友挂了免战牌，在这场以生命赌输赢的车赛中，张秀荷取得了胜利。

“过瘾，真过瘾！嫂子，你能激起男人的斗志，让人不自觉地想和你一决高下，和你这样漂亮的女人赛车，其乐无穷！强夫手下无弱妻！”南方朋友赞叹道。

回去的路上，他们有一搭无一搭地随意聊着：“嫂子，喜欢跑车？”

“不喜欢，跑车只适合小姑娘和公子哥玩酷。我喜欢越野，视野开阔，空间大，坐着舒服。”

“呵呵，女人喜欢越野的不多，嫂子确实是与众不同。”

没想到张秀荷很随意的一句话，吸引了张明国的注意力。

在海南的这几天，他们白天东游西逛，晚上住在一个屋檐下，他像呵护孩子一般呵护着她，这种感觉也曾让她疑惑有爱情要生长……

21 眼前的幸福

送张秀荷回家，等跨进电梯时，张明国突然将张秀荷一把搂住，给了她一个拥抱，这是他们唯一一次最亲密的接触。张秀荷明显感到来自张明国手中的男人力度，还有他带着温热的男人气息。张明国开始什么也没说，只是战栗着把她搂得很紧很紧，紧得她有些窘迫，有些无所适从。这时候，她听见了耳边一个声音响起："嫁给我好吗？我是你最佳的选择。"

温和而湿润的气息在张秀荷的耳边与后脑拂过，直拂到她的眼睛，张秀荷有些惶惑地望着张明国，他的眼光是火热的，明亮的，他动情地说："你知道你之于我意味着什么吗？你是我的另一半，我的下半生只有和你在一起才有意义。"

"我没有发现啊，我觉得我们不合适。"张秀荷心慌意乱地逃进家门，就这样狼狈地分了手。

回到家，张秀荷不由自主地给王惊涛打了一个电话说她回来了。

王惊涛万分高兴地说："我马上回家。"

可能是走火入魔了吧？她的心里只有惊涛，再也容不下别人了。这七天的行程，累得她浑身瘫软，放下电话，倦意袭来。

"志远，我走了，有事打我电话。"王惊涛拜托说。

"拜拜，一会儿我也走，今天陪着郝波去拆线。"聂志远一脸幸福地说。

最近聂志远的情绪特别好，因为郝波无处可去，顶着个破头不能去上班，到了上班的点，就来聂志远家报到。自从头破血流以后，郝波和陈家豪越来越疏远。

洗了个澡，张秀荷迷糊了一会儿，等她好梦欲睡欲醒时，睁开眼睛，发现王惊涛坐在床头看她。

"这几天累坏了吧？我替你按一按，放松一下。"惊涛说。

呵呵，有时候王惊涛真像她肚子里的蛔虫，总能洞察先机。他半跪在床头为张秀荷按摩。张秀荷舒舒服服地把眼睛轻轻阖上了。惊涛的力道恰到好处，徜徉在她饱胀的乳房之间，轻轻搓揉着，张秀荷禁不住轻轻地娇喘呻吟起来，欲火在体内燃烧。惊涛是一个行家里手，知道哪些地方可以一笔带过，哪些地方该面面俱到，哪些地方应该重点突出。张秀荷感到浑身的毛孔一下子欢快地张扬开来，她欢快地叫喊起来，声音越来越性感。

"啊！触摸你是多么美妙的事！"王惊涛一边说，一边生动地爱抚着她的臀部和腰部细嫩温软的肌肤。他触摸着她生动而赤裸的肉体，她的身体战栗起来，悸动的灵魂在跳动着……

"嗷嗷——"她性感的声音越来越迷离，有了快感她就喊。她喊得那么自然，那么流畅。自从和王惊涛在一起，她知道怎样表达自己的快感了，不再是陈家豪口里的"肉"或者"木头"了。

他把她圈在两臂中，挤压着她。她在他的怀抱中变得娇小了，那样的娇小而温驯。她溶解在一种无法言喻的平和里，沸着一种剧烈的却又温柔的情欲。他充满温柔情欲的手，奇妙地，令人眩晕地爱抚着她。她觉得他像是一团欲火，温柔的欲火，把两人融化在这火焰中。她情不自禁地迎合着，她的一切为他展开了。

那种猛烈的，果断的，不由分说的进入，是那样的迥异，那样的撩人心魄，一刀一刀直刺进她饥渴的展开的花蕾里，使她重新战栗起来。她在一种骤然的、心悸的快乐中，紧紧抱住了他。她战栗着，心溶解在不可名状的快乐的波涛中，荡漾开来。一种神奇的、惊心动魄的快感绽开着，展开着，在湍急的旋流中，她被淹没了。

在那波涛退落之后，她品味着这一切的美丽可爱。

只有惊涛，才能让她如此疯狂。在这之前，她是个中规中矩的女人，"性是见不得人的观点"压迫着她的心，她认为"有了快感我就喊"是荡妇所为，是她不能容忍的。心也习惯了压迫，任由丈夫在她身上发泄，她像木头一样默默无语地承受着，有了快感她也不会喊。"你木头啊，怎么一点儿反应也没有，我和一摊肉做爱，有什么意思啊！"耳边常常响起陈家豪不满的声音。

陈家豪，你去死吧！离开你，我一样活得有滋有味。张秀荷恨恨地想。

此时聂志远陪着郝波在医院拆线，郝波紧张地抓住聂志远的手，手心满是汗。

“别紧张，没事的。”聂志远安慰她。

“还好，伤疤不大，刘海儿就挡住了。过半个月，擦点疤痕灵，能淡化很多。”护士边拆边说。

“我这就去买。”聂志远回答说。

“你真幸福，你对象蛮紧张你的。”护士羡慕地说。

“谢谢你的赞美！”聂志远对着小护士挤了挤眼，顽皮地笑着。他用目光和她交流着，传递着浓浓的爱意。

聂志远朝着郝波歪头坏笑着，面色潮红而发亮，郝波心头便被什么重重击了一下，她有些冲动，也有些恐慌。她发现自己与聂志远真的已经发生了什么，尽管什么也没做。

这感觉让她的心惶惶的。

和聂志远在一起轻松愉快，如沐春风。和陈家豪在一起除了吵就是冷漠，俩人的关系已经到了濒临死亡的苍白边缘。她受伤以后，陈家豪从来没有问过她疼不疼，伤口深不深。他不担心她心里是否难受，他们之间已经成了陌路人。没有公事，陈家豪从来不会给郝波打电话。

这时候，郝波的电话响了，陈家豪的声音清清楚楚传了出来：“银行的贷款到了，马上回来。”

聂志远的目光黯淡了，好情绪就此破坏殆尽。郝波的心便抖了抖，一种从未有过的感觉在顷刻之间占据了她的大半个心，这种感觉也许很致命。

一个声音在她心里响起：“妈妈！”

为了孩子有个完整的家，她不能红杏出墙，她的内心深处一直拒绝着另类的感情，决心恪守妇道做一个好母亲。陈家豪就是有千错万错，为了儿子，她必须忍，她不能出轨，授他以把柄，她猛地清醒了过来。

她没有与聂志远告别，头也不回独自走了。她下决心想斩断和聂志远的这份若有若无的情丝。

聂志远心痛地喊了一声：“郝波。”

郝波身子震动了一下，依然没有回头。她怕她回头就迷失其中，永远也不能自拔了。她拉开车门，发动车，绝尘而去。

聂志远怅怅地望着她的背影，说不清什么情绪支配着，给惊涛打了个电话诉苦：“哥们让人家给蹬了，从来都是我蹬别人，这次我知道什么叫‘拒绝’了。”

“切！看样子你动了真感情！呵呵，你也逃不过老套的宿命。”王惊涛嘴巴不饶人。

“我一直以为我跟凡人不一样，原来爱情来临的时候，所有人都一样。”聂志远叹道。

“聂志远，你简直是疯了，吃错药了。什么样的女人不能爱，偏偏爱上她。郝波有家庭有孩子，你插一杠子，是不是想破坏人家的幸福？”王惊涛指责说。

“切，你这人还有没有同情心，哥们被人家甩了，委屈恐慌，焦头烂额，整个一个可怜虫，你不安慰，还好意思打趣？”聂志远无限惆怅地说。

“切，安慰一个被女人甩了的男人？我闲着没事干了。你是自找的，干吗安慰你？你好好向我学习，我可是战无不胜攻无不克的英雄。不管这世界如何变化，男人总是喜欢征服，习惯于征服世界来征服女人。有征服欲的男人，更有男人气概，更能博取女人的欢心。你看看我是怎么征服张秀荷的，你这方面不行，嫩了！”王惊涛长篇大论。

窝囊啊，窝囊！多年来他运筹帷幄，却没想到今天败在一个少妇手里。连个道别都没有，他的美好尚未开始就这样结束了。

“真得向你取取经了，好好学学了。我不会放弃郝波的，她是我的最爱，一定锲而不舍，死追到底！”聂志远长叹一声。

王惊涛和聂志远刚打趣完，张秀荷的手机响了，语音提示“有短信”。王惊涛递给张秀荷，张秀荷睡得迷迷糊糊，嘟囔道：“你帮我看看不就得了。”

短信的内容是：海南之行，让我更加坚定了一个目标，非你不娶。我会锲而不舍地追求你，直到你答应为止。

王惊涛眼里的怒火遏制不住了，他扳着张秀荷的肩头就把她扯了起来，一面发力一面问：“说，这怎么回事？”张秀荷被他弄得生疼，挣扎着问：“怎么了？”

“你自己看！”他带着受伤的表情，把手机狠狠地抛掷给张秀荷。他震怒了，原来张秀荷背着他和野男人去海南偷情。

“这是个误会，我们之间没什么。”张秀荷瞪大眼睛回答，面不改色心不跳。

“为什么不事先告诉我？怕我破坏了你们的好事？”王惊涛一只手捏住张秀荷的下巴，一只手攥住张秀荷的胸下力搓揉：“去诱惑男人？我那么爱你，你

却背着我勾三搭四。”

“我没有！”张秀荷的声音都变了，瞳孔开始放大，她挣扎着，颤抖着尖声叫喊，“我没有，没有，没有，就是没有……”

王惊涛泪水纵横，摸着张秀荷的身子心痛得发抖，突然很颓唐地跌坐在床上。

沉默良久，王惊涛真诚地说：“秀荷，咱们结婚吧！”

张秀荷埋着头，不知道怎么回答，她是真怕了婚姻。王惊涛静静地看着她，也不催促。

“惊涛，婚姻是爱情的坟墓。结了婚，所有的爱都随着油盐酱醋溜走了，咱们这样不是挺好吗？”

“不好。我要一纸婚书，它意味着彼此的承诺和责任。我会用心呵护你，给你一个幸福的家。”

“男人都喜新厌旧，等你厌倦了，我也人老珠黄了。我比你大很多，哪有女大男小的？我们不般配的。”

“喜新厌旧是男人们自然的心理现象，从某种意义上说，也是社会进步的原始动力之一。在人生的各个不同阶段，肯定会遇到一些令我们心仪的人，要求自己一辈子只喜欢一个人，那是不现实的，关键在我们面对这样的问题时，采取什么样的态度。我会珍惜眼前实在的幸福，拒绝诱惑。”

张秀荷心头是那样的感动，这个男人很动情啊！

欲望，爱情，随时都会发生；可是爱情，婚姻随时都会凋谢。张秀荷真的很怕再次走进婚姻，虽然张秀荷没有给他承诺，但还是怜惜地将王惊涛揽入怀中。

22 绝境边缘

永合地产除了刚刚拍到的这块新地，手上还有西苑庄在建楼盘，还未建造好的小高层已经销售得差不多了，大部分业主已经交了定金。拍到了“911号地”，永合地产又上了一个台阶，一跃成为滨海最有实力的房地产商。

现在有势力的开发商玩的大都是空手套白狼的流程:先交上一部分定金拿到地——再将土地抵押给银行贷款——项目开工——施工——对外销售——汇拢资金还贷——成立物业公司。

关系硬的人,有时候连地皮的定金也不用付。开发商竞拍到这块地后,通过关系拿到土地相关证明,可以直接向银行申请贷款,银行贷款到位后,再向土地主管部门支付定金和所有土地费用。玩转银行的钱,这才叫本事。

在张秀荷去海南的这段时间,崔永合最近就是按照这个流程在操作,可是处处碰壁。他似乎感觉背后有只黑手在掣肘着他,堵死了他前行的所有通道。他发现自己已经被裹挟进一股洪流,将他卷到了绝境边缘,没有一家银行愿意贷款给他,土地主管部门催着要定金和所有土地费用。

"怎么办?怎么办?"崔永合急得像热锅上的蚂蚁团团转。十月怀胎眼看就要生产了,就因为资金问题莫名其妙流了产,崔永合真的不甘心,可是又有什么办法呢?

一到公司,张秀荷就发现崔永合的神色有点沮丧,呆呆地坐在办公桌前想心事。

"怎么了?"张秀荷问,她那关切的目光使他感到更加不自在。

"土地证办不下来,银行不贷款给咱们,土地主管部门催着要定金和所有土地费用。"崔永合深深地叹了一口气,把手放到汗水淋漓的额头上。

"怎么会这样?哪里出了问题?"张秀荷问道,努力使自己的声音保持镇定。

"我感觉好像有股强大的势力在和我们过不去,堵死了我们前行的道路,使我们寸步难行。"

"有这么厉害吗?"

"嗯,目的就想困死我们。让我们吞不下'911 号地',自己主动吐出来。"

"吃进肚子里的东西,怎么会吐出去呢?你怎么打算的?"

"找关系,力争拿下土地证,从银行贷到款,冲破这个囚笼,打它个漂亮仗。"

"你以为在这种情况下,还会有谁伸出手来帮助我们吗?还会有银行贷款给我们吗?"

"我试过了,没有。"

“先把定金送过去，咱们慢慢想办法。”

“可是，所有钱都垫资在西苑庄楼盘的开发上，公司账面上没有那么多的钱可以支配。”

张秀荷伫立在窗前，没有作声。陈家豪出手了，这在她的意料之中，她知道陈家豪决不会咽下竞标失利的这口气。但她万万没想到陈家豪会出手那么快也那么准，一把就能抓住永合地产的致命之处：以债务纠纷为由，国土资源局不下发土地证，由此封死贷款渠道，置永合地产于死地。她神情散漫地梦游着，目光没有聚焦地望着窗外。该来的都来了，较量既然开始了，就必须有足够的财力来应对。

见张秀荷默不作声，崔永合失望了。女人就是女人，关键时候就没了主意。他狠命地抓着头发，好像要把所有的不顺抓走似的。干房地产的都明白，房地产就是一个巨大的泡沫，泡泡吹得越大，说明这个开发商越有能力越有实力。可是永合地产现在能有这个神力将“911 号地”这个泡沫吹大？连定金都拿不出来，还怎么继续？不会是空欢喜一场吧？想到这些，崔永合的脸刷地变成死灰，一时间整个人像垮了一样，眼睛流露出一种听天由命的光。

“我来想办法。”张秀荷冒出了一句。

崔永合内心隐隐约约怀着最后一线希望望着她，他一个大男人都没有办法，一个弱女子能有什么办法？银行又不是她家开的。滨海所有的银行都拒绝向永合地产贷款，他已经碰了钉子，焦头烂额。一个毫无商战经验的女人能有回天之力？他不相信会有奇迹发生。

“好了，别为这事烦躁了，去西苑庄工地吧！明天你来公司拿定金就是了。”张秀荷胸有成竹地承诺。

“定金从何而来？这不是石头坷垃，有力气去地边捡就行了。”崔永合有气无力地说。

“我可以变出来啊！你静候佳音就行了。”张秀荷故作轻松地打趣了一句。

唉！让她看着折腾吧，不碰一鼻子灰，她不知道天有多高。崔永合在心里想，起身告辞。

看着崔永合离开的背影，张秀荷倒吸了一口凉气。这件事陈家豪绝对不会轻易罢休，他会借力打力，掀起一场轩然风暴，让她寸步难行。

崔永合从公司往下走的时候，很多员工纷纷跟他打招呼，“崔总，再见！”

崔永合心里那种成就感是不言而喻的！当老总的感觉就是爽，人们像众星捧月似的围着你转。可是想到没有钱支付“911 号地”的定金，他的心里就像被猫抓一样难受。

这一天，崔永合心绪不宁，人在西苑庄工地，脑子里却翻腾着无数的思绪，但当他想到永合地产将无力支付“911 号地”的定金时，他的整个身子变得佝偻了，人也矮了半截。

第二天一大早，他来到公司，表面很镇静，若无其事，但从他那苍白的、疲倦的脸上还是看得出这一夜他是在焦虑不安中度过的。

九点了，张秀荷还没有来。他木然不动地站在窗前，心情沮丧到了极点。过了不久，张秀荷穿着高跟鞋走进门来，皮鞋声咯噔咯噔特别清脆，从门口一直敲打到崔永合的办公室，每一声咯噔都刺激着他脆弱的神经，他不由得打了一个哆嗦。张秀荷一脸淡定，他紧张的心都提到嗓子眼了，想问又不敢问，眼巴巴地看着张秀荷。她递上一张支票，这张支票正够付“911 号地”的定金。

崔永合把手放在额头上，他以为是在做梦。他再次瞪大眼睛仔细核对，是真的。天哪！这钱她是怎么变出来的，崔永合长舒了一口气，郁闷的思绪一下子烟消云散。

所交的土地定金是张秀荷自己口袋里的钱。其实，张秀荷完全有能力支付土地定金，她不想让崔永合知道她的水有多深。她是一个非常低调的人，有了钱，还开着惊涛给她买的那辆车。她认为车不过是代步工具，有辆开着就行了。

崔永合乐不可支地拿着钱交付定金去了。

“什么？已经交付定金？”接到土地主管部门的电话，陈家豪吃了一惊。

“给我约国土资源局局长张惠如和各个银行的行长吃饭，你亲自约。另外，让黑子秘密调查永合地产，注意他的一举一动，随时向我汇报。”陈家豪对郝杰说。

“交上定金，我也不会让你好受，跟我抢，我叫你肉包子打狗，有去无回。”陈家豪的拳头攥得紧紧的，眼里闪烁着怒火好像要把人撕碎似的。他要给永合地产使绊，让它寸步难行。

郝波一脚踏进来，看见陈家豪那阴沉的脸庞和着冒着火的目光，知趣地退了出去。

陈家豪的面子就是大,除了工商银行的行长去省里有事没来,其余的都来了。

别小看中国这酒文化,也是一门学问,一门艺术。看似复杂的事情,到了酒席桌上,就突然简单了,很多本来办不了的事,一场酒下来,竟也有了变通的余地。借酒加深感情嘛,喝高兴了,趁着酒兴,什么事都好办。去办公室,正襟危坐,想谈事,准没门。经商之道,如果你少了喝酒的本领,少了劝酒的本领,少了拼酒的本领,你就寸步难行。

酒喝到六成,陈家豪满了一杯酒,敬在场的各位行长:"各位领导,陈家豪有事相求,希望多多帮忙。"

"说,陈总怎么客气起来了?"

"大家也许知道,我们公司参与了'911号地'竞拍,可是永合地产从中作梗,我们公司流标了。我希望在座的各位帮帮忙,不要贷款给永合地产,困死它。"

"这事好说。"

"陈总发话了,我们照办就是了,都是老朋友了,打个电话说声就行了,还这样破费。"

"就因为是老朋友,经常聚聚,谈天说地,不是更好吗?"

"陈总所言极是。来,我建议,为陈总的生意越做越大,干杯!"

23 年龄不是问题

最近一摊子事忙得张秀荷焦头烂额,她和崔永合天天跑银行,款项还是无着落,甚至连西苑庄工程的贷款都被银行给停了。

今天是张秀荷36岁生日,王惊涛早早在香格里拉大酒店订了桌,说晚上邀请几个好友一起庆贺。依着张秀荷的意思,在家包饺子吃就行了,不老不少的,那么张扬干吗?

惊涛推掉了所有的事情,去永合地产陪着张秀荷。

正在说笑间，进来一个陌生人，问："谁是永合地产的张秀荷张总？"

"我就是。"

"您好！我是万盛车行的工作人员，姓王，叫我小王好了。张总，今天是您的生日，张明国张总给您订了一辆车，车款已经全部付清，请您下楼查看一下，核对无误后请签收。"姓王的小伙子说。

"你没弄错吧？我没有叫任何人订车呀！"张秀荷一头雾水。

"如果您是张秀荷张总，我确信没有弄错。"小伙子笑眯眯地说。

王惊涛疑惑地看着张秀荷，看她怎么将戏演下去，又是去海南旅游，又是生日送车，平常日子里张明国的信息一个接一个发过来，越发越大胆，什么情啦爱啊肉麻麻的，完全不担心这些信息会不会被第三者看到。张明国明确表示过，之所以不屈不挠地追求张秀荷，是因为他碰到的是一个绝无仅有的女人，这个率性自然而又灵动智慧的女人让他一见钟情。既然这样，他是不会放弃的。

张秀荷坚持不给他回信息，她相信和他没有缘分，一切无从说起。张明国不过是剃头挑子一头热罢了。不去理会，慢慢会降温的。可是张明国却那么执著，他相信总有一天会打动张秀荷的心，不管张秀荷有没有反应，他一如既往地追求着她。

"你们俩没关系，说破大天也没人相信。没关系他会平白无故送一辆车给你？"王惊涛妒忌了，面露不悦。

这是一辆黑色路虎越野车，线条简约流畅，处处充满霸气，张秀荷打眼一看，立即喜欢上了它。

"嗬！这车真漂亮！"崔永合爱不释手地抚摸着车身说，"真不是盖的！开这样的车就是过瘾！"喜爱之情溢于言表。开车的男人，都希望拥有一款路虎，这是财富的象征。

买这辆路虎越野车，就源于张秀荷在海南随意说的一句话，可见张明国是多么有心的人啊！

"这辆车多少钱？"张秀荷问。

"168万。"

"能退货吗？"

"不能。怎么？您不中意？"

“没什么，谢谢你！”张秀荷犹豫了一下。

送走了万盛车行的小伙子，张秀荷随手开了一张 168 万的支票，递给崔永合，“崔总，这事得麻烦你亲自跑一趟，给河东头村张明国书记送去，感谢他给永合地产买了一辆好车！”

这时候，张明国的电话打进来：“生日快乐！礼物收到了吗？”

“谢谢！”张秀荷客气生分地应酬道，她的声音没有半点让人想入非非的成分。

王惊涛缄默着，感觉很受伤。崔永合走后，他闷不作声地坐在沙发上抽烟，不再搭理张秀荷。

“怎么了？惊涛？”

王惊涛使性傍气地掐灭了烟蒂，问：“秀荷，你是不是觉得两个男人追求你很过瘾？”

张秀荷觉得气氛有点冷，王惊涛的话明显带有火药味。他生气虽然不是暴跳如雷，但是有一种让人无法触摸的距离感。

“他是一相情愿，我跟他没关系。”张秀荷辩解道。

惊涛干脆打翻了醋坛子：“你没跟他说清楚咱俩的关系，你说哪个男人能容忍别人追求自己的妻子？”的确，在王惊涛心目中，张秀荷就是他的妻子，虽然没有一纸婚书，这有什么区别吗？

张秀荷看到王惊涛受伤的表情，心里也不好受，便说：“我心里还残存着上次婚姻的阴影，怕走进婚姻，怕自己再受伤害。你还年轻，有很长的路要走不是吗？”

“这不是理由。爱是没有年龄界限的。”

“可是中国的传统都是男大女小，我们有悖伦理，姐弟恋，会被世俗所不能容忍。”

“管它什么世俗不世俗，只要我们俩在一起情投意合就行了。我爱你，自小就爱你。我要对你负担起责任，一个男人对一个女人和家庭的责任。秀荷，我很认真地请求你，嫁给我，做我的爱人，这一辈子不离不弃。”

见张秀荷没有明确的表态，王惊涛怅然地开车走了，张秀荷的心骤然空荡荡……

晚上，张秀荷踏进香格里拉大酒店，王惊涛抱着一大束红玫瑰迎了过来，轻轻地塞在张秀荷的手里，甜甜地祝福着“生日快乐”！

张秀荷贪婪地放在鼻前深吸了一口玫瑰的芳香，激动地说了声：“谢谢。”

进了花开月圆间，惊涛拿出一幅裱糊好的画，慢慢地展开。嗬！画面上：一朵含苞欲放的荷花上立着一只似乎还在扇动翅膀的蜻蜓，荷叶上的露珠滚动着，娇艳欲滴……静中有动，动中蕴静，这画活了。

惊涛不好意思地说：“这是托朋友请徐悲鸿的嫡传弟子谭勇老先生画的，当然，画面构图是我的创意。秀荷，你就是那朵荷花，我就是那只蜻蜓。这就是我送你的生日礼物，可别嫌弃寒碜啊！当然，和有些人的路虎车相比，这是小巫见大巫。”看样子他还对上午的事情耿耿于怀，这时候还不忘嘲讽两句。

朵朵从玫瑰丛中拿出一张贺卡，伸手掀开，“祝你生日快乐”的音乐从里面飘了出来。

朵朵扫视了一眼在场的所有人，磕磕绊绊地念起来：“今天是你的生日，我把最美的祝福送给你，祝你幸福快乐！”

所有人的目光都被朵朵吸引了过来，朵朵看了大家一眼，接着有板有眼地念道：“自从有了你，生活变得绚丽多彩。”所有人都屏住呼吸等着念下去。朵朵突然停下来了。端详了半天，突然转身问惊涛：“舅舅，你前边这个字读什么，下一句怎么读？”得到答案之后，继续高声朗读：“秀荷，你像荷花一样圣洁，出淤泥而不染……下面的字我不认识。”朵朵滑稽地耸耸肩。

聂志远一把夺过来，接着念道：“濯清涟而不妖。你是我心中永远的爱人。惊涛。”

所有人都幸福地笑了，大家的情绪已经被调动起来，纷纷向张秀荷祝福。

“切！你小子还挺浪漫，费了不少心思吧？哇！好感动啊！我替秀荷姐答应了，嫁给你。”聂志远煽风点火。

“你的那张嘴……”还没等张秀荷把话说完，聂志远给了张秀荷一个夸张的拥抱，他把张秀荷一下子揽入怀中，嘴在张秀荷额头上狠狠亲了一口：“生日快乐！”

“聂志远，你给我走开，你小子怎么总想着占便宜？朋友妻不可欺，干吗拥抱我的秀荷？”惊涛夸张地大叫着。

“哦，谢谢你，惊涛，你说朋友妻，不客气。那我就真不客气了，我还想再亲

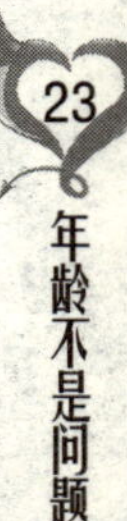

亲秀荷姐呢！”聂志远揽着张秀荷的肩，有意和惊涛斗嘴。

“分开，分开！不要！”王惊涛惊慌失措地大嚷，他知道聂志远真的会说到做到。

“我拥抱我姐，管你嘛事？”聂志远拥着张秀荷灿烂地笑着，他有意逗王惊涛玩。

“也算我一个，我也要拥抱一下，自从跟着张总，进退自如！我发现她很有现代企业管理天分，能洞察秋毫，应付万变，她像一个默默无闻的舵手，掌控着一切，指引我们向前进！”崔永合快意地吆喝着，也来凑热闹。

“放开，放开，这是我王惊涛的私有财产，谁也不准在她额头上乱盖章。”王惊涛拥张秀荷入怀，高兴地瞎唱起来，“大海航行靠舵手，张秀荷就是咱们的舵手，指引我们向前进。”

“呵呵，再说就把我抬举上天了。我只是一个小女人，固守平淡，感激拥有，觉得做正确的事比正确地做事要重要，如此而已。”张秀荷淡雅一笑。

“我就喜欢你这个不张扬的小女人！”王惊涛竟然当着大伙的面给了张秀荷一个甜蜜的吻。

张秀荷羞得快要喘不过气来了。凡事都要有个度，当着这么多人的面，张秀荷真的很不好意思。

张秀荷真的好感动，热泪不住地滑落下来。惊涛总是能给她带来无尽的愉悦、惊喜。

“秀荷，我们喜欢和你在一起的感觉，总觉得你身上有种向心力，不由自主地吸引着我们。你这样的女人，哪个男人都会心动……”聂志远侃侃而谈。

聂志远赤裸裸的表白，打翻了王惊涛的醋坛子：“打住，赶紧打住！秀荷是我的，吸引你干吗，有本事你去找一个啊，别在这里套近乎。”他把张秀荷搂在身边，生怕聂志远胡来。

俩人又掐上了。

他们边吃边唱，惊涛点了一首《心中的玫瑰》，他低沉、浑厚、带有磁性的男中音在屋内回荡着：

在我心灵的深处
开着一朵玫瑰
我用生命的泉水

把它灌溉栽培

啊！玫瑰

我心中的玫瑰

但愿你天长地久

永远永远把我伴随

在我忧伤的时候

是你给我安慰

在我快乐的时候

你使我生活充满光辉

啊！玫瑰

我心中的玫瑰

但愿你天长地久

永远永远把我伴随……

惊涛唱得很动情，很投入，如泣如诉。张秀荷沉浸在这绵绵的幽情里，神情里有一种陶醉的韵味，惊涛的歌声在她心中泛起阵阵涟漪，心融化在因歌而生的感动里。她忧伤，惊涛慰抚她；她快乐，惊涛欢笑；她的喜怒哀乐控制着惊涛的情绪。惊涛的一切所为，不都是为她着想？她就是惊涛心中那朵玫瑰，张秀荷红晕的脸庞像朵荷花娇羞地盛开着，散发着无限的温暖、幸福……她能有今日，是惊涛用生命的泉水浇灌的结果，心里的甜蜜，好像要从眼眶里充溢出来似的。只要跟惊涛在一起，这个世界就变得精彩可爱起来。她乐于为这个男人付出自己的全部，觉得生命因惊涛而精彩。

"妈妈，我赞成你跟惊涛舅舅在一起，如果他能成为我的爸爸，那将是件多么高兴的事啊！"朵朵被这气氛感染了，也鼓动张秀荷大胆作出选择。现在的孩子对离婚司空见惯，不觉得爸爸妈妈再婚有什么不好。相反，她觉得惊涛舅舅就是她和妈妈的依靠。童言无忌！现在的小孩子真幸福，他们有一颗天真烂漫的心，没有忧愁，没有感情纠结，只有对美好事物的向往。他们心底坦荡，不隐藏自己的观点，想到什么就说什么。

"我们都赞成！"所有人快意地呼叫着，举双手赞成。

"谢谢大家的支持鼓励，我将不负众望。"惊涛向大家拱手作揖。

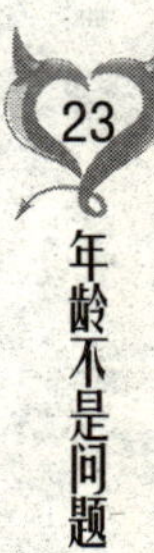

在这样的柔情蜜意下，张秀荷有股回到了年轻时的冲动，差点脱口而出："惊涛，我答应嫁给你！"

一个36岁的"老女人"，嫁给一个事业有成的、生命之树正在生发的30岁的阳光男孩，这合适吗？众人皆醉她独醒，她已经受过伤害，梅开二度，她不能不慎重。

张秀荷微微一笑，没有回应。对于未来的日子，张秀荷不知道如何把握，心里还是充满了孤单与害怕，充满对安全感的渴望。一朝被蛇咬，十年怕井绳。她渴望爱情，却没有足够的勇气去改变这一切。

看着幸福的张秀荷，聂志远心中掠过一丝惆怅，郝波就这样消失在他的生活中，多少日子没有音信了。不是家里那双女人拖鞋和一副洗漱用具提醒他，她曾经存在过，他觉得恍惚做了一个梦，梦醒了，宛如一阵风吹过，了无痕迹。

24 触犯了底线

这段时间崔永合忙着办"911号地"各种手续和贷款，总是徒劳而归。国土资源局的工作人员明确告诉他，因为土地存在债务纠纷，不付齐所有的款项，不下发土地证。真是邪门了！就是磨破了嘴皮，国土资源局的工作人员怎么也不通融，一味跟他讲原则。原则是死的，人是活的，真他娘的能叫泡尿憋死？没有土地证，就不能抵押贷款。眼看规定的期限就要到了，他发现自己已经落入了一个精心布置的陷阱中，已经成了一头困兽。

"情况比想象的要严重得多。"崔永合得出了这样的结论。他没想到会变成这样的一个结果，心里突然一阵茫然，总是觉得哪里出了问题，又找不出症结所在。崔永合的心又被吊到了半空，贷不了款，上哪里去找3亿人民币给国土资源局？他无精打采地回到办公室，向张秀荷汇报了此事。

张秀荷没有表情地坐着，不加修饰的面容显得更有韵味。

"崔总，是你笨吧？别人怎么都能办下来，就你办不下来？"王惊涛戏谑着打趣道。

为了这块地，他用尽了心思，跑细了腿，不知挨了多少训斥，磨薄了嘴皮，好话讲了一箩筐，可是还是被拒绝。被逼得走投无路的崔永合很明显被这句话激怒了，他站起来恼怒地注视着王惊涛，慢慢开口："我笨，我不行，你去办办看看啊！"

这种情况张秀荷早已预料到了，竞拍到"911号地"，并不等于可以尽情地享受胜利果实。相反，却引发了一场你死我活、更加残酷的商战，这是一场双方都没有预期的遭遇战。谁的财力雄厚，谁的关系硬，谁就是这场战争的赢家。

现如今永合地产刚刚跻身于商品房开发领域，脚跟还没站稳，来不得半点马虎。这次国土资源局和各大银行敢这么做，貌似正确行使自己的权力，谁又能保证背后没有黑手趁机兴风作浪呢？

如果真是这样，永合地产将有一场硬仗要打。张秀荷伫立在窗前，新仇旧恨一股脑儿涌上来，她心潮起伏，暴风雨，你就来吧！我张秀荷不会被浪打翻！她攥紧拳头，暗下决心，实在不行就硬着头皮上，没有过不去的坎儿。陈家豪，我张秀荷绝对不会向你低头！咱们走着瞧！

崔永合看到张秀荷不作声，试探着开口说："过些日子，'911号地'就到了交款的最后期限，目前公司账面上的流动资金刚够应付西苑庄开发所需。张总，你说怎么办？"

"你有何打算？"张秀荷反问道。

"这个事真不好办。咱们永合地产目前的资金状况很吃紧。实在不行，咱们把这块地转让出去，赚个差价。"

张秀荷皱着眉头耐心地听崔永合说完了他的想法。

"再有没有其他办法？"张秀荷摇摇头，否定了这个建议。

"另外一个办法就是融资。房地产界都知道这块地存在一明一暗两个债务纠纷，没人敢和我们合伙投资。"崔永合小心地说出了自己的想法，"到时候我们只有放弃到手的土地。"

话虽是这么说，想到那390亩地的地皮无钱支付，崔永合内心生出一阵揪心的疼痛。余痛未消的时间里，又抬头看看张秀荷那张没有任何表情的脸，一阵不祥的预感涌上心头，他立马压下这个念头，努力强迫自己忽略掉这个

不祥的预感。

我这是怎么了？脑子有毛病啊，一天到晚瞎寻思，尽琢磨怎么不好的东西。崔永合暗自骂了自己一句，却怎么也抛不下这份担心。

这么多日子白忙活了，崔永合心里不是个滋味，到时候或许就只剩下听天由命了。

张秀荷一直沉默着，让崔永合琢磨不透她的心思。

此时，落日的余晖洒在张秀荷的身上，崔永合几天前还想大展宏图的心情一下子跌入低谷一样，有些打不起精神。

各种风言风语盛传开来，很多人幸灾乐祸，等待永合地产的是交出土地。甚至有人打赌，永合地产将会昙花一现，从此销声匿迹。

这时候一个利好的消息不胫而走。滨海市将在服装批发市场东面和“911号地”南面建立一所实验中学和实验小学，已经立项。这无疑给人们打了一针兴奋剂，“911号地”的身价骤然飙升，由此成为全滨海的关注焦点。现在很多人买房子，就为了孩子上学方便。崔永合获知这个确切消息时，整件事早在整个滨海地产界散播得沸沸扬扬。

“山雨欲来风满楼”，崔永合对“911号地”无法交纳地皮钱感到懊恼。交不上钱，一切也就功亏一篑，雄心壮志也就无从谈起了。

陈家豪知道永合地产竞拍的“911号地”快要到了交款的期限，他相信谁也没有那么大的财力一把掏出3.7个亿。银行贷款的路已经杜绝了，如果不多渠道融资，等待他们的将是交出这块地。他要的就是这结果。陈家豪狠狠地掐灭抽了两口的香烟，他怎么能甘心坐以待毙？到嘴边的肉就是抢也要抢回来。

房地产商的生命线就在于资金，有资金才会有发展，那么如何才能募集资金呢？最主流的两种方式，一是负债，一是出让权益。融资就是永合地产的当务之急，谁能多渠道获得足够的钱财，谁就能更有效地巩固自己的实力，站稳脚跟。

可是派去打探永合地产动向的黑子回来报告说，崔永合只是在国土资源局和各大银行等部门转悠，根本没有别的融资的渠道。

陈家豪根本就没把永合地产放在眼里。永合地产以前只是个小型开发企业，在一些大开发商手里哼哼一点小项目，仰人鼻息，看人脸色，挣几个小钱。这么一个小企业，想吞下3.7亿的“911号地”，简直是人心不足蛇吞象。不把它踢出局，它就不知道天高地厚。这一刻，陈家豪就动了将其除之而后快的杀念。

“陈总，有个女的总是进出永合地产公司，和崔永合来往密切，甚至陪崔永合去西苑庄工地视察。她开一辆路虎越野车，看样子崔永合对她很恭敬。”黑子报告说。

“姓什么？叫什么？”

“不知道。”

“那你跟我说的这些岂不是废话？”陈家豪训斥道。

“马上打听她的来历！”

当黑子把那个女人的一摞照片放在陈家豪的桌子上时，陈家豪诧异地瞪大眼睛，像着了魔似的翻看着照片。

“陈总，就是这个女人，崔永合对她俯首帖耳。我把她最近几天的行踪都拍下来了。她好像单身，带着一个小女孩。喏，这就是她和她女儿的照片。”

张秀荷和陈家豪离了婚，郝波一跃成了一颗耀眼的明星，她却被所有人遗忘了，相信没人还会把她和陈家豪联系在一起。张秀荷一直很低调，完全消失在人们的视野里，没人注意她做什么工作，和谁在一起。

照片上的张秀荷充满自信地微笑着，站在一辆路虎越野车旁，那淡雅的神情和离婚以前没什么两样，好像比以前更有韵味了。朵朵跟在张秀荷身旁，是那样的兴高采烈，毕竟血浓于水，陈家豪的心忽然被一股柔情裹挟着，变得柔柔的。张秀荷怎么会和永合地产搞在一起呢？崔永合和她什么关系？怎么会给她配置一辆路虎越野呢？这辆车价值不菲啊！

黑子说什么陈家豪仿佛没有听见，直到翻看完了所有的照片，他才回过神来，问道：“你说什么？”

陈家豪的失态让负责调查永合地产的黑子又诧异又好笑，没想到自己把那女人的照片往陈家豪桌子上一放，他就神魂颠倒，这女人真有那么大魅力吗？崔永合那么大的房地产老板，像跟屁虫似的跟在她的身边，这说明这女的非同一般。

“这就是我跟你提到的和崔永合在一起那个女人。”黑子嘿嘿笑着说。

陈家豪忽然意识到自己的失态，淡淡地说：“我知道了，你出去吧！”

"唉！男人都过不了情这一关！问世间情为何物，直叫人生死相许；人生自是有情痴，此恨不关风与月。"黑子在走廊里自言自语地摇摇头，和郝波撞了个满怀。

"黑子，永合地产最近有什么新动向吗？"郝波关心地问。

"嘘！不能说，你直接去问陈总好了。"黑子故作神秘地摆摆手走了。

"故弄玄虚！"

想想黑子的神态，好像真有什么好消息，郝波对永合地产的一举一动都很关心，看见陈家豪办公室的门虚掩着，也没敲门，自顾走了进去。

陈家豪正拿着张秀荷和朵朵的照片在发呆，根本没察觉郝波的到来。

照片上的张秀荷意气风发，神采飞扬，给人以阳光明媚的感觉。郝波醋性大发，她再也忍不下去了，顾不得什么形象不形象了，劈手夺过来："好你个陈家豪，你贼心不死，我还没死，就想和她复婚？怪不得整天和我吵吵闹闹，原来你们还有一腿？"郝波口不择言。

"瞎说什么？"陈家豪怒斥。

"我瞎说？被我抓个正着，还想抵赖？"郝波举着照片，"这就是凭证。我问你，这辆车是不是你送的？她一个打工的怎么买得起这样名贵的车？说，你还送给她什么了？"郝波不依不饶、咄咄逼人地追问道。

郝波胡说八道，陈家豪被完全激怒了，脱口而出："你神经病！"

"你才神经病呢！背着我偷偷送给她们100万，人家不领情，捐了；这回又送车？陈家豪，你还有多少事情我不知道？呵呵，吃着碗里的，占着锅里的，陈家豪，你真够贪心！"

"我和她已经没有任何关系了。"陈家豪越撇清，郝波越不相信。

"没关系？你和这个女人是没关系了，可是你和朵朵扯着骨头连着筋，变着法哄她开心，一送就是上百万，眉头都不皱一下，你当我是傻子？不是送了什么大礼，她们娘俩能这么高兴？"睹物伤情，所有的冤屈涌上郝波的心头。

"真是不可理喻，我不和你说。"陈家豪气得浑身抖擞，他手指着郝波吼道，"滚出去！"

这句话完全激怒了郝波，把她的肝火引着了，新怨旧恨涌上心头，话愈说愈狠。郝波气得无处发泄，把那些照片捞过来，使劲撕扯着，还不解气，手一撂，将照片狠狠地摔到陈家豪的脸上。

“陈家豪，你这个没良心的，怪不得张口闭口要和我离婚呢！原来是旧爱在等着复婚啊！我告诉你，休想！”

“泼妇，这是在公司，不想和你吵，出去！”陈家豪毫不客气地下了逐客令，这在郝波听来是那样的刺耳，陈家豪撵她像撵一条狗一样，她受不了了。

郝波不肯罢休，用那声嘶力竭的声音喊：“戳着短处了吧？理屈了吧？陈家豪，你给我记住，我郝波不是吃素的，你已经触犯了我的底线。”郝波气冲冲地摔上陈家豪办公室的门。

“唉！家门不幸！”陈家豪长叹了一口气，懊恼地坐在沙发上。

郝波实在无法抑制自己内心的怒火，开车疾驰着，箭一样射向伸展在前方的柏油路。郝波这样玩命儿地飙车，是通过这种方式发泄着内心压抑的情绪，再不发泄出来她就要疯掉了。宝马一路狂飙，郝波看着被她远远抛在身后的车辆，一种快感逐渐扩散开来，心情也随之舒畅起来。

“好长时间没看到聂志远了，他最近过得好吗？”郝波每当心情不好的时候，她想到的第一个人就是聂志远。她拨通了聂志远的电话，传来了聂志远漫不经心的声音：“有事吗？”

“心情不好。”郝波干脆实话实说。

“我在老家参加表哥的葬礼，你直接开车去我家，完事后我马上回去。”

“好的。”

等了半天，聂志远才一瘸一拐地回家。

“怎么了？”

“穿了双新鞋，夹脚！”

聂志远说着坐在沙发上挤脚上的水泡，一边挤一边叹气：“唉！表哥啊，表哥，你活着时候咱俩交情可铁了，死了却这么整治我，把坟修在山上，我跟着送葬的一脚一脚量到那里，累都累死了。我自己的葬礼，都用不着我亲自走路。”

郝波忍不住笑起来，顺着他的话题说下去：“你真逗，谁自己的葬礼，还能下地走路？”

“胡乱一说罢了，你就知道挑刺。”

聂志远依旧埋头在挑脚底板的水泡，挑得脚底板全是血，郝波赶紧找了

棉签帮他擦拭。擦一下，聂志远痛得咧嘴龇一下，眉毛上轻轻地挂了个结。聂志远痛得浑身出汗了，干脆脱掉毛衣，只剩下一件低领衫，人就显得格外高大。肩头肌肉一垄一垄的，一丝一绺全是硬肉，浑身上下散发着一股阳刚之气。他戴了一副金丝眼镜，目光从镜片后穿过来，有种说不出的锐利与清爽。

郝波替聂志远擦着额头上的汗。

“别对我这么好，让我浮想联翩。”聂志远油嘴滑舌地说。

“谁对你好了？我是感谢你，在我无处可去的时候收容我。”

聂志远终于挤完了泡，找了几块创可贴很随意地贴上，那肥大的脚掌上顿时有了些许错乱的景致。

“又吵架了？”

“嗯。”在聂志远面前，郝波从来不掖着藏着。

“放着好好的日子不过，吵什么吵？是不是钱多了烫手？”

“不是我要吵，而是陈家豪太过分，和前妻藕断丝连，送钱又送车。”

“挣那么多钱干吗？不送出点你们能花得了？心别那么狭隘，让他送，就当做公益事业。”

“说得轻巧，摊你身上试试？”

“好了，气也消了。回家吧？家和万事兴！”

“聂志远，你是个好人！”

“中了，不用对我进行鉴定、评估了，是不是好人不是你说了算。走吧，回家吧！再待在这里不走，我这个好人可要把握不住自己了，说不定……”聂志远顽皮地闪了闪眼。

郝波瞪了聂志远一眼，悠悠地说道：“我不走，没地方可去，这里就是我的家。”

“别说得那样亲热好不好？这是我家！你有自己的家。”

“用词不当，是我心灵的栖息地行了吧？”

聂志远也许还没从他表哥的丧礼中完全走出来，他像是对郝波又像是对自己说：“唉！生命无常，要好好珍惜生活，珍惜身边的人和事。”

“珍惜生活？要看和什么人生活在一起。”郝波幽怨地抛出了一句。和陈家豪在一起生活，真没劲，除了埋怨还是埋怨。他心中有前妻这杆度量尺，她干什么他都看不顺眼。

“别不知足了,你要什么有什么,还想怎样？”聂志远嗫嚅道。

“鞋子合不合脚,只有自己知道,外人是感受不到的。”郝波伤感地说。

“我想感受,你却不给我机会。”聂志远坏笑着说。

“说话别拐弯抹角,费劲！”

聂志远嘿嘿地笑着:“我想和你生活在一起,你肯吗？你难道没看出来,我对你一往情深？”那神情亦真亦假,让郝波摸不着头脑,分不清真假。

“贫嘴！”

“我是认真的！”

“我走了。”郝波逃也似的走了。

聂志远的心突然空落了,喜欢他的女人很多,可在别的女人身上从来没有这种失落感。

25　地产界的神话

这个星期就是“911 号地”交款的最后期限。永合地产成了滨海的焦点,所有人都在关注着它。

崔永合郁郁寡欢,永合地产上上下下都看在眼里,员工们躲得远远的,生怕一不小心触了霉头。

张秀荷还像原来一样按部就班地上班,她那淡雅的笑容,那从容不迫的神态,看不出有什么太大压力。

有些员工悄悄地议论:“老总和副总就是不一样。你看崔总愁都愁死了,张副总却跟没事人一样。”

“角色不一样,心态就不一样,你这不也和张副总一样淡雅镇定？”

“我就是一打工的,到哪里都是混饭吃。”

“张总就是一副总,这家倒了可以去另一家。”

“言之有理。”

星期一上班,崔永合通知开会,这是一个只有公司高层参加的机密会议。

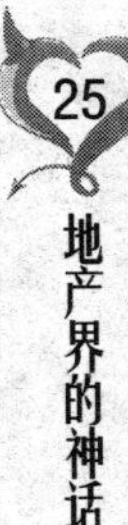

整个会议没有任何的做作和铺垫，简单的开场白后，崔永合话头一转，直奔此次会议的主题："交款日子已近，希望大家群策群力，想想办法。"接着补充了一句，"'911 号地'已经竞拍下来了，不能眼睁睁看着它流失了。"这句话显得那样苍白无力。

高层们没有一个吱声的，老总们都无计可施，他们能有什么办法？没有任何声响的会议室里烟雾腾腾。与会者心知肚明，这个星期五，永合地产交不上3个亿，到嘴的肉就溜走了。

崔永合说完了，不易觉察地向张秀荷微微点点头。

在所有人眼中，公司的一切都是崔永合说了算，张秀荷是崔永合聘请的副总兼出纳，主管财务大权；王惊涛是永合地产聘请的法律顾问。实际上正相反，崔永合就负责施工，大主意都由张秀荷来拿，这是张秀荷和崔永合之间的秘密，不能跟外人道也。

看见大家都不作声，崔永合垂头丧气地挥挥手宣布："散会。"他垂头丧气地回到自己的办公室，一时间仿佛整个人垮了。

不知道是谁走漏了这次会议的风声，各种谣言四起，永合地产再次被推到了风口浪尖上。没有资金，永合地产将乖乖地交出竞拍的土地，崔永合慨叹自己英雄将无用武之地。

"张总，河东头村张书记来了。"

自从海南之行分手以后，这是他们第一次见面。

"张……"张书记差点叫出口，张秀荷想起了张明国在飞机上的抗议，拖长了腔，赶紧改口，"张……大哥，坐坐坐！"

张明国对张秀荷的称呼甚感满意，微微点点头，满脸都是笑意。

他随着张秀荷进了办公室，张明国把门轻轻地带上，满脸都是关切之情："听说永合地产遇到了麻烦，土地证办不下来，银行不贷款，到了生死存亡的关键时刻。秀荷，你有什么打算？"

"和永合地产同舟共济。"张秀荷掷地有声地说。

"你一个副总，何必在一棵树上吊死？实在不行上我那里去干，崔永合给你什么待遇，我也给你什么待遇。"张明国拍拍胸脯说。

"谢谢你的好意，我是不会离开永合地产的，我会和它风雨同舟。"张秀荷摇头拒绝了。

“永合地产有你这样忠心耿耿的副总真是福气。如果用得着我，你尽管开口，我能帮上什么忙，会不遗余力地帮。”

“嗯！”

“好了，正事谈完了，咱们聊私事。我给你发了那么多短信，你怎么不给我回复？讨厌我？”张明国的眼睛直视着张秀荷。

“惊涛给我买的这个手机，功能太多，我都弄不清怎么使用，只会接打电话，连个信息都发不出去。说出来你可别笑话我啊！”这是张秀荷找到的一个合理的能说得过去的借口。她把王惊涛拐上，意思很明显，就是名花有主了！

“嗯，现在的手机五花八门，这理由我相信。秀荷，你是不是觉得我在纠缠你？我是真心喜欢你，只要你不嫁人，我就不放弃。”

“你让我无所适从，我们不合适的，以后不要在我身上浪费时间了。”张秀荷拒绝说。

“以后我还会一如既往地追求你，即使你烦我，我也会坚持，直到你接受我为止。”

张秀荷用她那清澈如水的眸子望着他说：“人和人之间的聚散，自己是无法操控的，世间万事万物，一切皆有缘定，听天由命，一切随缘吧！”

“这么说，我还有追你的机会了？”张明国开心地问。

“什么啦，你怎么这么理解，绝对不是你理解的那样。”张秀荷笑了笑，她的笑声是那样清爽可人。她那双眼睛清澈明净而不轻佻，这对男人来说可是最吸引人的。在这种女人面前，能把握住自己的男人恐怕不多。

“不管什么时候，记得有我在牵挂。有事记得给我打电话，那我走了。”张明国使劲握了一下张秀荷的手说。

“好的。”

望着张明国远去的背影，张秀荷的心暖洋洋的，这是一个肝胆相照的男人，不知道哪个女人有福气能嫁给他。

永合地产最近一段时间，“911 号地”将要流失的负面消息压得每个人心里都透不过气来，整个公司弥漫着一种郁闷的气息，都要把人给活活闷死了。

“兵马未动，粮草先行”，这是自古战场上立下的规矩。永合地产即将上战场了，粮草还没有着落，而且还不是小数目，是 3 个亿啊。最近两天，张秀荷待在屋里悠闲地看“911 号地”的规划计划，几乎足不出户，电话也没往外打一个。

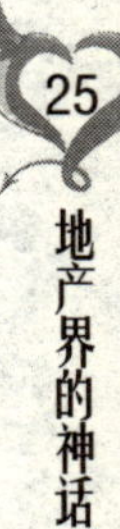

看有什么用，拿不出钱来，一切还不等于零。崔永合心里不耐烦道。

崔永合闭上眼睛，想清静一会儿，但眼前总晃动着人们讥讽的脸，他的心怎么也静不下来。干脆在办公室踱来踱去，不知怎的就又踱进了张秀荷的办公室。

“怎么了？脸拉得比驴还长？”张秀荷关心地问。

“还不是被钱愁的，3个亿的交款期限已经到了。”崔永合沮丧地说。

“你看看你的模样，像霜打了一样。崔总，你的不良情绪会影响公司所有人的心情，甚至引起一些不必要的猜疑。你是公司的老总，不管什么事，都要处变不惊，让所有人摸不着你的底。”张秀荷语重心长地说。

“眼看着‘911号地’就要流失了，我的心情怎么会舒畅？他娘的混账国土局，还有那鳖蛋银行，怎么就处处为难咱们呢？”崔永合一上火，那些粗话喷涌而出。

“崔总，一个企业成功与否，老总的意识和思想起着决定性作用，商场的竞争可以说是各种竞争中最残酷、最激烈、最持久也是最有风险的，稍有不慎，偌大的一个企业就会一败涂地。以后凡事要冷静，不要把不良情绪写到自己的脸上。”张秀荷淡定指正着。

“别整这些没用的了，打肿脸充胖子。我这个老总快要当到头了，交不上钱，一切白搭。”崔永合烦恼地说。

“你怎么知道交不上钱？”张秀荷一脸优雅地问。

“银行不贷款，你怎么办？土坷垃还得费力气搬运呢！这是3亿人民币啊！”崔永合的神情有说不出的沮丧。

“走，你亲自开车，咱们去国土资源局，是时候交地皮钱了。”张秀荷背着包站起来。

“上哪里找钱交啊！”崔永合颓然地说。他苦闷地坐在沙发上，连腚都没抬一下。

“我包里有！”

“什么？你说什么？不是开玩笑吧？”崔永合不相信地扯了扯自己的耳朵。

“喏！你仔细看看。”张秀荷从容地打开包，把一张3个亿的现金支票递了过去。

“天啊！是3个亿。张总，你从哪里找来这么多钱的？”崔永合拿着支票的手抖动个不停，因为激动而热泪盈眶。是的，他手里拿的这张支票，是那样的真实，不是凭空想象出来的。

“暂时保密，无可奉告！”张秀荷粲然一笑，“别发呆了，走啊！”

“噢、噢，好啊！”崔永合被突如其来的惊喜冲昏了头脑，不知道怎么应对了。

国土资源局的工作人员瞪大了眼睛，拿着支票看了又看：“这怎么可能？3个亿就这么轻巧地拿出来？原来所有的传言都是假的，现在的社会真是藏龙卧虎啊，永合地产的确不可小觑！”

“崔总，你们公司可真有实力，‘911号地’可是好地角，小学、中学都有，到时候别忘了给我留一套房子，我孩子快要上学了。那地方升值空间也大，买了稳赚不折。”国土资源局的工作人员打着哈哈说。

“房子没问题，我给你留一套复式的。”张秀荷不张扬地回答。

“不要复式的，就要一套一百平米左右的。”

“这件事我记住了。”

“呵呵，到时候你给我打个折，我去找你的时候，你可别说不认识我。”

“呵呵，哪能呢？眼前这件事你可得给我安排好了，马上下发土地证，我急等着开工。”崔永合接过话题。

俩人之间亲热地聊着，仿佛以前没有发生过龃龉。

“这世道啊！有钱的是爷爷，没钱的是孙子，这社会就是这么现实。现在的人啊，都两副嘴脸，用人朝前不用人往后。前些日子没钱交地皮钱，我低声下气地求爹爹告奶奶，这些人紧绷着个脸，训斥我像训斥条狗似的，说尽了好话，没人搭理你；看见你有钱了，笑容也有了，小嘴像抹了蜜糖似的，一个劲儿巴结。给他留一套房，留个屁！”崔永合一边开车一边发牢骚。

张秀荷看着他那得意劲儿，笑着说：“你怎么就这么点出息？你要是老这么斤斤计较，是干不成大事的。”

崔永合嘿嘿地笑了。

一把掏了3.7个亿，永合地产在滨海现在是威名远扬了。像崔永合这般有着神秘色彩的传奇人物，怕不只是拥有传闻，崔永合在滨海人的心目中已经深不见底了。

“什么？一把又掏出了3个亿？你有没有搞错？”陈家豪接到国土资源局

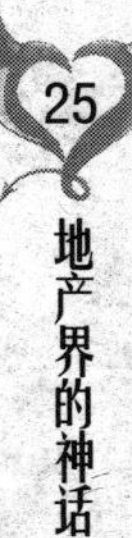

工作人员的电话，几乎不相信自己的耳朵。

“不会的，崔永合带着他们公司的出纳一起来的，我当时都惊呆了。啧啧，永合地产简直是滨海地产界的神话！从来没有见过哪个地产商这么大手笔！”国土资源局工作人员絮絮叨叨不停地说着。

他们停止通话后的很长一段时间里，陈家豪还陷在惊讶的情绪里不能自拔，他想得有些远了，永合地产背后可能有大财团在支持。本来还打算在规划局给它最后一击，精力来不及了，最近有人翻起了旧账，拆迁房屋倒塌压死人的问题不知道是谁捅到了市委市政府，引起了市委市政府的重视。他和崔永合之间的争斗暂告一段落了，他必须把心思用在郝杰给他引起的落乱上。

开发商拿到了土地，并不意味着就可以建房造楼大赚钱了。这里面还牵涉个游戏规则的问题，而这个游戏规则的总裁就是规划局。准确地说，所有房地产项目的规划程序必须上报规划局审批，在下发建设用地规划许可证、建设工程规划许可证后，项目才可动工。

很多项目规划规划局有权利要求反复修改，这里面学问可大了，猫腻可多了。陈家豪当时就想利用这个做手脚，可是他自己先乱了手脚，根本无暇顾及这些了。

对于开发商来说，时间就是金钱。一个楼盘，从拿地到销售完毕，一般的周期，快则一年半载，慢则两三年，甚至更长。

26 冰火两重天

现在腾出手来了，是反击的时候了。俗话说得好，“不怕贼看上就怕贼惦记”，国辉实业现在被王惊涛和张秀荷惦记着，出事是早晚的事。

祸不单行。

媒体那边也有了麻烦。

王惊涛不知道从哪里了解到国辉地产旧城改造砸死人的来龙去脉，他找到了津海市第一媒体《津海都市报》的房产部主任李相洲。此人与他是铁哥们，志趣相投。

“滨海旧城改造，房屋倒塌压死人案子后天宣判，你这个版面有东西可写了。”

“哪家公司？”李相洲立马来了精神。

“国辉地产。”

“切，你这不是砸我饭碗吗？国辉实业每年在《津海都市报》的广告投放量近千万，如何得罪得起？”

见状，王惊涛一脸严肃地说：“兄弟，你想想，现在旧城改造本来就是焦点，人命案子闹得沸沸扬扬，滨海市政府脸上都挂不住了，急需要树立形象啊！你们的报纸本来就是倾吐老百姓的心声，如果你抢先占据这个平台，对你来说百利无一害。现在的媒体这么强大，你们不报，别家也会报。这个案件透明度高，后天就要宣判了，明天一篇这方面的文章引起读者关注，后天一篇现场宣判报道，你这个版块肯定火。”

李相洲如醍醐灌顶，但是还在犹豫不决。

“切，你小子歪理就是多，怪不得别人口袋里的钱都进了你的腰包，你那张嘴不说盖的！说实在的，不想丢了这个大客户。”

“切，还是新闻记者呢，连破釜沉舟的勇气都没有？男人嘛，总要颠覆一些旧的东西，破旧迎新，这样才能不断突破自己，战胜自我。不就一个大客户，值得你那样嘛！”王惊涛说。

“砸了大客户，还颠覆自我呢，到时候我到你门上要饭吃！”

“还跟我要饭吃，我给你提供线索，你小子不请我撮一顿？越来越抠门了。”

李相洲一推他手说：“别贫了，你能帮着把案例调出来看看？”

“这案子不在我手，不过我可以找人帮忙，带你去打探一下案情。”

“那谢谢了。”

“写好文章就是对我最大的感谢。”

李相洲立马就将选题报给了分管老总，老总说：“好，赶快整，抢在其他报纸前面。”王惊涛当即给滨海法院的几个铁哥们打了电话。他们说：“全力配合。”

陈家豪正在办公室和律师谈明天开庭的事情，桌上的电话响了，里面传

来老头儿特别阴沉的声音:“你看看今天的《津海都市报》,你这孩子怎么能作这样的孽啊! 老天爷,我怎么养了你这样一个只认钱不认人的孽障! ”

“爸,我怎么了? ”陈家豪被老头儿骂得晕头转向。

“你现在去看。”说完气呼呼地挂了电话。

陈家豪赶紧招人送来今天的《津海都市报》。头版的显著位置有两张照片,一张是死去的老太太蒙着白布的,可能是公安局的资料照片,另一张是肇事挖掘机司机的照片。报道称:“三个多月前,滨海市旧城区改造一处拆迁房被强拆,80 岁瘫痪老人命丧挖掘机下。肇事司机主动投案,这个案子明天宣判……”陈家豪看到这里,无比懊恼地咬了咬牙,用手敲打着自己的脑门。

“你看看,眼看着就要压挺过去了,末了末了来了这一出,每年付给《津海都市报》近千万的广告费,算是喂了白眼狼了。”陈家豪火冒三丈将报纸摔在地上。

“这帮记者无孔不入,唯恐天下不乱。唉! 这么一报道,明天的宣判肯定会吸引各大媒体到场,我告辞了,回家斟词酌句,准备明天的案子。”看见陈家豪火冒透顶了,许栋梁找了个理由赶紧溜,他可不想在这里当枪靶子。

媒体这么一报道,国辉实业显得很被动,方方面面威胁和麻烦接踵而来。津海市和滨海的众多媒体对这次“强拆风暴”声调几乎一致,要求追究根源,严惩凶手。

老百姓都关心旧城区改造的问题,来旁听的群众坐满了大厅,座无虚席。各大媒体早早来到,等候开庭。

挖掘机司机一出场,闪光灯亮个不停,他成了所有人关注的焦点。他在法庭上承认是操作失误,说对不起死者家属,对不起自己的家人,认罪态度恳切,对法庭宣判没有异议。

媒体再一次把国辉实业推到了风口浪尖上,老百姓的声讨声不绝于耳。

此事引起了滨海市委市政府的高度重视。

此时滨海的一把手和二把手刚作了调整,刚调任过来的市委郑书记此前就以整顿房地产开发环境和市场而闻名遐迩。除此之外,刚刚扶正的李天翔市长也有此决心。

这时候,全国接连发生强拆逼死人的案子,引起了中央的重视。国家再一次对“强拆”明确政策表态。滨海市政府对“强拆风暴”整顿的决心已初见端倪,一切绝不同于以往。

陈家豪面对这越来越严峻的形势,感到了事情的棘手与麻烦。他原以为,以国辉实业目前的实力,市政府怎么也不会拿明星企业开刀。但陈家豪低估了市委郑书记狠抓旧城改造强拆的决心和魄力。

谁知更让陈家豪担心和头疼的问题还在后头。

“市里近期想借中央文件精神整顿房地产市场,重点是抓旧城改造和强拆方面的问题,并想树一个反面典型,达到杀一儆百的效果。新来的郑书记决心很大啊!”这是刚刚扶正的李天翔市长向陈家豪透露的可靠消息。

这些天陈家豪心里一直不安稳,生怕出点什么事,让上边抓着把柄,树立成反面典型。越怕越出事。郝杰冲了进来,边跑边嚷着:“姐夫,出问题了。”

“怎么回事?”陈家豪惊问道。

“有几个拆迁户又来闹腾了。大清早工人刚进工地,就看到两个人戴着安全帽在往塔吊上爬,以为是工友,就没在意,两人爬到塔吊顶部以后,有人忽然拿出一个高音喇叭,说我们强拆了他们的房子,骗他们签订了卖房协议,要求给个说法。”

“天不怕地不怕,就怕拆迁户来找碴儿”,这是房产圈的一句流行语。

“啊?在这节骨眼上可千万别出事。”陈家豪的心提到了嗓子眼里。

他开车就冲向工地。工地上乱了套,所有的工友都停下手中的活儿来看热闹,围得里三层,外三层。110的民警仰头叫喊着在做工作,消防队员在忙着展开急救网,以防万一。陈家豪挤进人群,看见两个三十多岁的男子耷拉着两腿悬在塔吊的外面,离地足足17层楼高。险情突然间发生了,其中一个一只鞋子掉了下来,急遽地坠落着,人们的心揪紧了,随着那只鞋往下跌落,扑通一声跌落在地面上。亏着是一只鞋,如果是个人从那么高的地方跌落,一定会粉身碎骨,后果不堪设想。陈家豪的心战栗着揪在一起。

要命的是有人用公用电话通知了各大媒体,滨海电视台正在现场录制,陈家豪不由自主地倒吸一口凉气。在这个节骨眼上出这样的事,这不是自寻死路嘛!

这也就罢了,陈家豪最为气愤的是津海市的一些媒体也闻风而至,《津海都市报》房地产栏目的李相洲也在现场。

怨不得这些拆迁户闹腾,有些人稀里糊涂签订了卖房条约,拿不到买价

一半的房子钱，在物价上涨的今天，想再买一栋房子，何其难！继而明白过来，为时已晚！

时间已经过去了将近两个小时，事情依旧没有得到解决。看到被围得水泄不通的现场，陈家豪不得不采取息事宁人的办法，迫不得已向拆迁户屈服，答应拆迁户把钱退回来，按照原来丈量的平方数给他们商品房，外加15平方公摊面积。

当天晚上，滨海电视台以新闻的形式对国辉实业拆迁建筑工地上出现的事进行了简短的报道。不管滨海人民怎么看待这次拆迁户爬上塔吊讨说法的事，陈家豪需要以此为诫。

李天翔在晚间新闻结束后给陈家豪打来电话。因为陈家豪是他的学生，所以说得很直白。李天翔非常严肃地告诫陈家豪："市里这次对房地产整顿的决心很大，对这件事很重视，郑书记亲自打了电话询问这件事，你还是要作最坏的打算。好自为之，切记不要往枪口上撞。"

舆论导向混淆人们的视听。《津海都市报》第二天在头版又报道了此事，引起了不小的反响。津海市分为五区六市四县，滨海市只不过是津海的一个县级市。《津海都市报》借助滨海市政府对房地产市场整顿的契机，大肆地屠杀着国辉实业在人们心目中的良好品牌形象。这让陈家豪大为恼火，没有一个实业家不在乎自己在公众心目中的形象。

按下葫芦起来瓢，这些天陈家豪在不停地应付媒体的采访，焦头烂额，烦不胜烦。

记者这么一报道，旧城改造的楼盘销售量明显下降。陈家豪气得将《津海都市报》团成一团，狠狠扔在墙角。

屋漏偏逢连夜雨，逆流又遇顶头风。旧城改造的楼盘问题百出。订购15层以下的业户发现了一个问题，因为楼层密集，15层以下几乎见不到阳光，很多业户串通起来，和国辉地产打起了官司，讨要阳光权。

和焦头烂额的陈家豪比起来，张秀荷要悠闲得多。快过年了，王惊涛和张秀荷带着朵朵到社会福利院看望孤寡老人。自从捐赠了那100万，他们就和这些老人结下了不解之缘，每隔一段时间，就来看望慰问，问寒问暖。

张秀荷给每个老人买了一套新衣服，掉光了牙齿的老太太、老头儿乐得合不上嘴，亲热地拉着张秀荷的手东拉西扯。朵朵拿着指甲刀给爷爷奶奶们修指甲，惊涛在给老头们理发。

院长围着他们转来转去：“现在都集体供热了，福利院还自己烧锅炉，提不起温度来。附近正在开发居民楼，供热管道正从福利院门口经过，可是我们没有足够的资金改造……”福利院院长不停地诉苦，意思就想拉赞助，因为王惊涛他们帮得太多，又不好意思直接说出口。

王惊涛的电话响了，是李相洲：“我正在滨海社会福利院，有事吗？”

“没事就不能找你了？”

“切，你小子找我就没好事，说。”

“国辉实业的广告投入费可能泡汤了，眼看着到期了，没有再续约的意向，都是你小子捣乱，让我失去了这个大客户，你得帮我找个，要不哥们就完不成任务了。”

“我和永合地产的副总在一起，你要不要和她谈谈？”

“永合地产？就是滨海的神话，一把掏了3.7亿的永合地产？”

“是的。”

“你们关系怎么样？”

“说近就近，说远也不远。”王惊涛和李相洲打起了马虎眼。

“切，真叫你给搞糊涂了。得了，我这就去滨海社会福利院找你们。”李相洲压了电话。

“我来介绍一下，张秀荷，永合地产的副总；李相洲，《津海都市报》房地产栏目的主任。”王惊涛热情地张罗着。

“你好！李主任，久闻大名。”张秀荷说话的声音格外悦耳动听。李相洲觉得仿佛汩汩溪流，流过他的心田。关于李相洲，惊涛最近天天挂在嘴边，张秀荷也不免生出一丝好奇来，很想看看靠一支笔杆子搅得国辉实业天翻地覆的人到底有什么三头六臂。

李相洲是一个高大魁梧的男人，和王惊涛是大学同学，目光里射出饱学和睿智，风度翩翩，文雅中透出豪迈。

握手时，李相洲眼睛一亮，觉得张秀荷不仅人长得漂亮，气质极佳，更难得的是她身上带着淡淡的书卷气息掩盖在铜臭之下，不仔细发现是很难分辨出来的，是他见过的女人中的极品，这个成熟女人身上散发着诱人的气息。她像一朵出水芙蓉，高雅而又清新，只可远观而不可亵玩。李相洲望着气质高雅

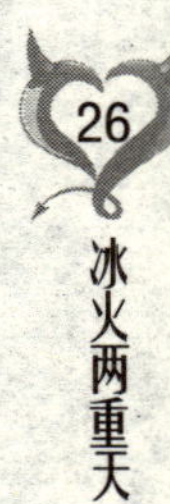

的张秀荷,眼中掠过一丝惊喜。

“早就听惊涛说起过你,你的品行,令人钦佩。没想到你这样漂亮有气质,张总,你的确不同凡响,见到你很荣幸。”不愧是记者出身,李相洲夸奖起人来一套一套的。

“过奖了！名不副实,谢谢你的帮忙。”俩人客套着。

刚刚握手致意,李天翔市长陪着滨海市委郑书记也来看望福利院的老人们,滨海电视台的记者也跟着来到了现场。

郑书记看到老人们精神状态非常好,个个都充满喜悦之情,显得心满意足。拉谈之中,老人们情不自禁地表露出来:“这些年,俺这些老人跟着秀荷这闺女享福了,下来新鲜东西从来不忘了我们,都买来让我们尝尝鲜。这不,过年还一人一身新衣裳。就是亲闺女也不一定能做到这份上。”

“张秀荷对社会福利院的老人确实尽心尽力，前两年她让女儿朵朵一下子捐给社会福利院 100 万。”院长不失时机地补充道。

“这种美德值得弘扬。如果人人都像张秀荷这样献出一点爱,这世界将变成美好的人间！真想见见她。”郑书记不由得赞赏道,并且说出了自己的想法。

“郑书记,秀荷这闺女今天在这里,正在帮着老人们收拾个人卫生呢！她个把月来一趟,福利院的老人们都把她当成自己的亲闺女待。”有的老人心直口快,有什么说什么。

“在哪儿？”

“在活动中心正忙着呢！我领你们去。”一个老人颤悠悠地站起来,拄着拐杖前头带路,也不管郑书记等人同不同意。

“走,咱们去看看。”郑书记大手一挥,跟着老人就走。

人与人之间总有一些说不清道不明的命中注定的、无法逃避的偶然机会,而就是这些机会让有些人成了朋友,也许这就叫缘吧?

“你看,她出来了。”虽然老眼昏花,老人还是认出张秀荷。

张秀荷正端着一盆洗脚水往外走,一抬头,看见李天翔,惊喜地叫道:“李老师？你怎么来了？”

在张秀荷心目中,李天翔不管做多么大的官,始终是她的老师,所以还是称呼李老师。

“陪郑书记来看望老人。原来福利院老人口中的秀荷是你？”李天翔激动地望着昔日的学生。

“这位是咱们市委郑书记。”李天翔介绍道。

“不好意思，郑书记，我把水倒了再说好吗？”张秀荷脸红了，礼貌地微微鞠了一躬。

“好好！”

“秀荷这闺女平易近人，听院长说她是永合地产的副总，没有半点架子，这闺女对俺这些老人没说的。”领着来的老人生怕郑书记不清楚，把知道的一五一十地都说了出来。

真是老比小！

“张总就是缔造了滨海的神话，一把掏了3.7个亿的永合地产的副总。有了钱，不忘公益事业。”社会福利院院长接过话题。虽然社会福利院院长话不多，但是每次都能恰如其分地说到点子上，不大一会儿就把张秀荷的底给垫踏实了。

“像这样的付出，完全不能用金钱来衡量。这样有爱心的企业市里应该把它们树立成典型，给予重点扶持。”郑书记慨叹道。

“郑书记，孝敬老人是中华民族的美德，我只不过是把它发扬光大而已。我们永合地产取之于社会，就应该回报社会，我只不过是做了我应该做的事。”这些话从她嘴里说出来，是那样的自然，没有半点作秀成分。

张秀荷面带微笑，却神色淡定，她的表情看起来是那样镇定，没有一点受宠若惊的模样。她纯净如水的眼神下，却掩藏着非凡，让别人看不出她的激情。在某种程度上，她那娴雅的气质平淡得如同一杯白开水，这就是她的低调。

不管在任何人面前，张秀荷都是那么低调。女人嘛，就要有女人味儿，太强势了，凡事太精明了，会把男人吓跑的。

“嗯，妈妈告诉我，人要学会感恩，不管干什么，要有一颗感恩的心。”朵朵不失时机地插了一句。

“秀荷，你有一个好女儿！”李天翔赞赏地点点头说。

“身体力行，有其母，必有其女。”郑书记怜爱地抚摸着朵朵的头，喜爱之情溢于言表。

李天翔感到郑书记的目光里有种说不出的赞许与肯定。这个不做作、有

爱心、有责任感的女人让郑书记倍感亲切。他们的目光交织在一起，忽然有种惺惺相惜的感觉，一下子拉近了两个人之间的距离。

目睹了这一切，李相洲感觉心中有股冲动，想拿起笔，写写这个不计名利的女人。

郑书记临走的时候，告诉张秀荷他的手机号码，并且告诉她，有事可以直接和他联系。这是一份多么大的荣耀啊！

“呵呵，市委书记对你的印象不错，没想到你们俩居然擦出了火花。”王惊涛笑嘻嘻地冒了出来，先前不知道钻到哪里去了。

惊涛是该出现的时候就出现，不该露面的时候就消失得无影无踪，很有分寸。

“胡说什么呢？擦出什么火花？那都是场面上的官话。”张秀荷抿嘴看着他，她抿嘴的样子很妩媚，还有点可爱。

“理解错了吧？不是那种男女间的爱情火花，是心灵的火花，你们的理念和发展观碰撞在一起，心有灵犀。那他怎么不给别人电话号码，单给你呢？你就是有优势，魅力不可挡。”王惊涛戏谑道，一语点醒梦中人。

“秀荷，看到郑书记对你赞赏有加，我悟出了一个道理：男人奋斗是为了让心爱的女人能过上幸福的生活，一个优秀的男人，就应该在他所仰慕的女人面前展示雄风，就像孔雀开屏一样，为在异性面前展示最美的羽毛。为了你，我一定大展雄风！”王惊涛信口开河地说。

“这是哪里到哪里呀，风马牛不相及！你呀！就爱浮想联翩，没理也让你说上个理。离婚以后我才明白，风景不是那边独好，原来万紫千红总是春！”张秀荷盯着王惊涛动情地说。

“这是嘉奖我呢还是贬我？”王惊涛嘴里哼哼着。

“你说呢？”张秀荷笑笑。

看着俩人一唱一和，那么默契，听着朵朵一口一句“舅舅”，流淌在他们中间的是幸福。李相洲笑了：“王惊涛，永合地产的广告你不帮我拿下来，你就不够哥们。”

“和我套近乎有什么用，是不是，秀荷？我说的又不算。”王惊涛朝着李相洲做了个鬼脸。

“咱们是不是哥们？”

“我见色忘友。”惊涛油嘴滑舌道。

“你过河拆桥！”

“我是得了便宜又卖乖，呵呵！”王惊涛嘴巴不饶人。

“你是媳妇娶进门，媒人抛过墙啊！”

“秀荷，我什么时候娶你进门？再说你也不是我们俩的媒人啊！”

俩人打起了嘴官司。

张秀荷给了李相洲一个灿烂的微笑，这微笑让他的心暖融融的，如沐春风。他特别喜欢张秀荷那淡雅的笑容，浸润其中，让人从心底里感到通泰的舒畅。笑容和笑容不一样，张秀荷的笑容是发自内心，这笑容让人感到很温馨。

李相洲忽然明白了王惊涛的感受，人生有张秀荷相伴，夫复何求？在王惊涛跟前，张秀荷没有半点强势，哪里是永合地产的副总，简直就是一小鸟依人的乖巧妻子。

“谢谢你，李主任。国辉实业在你们那里投入多少，我们只会多不会少。具体内容我向我们的董事长崔永合汇报以后给你答复。”张秀荷认认真真地答应了。

在别的公司，副总似乎没有这么大的权力。

“什么？一个副总能做了主？这可不是一笔小数目。”李相洲似乎不相信自己的耳朵。

“发什么呆？欢喜傻了？秀荷已经答应你了。”王惊涛看李相洲呆傻的模样，推了推他的胳膊。

永合地产和国辉实业，现在在人们心目中是冰火两重天。一个被打入地狱，一个被誉为神话。

27 有女不愁嫁

《津海都市报》在头版头条并且配发了一张照片，刊登了永合地产副总关爱社会福利院的老人们，报道称：“永合地产副总张秀荷带着女儿利用节假日

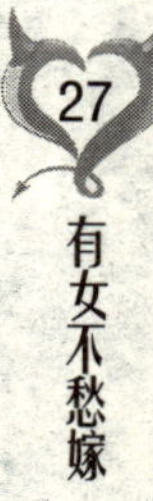

看望社会福利院的老人们，奉献自己的爱心。她的女儿陈晓朵有一颗感恩的心，两年前曾经为社会福利院捐款100万人民币……”结尾引用了滨海市委郑书记的话：“如果人人都像永合地产一样献出一点爱，这社会将变成美好的人间。”

《津海都市报》这么一宣传，永合地产更成了人们心目中的神话，永合地产以健康明丽的形象呈现在老百姓的视野中。舆论导向决定人们的消费理念，直接影响着人们的好恶，它为永和花园的热销奠定了舆论基础。

西苑庄的工程已经进入扫尾阶段，“911号地”的开发提到议程上来了，这块地就取名“永和花园”。按照张秀荷的想法：在永和花园地下建立两层大型停车场，出租车位。可是滨海还没有一家房地产商这么做，车位能租出去吗？公司高层们都支持张秀荷的建议，说这是一个全新的理念。

在公司，张秀荷处处维护崔永合的威信，而不把他当做傀儡。崔永合这个总经理渐入佳境。

永和花园刚开始动工，就成为全市注目的焦点，服装批发市场很多有钱的浙商都在关注这个小区。媒体还没有炒作，永和花园就炙手可热了，被浙商们炒得沸沸扬扬，人们拭目以待，都在期待着永和花园的开盘。

李相洲是很愿意和永合地产合作的，因为永合地产的信誉在滨海首屈一指，可是总觉得一个副总答应的事情不靠谱，这是近千万的广告投入，张秀荷能说了算吗？犹豫再三，他怀着忐忑不安的心情预约了永合地产的老总崔永合，洽谈广告事宜。

崔永合握着李相洲的手寒暄着，是那样谦逊随和，不像人们传说的那样神秘莫测，神龙见首不见尾。

“崔总，我想跟你谈谈你们公司的广告投入。”李相洲试探着说，他不知道水深水浅。

“张副总已经告诉我了，具体细节你和张副总洽谈。”

李相洲没想到崔永合开门见山直奔主题，高兴得只有点头的份了。

李相洲和张秀荷很快达成了共识，签订了合同。

对于永和花园的开盘，永合地产有两种截然相反的意见，策划部和销售部各执说法。策划部认为开盘越快越好；销售部认为要蓄积人气，等待最佳时机。张秀荷选择了后者，她的观点是有女不愁嫁。

《津海都市报》的推广宣传已经启动，一见报就是三个版面，气势恢弘。李相洲妙笔生花的文章，把永合地产写得神乎其神，广告的效益是无穷的，人们翘首以盼地等待着。

李相洲关心工程的进度，炒作开始了，工程必须跟上趟。他来到工地，看见张秀荷身穿工作服，头戴安全帽，在几个高层的陪同下笑吟吟地走来。这是永合地产一大特色，只要在工地，不管谁检查，公司高层一律着工装，张秀荷也不能例外。

李相洲握住张秀荷伸来的手，这双手看似娇小柔弱，有时候力量却大得出奇，她能变腐朽为神奇，能一夜间变出3.7个亿，让永合地产立于不败之地。但是李相洲此时握住的，的确是一只娇小柔软暗暗散发着女人香气的小手。

"李主任，你来了。"张秀荷轻柔地握了一下，蜻蜓点水似的把手从李相洲的手里抽开。

她是开发商，开发商的任务就是把最好的工程呈现在人们眼前，这一点，李相洲相信她是做到了。

永和花园以每平米7500元高调开盘，而别的楼盘开盘价都在每平米5500元左右，一下子提升这么多，很多人接受不了。可是二十四小时热水，井水中央空调，这足够吸引投资者的眼球，每一个有钱人都想拥有一幢舒适的住宅楼。

人们相信价位越高，品质越好。很多投资者疯狂涌入，永和花园售楼部电话不断，人头攒动，排队领号看图纸。有的咨询详情，有的表达兴奋……一些在国辉地产吃了败仗的人立马杀了过去，销售场面异常火爆。

浙商眼光独到，预订楼房，都预订了车位，不订购车库，认为太贵，不划算。他们算了这样一笔账，一个车库一把掏八九万，一个车位充其量一年交3到5千，车位在地下，风吹不着，雨淋不着，何乐而不为？车位一开始就受到欢迎，预订火热。

永合地产一炮打响，就半个月时间，一期预订销售已经全部告罄，这是黄金地段，人们抢房子跟不花钱似的，从而快速拉升价格。

服装批发市场有钱的业户都以在永和花园买房为荣，最近他们津津乐道的除了房子还是房子。

如此火爆的场景是在张秀荷意料之中，公司有人提出趁热打铁，预先推

出二期销售。张秀荷摇头拒绝了，她的理由很简单，要对投资者负责。

消息不断传到国辉地产，郝杰看着《津海都市报》上张秀荷那笑盈盈的脸，攥紧了拳头，眉毛拧成一个结，他对这个女人恨之入骨，抽她的筋扒她的皮，他都觉得不解恨！因为这个臭女人，姐夫对姐姐不冷不热，自己也跟着受气。

他想找人教训教训张秀荷，让她识趣些，别往自己的脸上贴金。

“听好了，带好棍棒石块，去永和花园把他们的售楼处砸了，麻利点，砸完了就走人。”郝杰一声令下。

这几个混混刚走，陈家豪不知道从哪里得到消息，他把郝杰臭骂了一顿：“你脑子有病，在这时候惹是生非，赶紧把人给我撤回来。”

“姐夫，我咽不下这口气，不给她点颜色看看，她不知道东西南北了。”

“我说的你听见没有？怎么摊上你们姐弟俩这对二百五？我就没个省心的时候。”陈家豪口不择言，出言不逊。

郝杰气不打一处来，他把有关张秀荷的报道一股脑儿拍在郝波办公桌上：“你自己看看，这个臭女人拿着咱们公司的钱显摆，带着女儿陈晓朵捐款100万，这钱不是姐夫给的吗？我想找人教训她，姐夫不让，还说咱俩是二百五！”

“你就别在这里添乱了，回工地去。”郝波知道陈家豪最近烦得很，应付媒体让他精疲力尽。这时候找他吵，就是自找无趣。

“姐！”郝杰气得怒目圆睁。

她竭力控制自己即将爆发的怒气。

“郝杰，听姐的，回工地。”郝波推搡着送走了郝杰。

“一日夫妻百日恩，陈家豪，你就这样维护她吧！你吃着碗里的，占着锅里的，我会让你难堪的！”郝波把报纸撕扯得碎碎的，还觉得不解恨。郝波的旋风越刮越猛，飞沙走石横冲直撞，她感到自己的身体一块块裂开，再不发泄，她就要炸了肺。

桌子上有一只她喝水的玻璃杯子，刚刚倒满了热水，郝波一把捞过来，狠狠地摔在地上，玻璃杯子破摔的声音让郝波有说不出的痛快，热水溅到她的脚面上，她也不觉得痛。这点痛和张秀荷给她带来的耻辱相比算不了什么。

旋风仍然在刮，郝波还不解气，四处寻找可以破坏和发泄的对象。她的目光窜到窗台上，那里有一盆长势茂盛的君子兰。她抓起来摔在地上，花盆破了,花还好好的。于是,她狠狠地一脚又一脚,花被她踩扁了,像一堆皱巴巴的叶子。郝波踩着,踩着,那不是君子兰,而是张秀荷。踩呀,踩呀……郝波慢下来,最后泥一样瘫在那破碎的君子兰上,泪水从指缝纷纷下落,滴在地上,郝波号啕大哭。

在郝波的心中,很多东西已经很远了,远到即使她奔跑都收不回来了。她也曾经以为他会原谅她,却是不能。自从他母亲死后,他就没正眼看过她,他看她那冰冷的眼神,这辈子,她都忘不了。他们在彼此的心上划下了深深的伤痕。郝波的,是无意的,陈家豪的,是刻意的。

期待冰释前嫌,但是过去的日子已经无法重来!这个家里,除了想起豆豆时郝波心里是暖的,其余人都令她心如冷霜。能不和他说话就尽量不说,一切都已经彻底逝去了。

傍晚,郝波又让春花平白无故受了一回气。她在公司没处发泄,就回来处置春花。

豆豆和老头儿都爱吃烤红薯,郝波隔三差五让春花出去买。豆豆吃红薯挑剔,爱吃个儿不大的,手感软和的,说这样的好吃。卖红薯的是个河南人,推着泥质的铁皮烤炉在小区门口叫卖,天一黑就收摊。这个时间春花最忙,要择菜做饭,只能抽空跑出去。炉子上炖着鱼,春花就出去了。春花称了五个不大的手感软和的红薯,三斤二两,做生意的人都比较滑,卖东西经常缺斤少两。他用河南话抑扬顿挫地计算着价格,一斤红薯四块,十二块八毛钱。春花瞅着塑料袋里的红薯犯了嘀咕:"这五个能有那么沉?"河南人拍着胸脯子保证:"你爱上哪里称就上哪称,差一两我赔你十斤。"想到锅里还炖着鱼,忘了打在小火上就出来了,春花不敢较真,付了钱提溜着烤红薯往家就跑。

一进家门就闻到一股浓重的煳味儿,"不好,鱼糊了。"春花把烤红薯和剩下的零钱一股脑儿递给郝波就钻进了厨房。

没一会儿,郝波皱着眉头也跟着进来了,她没好气地瞪了一眼春花,意思是你能干点什么?做鱼都能做煳了。

"春花,你买了多少红薯?"

"三斤二两。"

"就这么五个不大的红薯能有三斤二两?你把弹簧秤找出来。"

春花拿来了弹簧秤，郝波一称，整整两斤。郝波说："你整整虚报了一斤二两，你缺钱也不用里抠外捞啊。"

"虚报"了一斤二两，四块八毛钱，还不如直接说"私自截留"了四块八毛钱。春花愤愤地想。

春花说："郝姐，要不以后你自个儿去买烤红薯吧？那个河南人光谎报斤数，缺斤少两，咱算计不过他，总是让他给绕糊涂了……"

"你再能干什么？买红薯绕不过人家，做鱼做煳了。什么都我自个儿干，雇你干什么？我一个月付给你2000块。还有，以后说到你自己就说'我'，不要'咱咱'的，你和我没关系。"

郝波说话可真难听，连春花的方言土语都要管。自从老太太死后，郝波是越看春花越不顺眼，俩人之间的芥蒂越来越深。

春花从心里反感郝波，心离郝波越来越远。

除了郝波难以相处一些外，家里的其他条件还是相当优越的。不管怎么说，春花不想挪窝，换了别人家，就一定能比陈家好吗？郝波白天上班，豆豆上幼儿园，就她和老头儿在家，老头儿好凑合，春花做什么他就吃什么，从来不挑食，也不挑春花的不是；再说陈家给的工资高。就这么凑合着干吧！

28 角 色

人生如棋局，在人生的棋盘上，你我都是一粒棋子，若动了几个棋子，整个局势就会发生戏剧性的变化。意外的相遇，梦幻般的变化，崔永合感到人生恍然如梦，也让他悟出一个道理：一个人在社会上的价值跟出身没关系，时势造英雄，金钱魅力无穷，有人捧有人扶持就能红。崔永合明白了男人这盏灯需要什么样的能源才能光芒四射！张秀荷已经把他打造成了滨海的一颗璀璨的明星。

崔永合在总经理这个位置上久了，慢慢地找到了感觉，思想观、价值观也发生了天翻地覆的变化，举手投足也带着大开发商的风范了，他已经完全人戏了。

永合地产在腾飞。但是崔永合没有忘记自己的本分，提醒着自己和公司的那些员工一样，都是公司聘来的人，只不过是扮演的角色不一样，身份和地位也随着角色而改变。他恪尽职守地履行自己的职责，把所有时间和心思都用在永和花园的开发上，觉得这是报答张秀荷知遇之恩的最好办法。

滨海很多有名的商贾都主动和崔永合来往了，就连崔永合以前的老板也多次约崔永合吃饭。

三十年河东三十年河西，这可真是世事变化无常。

自从永和花园开工以来，崔永合就忙得像陀螺一样转个不停，每天都有许多事情要做。他跟张秀荷提出来，希望招聘一个懂业务的经理，专门负责永和花园的建设，这可是一个重要的职务。崔永合虽然是永合地产的董事长，但在大事上他一定要征求张秀荷意见，自己不能独断专行。他明白，他现在所做的一切，都是为张秀荷效劳，再说，张秀荷对他是绝对够意思了，除了给他年薪以外，他还能得到公司股份的百分之十五，这对他来说，绝对是做梦都不敢想的事情。过去，他就从大的建筑商手中获取一些小工程，赚个蝇头小利，从来没有想到过自己能成为威风八面的大地产商。

但自从当上了这个董事长，崔永合越当越上瘾，下属每天见到他毕恭毕敬不说，就是滨海市的各路权贵、社会名流，一个个也都巴结他，包括市直机关里的大大小小的官员，都主动跟他攀交情，不管在什么场合，都把他排在重要的位置上，以示尊重。上个月市里召开企业家联谊会，市委郑书记还当着众人的面表扬永合地产在滨海市精神文明建设中作出的重大贡献，这都归功于张秀荷。

他渐渐滋生了一种想拥有财富的愿望。不同层次的人，思考问题的层面不一样。一个民工，就想找个发工资及时的建筑队干活赚钱，而那些挥金如土的商贾们则考虑的是如何把天下的财富敛到自己的麾下。这世界就这么现实，有了财富，你就能在这个社会上赢得一席之地，你就能感觉到你存在的价值，能感觉到人们对你的尊重。要拥有财富，就得像张秀荷所说的抓住机遇去赚钱，只有会花钱的人，才能赚到大钱；像王惊涛所说的“整合资源”，他现在急缺的是人才。

原野就这样闯进了崔永合的视线。他做过小包工头,因为开发商拖欠款项,弄得他里外不是人,破了产;搞过策划和营销宣传,很有才气,可他看不惯公司老板飞扬跋扈,颐指气使,又辞职了。

张秀荷作了最后的定夺,原野是个人才,也是匹桀骜不驯的烈马,关键是看崔永合能不能恰到好处地驾驭他。

就这样,原野走马上任了。

此时,正赶上永和花园一期工程基本完成,和服装批发市场遥遥相对的商用房已经全部竣工。靠街的这几栋楼是按照大的商场、宾馆和酒店的格式设计的,不是一般人能买得起的。张秀荷告诉崔永合,马上取消永和花园商用房原来的营销策划案,让原野搞一个更好的创意。

原野在服装批发市场周围实地考察之后,又找来永和花园的所有材料进行研究,然后,足足用了一周的时间,永和花园一期工程商用房的营销策划案才出台。

原野建议商用房只租不卖,头一年可以给招租商更大的优惠。他的理由是:永和花园的商用房一般人是买不起的,我们可以把它划分成几个区域往外租赁,由租赁者招商引资。

崔永合把这个创意汇报给张秀荷。

张秀荷也被原野的大胆吓了一跳,她说:“这个创意太大胆了,恐怕不行,你再跟他认真商量一下吧。”

但是原野坚持己见。

张秀荷经过反复思考论证后,虽觉得有些道理,但是认为冒险系数太大,她跟王惊涛和崔永合几次商讨后,始终没有拍板。但原野一再坚持,丝毫不松口。最后,张秀荷终于同意了原野的营销方案。

浙江人脑子灵活,考虑事情的出发点和别人不一样,关键时候还能抱成团。他们觉得在服装批发市场挣几个钱不过瘾,看到永合地产的租赁广告以后,几个人一商量,想放开手脚大干一番。他们做了多次市场调查,经过反复论证。皮草,随着人们经济能力的提高,逐渐走进了普通消费者的视野。他们合伙租赁了永合地产的所有商用房,想把它做成北方最大的皮草城。浙商们眼光独到,能抓住消费者心理,人们来逛服装批发市场,正好再逛逛皮草城,两不误。皮草,已经走进到普通老百姓的生活中,女人爱皮草,就像男人爱好车一样有情结。

很快，浙商就和永合地产签订了租赁合同。

崔永合高兴，但最高兴的是张秀荷，她跟崔永合说，原野是个难得的人才，应该马上任命他为永合地产的副总经理，专门负责市场营销。并奖励给原野一套永和花园的一百一十平方米住宅，还给他配了一辆奥迪轿车。

永合地产所有人团结协作，心往一处想，劲儿往一处使，将永合地产推上了一个更高的台阶。张秀荷有了崔永合和原野这两员虎将，如虎添翼。

忙，忙，忙，张秀荷像个陀螺一样忙个不停。今天是肖灵的生日，本来打算请张秀荷过来一起庆生，几个好朋友一起聚聚，聊聊天，可是市委郑书记有约，张秀荷突然来不了了。

张秀荷和肖灵相处得很融洽，俩人搭档默契，在拍卖行一唱一和，为拍卖行赚取了很大的利润。想当初肖灵的公公在滨海中院执行局当局长，想做什么案子，差不多都能拿到。现在法院搞改革，拍卖委托的事，已经不归执行局直接管了，肖灵的公公也到了内退的年龄了。

现在拍卖公司的生意越来越不好做，肖灵的压力也很大，她真想和张秀荷说说笑笑，减一减压。

张秀荷没有来，可是派了王惊涛带着朵朵这个小精灵来了。

“阿姨，生日快乐！”朵朵递上一束粉红色玫瑰花，并且在肖灵脸上亲了一口。

“朵朵是越来越漂亮了，个儿蹿得真快，快要撵上我了！”肖灵亲昵地爱抚着。

“谢谢阿姨夸奖！”朵朵笑得很灿烂，嘴边还津津流着甜味。

生日晚宴开始了，朵朵坐在肖灵身边，顽皮地数着人数，突然抗议道：“我发现比例失重失调，男女比例5∶2，舅舅和聂志远叔叔到现在还是钻石王老五，而崔大爷也自己来赴宴，肖灵阿姨家两个男的，今天肖灵阿姨是主角，我是女二号，你们都是配角。”

朵朵的话逗得所有人开怀大笑。

朵朵不仅仅小嘴甜美，人也长得清纯可爱，尤其是说话时的一颦一笑，都甜得让人心醉。大伙儿都喜欢她，她走到哪里就把笑声带到那里，惊涛昵称她“开心果”。

肖灵很喜欢这样的气氛，说说笑笑中不知不觉进入一个平静和放松的世界，这是解压的最好办法。

29 调 研

省委副书记刘丰凯来滨海调研，一行人走进北方最大的服装批发市场，刘丰凯亲切地和业主们交谈着，问他们经营情况如何。业主们怡然自足，和乐温馨的对答让刘丰凯觉得无比欣慰。滨海服装批发市场经营火爆，影响力甚至辐射到广州、深圳这些生产厂家和周边几个市区，都知道滨海服装批发商场挣钱。短短几年时间，给滨海带来了经济的繁荣，也对滨海甚至周边地区的服装批发市场形成强大的冲击。

一行人走出南门，看见几个人正在马路对面指挥着吊臂车忙碌着，兴趣所致，刘丰凯信步走了过去，和他们交谈起来。浙商看到这么一大帮人，谈兴大起，干脆把他们的宏伟设想一吐为快。

“有魄力，不但你们有魄力，这座商用楼的设计者更有魄力。”刘丰凯不由自主地赞叹。

“这座商用楼的开发商热心公益事业，曾经让女儿给社会福利院的孤寡老人捐款100万。”滨海市委郑书记不失时机地赞扬道。

“如果人人都像他这样，像《大道之行》所写‘鳏寡孤独废疾者皆有所养’，那我们的社会岂不安定团结了？”刘丰凯有感而发。

“他们正在开发二期工程，咱们过去看看吧？”郑书记邀请说。

永合地产是滨海的一面旗帜，不管在官场还是在老百姓心目中，永合地产的口碑是极好的。郑书记想把这面旗帜展现在省委副书记刘丰凯面前。

刚踏进工地大门口，一行人就被保安有礼貌地拦下了。“对不起，里面正在施工，为了你们的生命安全，闲杂人员一律不得进入。”

“我们是建委的，来查看工程质量的。”还是郑书记的秘书机灵，随口编了个理由，想蒙混过关。

“那你们稍等，我让人给你们送来工作服和安全帽。公司规定，不戴安全帽，不着工作服，一律不准进人。”保安不卑不亢地解释着。

“张总，张总，我是门口的保安。建委来检查工作，我已经让人给送来工作服和安全帽。”保安用对讲机及时通知了高层。

“你怎么这么啰唆，你知不知道来者是谁？”有些没有水平的下属忍不住了，还没看见哪个地产商敢把省委副书记晾在门口等待这么长时间。

“既然来了，就得遵守规则。”刘丰凯打断了下属的话。

“请你们跟我过来，张总马上就到。”一个笑吟吟的女孩子也是一身工装打扮，戴着一顶红色的安全帽走在前面引路，是那样明亮耀眼，风姿摇曳，在尘土飞扬的工地上犹如一株在风里舞动的花。

“这是更衣室，头盔和工装都是新的，请换上。”

张秀荷也是一身工装，头戴一顶红色的安全帽，赶了过来。在这工地上，男人们头戴黄色安全帽，女人戴红色的。

看见市委郑书记，她稍微一怔，继而露出了甜蜜的笑靥，伸出了那白白净净的玉手：“欢迎你，郑书记！”

“这是咱们……”郑书记想介绍刘丰凯。

“你好！我叫刘丰凯。”

和郑书记寒暄的时候，张秀荷一双充满睿智的眼睛把所有人打量了一遍，从刘丰凯打断郑书记的介绍断定，此人的身份不一般。

张秀荷那双清澈如水的眸子，礼貌地聚焦在刘丰凯脸上。她的目光是明净的，不含半点儿杂质，但这目光足以让刘丰凯陶醉。他陶醉在那股清澈明净里，淡定地望着她。在生意场上和官场上，很少看到目光这样清澈明净的女人。

“你好！”张秀荷那双柔软无骨、曼妙的手轻轻握住了刘丰凯的手，莞尔一笑，化解了他的尴尬。

他一边视察工地，一边和张秀荷交谈着。刘丰凯随意地问着，张秀荷一一做着解答。刘丰凯爬上脚手架，查看安全网。张秀荷很勇敢，不像一般女人那样柔弱，也跟着爬上脚手架。刘丰凯关心的就是民工们的安全和建筑的质量问题，他细心检查，没有发现任何安全隐患，这让他很欣慰。

已近中午,郑书记邀请张秀荷和他们一起去酒店午餐。这在外人来说是多大的荣幸。张秀荷粲然一笑,拒绝了:“对不起,今天是端午节,我答应社会福利院的老人们陪他们过节。”

“陪社会福利院老人们过节?那我们也去社会福利院好了,也跟着热闹热闹。”刘丰凯副书记被张秀荷的人格魅力所折服,突发奇想也要去看看社会福利院的老人们。

刘丰凯调研,很少听汇报,更不会顺着事先安排好的路线去看。他即兴而为,随意查看。今天就即兴走了两个地方了,想拦也拦不住。

这让郑书记措手不及。

社会福利院院长没想到张秀荷会带这么一大帮子人来过节,她乱了阵脚,手忙脚乱地应酬着。听说省委副书记来了,她更不知所措了。

“你该忙什么就去忙什么去,我们随意走走看看。”刘丰凯对拘谨的社会福利院院长说。

刘丰凯随意走着看着,看到社会福利院的老人们有的在忙着绣荷包,有的在编五色绳,各得其乐,心里充满温馨。

午宴开始了,今天是大聚餐,菜肴很丰盛,有鱼有菜。老人们心满意足地议论着:“今天可有口福了!”

“郑书记,你们尝尝鲜,这是张总送来的新鲜鲅鱼。”社会福利院院长亲自布菜招待。她是自来熟,总能没话找话,“桌子上的所有菜都是张总找人采购了送来的。”

“来,为老人们的健康长寿干杯!”刘丰凯提议说。

这句话把聚餐推到了高潮,餐桌上气氛热烈。提起张秀荷,老人们赞不绝口,都夸她孝顺,有爱心。

刘丰凯亲身感受到了无限的亲情,也体会到了“不是亲人胜似亲人”这句话的含义。这次调研他自以为收获颇丰,他看到了人性的善良和滨海人积极向上的心境。

有人认为,社会福利院只是一把钥匙,当那扇门被打开之后,更重要的是门后的风景,爱心这个话题虽然常常被提及,但是,都是以形式化的方式被提及,因为真正关心孤寡老人的人毕竟不多。

优雅文静的张秀荷给刘丰凯留下了极深的印象,永合地产树立了滨海人在省委副书记心目中的良好形象。

《津海都市报》刊登了省委副书记视察永合地产工地的消息，并且发表评论说永合地产严把质量关，安全施工无隐患。永合地产在滨海的信誉急剧上升。二期的房子正在建设中，就已经炙手可热了。

30 令人羡慕的生活

张秀荷涉足商场不久，眼光没有陈家豪长远，有些关系她还不会利用，也没有去利用。而陈家豪却把和老师李天翔市长的关系处理得恰到好处，有什么事他们互通消息，互利互惠。

此刻，他们正漫步在墨水河畔。

“市政府下了很大决心想治理好墨水河，想做成个形象工程。你好好准备一下，弄份企划书给我。”

李天翔给陈家豪透露的这个消息让他兴奋不已，这是一个大工程，他陈家豪大展宏图的时候到了，他沉浸在无法言喻的亢奋中……

“这条臭水河真得好好治理治理了，它有损我们滨海的形象。”陈家豪慨叹说。

“昨天《津海都市报》刊登的文章你看了吗？”

“看了。”

“郑书记对此事很重视。”

“老师，我一定会急郑书记所急。”

……

阳光明媚，郝波开着宝马，心情愉快地行驶在308国道上，这条路车少，她车速很快。没想到前面的岔路口，横穿出一个骑摩托车的，郝波一脚急刹车，可是惯性，车还是没刹住，那个骑摩托车的人撞在郝波的车上，冲击力将他摔出五六米远。

终究是女人，郝波慌了，恐惧感让她不知道该怎么办，匆匆忙忙拨打了陈

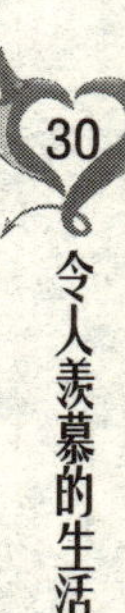

家豪的电话。

“家豪，不好了！我撞人了。”郝波哭哭啼啼地说，她的声音因为恐惧都变得哆嗦了，她明显感觉上下牙齿在打架。

“你有没有事？”陈家豪不慌不忙地问。

“我没事。可是那人好像伤势很重……”郝波惊魂未定地说。

“你没事就行了，马上拨打110报警。”电话里传出陈家豪不耐烦的声音。

“可是，那人怎么办？”

“可是什么？那人有保险公司，该怎么赔偿就怎么赔。咱们投了全保，你怕什么？”

“家豪，你赶紧过来，我怕……”郝波无助地说。

“我没空，你自己看着处理。墨水河治理在即，我正在陪李天翔市长考察墨水河。”电话里传来陈家豪处变不惊的声音。

听着电话里的忙音，郝波打了一个寒战，心沉入了无底深渊。她站在车祸现场，茫然四顾，一种被世界遗弃的感觉从心底慢慢升腾起来。郝波哭了，泪无声地流淌。

“陈家豪，你去死吧！你这个没感情的动物，就是个挣钱的工具，老婆重要还是钱重要？你眼里除了工程、除了钱还有什么？”郝波对着已经挂了的电话失声地哭喊着。

那个骑摩托车的一动不动地横躺在地上，血从头盔里溢出来，郝波的心更加慌张了，忽然打心底冒出一股凉意，她又一度颤抖起来。一种不祥的预感紧紧地包围住了她：“这个人不会死了吧？”她手脚发软，几乎拿不住电话报警。

郝波接着拨打了聂志远的电话，在最无助的时候，聂志远总是出现在她的大脑里，她机械地摁出了那一连串号码。

“我撞了人了。”声音一出口就吓了聂志远一跳，因为紧张，郝波喉咙痉挛，声音僵硬。

“在哪？”聂志远一惊，急促地问。

听到聂志远的声音，郝波不觉已经泪流满面。

“308国道往鹤山路拐弯处。”郝波呜咽着，委屈的泪水不争气地淌个不停。

“别慌，先打110报警，我马上赶过去，有什么事随时和我保持联系。”聂志远安慰着。

时间在缓慢地流逝，每秒钟对郝波都是煎熬，每分钟都是痛苦……漫长的等待让郝波变得焦躁不安，几乎心理崩溃。

恐惧，无边的恐惧震撼着她，她吓得缩成一团，两手瑟瑟地抱着肩膀，呆呆地蹲在马路旁。

110警车和聂志远几乎同时赶到，这时候，120急救车也赶来了。

聂志远迅速冲向她，一把抓住她冰冷的手，安慰说：“别怕。”郝波瘫坐在地上，语无伦次：“他冲出来，我来不及刹车。”她惊悸地说，却又打了一个寒战，“我怕，怎么会这样……我觉得……”他紧握住她的双手，他的手又大又温暖又有力。

“把心放松，你看医生和警察已经在处理了。”他温柔而坚定地说，“不管什么事，我和你一起扛，相信我！”她望着他，心力交瘁地点点头。

她无力地倚靠在他的身边，泪珠沿颊奔流。

他从来没有看到一个人哭得那么伤心欲绝，整个身子在抽搐，在抖动。那凄婉哀怨的哭声像万箭穿过聂志远的心，他的心都已经血淋淋模糊一片了！他在心里咒骂道：陈家豪，这么如花似玉的老婆你都不知道珍惜，别怪我不客气了。

她的泪水哗哗地打湿了他的衣襟，他似乎感觉那泪水冰凉透心，凄神寒骨，强烈震痛他的心。他明白，她今天不想再伪装下去，不想再压抑自己的感情了！再压抑下去，再不释放出来，她真的要崩溃了！

泪水顺着她的脸惶惶地赶路。他没有安慰，任她痛快淋漓地大哭，任她的指甲深深地陷进他的肉里。他用结实有力的臂膀紧紧护卫着她，他想这辈子就这样护卫着她，永远不让人再伤害她！

哭了好久，她的哭声渐渐小了，她抽搐着，呜咽着，那梨花带雨的模样惹人怜。她离开他的怀抱，他也松开了她。

聂志远替郝波通知了保险公司，又陪着郝波去了肇事办公室。这都应该是丈夫做的事，可是他却因为忙，无暇顾及。

郝波的精神状态不是很好，显然饱受惊吓，目光呆滞，精神恍惚，常常是警察问几遍她都回不过神来，答非所问，自顾自地重复着事情发生的经过。

笔录完了,聂志远望着失魂落魄的郝波说:“我送你回家,睡一觉,一切就会好起来。”

郝波的第一反应就是:“我不回家。”

“那就去我家。”聂志远裹挟着郝波塞进车。车子发动了,向前疾驶而去。郝波用手蒙着脸,竭力想稳定她那混乱的情绪,但她的大脑像一团糨糊,迷迷瞪瞪的。她把手从脸上放下来,没精打采地望着车窗外川流不息的车流,喘息着,颤抖着,显然还没从惊吓的状态中恢复过来,她喃喃自语地说着话:“吓死我了!他怎么会撞到我的车上呢?”

聂志远停下车,伸过手来,紧紧地握住了郝波有点痉挛着的手。“听我说!郝波!”他温和而又真诚地说,“这样的事谁也不愿意发生,可是事情已经发生了,你必须冷静下来,勇敢地面对。”

郝波瞪大了眼睛,直视着聂志远,战栗着问:“那个人死了,是吗?那我的罪过可大了!”

“急救的医生说他没死,只是昏迷不醒。”聂志远肯定地点点头。

“哦!”她长长地吐出一口气来,如释重负。

回到家,聂志远放了一盆热水,把她推进洗手间:“洗一洗,睡一觉,就会好的。”

洗完澡,郝波披着浴巾出来了,又恢复了原来的明眸皓齿。她不化妆也漂亮,那清丽脱俗的面容因为恐惧而增添了一份楚楚可怜和撩人心弦的韵味。

“听话,睡一觉,就会好的。”聂志远拍拍郝波的肩膀说。

郝波的眼泪一下子涌了出来:“我害怕一个人待着。”她震动了一下,微蹙着眉,求助地望着他。

“我陪着你。”聂志远拉着郝波的手,将她带到床边,给她倒了一杯拉菲酒说:“喝下去,你会放松些。”

郝波信任地点点头,拿着杯子喝了一口,比张裕干红顺口。

聂志远给自己倒了一杯:“你出了车祸,陈家豪知道吗?”

“知道,但他无动于衷。我在第一时间打他电话,他却说墨水河治理在即,陪着李天翔市长在考察墨水河,让我自己看着处理。我这个老婆在他心目中没有工程重要。”她咬住嘴唇,不想哭,可泪珠却忍不住滚落下来。聂志远弯下腰,拿纸巾替她拭泪,安慰说:“男人都是把事业放在第一位上,事业是男人的精神气儿。”

郝波已经把酒喝完了,聂志远又给她倒了一杯。

“是不是觉得精神放松一点了?酒真是个好东西,在你郁闷的时候,几杯好酒下肚,你就会飘飘然,忘却所有的不快和烦恼,既减压又放松。这就是为什么现在酒吧那么火的缘由。”

两大杯拉菲酒空肚下去,郝波突然觉得达到了聂志远所说的那种境界了,人有点飘飘忽忽,她依偎在聂志远的身旁,视线越来越模糊,她睡着了。

聂志远把她放在床上,给她盖上薄毯子,轻手轻脚走出了卧室。他来到卫生间,看到郝波穿的那套衣服很脏,他拿起来翻看了一下尺码,开车直奔商场而去。

进了商店,花红柳绿的,聂志远看迷了眼,眼花缭乱。随手挑了几件,素的太素,艳的太艳,都不适合她穿。

他在一家门面很大的女装专卖店停住脚步,一件白色的小上衣吸引住他的视线,他一看,那个售货员和郝波身材差不多,就让她帮着试穿一下。

那件白色的小上衣,里面配上一件火红色的软缎贴身小衫,衣服挂在那里并不起眼,可是穿在身上整个人显得明亮起来了,有一种说不出的风情。聂志远说:“就它了,打包。”

聂志远把衣服放在郝波的床头。

他接着去了医院打探具体情况,还好那个人没有生命危险。

这一觉一直睡到日落西山,陈家豪也没来个电话问候一下,郝波彻底失望了。这样的夫妻关系,让她很乏味。

“告诉你一个好消息,我去医院了,撞你车的那个人没有生命危险。”

“那我就安心了。”郝波捂着胸口说。

她那颗悬着的心终于安稳了。

那件上衣,郝波爱不释手,反复触摸。那种柔软的质感,那种飘逸时尚的风格,太喜欢了!一个男人能为一个女人买衣服,确实不容易,这样的男人的确值得女人去爱。

聂志远亲自做了晚饭,郝波饿了,连吃了两碗米饭。

“吃饱睡足,我送你回家,免得陈家豪担心。”

“哼,他担心我,除非太阳打西边出来。不,我就想和你在一起待会儿,和

你在一起待着踏实。”

“走吧，走吧！你踏实我不踏实，我的忍耐力是有限的。”

“不走，就不走。现实生活中有你真好！”郝波干脆脱了拖鞋，半躺在沙发上，依偎着聂志远，舒舒服服地看起了电视剧。

“这感觉好幸福。”她将头放在聂志远的肩头上，温柔地说。

“好了，好了，别这样子，我是个正常男人哎，我都把持不住了。”因为他感觉肩头的火焰正快速地向他的全身蔓延着，飞腾着，这火焰奔腾着，迅速飞向他的两腿之间，欲望升腾起来了，两腿之间的东西正在蠢蠢欲动。

他努力克制着，站了起来。

“不要抛下我不管。”她扯着他的手，恳求道。

她的神情是那样的孤独无援，是那样的颠沛无助，在他的意识里，不由自主地燃烧着对她的爱恋情怀。

“我去给你倒杯水。”

当她接过水，四只手碰触在一起时，他的心就融化了。他把手放在她的肩头，温柔地，轻轻地，他的手沿着她的背后滑了下去。她有一丝丝的抗拒，无声，有些慌张，犹豫……当他抚摸她的时候，他听见她的呼吸急促起来。

她心底有个声音：“不要！”

她坚持了，却没坚持住。

郝波任由那个宽阔而又润湿的胸拥着，浑身早已软绵绵地昏昏欲坠，遍体都着着火，遍处都将融化……

在两人几乎虚脱的潮退中，郝波有种说不出的舒坦和慵懒。

陈家豪，你的眼里只有工程，你就掉进你的工程里面去吧！去费尽心机挣钱去吧！你不是不管我吗？我还没到没人要的地步。郝波恨恨地想。

哦，她遐想了很久的亲密接触竟然发生在极度失落与忧伤之后，那感觉刺激而又新鲜。尽管在与聂志远的交往和相恋过程中，她绝对没有玩刺激的心理，但是，她依然要用刺激来形容当时的感觉。你可以想象，面对那种温柔的触摸，她怎能不防线全失，神魂颠倒，如痴如醉呢？

他紧紧搂着她，用他热烈的温柔的眼睛望着她：“郝波，你得回家了，家里还有孩子。”

她迟缓地站起来，不想走，却也不想留。

这时候电话响了，是豆豆："妈妈，你还不回来给我洗澡，我想睡觉了。"

"乖，妈妈这就回家。"

聂志远开车送她回家。分别时，她娇羞地低着头对他说："吻吻我吧！"

在昏暗中，他俯过身，轻轻地在她的脸颊上亲了一下："乖，回家吧！"

"再见。"她说。

"再见。"

不知为何，在他发动车即将离去的一瞬间，她突然有些依依不舍，可是她不知道带给她如斯情绪的，究竟是什么。

聂志远为了得到郝波，不惜一切手段。郝波随口说出的这个重要消息，及时被聂志远传递给了国辉实业的对手——张秀荷那里。

王惊涛被一阵急促的电话铃声惊醒，迷迷糊糊地抓起来："你好！"

"还挺有礼貌的，啊，哥们儿。"电话里传来聂志远嬉皮笑脸的声音。

"聂志远，几点了，你半夜鸡叫干吗？"王惊涛没好气地问。

"嘿嘿，惊梦了吧？告诉你两个好消息，一个关于我自己的，一个属于情报之列的，先听哪个？"聂志远有意戏谑。

"别卖关子，有话快说，有屁快放，再不说我可扣了电话了！"

"切！威胁我，我还不说了呢！"

"不说你就烂到肚子里去。"

俩人又掐起来了，这嘴官司天天打。

"志远，惊涛不听，我想听。"电话里传来张秀荷温温柔柔的声音。

"秀荷，今天陈家豪陪着李天翔考察墨水河，看样子墨水河治理迫在眉睫。你看看昨天的《津海都市报》。另外告诉你一个好消息，郝波那里我得手了。"

"志远，你提供的情报很及时，谢谢你！"

"秀荷，共同对敌！"聂志远大笑道。

半夜里，陈家豪一脸兴奋踏进了家门。他跑进郝波的房间摇醒郝波，兴奋地说："今天陪了李市长一天，墨水河治理工程他让拿出个基本方案和预算来，呈报市委市政府审批。"这个喜悦，他需要有人来分享，这是婆婆死后，陈家豪第一次主动跟郝波这样说话，也是工作上的事情。

"我对这些没兴趣,我所羡慕的日子是不用有多少钱,老婆孩子热炕头!陈家豪,你眼里只有工程,没有我这个妻子。这样的日子我过够了!"郝波冷冷地说,火一样的热情遭遇一盆凉水,浇醒了陈家豪,他知道他们的关系已经到了无可挽回的地步了。

31　亮丽的风景线

张秀荷兴奋得一宿未睡,一个大胆的设想出现在她的脑海里,明天是星期六,她想邀请李天翔夫妇去崂山,凭他们这师徒关系,李天翔不可能拒绝,借机探问墨水河的事情。

一大早,她就起身了,她知道李天翔有个习惯,早晨起来去体育场溜达几圈,她换上运动装,跑步去了体育场。

李天翔已经来了,张秀荷等李天翔溜达过来,大踏步跑过去,甜甜地叫了声:"李老师,早!"

"秀荷,你也来锻炼了?好啊,以后我就有了'炼友'了。"

"早晨起来溜达几圈,一天都神清气爽,以后争取天天来。"

"今天星期六,朵朵嚷着要去崂山吃杏。李老师,你和师母有空吗?咱们一块去好吗?"张秀荷真诚地说。

张秀荷和任何人交往都不带功利性的,对于张秀荷的邀请,李天翔总是很愿意答应的,对这个自己最喜爱的女弟子,是无需设防的。

"今天倒是没有什么安排,我回去问问你师母好吗?"

"好啊,早饭以后我就给你去电话。"

张秀荷回到家,找出了前天的《津海都市报》,报道的题目是《污水进河,墨水河成墨河》,报道说:"墨水河是滨海的母亲河,全长20公里,纵贯滨海南北,是滨海的中轴线。河水污浊不堪,臭气熏天,这条河实际上已经成为城区数十万老百姓的公共下水道,负责城区生活和工业污水的排泄。它有很多支流,在开发区段附近,有一条约2公里长的支流,几十个排污口。周围居民以及一些工厂所产生的污水都顺着这条支流流进墨水河,使得墨水河受污染严重……"

张秀荷把报纸塞进包里,以备急用。

王惊涛开着张秀荷那辆路虎越野车,副驾驶座上坐着李天翔市长,后面坐着李天翔的夫人冯爱玉老师和张秀荷母女,在滨海大道上飞驰。

"这个车坐着舒服,空间大。"冯爱玉赞美说。

"呵呵,这辆车的价钱是我的座驾的4倍,能不舒服吗?"李天翔打了个呵呵。

"既然师母喜欢,李老师,你和师母如果一起出去的话,我就把车给你送过去,你开着好了。"

"那我替你师母谢谢你了。"

说着话,车就驶下了滨海大道,开上有点凹凸不平的小路,王惊涛开足马力一路飙行而去,留下一路尘土。车驶入了蜿蜒十八盘的盘山公路,一点也不觉得颠簸。朵朵看着绝壁就在车下,人也开始紧张兴奋起来:"哎呀,真惊险!过瘾!"

车在一座挺拔的山峰下停下了,再往上走只能靠步行了。漫步在青石板的小路上,远处是碧海连天,惊涛拍岸;眼前是绿树怪石,郁郁葱葱,一行人感到心胸开阔,气舒神爽,还没吃杏,就已经醉了。

朵朵触景生情,不由得惊呼:"老舍先生的描写不是盖的:'目之所及,哪里都是绿的。的确是林海,群岭起伏是林海的波浪。多少种绿颜色呀:明的,暗的,绿得难以形容。恐怕只有画家才能描出这么多的绿颜色来呢!'哎呀呀!我亲眼看到了绿的颜色真的有所不同,老舍先生恰到好处地写出了我现在的感受。"

她兴奋地蹦跳着,欢呼着,雀跃着,触景生情,学过的课文从她的嘴里流淌而出,情景交融,给人以美的震撼:"'两山之间往往流动着清澈见底的小河。河岸上有多少野花呀。我是爱花的人,到这里我却叫不出那些花的名儿来……'妈妈,你看,这里野花遍地是,两山之间流淌着清澈的泉水,我觉得崂山的美更胜大兴安岭。哇塞!背着老舍的《林海》,浏览着崂山的美景,比吃着面包喝着牛奶还要美味可口,真给力!"

受她感染,所有人都兴致盎然。

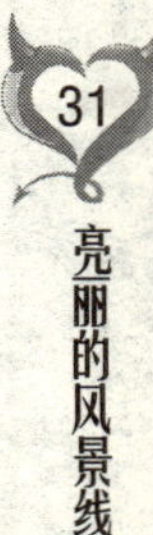

兴致所至，李天翔文兴大发，也大声吟诵起《与朱元思书》中的片段："'夹岸高山，皆生寒树。负势竞上，互相轩邈，争高直指，千百成峰。泉水激石，泠泠作响；好鸟相鸣，嘤嘤成韵。蝉则千转不穷，猿则百叫无绝。鸢飞戾天者，望峰息心；经纶世务者，窥谷忘返……'这段文字都不足以表达崂山的美。不过我喜欢作者淡泊的心境，乐山乐水各不相同，乐不可支。"

"李老师高见，我也喜欢这篇文章。"张秀荷率性自然地说。

"妈妈，你看，好大的一片杏树林，那边还有一棵大桑树。"朵朵惊喜地叫喊着。

"来吃杏的？欢迎！欢迎！"一个黑红脸膛的中年妇女迎了过来，王惊涛和她谈好价钱，就进入了杏树林。

"舅舅，我要吃桑葚。"朵朵仰头看着那紫红的桑葚，饱满润泽，让人垂涎三尺。

"树太高，上不去。"王惊涛挠挠头。

"踏着梯子爬上去啊！"朵朵脑子转得就是快，她早就看见了放在一旁的折叠梯子。

俩人兴高采烈地爬上了大桑树，张秀荷跟农妇要来了几个小竹篮，方便采摘。

"我要那块枝上的，这个，那个……"朵朵指挥着，王惊涛敏捷从容地在树上踩来踩去，摘取着朵朵索要的桑葚。朵朵跨坐在一个粗树杈上指点着，愉悦地接着惊涛摘的桑葚，一会儿，小脸便汗津津的，她那轻松的笑容在脸上四处流溢，心头的快乐怎么也按捺不住。

"接好了，我把桑葚给你抛进篮子里去。"

"好的。"朵朵举起篮子。

惊涛越抛越快，越抛越多，雨点般的桑葚噼里啪啦朝着朵朵投掷而来，落到了朵朵白色的衣服上；朵朵也不示弱，忙着还击，俩人在树上打起了桑葚仗，桑葚成了两人手中的子弹，沾得满身都成了一片紫色，俩人全然不在意，玩得不亦乐乎！这桑葚仗打得真过瘾！朵朵呼喊着，摇晃着，开心极了！

看着朵朵左晃右荡，李天翔怕她掉下来，大声提醒道："朵朵，坐稳了！"

朵朵好像没有听见一样，李天翔又大声提醒了一遍，朵朵还是没有反应。

“李老师，不好意思，朵朵的左耳因为陈家豪的一巴掌，已经完全失聪，根本听不见声音。这是逆风，她根本听不见！”张秀荷抱歉地解释说。

“……”李天翔惊讶得不知道怎么安慰了。

“当年，我和朵朵回家，撞破陈家豪和郝波的奸情，朵朵咬了郝波一口，被陈家豪一巴掌打成这样……”张秀荷怅惋地提起那不愿触及的伤痕，不觉眼泪汪汪。

“陈家豪知道吗?”

“……”张秀荷摇摇头。

“朵朵恨他吗？”

“不恨，我不想她生活在仇恨中，何况陈家豪不是故意的。我给她灌输的观点是:善待身边的每一个人。人生苦短，岁月如流，为什么不其乐融融，好好和家人和睦相处？人要有一颗感恩的心，不能一味生活在仇恨中，这样会扭曲孩子的心灵。”张秀荷说出了自己的教育方法。

“秀荷，你做得对，你是一个了不起的母亲，我赞成你的教育理念。”李天翔突然觉得他也亏欠这对母女很多，当时张秀荷找他做说客，希望陈家豪不要离婚，可是他却加剧了他们的离婚。

察觉到李天翔的内心变化，张秀荷释然一笑:“天意如此，都是过去的事了，就让它过去吧！朵朵现在很快乐，我也活得很充实。”

“我喜欢你这种积极向上的心态，凡事坦然面对，不怨天尤人。”

“李老师，上大学的时候你不是常常教育我们说:‘人要学会取舍，任何人不能背负着你所有想要的东西走完人生的全程，总要有所取舍，放弃能寻获另一种释然的快乐。把内心无关的、纷乱的杂念和欲望舍弃，这样才容易成功。舍得舍得，有舍才有得。每个人生命所能够背负的重量是一定的，如果你过早地满载着上路，那之后你必须舍弃一些原来珍爱的东西来换取其他。生活中的选择就是如此的不完美，但这也正是生活的真正含义。’你的这番话常常在我的耳边回响，你对我的影响颇深。”

张秀荷一口一声李老师这么叫着，让李天翔感到很亲切，师生这种情谊在他们之间充盈着，距离感悠然消失，取之而来的是“一日为师终身为父”的

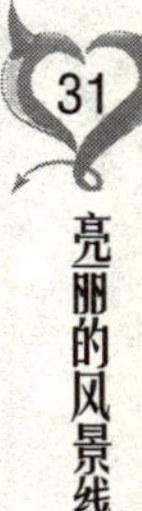

那种浓浓的亲情。

他们一边扳着树枝摘杏，一边随意地聊着。树枝摇晃，一个杏掉到李天翔的衣服上裂开了，张秀荷赶紧从包里掏纸巾给他擦拭，结果一张《津海都市报》掉了出来，李天翔弯腰捡起来看了，笑着说："原来你也关心咱们滨海的环境治理。"

"这关系到咱们滨海争创文明城市的大事，哪能不关心？墨水河贯穿咱们滨海市中心，是滨海的脸面，可是总是治标不治本，借这次创文明城市，咱们应该彻底治理好。"

"看样子你已经有了好的设想，说说看。"

"周边市区也有这样的例子，他们治理的方案是在河底铺设污水管道，直抵污水处理厂。河底和河岸用混凝土加固，将污水处理厂处理过的非生活用水再植入墨水河中，做到循环利用。"

"这个借鉴好，你回去马上写一份报告，把你的设想、预算开支等等全部列在里面，交给我，我立即转给郑书记。郑书记这次下了决心要根治墨水河，他可是这方面的专家啊。"

"遵命！我一定把它打造成咱们滨海的一道亮丽的风景线！"张秀荷顽皮地行了一个军礼。

一单大的生意，就这样无声无息地聊得差不多了。这杏吃得是真合算，张秀荷和李天翔的关系也越来越贴近。

今天是星期六，郝波不想去公司，她还在跟陈家豪赌气，她觉得陈家豪太俗气，眼里只有工程，只有钱，张口工程进度闭口钱，跟这样没情趣的人一起生活，太累！

看着昨天聂志远给买的衣服，郝波忽然想还他个人情。

"春花，你赶紧收拾一下，和豆豆一起陪我去逛商场。"

"郝姐，我不能去，爷爷想吃包子，我得包包子。"春花找理由拒绝。

春花最不爱陪郝波逛商场，大包小包都得她拎着，还得抱着豆豆，累都累个半死，而郝波却毫不理会，继续东游西逛。惹得春花背地里自怨自艾："人和人命里注定不一样，有人吃苦有人享乐！"

挑了两件衬衫，豆豆就不走了，嚷着要郝波抱。

“豆豆,自己走,到楼下妈妈给你买甜筒好吗?”好不容易商量通了。

刚到楼下,豆豆眼尖,看见一个卖气球的打商场这里经过:“妈妈,我要。”

“要喜羊羊、懒羊羊、美羊羊、暖羊羊,还要灰太狼和灰太狼的夫人。”豆豆一下子点了六个。

“妈妈,灰太狼可听夫人的话了,让他往东,他不敢往西,可是他总是抓不住一只羊,总惹得夫人生气。”豆豆欢快地给郝波介绍着,往甜品店方向走去。

这家甜品店东西很贵,可是总是吸引很多孩子前来购买,他们做的冰激凌能塑造各种动物的模样,而且惟妙惟肖。一个单球就30元,现在的消费者不怕贵的,认为越贵东西越好。

在甜品店排队,六个气球中灰太狼的夫人的绳子较长,她俯瞰着,好像在训斥灰太狼为什么不捉羊。

不知为何,郝波突然想戳它一下。也许因为她的指甲太长,手刚触到气球,嘭的一声,破了。

豆豆转过身来,看看地上的气球,又看了看郝波僵在半空中的手,对着她,哇哇大哭起来。

“别哭,别哭,我重新买一个给你。”郝波耐心地哄劝着。

“可是,卖气球的已经走远了,你拿什么赔我?”

“用冰激凌赔你,再给你买一个灰太狼的夫人。”

“我把她吃进肚子里就没有了,不行,我就要气球。”豆豆的执拗劲上来了。

郝波四处张望,终于发现在约莫200米外的地方有一个小店卖气球。她疾步走过去,带着补偿心理,买了两个气球,回到甜品店门前。

豆豆打量了一番郝波手中的气球,却又大哭起来。

“哭什么哭?不是要气球吗?我给你买了两个,你怎么还哭?”郝波不耐烦了。

豆豆也不搭理妈妈的问话,更不接她手中的气球,还在放声大哭。周围人来人往,有的驻足好奇地瞅着她们。郝波生气了,大声训斥:“你到底怎么了?说话呀!”

“我原来那个有灰太狼的夫人,你的气球没有。”

“小朋友,不要哭,叔叔变一个有灰太狼夫人的气球给你好不好?”一个熟

悉的声音在郝波耳畔响起,是聂志远。

“把气球给我。”他的声音仿佛有一种魔力,使她觉得她可以将全部的信任给他。在她最无助的时候,想起的人总是他。

豆豆也想知道聂志远怎样变出灰太狼夫人来,立即停止了哭泣。

聂志远从包里拿出一支碳素笔,一手握着气球,一手在气球上做起画来。寥寥几笔,就传神地把灰太狼夫人勾勒了出来,比原来买的那个更可爱。

“喜欢吗?”

“喜欢。”

豆豆终于喜笑颜开,蹦蹦跳跳排队买甜筒去了。

“谢谢你!”

“举手之劳,客气什么!”

“我这个儿子脾气就是倔,我哄了半天都没哄好,多亏了你。”

“小孩子要什么东西,总是很执著,他们只是认定他想要的那一个,即便你给他更好的,他们也不会接受。”聂志远莞尔道。

一语中的,豆豆确实是如此个性。如果是这样,大人和孩子又有何区别呢?大人们面对家庭,不是也像小孩子那样,只认准自己的爱人,即使周围有更优秀的,他们也会忽略不计,也会视而不见。偶尔的出轨,那只不过是生活中的点缀而已,不会动摇婚姻根基的。

望着聂志远即将远去的背影,她突然感到他们之间距离是那么近却又那么遥远。郝波暗叹,她这只气球,早就握在陈家豪手里。他只不过是她生活中一道亮丽的风景线而已。

“等一等!”郝波突然追过去。

“还有什么事吗?”聂志远停住脚步,转过身微笑着问。

“你的衬衣。”

“谢谢。”

“我还有个小小的要求,能不能在我这只气球上也画一幅画?”

“好啊!画什么?”

“画上你牵着我的手。”

“好的,但愿这个气球不要被你戳破。”聂志远眼睛里闪过一丝坚定的光。

“我会好好爱惜它,犹如爱惜自己的生命。”

32　螳螂捕蝉黄雀在后

为了拿到墨水河治理工程，国辉实业上上下下像迎接一场战斗一样，郝杰亲自上阵带队，对墨水河进行考察。星期天午饭后，陈家豪正在办公室里闭目养神，郝杰的到来驱走了他的困意。

“姐夫，今天我们考察墨水河时，遇上永合地产的副总原野，他也带着一帮人在进行现场考察。永合地产怎么总是和我们过不去，鼻子比狗还灵敏，出手也忒快了点。”

“真是冤家路窄！”面对处处与己为敌的永合地产，陈家豪感觉到他们的人脉网络关系已经覆盖到了他的身边，他们公司稍有风吹草动，都逃不过永合地产的眼睛。这种整天被人惦记被人偷觑着的滋味想想都感到恐怖，陈家豪禁不住打了一个冷战。如果事情真的像他推测的这样，国辉实业真的已经到了危险的边缘。

“嗯，好。咱们现在和永合地产是刺刀对刺刀，明目张胆地干上了，这样才热闹。你带着这方面的专家给我往细里考察，考察完了，咱们做完评估后，明确地制定出计划和步骤。记住，动作要快！”

“姐夫，你放心，我一定带着工程师好好考察，一定把这块工程拿到手，让永合地产竹篮打水一场空！让那个臭娘们再嚣张！”

“郝杰，别光说大话，赶紧拿出治理方案来才是真本事！你现在是公司的副总，说话做事之前要想想你的身份，别动不动说粗话，你代表的是公司的形象！”

郝杰没想到他的豪言壮语会落得个搬起石头砸自己脚的下场。陈家豪对郝杰这顿借题发挥的斥责，多少缓解了他心中的一些闷气。郝杰郁闷地挨完这顿劈头盖脸的训示，没有再说话，憋着一肚子气悻悻地离开了陈家豪办公室。

陈家豪绝对想不到张秀荷会出手这么快，原野曾经在北阳区负责过类似的工程施工，经过两天两宿昼夜奋战，这份计划书和预算已经出台了。聘请原野做副总，这钱没有白花，知识就是财富，在原野身上得到了充分的体现。

张秀荷拿着这份材料即将上报的时候，原野提醒了一句，听说实验小学和实验中学已经立项，我们可以采用免费为学校修筑塑胶操场的方式，拿下这两所学校的建筑权。我核计过，我们让这两所学校的硬件达标，加上微机配套，我们还有盈利。这样一来，永和花园的房价就会节节攀升，永合地产也赚得个赞助教育事业的好名声，这叫三赢。

原野的确高瞻远瞩，考虑问题的出发点就是和别人不一样。张秀荷赞许地点点头。

“赶紧换洗一下，跟我一起出去趟。”张秀荷邀请道。

“好的。”

熬了两天两宿的原野精神抖擞地出现在张秀荷面前，到底是年轻，身体棒，看不出半点颓唐的模样。

星期二刚上班，李天翔就接到张秀荷的电话，说墨水河的治理计划和预案都已经做好了。

“你马上送到我办公室来，我浏览之后立即呈报给郑书记，这几天郑书记让这帮记者们搞得很头疼。现在的媒体可强大了，政府再强大，再狠，想压也压不住。相比较而言，政府的力量由强变弱，稍有不慎，就会进入弱势状态。这帮记者围追堵截郑书记，希望得到一个肯定的答复。”

李天翔反复研究着这份报告，认为实施性可行。永合地产确实是一流，河流与支流的分布图标得很标准，就是图盲也一清二楚。

“你们在我办公室稍等，以备郑书记咨询。”李天翔拿起报告就走进了后面的市委大院。

郑书记是环境治理的行家里手，仔细研究了这份报告以后，心里默许了，他没有表露出来。不动声色地问：“这是谁做的？”

“永合地产。”

“人呢？马上让他到我办公室来，我想听听他详尽的计划。”

张秀荷和原野笑容可掬地走进了郑书记办公室，郑书记一边看着报告，一边询问情况，原野言简意赅地为郑书记解惑。

“好，先放这里吧！有什么事我会找人联系你们。”郑书记很满意，站起来送客。

“郑书记，我有一个不情之请，希望您考虑一下。”张秀荷握着郑书记的手，笑吟吟地说，“我们永合地产想赞助实验小学和实验中学的建设，电脑全部由我们永合地产来配备，另外这两所学校的塑胶操场全部由永合地产赞助修建。”

“这是好事，我替咱们滨海的学生家长们谢谢你。这样吧，你回去等消息。”

通过接触，郑书记觉得张秀荷处事大方，应对得体，举手投足带着一种大气，美貌与智慧并重。他更加敬重和赏识张秀荷了。

陈家豪星期五把计划预案交给李天翔的时候，李天翔笑着说：“你拿回去吧，已经不需要了。”

那笑容里有着客气和生分，缺少了师生间的亲密无间。陈家豪突然感到了一种陌生，这是一种具有离间效果的陌生，一种卷着陌生而来的离间，让他很难描述个中滋味。

工程师们忙碌了整整一星期，一句话说不要了就不要了。一想到热脸贴了个冷屁股，陈家豪就心烦气躁。他不清楚问题究竟出在哪里，李天翔市长怎么说变脸就变脸？自己也没得罪过他呀！

他不知道张秀荷邀请李天翔去崂山，完全颠覆了陈家豪在李天翔心目中的印象。

难道是永合地产捷足先登？让李天翔改变了初衷？这个问题出现在陈家豪的脑海里，再也挥之不去。张秀荷，为什么我出手的项目你总是插进一脚来呢？你这样和我过不去有什么意思吗？

陈家豪想破脑袋但也没想出个头绪。没弄明白横生枝节的原因之前，所有的猜测都是枉然的，既然没有头绪，陈家豪及时打住了这些不着调的胡思乱想，当务之急他要见见张秀荷，和她聊聊。

接到陈家豪的电话，张秀荷感到很意外。这个人和自己半点关系也没有了，本来想一口回绝，但是她犹豫了一下，还是答应了，毕竟他是朵朵的父亲。

“那就天外天咖啡厅见。”

陈家豪选择在天外天咖啡厅这个地方见面有他的目的：一是他觉得这个

地方比较雅静，宽松舒适的环境让人感到温馨；再者就是他知道张秀荷喜欢约两三个好友来喝咖啡，这信息是黑子透露的。

黑子现在的主要任务就是监视张秀荷的一举一动，及时跟陈家豪报告。

当张秀荷被服务小姐带着走进包间时，陈家豪早已等候在那里了，这是离婚以来他们第二次见面。

现在的张秀荷，既有着成熟女人的风情，又有着成功女人的自信，比以前更有韵味。她把永合地产打理得红红火火，怎么以前就没发现她这么优秀这么能干呢？雾里看花，花更美。陈家豪一碰张秀荷的手，软软的但是有种特别的力道，陈家豪说不清自己是什么感觉了。

陈家豪意味深长地望着张秀荷："一切还好吧？"

张秀荷轻轻地嘘了一口气，莞尔一笑，那笑容绝对有分寸："托你的福，一切都好！"

陈家豪说："秀荷别这样说，否则，我会无地自容的。"他停了停，无可奈何地嘘了一口气，继续说："造成今天的局面，都是我的过错。"

"陈总，既然选择了自己要走的路，就没什么错不错，你现在的生活，不是很好吗？妻子漂亮，儿子聪慧可爱。"张秀荷的话，无形中拉开了两人的距离。她的声音舒和温雅，没有半点怨言。

陈家豪笑着摇了摇头，端起咖啡喝了一口，说："鞋的大小只有自己知道，不是吗？如果有来生，让我重新选择，我会抓住原来的不放，绝对不会对不起你们母女。"

张秀荷经过商场历练，也成了太极高手，笑着呵呵："人的生命只有一次，以后不会再有了。佛教讲轮回，即便如此，也不是原来的自己了。谢谢你的成全！没有你，就没有我现在的生活。"没有半句怨言，却富含哲理，这就是张秀荷现在的心态。

"秀荷，失去了我才知道珍贵，总想补偿却知道无法弥补。"陈家豪幽怨地长叹了一口气，忏悔说。

张秀荷的脸上闪过一丝不易觉察的冷笑，转瞬即逝，不仔细观察根本就察觉不出来，马上又阳光明媚，她看着陈家豪："过去的永远过去了，不要把眼光停滞在原处，忽略了眼前的风景，伤人伤己。已有前车之鉴，好好把握将来。"

陈家豪赞美道：“秀荷，你的语言妙趣横生，宜守宜攻，可惜，我当年有眼无珠，错失了你这道美丽的风景线，后悔莫及！”

他们就这样不着边际地瞎聊着，各怀心思，说着说着无话可说了，张秀荷故意拿起桌上的手机看了一下时间。陈家豪心里着急，想探讨正事，又不能表现出来，只好没话找话，聊起了朵朵的事情，说暑假里咱们一家三口出去游玩一下。

张秀荷笑笑说：“你带朵朵去游玩我支持，我嘛，就心领了。没有别的事情，我就告辞了。”

看着她离开的身影，陈家豪心里忐忑不安，总有一种不踏实的感觉。琢磨了好久，却没有分析出到底谁是内鬼，哪个环节出了问题。

陈家豪郁闷之极，这咖啡没喝出半点味来。张秀荷绵里藏针，不卑不亢，拒他于千里之外。

随后几天，陈家豪和李天翔市长推心置腹地谈了几回，都无济于事，李市长推辞说郑书记亲自抓，他不便插手。陈家豪认为这只不过是借口罢了，心情更加郁闷不堪，他不甘心墨水河的事情就这么不了了之，只好选择了暂时冷处理的下下策。

失去了李天翔市长的支持，当前形势是和尚头上的虱子，明摆着对国辉实业不利。陈家豪对这个事的担忧还在其次，他更担心的是不知道国辉实业的哪一步棋还被永合地产惦记着。想想这些，陈家豪头皮就发麻，心里就发怵。

张秀荷是憋足了气和国辉实业做对，这个女人的能量现在不可小觑，是一个能呼风唤雨的人物。两年间，她能使永合地产发展壮大起来，在地产市场上所向披靡。想着这些，陈家豪不免毛骨悚然，或许这就是冤孽，女人报复起来，比谁都狠。

既然摸清了对手的意图，陈家豪决定亲自上阵和张秀荷一决输赢，为国辉实业争夺更多的发展空间。上几次的经验教训告诉他，公司内部可能出现了问题，国辉实业一有风吹草动，永合地产就会伺机而动，总是来个螳螂捕蝉黄雀在后，国辉实业无功而返。内鬼究竟是谁？现在还没有头绪。

没有哪家地产开发商会和工程结仇，何况是市政府的形象工程。虽然国辉实业前期付出的百般努力落了个鸡飞蛋打的局面，但不去争取就拱手相让这绝不是陈家豪的性格。

他想在墨水河治理这项工程上和张秀荷一决高下。

33 弄巧成拙

永合地产现在是势不可当，资金势力还有信誉在滨海首屈一指。国辉实业的上上策是拿下墨水河整治工程，并加大外地的囤地的力度。两家势均力敌，鹿死谁手还不一定。

可是墨水河治理工程确实是郑书记一手抓，郑书记是外来的，在滨海没有盘根错节的关系，想找到突破口不容易。

陈家豪和郑书记在公共场合见过几面，也仅仅是泛泛的点头之交，基本上没有什么瓜葛。一个开发商跟市委书记之间，隔的层次太多，能有什么关系呢？陈家豪要想接近郑书记，能放过李天翔吗？李天翔和郑书记之间，虽然是党政分开，但是能分得开吗？俩人的关系本来就默契，晚饭后没事经常一起打打保龄球。

干等着也不是办法，最近有事没事陈家豪总是和李天翔泡在一起，这张王牌岂能轻易撒手？

李天翔当然知道陈家豪锲而不舍地找他所为何事。换了他，有这么一位老师在市政府当市长，恐怕也会像狗皮膏药似的粘住人家不放。陈家豪要想在滨海地产界呼风唤雨，必须取得市委市政府的支持。政界和商界永远是一对矛盾，但又永远是一对连体婴，想分开，不是那么容易的。不过，你有你的关系，别人有别人的后台，所以，不到最后拍板，谁也不敢打包票说自己的优势比别人强。

问题是，李天翔对陈家豪的事现在并不放在心上，陈家豪虽然多次找过他，他能敷衍也就敷衍了事，李天翔认为，陈家豪这次拿下墨水河治理工程可能性不大，否则，他也不会这样心急火燎地想通过他攀上跟郑书记的关系。

但是,如果能让市委郑书记对他陈家豪另眼相看,事情就完全不一样了,这种附加分可以把别的竞争对手远远地抛在后面。

自从崂山之行后,李天翔对张秀荷的态度和对陈家豪的态度完全不一样。他很乐意帮张秀荷,而且只要答应张秀荷的事,就会不遗余力。对陈家豪呢?他真的不想揽什么事,能躲就躲了。在他的心目中,一个父亲能为了自己的情人,将自己的亲生女儿的左耳掴得永远失聪,对待亲人尚且如此,那对外人岂不是更虚情假意?李天翔尽量不去想那些事,却忍不住这样想。

李天翔态度的变化,陈家豪应该觉察得到,可他却像以往一样热情。

张秀荷这里,李天翔只需做做顺水人情,为什么不做呢?关键是郑书记十分赏识,张秀荷各方面条件都具备了,只需在某个环节上稍做一点点推波助澜,就能水到渠成。也就是说,再添一根柴,九十九度的水就达到了沸点。在这个前提下,能帮就帮,何乐而不为?都是自己的学生,帮谁不是帮?

这几天晚上,陈家豪特意推掉所有的应酬,总是在晚上八点半钟,开车直接到市委大院,他知道,如果没有应酬,那时李天翔和郑书记正在市委大院休闲中心打保龄球。

令陈家豪惊讶的是张秀荷也在,她好像和郑书记很熟稔,俩人随意地交谈着,不时用目光交流着。

陈家豪就是不明白,他俩怎么能搭上关系成为朋友?

李天翔一见陈家豪,就知道他来这儿的目的,只是微笑着点点头。郑书记正好打了个大满贯,有点兴奋,扭头见了陈家豪,也就笑笑点了点头。陈家豪马上疾步走了过来,向郑书记问好。

郑书记还打算投第二次球,张秀荷在一旁帮他擦一只绿色球,擦好了,笑容可掬地递给他,俩人的动作默契,如行云流水一般。

"呵呵,这次才击中7个,一般般!"张秀荷咯咯地笑着评价道。她越笑,陈家豪心里越觉得别扭。他忽然觉得自己的前妻很可怕,她的眼睛看起来纯净如水,但是,你根本看不到底。女人最可怕的就是给你一个冰清玉洁的印象,然后你却发现,纯洁的水底潜伏着无限的欲望。陈家豪对她有点恐惧,而这种恐惧似乎是隐藏在她的一颦一笑之间,甚至张秀荷每一个不经意的目光,陈家豪都觉得像锋利的刀刃。

从言语之中,就看出两人的关系不一般,要不张秀荷也不会这样实实在

在地评价。

“有美女在旁,当然有压力了。”郑书记诙谐地打趣道。

陈家豪在身旁迎着,阿谀奉承:“郑书记的球打得就是好,够专业水准。”郑书记耸耸肩,自我解嘲说:“这也叫专业水准?陈总的标准太低了吧?”笑着兀自摇摇头。

“秀荷,你也来打一球?”郑书记邀请道。

“好的。”张秀荷低调地笑笑,没有丝毫受宠若惊的表情,是那么的坦然自若。她抓球、托球的动作优美流畅,她穿着半高跟,咯噔咯噔地助跑着,婀娜多姿,看她打球简直是一种享受。

“棒极了!”

张秀荷十个全部击中,惹得郑书记一声喝彩。

“你们玩吧!我回去了。”郑书记潇洒地向众人挥手告别。

“我送你回去吧!”张秀荷抓起包,跟在后面。

“好啊!就搭你的顺风车。”郑书记愉悦地应允。

俩人心照不宣、有说有笑地走了。望着他们的背影,陈家豪想:张秀荷这个女人,干什么都有一套,潜力实在不可小觑。当时怎么就鬼迷心窍,说放手就放手呢?现如今再加上郑书记的支持,在滨海可谓所向披靡。

李天翔打了一个哈欠,陈家豪看在眼里。

“李市长,我送你回家吧!”陈家豪笑着说。

车子出了市委大院,往西拐去,这不是回李天翔家的路。“你这是要把我送到哪去?方向不对吧?”

“咱们去洗洗澡。”

李天翔说:“今天你已经看见了,张秀荷现在是郑书记眼里的红人,你的事我帮不上什么忙!还要拉上我去犯错误?”

陈家豪说:“你是我的老师,又是领导,哪能让你犯错误?”

两人找了个包间,准备做足疗。服务生问他们喝什么茶,说这里的大红袍是今年的春茶。陈家豪说就上大红袍,几杯茶下肚,加上泡脚,浑身汗津津的。

趁着服务生出去的工夫,陈家豪朝李天翔侧过身子,他觉得李天翔是自己的老师,说话没必要掖着藏着,干脆就直截了当地说:“李市长,墨水河治理工程,我想拿下来,心里没底,才急着找你讨主意。”

李天翔说:“这事我真做不了主,你也看见了,张秀荷和郑书记的关系。”

陈家豪说:“问题就在这里,总不能好事都让她占了去。”

李天翔说:“你的心情我理解,我只能在我力所能及的前提下帮你。你也知道,所有事不是我一个人说了算。再说,都是我的学生,手心手背都是肉啊!你知道郑书记为什么赏识张秀荷?”

陈家豪摇摇头。

李天翔叹了一口气,说:“你听听老百姓对永合地产的评价多高啊!金杯银杯不如老百姓的口碑,金奖银奖不如老百姓的夸奖!郑书记是想在滨海树立一面旗帜,张秀荷就是他想树立的目标。现在这样的典型不好树,弄不好老百姓以为政府在作秀。”

“难道永合地产不是在作秀?”

“你错了,张秀荷拒绝当典型,她说只想做个与世无争的淡雅的小女人。她说做这些事不图名也不图利,只求个心安。”

陈家豪还有什么话要说,正好听到足疗师在外面轻轻敲门,也就打住了。陈家豪知道在这种场合李天翔最忌讳暴露身份。

沉默了一会儿,李天翔说:“现在的人很现实,一切都向钱看齐,钱成了衡量一个人能力的标准,人的道德理念也跟着发生变化。人活着不能光向钱看,总得要有点信念理想和追求。所以,郑书记想在滨海树立一个正面典型,张秀荷就是符合条件的最佳人选,符合‘优皮’时代‘她’榜样这个标准。”

陈家豪说:“树立典型和工程给谁有何关系?”

“这与政府的支持分不开啊!”

两个人做完了足疗,上了车,陈家豪说:“明明知道这工程可望而不可即,心里还老是不服气,总想再争取争取!”

李天翔见他把话题又绕了回来,一笑,说:“除非出现奇迹!”

陈家豪绞尽脑汁就是想不出和郑书记拉近关系的办法。

没想到机会来了,郑书记最近工作劳累,上火了,牙痛得厉害,腮帮子都肿胀起来了。到医院请牙科主任看了,说是有颗牙坏透了,引发牙床发炎、化脓,得拔。舍不得这颗牙,这半边牙床都保不住,说得极恐怖。没办法,郑书记只有小病大治,住院拔牙了。

市委书记住院,这可不是个小事情。来看郑书记的人不少。有的送东西,

有的送信封。对送来的东西和或厚或薄的信封，郑书记一般采取沉默的态度。既来之，则收之，这是人之常情。但是，对于太厚的信封，他坚决不收。这是官场人情，同人与人之间的人情没有什么两样。谁也不能游离于潜规则之外。你不进入，很可能就被疏远到规则之外。

张秀荷空着手来转了一圈，和医生聊了几句，医生说这几天得吃有营养的流食，她什么也没说就走了。

陈家豪来了，搬来一小箱烟台苹果。

“听医生说吃苹果有利于伤口愈合，郑书记别嫌弃。”他放下苹果箱子就走了。

中午，张秀荷亲自炖了燕窝汤送来，还特意熬了浓浓的小米粥，郑书记连喝了三碗，直夸香。

流质食物消化快，不到半下午，郑书记饿了。

“你不是说陈家豪送来一箱烟台苹果，我给你削一个打成果汁喝。”张秀荷建议说。

“好的，咱们喝杯苹果汁，医生说吃苹果有利于健康。”

张秀荷打开陈家豪送来的苹果箱，哇地叫了一声，里面是一箱百元大钞！

“这个陈家豪，胆子也太大了吧？郑书记，怎么办？”张秀荷机灵地合上箱子盖儿，她怕外人看到影响不好。

“你打李天翔市长的电话，让他马上找两个人来，当场清点一下，然后让他们把东西送回去。”郑书记皱着眉头吩咐道。

“陈家豪，怎么能这样？”郑书记近乎咆哮，莫名其妙的火气腾地上来了。这是他当市委书记以来，第一次有人公然把数额如此巨大的钱送到他手里！

“郑书记，他能送，你就用他的名义捐啊，让他猪八戒照镜子——里外不是人。”张秀荷处事不惊地帮着出谋划策。

“这不妥吧？”郑书记笑笑说。

政府来人清点完了，报告说：“整整20万！”

“立即给国辉实业送回去。”

政府工作人员走了以后，张秀荷说：“陈家豪出手这么狠，无非就是想拿到墨水河治理工程。”

“他也不能用这种方式呀，陷我于不义。由此可见，他这个人不可交。”

郑书记住院的这些日子，张秀荷一天三顿饭伺候着，汤汤水水周周全全。现在的官员上任，就只身前往，没有带家属的。张秀荷与郑书记的关系更进一步了。

34　装样子给别人看

精心策划的行贿计划落空，还被李天翔市长批评了一顿，陈家豪心里是个什么滋味，只有他自己清楚，他是哑巴吃黄连——有苦说不出。这个时候所有的挣扎都是徒劳无益的，剩下的只有听天由命了。陈家豪陡然想起儿时看红色经典战斗题材电影，国民党军官每每打败仗时自我解嘲的经典名句：不是我军无能，而是共军太厉害了！

陈家豪在郑书记那里弄了个灰头灰脸，这让李天翔很难堪，陈家豪打他电话，李天翔都不愿接。再帮他，郑书记那里交代不过去了。

陈家豪这几天很郁闷，脾气火爆，瞅着谁都不顺眼。为往南通转一笔钱，郝波转账慢了，俩人又吵翻了天。

一赌气，陈家豪自己开车去南通看工程进展情况去了，顺便去散散心。在家里，看着郝波头就大了。自从母亲去世以后，他就和郝波分居了，家里的房子是复式的，200多平米，一人一间都绰绰有余。陈家豪小三口住在楼上，老头儿和春花住在楼下。但是在家总是低头不见抬头见，闹心。

南通，是陈家豪施展才华的平台，在这里，他如鱼得水。陈家豪在滨海屡屡受挫，可是在南通，工程却遍地开花。一是外来的和尚好念经，二是南通市分管基建的副市长与陈家豪是大学同学，俩人关系特别铁，南通市政府的工程大部分就落到陈家豪的名下。

陈家豪去南通，最高兴的人是赵小曼了，她像迎接什么似的，让他特别有成就感。想到赵小曼，陈家豪心里充溢着一种年轻时曾经有过的冲动，他的内心也变得年轻起来。

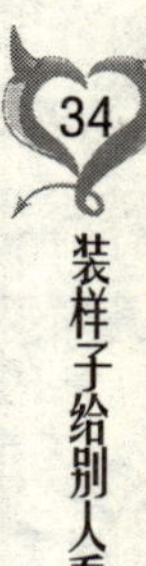

这个带着乡土气息的小女孩，让他年轻让他爱怜。

当一轮鲜红的落日在高楼大厦后面遁去的时候，陈家豪赶到了南通。他向自己开发的那片小区走去，在这里，他特意给赵小曼留了一套套三的住房。

家里亮着灯光，让他的心感到温馨无比。陈家豪快步地走进电梯，拿出钥匙开了门，一个穿着朴素的女孩笑吟吟地递上一双拖鞋，接过他的外套挂了起来。他拥着她，亲吻了一下她的唇，她羞怯地红了脸，差点闭过气去。

他喜欢她娇羞的小女儿态。

这女人就是赵小曼。和郝波比，她没有郝波漂亮，更没有郝波精致。但是她比郝波实在，不虚伪。

“看我，见到你太兴奋了，连门都没有关。”赵小曼关上门，拉着陈家豪的手坐在客厅的沙发上。

赵小曼噘着小嘴，撒娇道：“你快一个月没回来了，我想你又不敢给你打电话，可煎熬人了。”

她不化妆，有种“清水出芙蓉，天然去雕饰”的韵味，最好的书叫自然，最美的画也叫自然，最美的人是自然美。自然的东西给人以亲切、美丽而又不失高雅的感觉，让人怎么看也看不够。

陈家豪没有言语，捧着赵小曼那张熟悉的脸庞，深情地凝视着，不知道是哪里，竟如此打动他的心。她是那样的普通，姿色平平，长长的头发自自然然地梳在脑后，一双柔情似水的小眼睛正含笑望着他，从她黑色眸子里映出他的脸孔。她的灵气，都集中在那双小眼睛上，清澈而又灵动。

“最近忙得不可开交，简直是焦头烂额，回家的感觉真好，有你的感觉更好！”陈家豪本不想解释，他了解女人需要解释，哪怕是哄她骗她，她也乐意听。

幸福一下子淹没了赵小曼。关于爱，不必问了，这样的话，比千句万句“我爱你”要动听得多。

赵小曼脸上闪现出一丝喜悦，急忙说：“累了吧？我给你按摩按摩。”

陈家豪默默地闭着眼睛，感受着来自赵小曼的按摩。她的按摩力度恰到好处，能使人很快放松下来。时光悠然回到了和赵小曼初识以后的点点滴滴。

刚来南通发展时，陈家豪觉得住在酒店不方便，就临时租赁了一栋楼房。分管南通工地的副总姜瑜远带着一个怯生生的小女孩来到陈家豪的租赁处。

“这是陈总，以后由你负责他的饮食起居。”姜瑜远嘱咐说。

陈家豪抬眼打量了这个女孩一下，羞涩，有点土气，内心没什么感觉。随意问道：“你叫什么名字，家在哪里？”

女孩的声音脆生生的：“陈总，我叫赵小曼，今年十八岁，家是贵州的。”

“知道该怎么干吧？”

“姜副总都告诉我了。”女孩低着头，不敢看陈家豪，见他说话很温和，一副和蔼可亲的样子，便抬头飞快看了陈家豪一眼，见陈家豪也盯着她看，脸一红，低下了头。

陈家豪看在眼里，对姜瑜远说：“就这个丫头了，人很灵活，又本分老实。”

姜副总脸上露出一丝不易觉察的微笑，对赵小曼说：“你留在这里吧，好好伺候陈总。”

姜瑜远走后，劳累一天的陈家豪觉得有点头昏脑涨，他时不时地挠挠头。赵小曼看在眼里，走近陈家豪，帮他按摩起头部来，一招一式拿捏得十分精准。陈家豪惊奇地问：“你怎么会这手？在哪里学的？”

赵小曼说：“我爷爷是个老中医，会推拿按摩点穴给小孩治病，小时候他教了我一些，可惜当时我太小，只知道贪玩，不用心学，只学了一点皮毛。”

“你这已经很不错了。”陈家豪夸奖道。

“我爷爷才真正了不起呢，小病小灾的有时候手到病除，可惜他有天给人治病，晚上回家的时候猝死在路上。”赵小曼说着，眼睛就湿润了，声音有些哽咽。

陈家豪见她只提爷爷，不提爸爸妈妈，便好奇地问：“你爸爸妈妈呢？”

“妈妈生弟弟的时候大出血死了，爸爸因为妈妈的死疯了，掉进池塘里淹死了。我、爷爷还有弟弟相依为命，初中毕业那年，爷爷也死了，我和弟弟就成了没人疼的孤儿了。”

“弟弟呢？”

“在邻居家寄养着，我挣钱寄回去，让弟弟上学。”

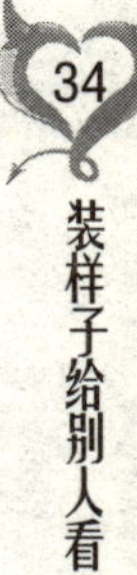

太命苦了，陈家豪摇了摇头，说："那你以后就把我这里当自己家，只要好好干，我就是你的亲人。"

"穷人的孩子早当家"，赵小曼什么都会干，做饭洗衣打扫卫生，没有闲时候。陈家豪喜欢她的朴实无华，经常给她买点小礼物，看见她土里土气的，还带她去买衣服，小姑娘很知足，欢喜不已。她把陈家豪当成了亲人，有时陈家豪进了家门，她不经意地扑进他的怀中，及至醒悟过来又羞红着脸跑走了。

"别乱花钱，衣服有件穿着就行了，我又不上哪里去，穿那么好的衣服干吗？你用钱的地方多着呢！"赵小曼摸着那些衣服，嘱咐道。

陈家豪开心地笑了，他喜欢赵小曼满足的表情，给她一点小东西，她都心满意足。她说，人要学会感恩，要知足常乐。

陈家豪知道她是个没有父爱的孩子，跟自己相处后，渐渐产生了恋父情结。现在身边有一个比自己女儿大不了几岁的女孩无微不至地照顾着自己，他时时把她当做自己女儿看待。女儿跟着张秀荷走了，他心中有说不出的遗憾，正好在赵小曼身上补偿。

他越来越喜欢这个带着乡土气息的女孩子，她身上这种朴实无华、勤劳善良是城里的女孩子所没有的，她带给他一股清新的气息。感情的过渡需要靠物质的载体来传递，陈家豪源源不断送给赵小曼礼物，使她渐渐对他产生了感情。

这天，赵小曼感冒了，咳嗽得很厉害，小脸烧得通红。陈家豪回滨海一星期了，有时候一走几个礼拜都不回来。她懒得连饭都不愿做，更不愿意吃，从早晨到晚上，就喝了几杯热水。他不在，她就凑合。

深夜，陈家豪回来了，他是个细心的人，去赵小曼房间看了看，看见赵小曼咳嗽个不停，问："小曼，你怎么了？你的脸怎么这么红？"陈家豪说着，用手试试赵小曼的额头，"哎呀，这么烫，你发烧了吧？走，我带你去医院。"不由分说，裹挟着赵小曼上了车，直奔医院。

医生说要打点滴，陈家豪去车里拿了一个两用抱垫，拉开拉链给赵小曼盖在身上，微笑着，像平时对豆豆一样，拍拍她的脸颊，抚了抚她的肩膀："这下包裹严实了，睡一觉，很快就好了。"

陈家豪不会知道，他的这些不经意的动作，在一个爱慕他的乡下姑娘身上会起如何巨大的化学反应，就像有一股电流瞬间涌遍赵小曼的全身，那感觉是那样的曼妙。赵小曼陡然觉得自己的脸变得像烧开的水那样烫，烫得几乎令她窒息。她想用双手捂住自己的脸，好使得它能降一降温。

“你挂着点滴呢，别乱动。”陈家豪慌忙握住她挂着水的那只手，紧张兮兮地看着她。

他的大手覆盖在她的手上，怕她乱动握着没有撒手。他的手温暖润湿，充满男人的力量。赵小曼有些悸动，有些慌张，身体由僵硬酥软到近乎虚脱。所有的防线在这一握中丝丝缕缕地褪去。

打完吊瓶回家，陈家豪替赵小曼盖好被子。屋子里特别安静，陈家豪和赵小曼几乎同时觉察到了自己和彼此的尴尬。陈家豪坐在床边，轻拍着赵小曼的背，那情景，那人物关系，像一个父亲在哄女儿入睡。

“陈总，你去睡吧。明天还有很多事等你处理呢！”赵小曼蜷缩在被子里说。

“你睡着了，我再走。”

深夜，男主人和赵小曼独处一室，所有这些可能导致什么事情发生的要素都具备了。尽管赵小曼在平常日子里有着这样的不切实际的幻想，可当这些幻想来临之际，她还是惊慌失措。

“我有点冷。”赵小曼打了个哆嗦。

无意中给陈家豪发出了一个诱惑的信号。

“那我抱着你暖和暖和。”陈家豪隔着被子，从身后紧紧抱住赵小曼，让她感受到他的热力。

一股温热的气浪席卷赵小曼的全身。

赵小曼眩晕了。这是第一个男人，与她如此亲密的接触。

“小曼……我喜欢你……”他凝望着她，放射出一股无法抵抗的力量。

闻着熟悉的气息，属于他的，暖暖的，淡淡的烟草气息。赵小曼彻底瘫软了。

赵小曼希望把自己的一生都融进他的生命中，曾经无数次想象将会以何种方式抵达这个时刻，那一定是漫长和奇妙无比的。她尽自己少女的经验幻想过无数的可能性，唯独没有想到会这样直接。

这是她的第一次，奇怪的是她未感到耻辱，相反有一种莫名其妙的期待。

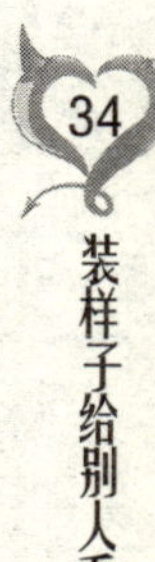

身边这个极具诱惑力的男人告诉她：你不会知道这有多奇妙。她原来不知道，一只普普通通的手，竟会让她如此的舒适和惬意，让她无法自持。这只手爆发出不可思议的灵性和热情，触到哪里，那里就生出水和火来。他的手继续游移着，试探地谨慎地抚慰着，然后愈来愈放肆，刚刚触及到那个最隐秘的地方，她感到一股巨大的热流从自己的两腿间流淌而出，身体便饱胀着欲望，莫名其妙地膨胀和不可思议起来，舒适和惬意感如潮水般涌来。

她情不自禁地喊了出来。

陈家豪站起身来，赵小曼突然看到了他腿间那个东西，不是原来的模样了！她从来没有看过成熟男人的裸体，脸上又腾地飞上一朵红云。她看过弟弟的那东西，小小的蔫在两腿间。她这是第一次看到它的庐山真面目，都羞得快要晕过去了。她不敢想象，如此庞大的东西插进去会如何……

那一瞬间，他再次被震撼：几滴鲜血像瓣瓣的梅花，洒在床单上。陈家豪胸口突然有热血涌上心头，狂喜。小曼，处女之身的小曼！他认为自己干了一件正确的事情，破了赵小曼的处女身。"小曼，我的小曼！"他感到一种奇妙的兴奋，将赵小曼紧紧地拥在怀里，喃喃低语："傻丫头，我会好好珍惜你的。"他抚摸过头发的手指是那么温暖，柔情像水流过心里。

每一个男人都有处女情结。陈家豪做梦也没想到赵小曼竟然会是个处女，在他的臆想中，这年头纯洁的姑娘少之又少，打灯笼都找不着一个，没想到他陈家豪竟然有这个福分给遇上了。

"小曼，你太好了，太好了！我喜欢带着红头的女儿香。"

赵小曼羞红了脸。这是第一次，再说这种事只可意会不可言传，哪有说出来的道理？

他温柔地，温柔地，热吻着她。

她柔顺地、娇羞地依偎着他强壮的身体，刚才是多么的妙不可言，这一切使她惊喜不已。

男欢女爱原来是这么美妙的事。

赵小曼此时感觉他和她是如此的贴近，几乎是脸对着脸，他呼出的混合着淡淡的烟草的气息喷在她的脸上痒酥酥的。

"我爱你，为你奉献一切，我愿意。"赵小曼羞涩地说。

陈家豪叹了一口气，说："小曼，我很喜欢你，可我不能给你承诺，我是有家庭有事业的人，不可能为了你而抛弃这些。我已经犯过一回错，闹出天大的丑闻，再这样要被人骂做疯子。再说，我们年龄上差距太大，我甚至可以做你的父亲。”陈家豪看着她说。

赵小曼懂事地说：“我知道，我只想和你在一起，不图任何回报，不会破坏你的家庭，更不会让你为难。”她羞涩地蜷缩在他的胸前，说出如此让他感动的一番话来。

陈家豪很是感动，他惊讶这个90后女孩的真诚，她们这一代人的思想与行为与自己这一代人是格格不入的，也是无法想象的。很多小姑娘只要爱情，不要家庭；只求现在拥有，不求天长地久。

经过雨露的滋润，一种明媚的气息浸入了她的肌肤，她浑身散发出一种欢快的、明朗的气质，她忽然觉得生命是这样的绚丽多彩，她的灵魂里有什么东西在欢娱着。

男欢女爱，任何人都无法抗拒。陈家豪在一夜之间由一个她所敬仰的男主人，变成了一个爱她恋她的男人，这让赵小曼欢愉雀跃。他会一进门搂住她的腰，使劲亲一个，又会因为赵小曼跟他使小性子而沮丧。是她年轻的躯体，焕发了陈家豪旺盛的精力和生命力。这是一个多么优秀的男人，竟然会对她如此痴迷和疯狂。

赵小曼暗自得意。

生活变得明媚了，有意义了，充实了。一份深深的牵挂充溢在她的心中，他的喜怒哀乐牵动着她的心。

现在他又面对着这个女人了，他的心舒展到说不出的大。这里，是他宁静的港湾。

日子一天天窒息地重复下去，陈家豪去了南通，连声招呼都没打。他们僵持着，比陌路人还要尴尬，郝波是系在他心上永远无法打开的死结。

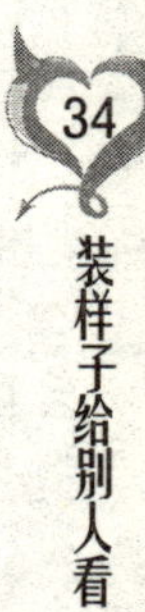

有家也不愿意回，家不叫家，叫冰窟，叫炼狱。再在那个死气沉沉的家待下去，郝波感觉自己离疯掉不远了。本来打算去聂志远家，他的家是她心灵的避风港，可是俩人有了那层关系以后，她怕聂志远看轻她，反而和他疏远了。聂志远也没有再联系她，对郝波，他倾注了所有的感情，而他，怕她无法给他任何回应，更怕破坏他们的夫妻关系。

她内心有太多的苦闷还有寂寞，无法诉说。寂寞，无边的寂寞涌过来，郝波漫无目的地开车乱走。世界之大，哪里是她安身之处？她不知道。

暮色已合，街道两边的路灯还没有亮。黑漆漆的夜晚，给有家不想归的人带来无尽的伤感，那伤感是那样的哀婉凄楚，牢牢地裹住郝波的心灵。

路边的音响，在播放刀郎的《情人》，在这幽暗的夜里，显得特别空旷，给人以无限遐想的空间。循声望去，绿树簇拥的街角新开了一个酒吧，"半岛都市港湾酒吧"在霓虹灯的闪烁下显得格外耀眼。

郝波走进酒吧，吧台设在正对着大门的北边，调酒师正在忙碌着。服务员走过来招呼，问她要坐楼上还是楼下，郝波说楼上。

服务员引着她来到三楼，原来三楼是包间性质，说是给贵宾预备的。每个房间里只有这一张台子，台子两侧各摆了一个荷叶形的小座椅。坐在这间小小的房子里，她有一种错觉，仿佛这里和聂志远家一样，是她心灵的港湾。

"您喝什么？"服务员问。

"拉菲。"

抿了几口，这酒和在聂志远家喝的不是一个味儿，不好喝。郝波按响铃，服务生应声而来。

"有什么好酒？"郝波问。

"我们新来了一个调酒师，他调的 Frozen Blue Margarita 非常不错。"服务员介绍道。

"我头一次听说这酒，能具体介绍一下吗？"郝波真的很寂寞，就想找人说说话。

知道她对这酒没有了解后，服务生便向她介绍开来。

"关于 Frozen Blue Margarita 的命名，还有一个传说，据说在 1926 年，洛杉矶一名吧台领班雷特沙与他的爱人在郊外打猎的途中遭遇流弹，爱人在他的怀抱中死去，为了纪念无法归来的爱人，这个领班设计了这款酒，并且以爱人的名字 Margarita 命名。酸酸甜甜的柠檬加上墨西哥泰基拉酒，是他对 Margarita 的怀念，而在杯口上抹的盐，则是他永远的悲伤。这酒在 1949 年美国鸡尾酒大赛中获得冠军。"

"这真是个令人伤感的故事。"

服务生巧舌如簧地介绍着："Frozen Blue Margarita 冰冷的温度代表年轻人的爱情从此不再；辛辣的龙舌兰酒代表年轻人痛失 Margarita 的追悔莫及的情绪；咸的盐晶代表年轻人的泪水；青柠檬的酸楚代表年轻人悲苦的思念……你要不要来一杯？"

"好的。"

"不过，喝这酒要配上英文歌曲《Flame in my heart》才够味！"

《Flame in my heart》响起来了，酒才送来。是海水的蓝，但并不清澈，反而透漏出一丝媚气。杯沿，则是用柠檬汁沾着盐粒，郝波舔上一口，咸咸的，宛如自己凄苦的泪珠。

这是用来怀念爱人的酒，为了这份感动郝波尝试了它。她端着酒杯晃悠着，脑子里想象雷特沙是用怎样情怀来调制，仿佛在酒中感受到了那份炙热的爱和那份失去恋人后的伤感。她苦笑着问自己："爱人？自己和陈家豪之间还有爱吗？"期待冰释前嫌，但过去已无法重来。俩人之间除了埋怨就是指责，对陈家豪，她不抱任何幻想，心冷如冰。

斑驳陆离的灯光，宛如自己凄苦泪珠的鸡尾酒，把郝波带向另一个世界。郝波现在才发现，身体里有太多东西需要发泄，不只是肉欲，灵魂，孤独，烦恼，沮丧，绝望……再不发泄出来，会把她压死。

或许是因为那个令人心碎的伤感传说，或许是因为这酒本来就适合她此时此刻寂寥的心境，基本滴酒不沾的她竟然喜欢上了这种咸咸的、苦苦的像海水一样神秘、精灵、幻想的味道。

那首陌生的歌词在她的耳边回响：

I still hear your voice
softly calling my name
but I know my answer in vain
cause I couldn't be with you
when you needed help and rescue
from the darkness that took you away

will there be absolution
at the stories conclusion

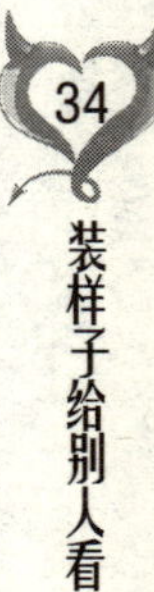

or will there be just endless pain

I still hear your voice

softly calling my name

though destiny torn us apart

you still burn like aflamein my heart

……

这首歌恰到好处地表现了她的心境，听着听着，她的眼里泛起了泪花。当这首歌播放第二遍的时候，服务生已经给她送上第三杯 Frozen Blue Margarita。

像自己凄苦眼泪一样的 Frozen Blue Margarita 是那样的难以抗拒，一杯一杯喝下去，自己就不再是自己，而成了一个需要释放需要排解需要宣泄的寂寥人。喝着喝着，潜伏在心底阴暗处那些洪水猛兽异常活跃起来，撺掇着她，鼓噪着她，她想彻底沦陷一次，今天就想花钱买醉。今朝有酒今朝醉，明日愁来明日愁。

这时候电话响了，是豆豆："妈妈，你怎么还不回家，我等你给我洗澡睡觉呢！"

"豆豆乖，妈妈在外出差，你让春花阿姨帮你洗。"郝波实在不想回那个冷冰冰的家，不是儿子豆豆牵着扯着，那个伤透了她的心的家不回也罢！婆婆的离世，使她和陈家豪的婚姻到了濒临死亡的苍白边缘，婚姻以及爱情统统在她心里消失。

挂了儿子的电话，郁闷之极的郝波一口气又喝掉了两杯，手机又一次地响起来，是聂志远。

聂志远的声音比平时显得略微低沉一些，没有称呼，没有客套，直截了当地说："我刚从外地办案回来，想见见你，你在哪儿？在家的话就算了。"

郝波犹豫了一下。

聂志远担心地问："你在哪里？怎么不说话？是不是又吵架了？"

郝波本想说不用你管，话到嘴边却变成了"在半岛都市港湾酒吧"。

聂志远赶到时，郝波已经彻底地醉了，抬起迷蒙的眼睛看着他说："你也来一杯，这酒的味道很特别，像海水，更像泪水。"

聂志远的脸渐渐模糊成一片，郝波感到头重脚轻，头如撕裂般的难受，她使劲摇晃着头，竭力想挥开什么，最终什么也挥不开。

"你怎么了？"聂志远拥着郝波的肩膀，关切地问。

"不高兴，借酒消愁呗！你不知道我今天喝了多少杯 Frozen Blue Margarita。"她傻傻地笑着，闹着。

"不开心就离开他，何必绑在一起？"

"说得容易，就不离开他，我难受，让他也不好过。"郝波酒后吐真言。在她的心里，很多东西已经很远了，远到即使她奔跑也拿不到挽不回了，留给她的除了失败感还是失败感。

"郝波，看着你这样折磨自己，我心疼！"

人在身体和心灵特别空虚的时候，特别需要这种体贴和关爱。现如今他的爱和承诺，对她来说是奢侈品，但是他也用不着如此假惺惺。

"你心疼？我只不过是刀郎口中所唱的'玫瑰花一样的情人'罢了！男人都是一样的德行，得不到的是最好的，得到了就不知道珍惜了。所以我不再相信男人，不再相信爱情。"酒精的作用，郝波变得口无遮拦起来。

郝波瞪大眼睛看着他，聂志远也瞪大眼睛回望着她，他们就这样用眼神无声地对抗着，慢慢从犀利变成惺惺相惜，最后化做柔情似水。

"郝波，我爱你，希望执子之手，与子偕老。请你尊重我，也要珍惜你自己。以后，不管有什么事情，不要自己扛，让我来和你一起来面对，我们一起解决，不要借酒消愁了好吗？"

郝波流着泪，点点头。

"郝波，考虑一下我的话，既然你和他在一起不开心，就分开吧！不要接受命运的安排，我家的大门永远向你敞开，等候你这个女主人的归来。"

郝波趴在聂志远的怀里，泣不成声。

"走，我送你回家。"

"他和我吵了一架，去南通了，我不想回家。"郝波呢喃道。说她醉了，她还知道说这些。

聂志远揽着她的身子，试图扶她起来，她却扑在他的怀里，他将她裹挟着，塞进车里。

清晨醒来时，她发现自己睡在聂志远的床上，枕着聂志远的胳膊。空气里还弥散着浓重的酒味。而她的头，还在隐隐作痛。

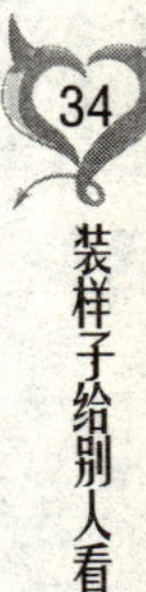

“你终于醒了，昨天怎么醉成那样？我差点儿把你送了医院打吊瓶。你躺会儿，我去给你倒杯水。”他爱惜地拍拍她。

多么体贴的男人啊！郝波真的好感动。

确实是渴了，她仰头将一杯子温水倒进肚里。为了掩饰自己的窘态，低下头，不敢正视聂志远的眼睛。

她是越来越看不懂他，昨晚他说的是真话？相反，她觉得他已经看穿了她，把她分析得透透的，他看穿了她眼底的落寂，她的惆怅，她的失望，她的悲哀，她的一切的一切……

“不是告诉你可以随时到我家来吗？一个女人家泡酒吧，喝得酩酊大醉，传出去名声多不好。”聂志远像埋怨妻子一样叙说着。

她看着他，泪水止不住下落。只有他，才明白她的苦楚，她的生活已经到了山穷水尽的地步。她和陈家豪的婚姻，已经走到尽头，但是为了面子，他们夫妇得装样子给别人看，他们是幸福的一对。她郝波不能说离婚就离婚，谁家的日子不是凑合着过？

陈家豪这一去可能十天半月回不来，他现在把工程重点都移到了南通，她隐隐约约感觉他在南通有女人，女人这方面的感觉从来都是灵验的。

35　忍别人不能忍

来了一帮特殊的客人，是温州人，说是来滨海投资的，想在临海办事处的山东头村建一个大型旅游度假村，如果真的建成了，就会带动滨海的经济往前迈进一大步。是上面的领导介绍的，郑书记格外重视，邀请张秀荷一起去临海办事处考察。

累了一下午，腿肚子都累得转筋了，本来想不参加晚宴，回家吃一碗肉丝面，洗一个热水澡，躺在床上舒服睡一觉，多惬意！她对温州人没有好看法，觉得温州人敬钱如神，却始终把赚钱看做一种正常的生存手段。不管你怎么看我，我就是要赚你的钱。可是郑书记的好意不能拂逆，何况有几个大工程还有求于他呢！

既来之则安之。

张秀荷只好打起精神随这一群人走进黄金海岸宾馆。黄金海岸宾馆是滨海最大最高档的宾馆，里面集餐饮、娱乐、住宿为一体。今天来的这帮客人都是腰缠万贯的温州大亨，郑书记选在这里请客，一是图个体面，二是图个方便。在黄金海岸宾馆北楼吃完饭，通过一条长廊，可以直接到东楼去K歌，洗浴，足疗，服务一条龙。

推门进去，看见团市委书记赵青梅也在。郑书记笑眯眯地说："我特地给你找了个女伴。"张秀荷笑眯眯地和赵青梅握手，拉谈起来，她根本没把这几个客商放在眼里。

通过一下午的接触，她觉得今天的客人比较难缠，这些人都是在风月场上打滚的主儿。她都想打退堂鼓，能撤就撤，实在逃脱不了，就隔着他们远远的。

没想到麒麟山庄的老板也来了，这帮客商的胃口挺大的，想把麒麟山庄一下子囊括在内。有些事在酒席桌上谈最适宜，说不定还真能谈成了。

这帮人看见有两位美女在座，拼命劝酒，张秀荷只是意思意思，稍稍抿一口。她高雅大方，雍容华贵，举手投足带着大家风范，郑书记也护着她，说她不会喝酒，客人也不好意思咄咄相逼。

张秀荷不喝不要紧，有郑书记护着，没人敢拿她怎么样，虽然这帮南方人心里不得劲，但是表面不敢表现出来。一个个那张脸虽然笑嘻嘻的，心里那个"恨"啊，就是不敢说出来，他们都想朝着赵青梅这个美女下火。

郑书记接了个电话要走，张秀荷起身也想跟着走，她觉得留下没意思，和他们格格不入，不是一路人，也说不上话。但是这帮人觉得张秀荷瞧不起他们，郑书记只好劝她留下，说是一会儿回来。书记走了，没了顾忌，这帮人喝得乌烟瘴气、一塌糊涂。

散了席出来，张秀荷头昏脑涨。在人群里找到赵青梅，见她双目微红，两腮酡红，看样子也差不多了，张秀荷拉拉她的袖子悄声说："咱们开溜吧！"

赵青梅摇头："他们还要去唱歌呢！郑书记不在，我溜了不好，人在官场身不由己。姐，你就陪我一起去好吗？我真打怵他们，他们一个个看着像色狼似

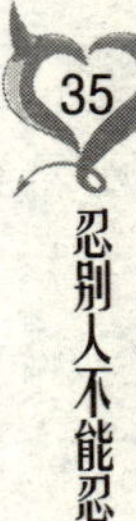

的,那眼光恨不得穿透你的衣服。”

“你们去好了,我醉了！”张秀荷头晕目涨,快要支撑不住了。

“姐,求你了,你忍心扔下我不管？这可是一群狼啊！”赵青梅可怜兮兮地哀求着。

张秀荷心软,真舍不得让她羊入狼口。

容不得张秀荷考虑,那帮南方人已经拉扯着赵青梅进了长廊,不跟进去已经不可能了。

到了歌厅,最大的包间刚巧被客人包走了。温州人在外爱摆阔气,于是掏出一沓百元大钞在服务生面前甩得啪啪乱响:“你去告诉他们，给老子让出来,他们的包间费老子替他们掏了。”

能来玩就不差钱,人家就是不给让。温州人见钱开路不好使,狼性大发,目露凶光,狂气之极,借着酒劲想闯进包间,教训教训那些不差钱的客人。

“楼上不是还有个大的包间吗？我觉得那个包间音响好。”张秀荷朝着服务生递了个眼色。

“对对对,楼上请。”服务生立马反应过来,引领着他们上了楼。

看着温州人那凶巴巴的样子，张秀荷察觉到这些人不是什么善茬子,隔着他们远点不吃亏,处处防备着他们。

这个包间也挺大,六七个人坐在里面显得空荡荡,张秀荷攥着赵青梅的手嘱咐说:“你就坐在我的身边,跟紧我。”

“好的。”赵青梅紧挨着张秀荷坐下了。

小姐们上来选台了,温州人每人点了一个,他们替吕主任做主也点了一个,吕主任的手摇得像拨浪鼓似的,坚决不要,说政府工作人员传出去影响不好。

“怎么不给面子？”温州人有点恼了,吕主任才不得已留下。

借着迷离的灯光,张秀荷看出这些女孩们脸上未脱的稚气,一个个不过十七八岁的样子。她们像一朵朵诡异的五彩缤纷的花,风情万种地游离在各色男人中间,吮吸着给养,让魅力在夜色中绽放,让青春在夜色中荡漾,让激情在夜色中燃烧……看着这些穿着暴露的小姐,张秀荷就是不明白,这么青春靓丽的女孩子干吗不好,非得当小姐。

她们俩就坐在一个不起眼的角落里，看着这群人张牙舞爪，丑态百出。张秀荷一看一个温州人冲着她们过来了，想邀请她们跳舞，她拖着赵青梅进了卫生间，总算逃避过了一劫。

这些人跳舞手也不老实，喜欢在女人身上摸来摸去，摸小姐可以，爱怎么摸就怎么摸，只要小姐愿意，外人管不了。她们俩是不会容忍他们胡乱摸的，这是人格尊严的问题。

“出去你去邀请吕主任跳舞，今晚他是你的挡箭牌。”张秀荷怕不到 30 岁的赵青梅吃亏，给她支招。张秀荷一直以大姐姐的身份保护着赵青梅这只绩优股，她不到 30 岁就升为滨海市的团市委书记，可谓前途无可限量。

赵青梅慨叹道：“做女人真难！这种场合真不适合女人出入，可是又不能不来。”

没想到那个温州人脸皮厚，就等在原地没挪窝，他看好了年轻漂亮的团市委书记赵青梅，想邀请她一起唱歌。

这时候邓丽君的《月亮代表我的心》响起来，温州人把话筒递给赵青梅，赵青梅犹豫了一下，接了过来。对这种死皮赖脸的客人，赵青梅心里反感得要命。

温州人捏着话筒用蹩脚的普通话唱起来，赵青梅不情不愿地跟他对唱起来。

你问我爱你有多深

我爱你有几分

客人一双小眼色迷迷地看着赵青梅，眼里放出淫荡的光，一张醉红了的脸上更添两抹红晕。小姐他玩过不计其数，可是青春美貌的官员他从未玩过，他开始动歪歪心思了。

我的情不移

我的爱不变

月亮代表我的心

赵青梅的歌声甜美，人也长得柔美可人，客人主动伸出手和赵青梅握手，没想到这一握，客人的那双手就像狗皮膏药一样黏在赵青梅的手上，怎么甩也甩不掉。

轻轻的一个吻

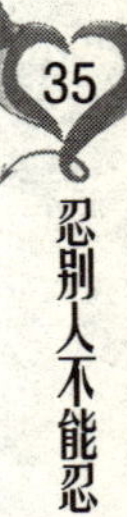

已经打动我的心

唱到这里,那个客人竟然放肆起来,猝不及防在赵青梅的腮帮子上亲了一口。

深深的一段情

教我思念到如今

客人深情款款地唱着，赵青梅的手在他掌心里又抓又挠拼命地往外挣脱,他的脸却像牵着情人那样温柔满足。

他把她当成什么人了。

赵青梅火了,使劲挣脱了。回到座位上,恶心地用餐巾纸擦着腮帮子。

这个人就是厚颜无耻,赶紧端着两杯酒来道歉:“对不起啦,看你甜美可爱,忍不住亲了你一口,爱美之心人人皆有啦。”他越说越恶心人,赵青梅根本就不愿理他,不接这杯酒。不知是喝多了,还是有意的,这人脚底一滑,两杯酒全洒在赵青梅胸前,他借机扑过来帮着擦拭:“对不起啦,喝多了,你看,洒得你满身都是……”

赵青梅下意识地往旁边一闪,正好撞在另一个胖乎乎的温州人怀里,美人投怀送抱,岂能放过?胖乎乎的温州人趁机紧紧抱住赵青梅,将身体贴在她身上摩擦着。

奇耻大辱!

赵青梅愤怒极了!转过头去怒不可遏瞪视着胖乎乎的温州人,那愤懑仇视的目光恨不得把他撕碎也不解恨。

流氓!无耻!

罪恶还未停止。和她一起唱歌的那个人竟然趁火打劫,借机揩油,把手伸进了她的胸,放肆地揉捏着她高耸的乳房。

她很窘迫,前后遭到了色狼的夹击。

屈辱难当,是可忍,孰不可忍!赵青梅终于爆发了。她抬脚朝着和她唱歌那个人裤裆狠狠踢了一脚,这一脚正中靶心;又一腚蹾在那个胖子身上,胖子猝不及防,四仰八叉倒在地上。赵青梅因为用力过猛,跌坐在胖子的大腿间。

也许是疼痛难当,俩人表情极其痛苦,在地上打着滚,好长时间没爬起来。

活该!自找的!

同来的温州人关键时候能抱成团，一致对外。栽了面子，同伴当仁不让了，一把揪住赵青梅的衣服。他们大概玩惯了小姐，把赵青梅也看成依靠女色往上爬的女人。

“放开她，别以为你有几个臭钱就可以在这里耀武扬威，你那几个钱还不够我塞牙缝的。”张秀荷一声断喝。

“老子身价十几个亿，你有吗？”那个同伴大声炫耀着。

温州人认为只要有钱，就能化腐朽为神奇——这就是金钱的魔力。

“哼，不就是十几个亿，几百个亿我也没看在眼里。”张秀荷盛气凌人地瞪视着那个人，不怒自威。

“不关你事啦，你瞎掺和什么？”

“路见不平我就要管，放开她！”张秀荷步步逼近。

遭到一个女人的大声呵斥，那个人觉得脸面过不去，拿起玻璃杯朝张秀荷脸上直摔过去：“让你多管闲事。”

张秀荷下意识地抬起双手挡住脸，突然有人用手替她挡了一下。玻璃杯应声而碎，玻璃渣子还是溅到张秀荷的脸上。

是郑书记。他实在不放心这两位女士，及时赶回来了。

张秀荷的脸颊被划了一道血口子，郑书记的手背也渗出鲜血。

在场的人全部愣了，没想到能掷伤郑书记，汗都淌下来了。

郑书记也有血性，火透顶了，管它上级介绍不介绍，走过去啪啪啪掴了那个客人三耳光。

作为最能赚钱、最会赚钱的商人群体，在他们眼里，郑书记是能让他们挣钱的上帝，得罪不得。挨了耳光还笑嘻嘻地说：“哦，喝大了，闹着玩的！呵呵，打是亲，骂是爱啦！”

张秀荷冷笑着过去拍拍那个温州人的脸：“你算老几？是个什么东西？就那几个钱还敢在这里显摆？今天是给郑书记面子，放你一马。你在滨海地面上访听访听，我的票子砸在你身上能把你砸死！”说完，啐了那人一口，拿起挎包拉着郑书记从容地离开。

“我送你去医院。”

“不用，谢谢了！”张秀荷拒人千里之外。

张秀荷感到火辣辣的疼，开车赶往医院。郑书记还是开车跟在她后面，他

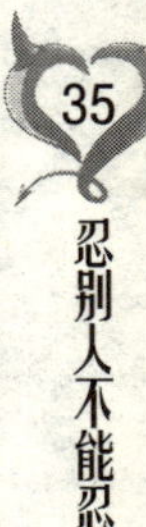

实在不放心她。第一次看见她,他就被她那清澈如水的目光所吸引,让他时时想为她做点什么。

医生在她的左脸颊缝了两针,没打麻药,疼得张秀荷攥着郑书记的胳膊,那指甲盖都掐进肉里去了,冷汗直流。

回到家,惊涛看着她的脸,心疼得不得了。问她怎么回事,她只是淡淡地说,一瓶啤酒爆裂了,玻璃渣子崩在她的脸上。

"怎么这么不小心?疼吗?"伤口在张秀荷脸上,却疼在王惊涛心上。

36 捉 奸

陈家豪在南通乐不思蜀。

郝波让陈家豪的司机梁子开车,说是要出远门。陈家豪一个人去了南通,他在公司闲着没事,正巧抓来给郝波当差。

"郝总,去哪里?"梁子问。

"南通。"

"去干吗?陈总过两天就会回来。"梁子一副不情愿的模样。

"你心知肚明。"

"郝总运筹帷幄,我哪知道?"梁子一个劲儿打着马虎眼。

"把你的手机给我。"郝波命令道。

"我的手机值不了几个钱,你要了干吗!"

"不要跟我绕弯子,拿来!"

俩人一路无话,梁子心里那个急啊,他想给陈家豪通风报信,可是手机被郝波没收了,现在都火烧眉毛了,他急得抓耳挠腮,就是无法通报陈家豪。

"她住在哪里?"

梁子装痴,问:"陈总住在租赁的一栋楼房里。"

"不要跟我耍贫嘴!梁子,你要是不愿意说,我这就给你老婆打电话,把你跟那个小姐住在一起鬼混的事告诉她，我看看你老婆能不能在家坐安稳月子。”

这招狠毒，梁子说：“我带你去，不过，陈总那里可别说是我说的，他会宰了我的。”

“这点你放心，我可以保证。”

“就是在咱公司开发的小区，×幢×号，这时候陈总应该在工地，你进去吧，我就不陪你了。”

赵小曼一开门，郝波就挤了进去，自我介绍道：“我是郝波。”

赵小曼立即吓得变了脸色，她像个做了错事等待大人处罚的孩子，低着头不作声。

郝波上下打量赵小曼，半天没吭声。赵小曼紧张得浑身都出了汗。郝波抬手理了一下头发，赵小曼想，坏了，她是不是要打我？她吓得两眼赶紧盯着她的胳膊有没有什么动作。

陈家豪的司机梁子开着车转悠了好久，好不容易找到了一个公用电话，打通了陈家豪的手机，第一遍没人接听。他心里急得像着了火，在心里默念着，陈总，你倒是快点接电话啊！

终于接通了，梁子急匆匆地说：“陈总，大事不好了，郝总她来南通了，她她……”梁子越急越结巴。

“来南通就来呗，你慌什么？”陈家豪一副漠不关心的模样。

“她去找赵小曼去了。”梁子终于把话说完整了。

陈家豪的心咯噔一下：“什么？你说什么？”

“她去找赵小曼去了，你赶紧回去看看呀！”梁子怕陈家豪信号不好，又重复了一遍。

郝波再没有说话，一直在研究赵小曼。时间，仿佛凝固般地沉闷而纠结，分分秒秒对赵小曼来说都是一种煎熬。赵小曼做贼心虚，惊恐地望着她，心想：她不会打我吧？万一她打我，我绝对不还手，任由她打，消消气好了，谁叫我和陈总住在一起呢。赵小曼的心七上八下在悬浮着。

“赵小曼。”郝波一字一顿地叫着。

赵小曼的头轰的响了一下，意识在刹那间全都乱了。她一抖擞，两腿发软，几乎站立不稳。

“赵小姐，陈家豪是和他老婆离婚以后娶了我的。他是什么样的人，我比你清楚。他这一生，女人不过如衣服，旧的不去新的不来。他就是一多情的种子，给点雨露就发芽，给点阳光就灿烂。他对你，不过是逢场作戏罢了，仅仅是对一个成熟的乡下丫头的好奇和尝鲜而已。男人需要新鲜的爱情激活他的生活，他需要你当性伙伴的时候，就会甜言蜜语，他玩腻了的时候，就会不屑一顾。他是绝对不会娶你的，也不会给你任何承诺的。我跟陈家豪关系不好，这你也许知道，可是我们俩绝对不会离，这你就未必知道了。原因是什么？你知道吗？”郝波故意停顿了一下，“原因是豆豆。我们全家都喜欢豆豆，他们老陈家指望豆豆传宗接代呢！为了孩子，多少夫妻捆绑在一起凑凑合合过一辈子。我送你一句忠告吧：婚外恋，再多的甜蜜也是谎言，相信已婚男人的甜言蜜语最终受尽伤害的是女人。”

原来是来说陈总的坏话的，不用你说，他人好不好俺心里清楚。赵小曼虽然战战栗栗，心里却不服气。

“你不想想，一个乡下丫头，能上得了台面吗？传出去别人不笑话你，会笑话陈家豪没有眼光。所以你只能生活在阴暗角落里，永远见不得阳光。”

赵小曼的心被刺得生疼，她低着头，不作声。任由郝波说三道四。

“我比你虚长几岁，我好意劝你一句：别拿青春赌明天。他除了钱，别的什么也不能给你，到最后，吃亏的是你自己。男人，最薄情寡义。”

“我会离开他的，这你放心。”赵小曼忍住快要掉下来的泪说。

郝波淡淡一笑：“离不离开他是你的事，没有你，他还会有别人，他就是这样朝三暮四，我都习惯他的花心了。你好自为之吧！”说完，摔上门走了。

留下赵小曼独自发呆。

陈家豪匆忙赶回来，一把搂过发呆的赵小曼，心疼地问：“她没怎么着你吧？”

赵小曼摇摇头，后怕地依偎在他的怀里，惊悸地掉着泪。这个单纯的女孩子，喃喃地述说着：“陈总，我怕影响你们的家庭，我还是离开你吧！你放心吧，我会去找一份工作，养活自己的。”

“傻孩子，跟你有什么关系呢？”陈家豪轻拍着她的肩膀，怜惜地说。

“可是我有手有脚，总不能让你养活我呀！让她以为我图你的钱！”

“既然你那么坚持，就去售楼处上班吧！”

“有你真好！”赵小曼满足地笑了。

陈家豪明白了，郝波只不过是来警告一下，她不会把他往绝路上逼，真是个有心计、聪明绝顶的女人。是的，她比张秀荷厉害多了，她最大的聪明处就是忍别人不能忍。连丈夫出轨这样的大事，她都忍受得了，不怒反笑。

37　欢乐一家亲

郝波内心里一股无名火在交织，碰撞，积聚，大有火山喷发之势。她咬紧牙关，喘着粗气，拼命克制着。她感觉自己都要气爆了，不知道怎么回的滨海，怎么进的聂志远家的门。一进门，郝波完全崩溃了。陈家豪的出轨把郝波带进另一个黑夜，不只是屈辱和愤怒，而且还裹挟着恨之入骨。她再也伪装不下去了，陈家豪背着她勾三搭四，让她再也承受不了，她抽抽搭搭在聂志远跟前哭诉着，犹如一个怨妇。前两年，陈家豪背着她给他的前妻100万，现在居然在南通送给一个乡下丫头一套住房，她无法想象他还有多少事背着她。

越说越委屈，郝波忍不住号啕大哭，搂着聂志远的脖子不撒手，泪水滂沱。

“郝波，这样耗着不是办法，离婚吧！嫁给我好吗？我是真心爱你！”聂志远抱着她，恳求道。

“给我时间，让我考虑考虑，毕竟这是大事。”

“这句话你已经重复N次了，我还要等多久？一辈子？”聂志远失望地望着她，表情极为受伤。

“我不想让家庭残缺，孩子是无辜的。”

“难道我就和你偷偷摸摸来往一辈子？没有哪个男人容忍自己的女人有另一个男人存在，哪怕是分居的男人。我在乎你，想和你过完下半辈子，你却一直不给我机会。”

“律师到底是律师，理由一套一套的，我说不过你。”郝波辩不赢，只有歪理。

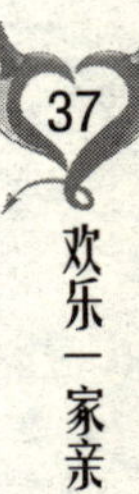

“不是说不过我，是你不敞开心扉去接受，不去争取，怎么知道团圆的结局不会出现？我会细心呵护豆豆，如果你愿意，我愿意去做节育手术，我们这一生只有豆豆这一个孩子。”

此时此刻，聂志远的这一席话，感动得她鼻子酸酸。郝波没想到聂志远会这样表白，一时不知所措，不知道该怎么答复他。他的话里，另有一番深意，难道他已经洞察了一切？

“眼前这个男人值得把一生寄托给他吗？”郝波一次次反复问自己，答案都不确定。因为她输不起。

真正的好男人，面对事业与爱情，总是把握得当，聂志远恰能做到这一点。

“我不逼你，考虑一段时间吧。”聂志远居然反过来安慰她，拍拍她的肩，哄小孩似的说，“我不急，你可以慢慢想清楚。”

陈家豪把滨海的那一摊子事全部撂给了郝波，让她看着处理，在南通一住就是个把月，事情已经挑明了，没什么可忌讳的了。

两性间，只有彼此愉悦，才能激情四射。陈家豪一回家，看见赵小曼那张灿烂的笑脸，无论在外面多么辛苦或者受了多大的挫折，都抛到九霄云外去了。赵小曼帮他脱下西服换上睡衣以后，会端上一盘他喜欢吃的水果，亲自剥好皮递给他。夜里，陈家豪只消几分钟就可以搂着赵小曼进入梦乡，第二天早晨起来的时候，他就会精神焕发，精力充沛。陈家豪是越来越依赖赵小曼了，只有她才能让他从一整天的纷乱之中挣脱出来，有赵小曼的感觉就是好。

赵小曼从来不提什么要求，陈家豪为了让她穿得漂亮一点儿，带她去商场买衣服，看好的衣服她总是先看看价钱，贵的她从来不买。他执意要买，她就说：“有件穿着就行了，死贵死贵的，买什么买。你用钱的地方多，别花我身上。”拉着他就走。

这天，对门邻居的女孩叫着赵小曼一起逛街。这个女孩也是被人包养的，她花钱如流水。看好一件小衫四千多，看好一条连衣裙九千多，没眨巴眼刷卡就买着了，花钱的感觉就是爽。

“你看好了什么，赶紧买啊！”女孩催促道。

赵小曼看看哪一件也掉不下三千两千的，愣是没舍得买。

晚上回家，赵小曼对陈家豪说："今天咱对门约我去逛商场来，天哪！一件小衫四千多，一双丝袜八百多，我一分钱没花。"

陈家豪搂着赵小曼亲吻了一下，说："不要替我节约钱，看好什么尽管买。除了名分我不能给你，其他的，你要什么我给你什么！"

"我和你在一起，不是图你的钱。"

"没事就和对门一起出去逛逛，钱该花就花。人的穿戴要有品位，有档次，挣了钱就是花的。"

"知道了。人家买东西都刷卡，就我付现金。对门问我提着现金去买东西，累不累？她笑我老土。"赵小曼笑着说。

"是我疏忽了，逛商场带现金确实不安全。我这里有张卡，你先拿着。"

"不要，好像是我变相跟你要钱似的。"

赵小曼单纯，钱的观点模糊，有时候陈家豪给她钱，她就说："我手里还有，够花了，要那么多钱干吗？"她不像别的女人那样贪图他的钱财，更不贪图虚荣。

而郝波买东西从来都买贵的，不在乎价钱高低，她看好的东西，再贵也要买回来。这就和赵小曼形成鲜明的对比，俩人的消费理念不一样，不是一个层次面。

为了提高她的品位，陈家豪特地带她去奢侈品店转转，她在一件大衣前驻足，伸手摸了又摸，那柔软的感觉让赵小曼爱不释手。销售小姐看她土里吧唧的样子，一点也不热情，警告她说："小姐，这件大衣很贵，只可以看，不可以摸。万一弄脏了，我们就卖不出去了。对不起，请原谅。"销售小姐那口气，显然已经把赵小曼归为没有购买能力的那一类，意思是非买勿摸。

"给她拿一件穿上试试。"陈家豪走过来，不屑一顾地瞪了售货员一眼。售货员天天和奢侈品打交道，一看他那行头从头到脚都是名牌，加上那大老板的派头，赶快低头哈腰一笑："好的。"她明白拿钱的主儿在这里，这位大老板不可等闲视之。

赵小曼穿在身上，给人眼前一亮的感觉。售货员赞美说："您简直就是衣裳架子，这件衣服非常适合您的气质。"

赵小曼一看价格 7680，吃了一惊，拉起陈家豪就走。

"你干吗？花这么多钱买件大衣？你的钱又不是南海潮来的，不要，不要！"

赵小曼边走边嘟囔。

“售货员，给我包起来。”陈家豪止住脚步。

售货员忙不迭包起来，引领着陈家豪去收银台，生怕他反悔。

和赵小曼在一起生活，简单，快乐，幸福。这就是陈家豪现在向往的生活。

父亲七十六岁生日快要到了，陈家豪不得已才回滨海。

“怎么只身一人回来了？不把那乡下丫头带回来见见你父亲。”郝波阴阳怪气地问。

“你什么意思？”

“我只是提醒你别太过分。你的审美观越来越差了，我以为是个多么厉害的角色，说实话，很普通的一个乡下丫头，不符合情人的审美标准，上不了台面的。”郝波依旧冷嘲热讽。

“管好你的事就行了，我的事不用你管。”陈家豪面露不悦。

一面是赵小曼的温存满足，一面是郝波的冷若冰霜。如果不是念及豆豆这根老陈家的独苗苗，陈家豪真想拂袖而去，这个家他真不想待下去。屋子里，连空气都是冷的，让人窒息。

积攒了很多事要处理，陈家豪忙于应酬，每天回家都是半夜，家里所有的灯都熄灭了，这个家有他没他无所谓。在南通，只要陈家豪不回来，家里的灯总是亮着，在楼下停好车，陈家豪的心就暖融融的了，那盏灯告诉他，赵小曼在等他回家，这感觉好极了！

这个名不副实的家如坟墓一般寂静着，陈家豪的心却闷得一截一截到了喉咙。他摸进客厅，懒得开灯，想摸黑上楼。豆豆的玩具车在客厅忘记了收起来，一下子把陈家豪绊倒了，摔出了很大的声响。

春花听到响声顾不得换衣服，穿着睡衣睡裤急忙跑了出来，摁开灯，扶起陈家豪：“家豪哥，你没事吧？”

“没事儿，你去睡吧！”陈家豪挥挥手说。他一瘸一拐地拽着楼梯往楼上挪动，看样子这一跤摔得不轻。

“我扶你上楼吧！”

陈家豪没有反对，春花搀着陈家豪的胳膊，上了楼。

郝波听见动静，懒得起来。夫妻形同陌路，让她的柔情消失殆尽，他们不再互相关心，互相爱护，有的是怨恨和仇视。

一个保姆都知道如此关心自己，郝波连个保姆都不如。那么大的动静，郝波不可能听不见，她竟然不闻不问，陈家豪的心被失望充溢着，他感觉他们俩的关系明摆着到了头了。但是正像她所说的为了豆豆这根独苗，俩人不会离婚。

转眼到了老头儿生日。

“爸，我中午有空，来家给你过生日。春花，准备几个好菜，我陪着老爸喝几盅。”陈家豪早晨临走的时候嘱咐说。

“别介，中午别回来，豆豆不在家，不热闹！”老头儿一口拒绝，而且理由充分。

“晚上过？我怕有应酬，回不来。”陈家豪犹豫着说。

“不就过个生日，哪那么多讲究？你忙你的！”老头儿倒是通情达理。

“那就晚上过，我中午有事。”郝波说。

“都去忙去吧！”老头儿痛痛快快地说。

“豆豆，快点儿，我送你去幼儿园。”郝波拍打着厕所门催促说。

“妈妈，我没拉完屎。”豆豆在厕所里磨磨蹭蹭就是不出来。

“你都进去一早晨了，快点，去幼儿园再拉，妈妈今天有事，忙得不得了。”郝波在厕所门口，耐心地和豆豆商量说。

“郝姐，忙的话你就走吧，一会儿我送豆豆去幼儿园。”春花自告奋勇地说。

“你又没车，怎么送？”郝波不客气地诘问。

“我带豆豆坐公交车去。”春花早就想好了应对。

“也行，别挤丢了豆豆，上下班的时候人多。”郝波耐心地嘱咐。

“放心吧！豆豆可听话了，不会丢。”

“那我走了，豆豆就交给你了。”郝波匆忙离去。

郝波一走，豆豆就从厕所里跑出来，他拉屎是假，目的就是不让郝波送他去幼儿园。前天傍晚他从幼儿园回家就听到爷爷和张秀荷大妈的通话，大妈要给爷爷过生日，他想跟着爷爷一起去，小小年纪，这样的心眼他有的是。

“爷爷，大妈什么时候来接？”豆豆仰着小脸眼巴巴地问。

“我打电话问问。”老头儿急不可耐地摁了电话。老比小，他心里比豆豆还着急。

“爸,我这就去接您。”张秀荷了解老人的迫切心情,立即答应。

“快快快,春花,给我把新衣裳找出来穿上,秀荷这就来接我。”老头儿高兴得像个孩子似的手忙脚乱。

“爷爷,我也去。”春花央求道。

“你去干吗!秀荷是给我过生日。你在家看门,还得买菜,准备晚上的饭。”

“你不让我去,我就不给你找衣服。”春花和老头儿赌气,坐在沙发上不动弹。老头儿的衣服都是春花给他洗,给他叠好了,放整齐了。翻找了一阵,没找到衣服。只好答应:“要去就快点儿,你这个丫头片子,就爱凑热闹。”

看见张秀荷阳光般的笑容,老头儿看天天也蓝,看树树也绿,心里甭提多高兴了,快乐的笑容不自觉地挂在脸上。

实在太早,张秀荷接着他们也没地方可去,刚吃完早饭,总不能接着去饭店吃午饭吧?

张秀荷看见老头儿头发有点长,人显得不精神,就说:“爸爸,咱先去理个发,好吗?”

“好好好。”老头儿一连声应允。只要和张秀荷在一起,要他干什么他都愿意,喝口白开水他都觉得顺口。人的心理作用有时候就是这样,看着一个人顺眼,就说吃糠咽菜他也愿意跟着她,也觉得甜。

老头儿理发,豆豆见样学样,嚷嚷着也要理。理完发,刮了胡子,老头儿立马精神多了,仿佛一下子年轻了很多,他精神十足地对着镜子左顾右盼。

“爸爸,我带你们去足疗,正好剪剪指甲,你看手指甲好长了。”张秀荷没事找事干。

“你怎么打算怎么是,我听你的。”老头儿对张秀荷依赖心理很强,言听计从。

泡着脚,豆豆就睡着了。他昨晚兴奋得睡不着,和张秀荷大妈相聚,是他最期盼的事情。他觉得,大妈的怀抱和妈妈的怀抱一样温暖,一样踏实。

张秀荷亲自给老头儿洗脚,他的脚有太多老皮,她慢慢地搓揉着,细心地一点点去除着,帮着老头儿剪了手脚的指甲。

“爷爷,您闺女真孝顺,伺候得您多周到啊!”穿着碎花小褂,戴着翠绿头巾的洗脚妹羡慕地说。

“这是儿媳妇,不是闺女。”老头儿得意地炫耀着。

“您可真有福气，有这么好的儿媳妇。”洗脚妹赞不绝口。

“好了，修剪完了，给我爸换盆水泡泡脚，你给他按摩按摩。”张秀荷说。

按摩的时候，老头儿感到脚底奇痒，忍不住笑了起来。洗脚妹为了转移他的注意力，和他拉起了家常。

“爷爷，您这个儿媳妇真棒，人也漂亮，气质也好，待您更没说的！”洗脚妹嘴甜，句句话说到老头儿的心坎上，听别人赞美儿媳妇，他心里比吃了蜜还甜。

“媳妇比我儿子强多了，有眼光。不说别的，就说车，她的车敞亮，坐着舒服。”老头儿打开了话匣子，侃侃而谈。

“爸爸，哪有贬低自己的儿子的？”张秀荷怕老头儿守着外人说话没深浅，及时制止。

“好就是好，不好就是不好。唉！不说了。”提到儿子，老头儿神色黯淡下来。现在的这个家想想就闹心，没有一点亲情味，他实在不愿意待下去。

“你什么时候回迁？”老头儿又提起这个话题。

“爸爸，房子还没盖好呢！‘家有一老，如有一宝。’这是您孙女的口头语。回迁的时候，我一定把您接回来，我也盼着和您住在一起。”张秀荷再次承诺。

老头儿心里有了盼头，只好答应：“好吧！”

张秀荷做的这些琐碎事，郝波不屑做，她除了叫声“爸”，再也不愿意和老头儿搭腔，更不会给老头儿洗脚，剪指甲。

中午陈家豪回家，家里空无一人，他正想打电话问老爸去了哪里。这时候手机响了，是专门搜集情报的黑子。

“陈总，告诉你一个奇闻，你家老爷子和永合地产的张副总在一起。”

“在哪？”

“豪门大酒店。”

“别打搅他们，我马上过去。”

朵朵和豆豆一左一右坐在爷爷身边，豆豆顽皮，看着爷爷嘴角上沾着一块奶油，随着嘴巴咀嚼一动一动的，他想给爷爷抹下来，这一抹不要紧，倒成了大花脸，逗得所有人都笑了。

张秀荷急忙用餐巾纸给老头儿擦拭着，老头儿一脸幸福地坐在那里，开心地笑着，脸上的皱纹都舒展开来了。

这个儿媳妇不是老头儿自夸，从来不嫌弃老人，总是像亲闺女一样跟他贴心贴意的，“爸爸”叫得蜜一样甜，听着舒心。

陈家豪一步闯进来，俩孩子扑到陈家豪怀里惊喜地叫着：“爸爸！”

气氛稍微有点尴尬。如果张秀荷拂袖而去，这顿饭还用吃吗？儿子来搅什么局？好不容易和儿媳妇聚聚，他来干吗？老头儿狠狠瞪了不识趣的儿子一眼，瞅着张秀荷怕她不高兴，紧张地咽了一口唾沫。看到张秀荷一如既往地微笑着朝陈家豪点点头，忐忑不安的心回落至心底，这媳妇就是好，不甩脸子给他看。哪像郝波，说翻脸就翻脸，完全不顾及他的感受。两个媳妇比比，一个天上，一个地下。

处变不惊，张秀荷就是有气度。今天是老头儿生日，就是要哄老头儿高兴。她和陈家豪有怨有仇，也不能表露出来。何况两个孩子都在眼前，她要给孩子们做个表率。张秀荷仿佛忘记仇恨，从那种逼仄的自我意识中跳脱出来，和陈家豪有说有笑。她的笑，让在座的每个人都感到心情舒畅。她举起杯，号召说：“为了老人的身体健康，干杯！”

“干杯！”所有人都响应。

陈家豪忽然觉得眼前的前妻在自己眼里更加美丽起来，她的笑容在他的面前绽放，灿烂得叫天地都失去了光彩。

这些年驰骋商场，陈家豪见过的女人实在不少，但是都很江湖，像张秀荷这样骨子里还保持着一份纯真的实在难得，特别是她那清澈如水的眼神一如往昔。自己当初怎么会头脑发热，放弃这份福分呢？

想到这里，他脑子里禁不住想起郝波。自从母亲被她活活气死以后，他们的关系就僵持着，形同路人，他曾经以为自己会原谅她，却不能。母亲的死，是系在他心上的死结，要想打开很难。

席间谈笑风生，欢乐的笑声不时飞扬开来。这就是老头儿向往的家庭生活，他尽情地享受着这天伦之乐。

看着老头儿满面欢喜，所有人也开怀大笑。他们一家人手牵手走出了酒店，笑容在每个人脸上洋溢着。

谁也没想到，这笑容竟然打动一个人的心，他迅速用数码相机定格了这一瞬间，并且发表在《津海都市报》上，标题是《欢乐一家亲》。老头儿在中间，孙子孙女一边一个，孙子拉着爸爸的手，孙女拉着妈妈的手，在阳光下神采飞扬。

这个人是《津海都市报》的一采风记者。

郝波看见这张报道，血脉喷张，他们是一家人，她算什么？就她一个是外人。看着他们明媚的笑靥，就是对她莫大的讽刺，她现在的局势是前有狼后有虎，不管怎样都会死无葬身之地。想到这，她团起那张报纸狠狠投掷在地上："陈家豪，去亲吧！没亲够接着亲啊！没人拦你！"

38 过 招

出乎张秀荷所料，永合地产租赁出去的，和服装批发市场遥遥相对的温州皮草城大规模招商取得了圆满的结果，商户爆满，人气旺盛。浙商就是脑子灵光，在西侧留下了一块地方，供人们休闲娱乐，星巴克咖啡、麦当劳等一大批高档品牌入驻，这时候齐刷刷亮相，轰动了整个滨海市。开业那天，造足了舆论，祝贺的横幅铺天盖地，各大报纸的头版、头条，房地产版块，财经新闻连篇累牍地报道，津海电视台、滨海电视台跟踪报道。《永合地产商机无限》、《强强联手抢滩皮草城》、《国际知名品牌落户皮草城》……看标题就让人们头酣脑热，心跳加速，有种想逛的冲动。

滨海市委郑书记和永合地产的副总张秀荷参加了剪彩仪式，随着郑书记一句"北方最大的皮草城今天正式开业"，鞭炮齐鸣，锣鼓喧天，潮水般的人们涌进皮草城。

原野的租赁方案，无心插柳柳成荫。永合地产，一跃成了滨海首屈一指的明星企业，郑书记的支持，使它如虎添翼。

永和花园二期工程基本完工，是小区里的精品，可以按现房销售，原野提出一个大胆的销售计划，与一期相比，二期每平米整整提高了 2500 元，也就是说每平米 10000 元。

"再炒也得有市场。如果价钱开高了，消费者买不起，还不是闲置？那得押多少资金啊！"张秀荷心里底气不足。

但是原野就是坚持己见。他的理由很充足："我们的销售理念必须转变，就是因为滨海的地产商没有把价钱提到这个价位，我们才敢为人所不敢为，第一个吃螃蟹。我们要摸透消费者的心理，买涨不买跌，拥有永和花园，就像拥有悍马、奔驰一样，是地位和身份的象征。永和花园离服装批发市场近，我们打的是身份牌，是帮着那些有身份有地位的人打造一栋高级住宅。那些人的钱到了孙子辈都花不了，他们不怕贵的，就怕买着不对的。我们打出'永和花园，尊贵人生'的招牌，让他们有高人一等的心理。在销售的同时，搞一些赠送活动，像赠送二十四小时保安啦，以确保小区的平安；赠送绿化区，他们可以亲自栽种他们喜爱的绿化树啦。我们还可以向消费者保证，如果购房不满意，一年内可以拿着购房协议，永合地产会高于买价退回，一律法律公证。"

"如果此价公布出去，消费者怀着观望态度，瞻前顾后，房子不就全部砸在手里吗？这些因素还是要顾虑的，这要承担很大的风险。"张秀荷的担忧不无道理，犹豫再三，最终没有拍板。

经过反复思考和论证，张秀荷认为原野说的有道理，她和原野私底下又沟通了几次，方案终于出台了。

在滨海地产界，要价每平方米10000的，就永合地产一家；敢承诺购房不满意，一年内可以退房的，也就永合地产这一家。

在最初的几天里，议论四起，有人说："永合地产的老板疯了！"来看房的川流不息，都只看不买。

很多人对居住环境很满意，一看就爱不释手，不过价格也咋舌，所以犹豫不决。永合地产确实是大手笔，在最西南角，竟然不盖门头房，而是盖了一幢设施一流的幼儿园。在一期的北面和皮草城中间，竟然留出了一个大大的休闲广场，把住宅楼和皮草城隔开。在寸土寸金的黄金地带，能留有这样的空间，就永合地产能做到，别的开发商盖楼没商量。有道是熙熙攘攘，皆为利往。这个广场正好占据四幢楼的地皮，产生的利润空间巨大，能回收几个亿资金。可是这个利，永合地产置它于不顾。

很多人都说："这房子值这个价，一分价钱一分货！你看小区规划得相当考究，健身场所、儿童活动区域、娱乐中心等配套设施完善；绿化率高，绿草葱茏、树木青翠，给人以赏心悦目的感觉。住在这样的环境里，舒心。"

规划局的人率先购买，结果带起了一股购买热潮。他们的理由很简单：永合地产的容积率低，采光率高，楼间距大，住着舒服。

容积率是考察住房舒适度的一个关键因素。容积率这词太书面，通俗来说就是房子的密度。

容积率决定地价成本在房屋中占的比例，而对于住户来说，容积率直接涉及到居住的舒适度。绿化率也是如此。绿化率较高，容积率较低，建筑密度一般也就较低，开发商可用于回收资金的面积就越少，而住户就越舒服。因此，开发商想提高容积率，可以增加利润；而住户则希望降低容积率，住起来舒适一些。

很多开发商与业主的利益关系是相悖而行的，而永合地产却拒绝巨额利润的诱惑，把业主利益和舒适度放在第一位。

对开发商来说，当然想建越多越高的房子，容积率就是一座金库，容积率越高，赚的钱越多。如此巨大的诱惑，是任何一个开发商无法抗拒的。而对于住户来说，容积率高了，各楼房间距小，采光不佳，空气流动不畅等，舒适度就无从谈起了。

为了协调开发商与住户这对矛盾，保护居民居住的舒适度，国家和地方对容积率有规定。高层住宅容积率不要过 5，多层不要过 2，绿地率应不低于 30%。要不会太压抑舒适度下降。但由于受土地成本的限制，并不是所有项目都能做得到。于是，很多开发商就想尽千方百计提高容积率增加利润。

比如说，2 的容积率，楼层拔高 0.8 倍，完全可以做到部分建高端产品，多建 20 栋别墅，就可以多几亿的销售额。如此高回报的利润，对于开发商来说，商机无限。

毋庸置疑，容积率越低的房子价格越高，而容积率高的房子价格通常会略低于同等地段的其他楼盘定价。换个角度来看，越是寸土寸金的地段，开发商就越希望提高项目的容积率。一个项目的容积率越高，开发商能够得到的利润就越大。

现在的人跟风，见了好东西不买心痒痒，来皮草城投资的客商们十有八九买了房。一个月的时间，永和花园二期一千多套住房，竟然销售了八百多套。

为了提升档次，张秀荷和郑书记商量，留出 10 套租赁给滨海市委市政府作为公寓房，此计划也批准了。

原野的销售思路，获得了巨大的成功。原野这小子，的确是个人才，他的

宏韬伟略在永合地产得到了施展。

永合地产的这一做法,在滨海地产界,无疑是一个炸雷,扰乱了地产界的平静。有的地产商马上跟风,有的捂盘停售观望……

有人在网络上发表评论说:“永和花园是最适合人居住的小区,和有些讨要阳光权的楼盘相比,不是一个档次。”永和花园二期的商品房,《津海都市报》还没开始宣传,就基本销售告罄。

张秀荷的低调和热心,真正打动了滨海市委郑书记的心,他们之间的私交越来越多,张秀荷的人格魅力在郑书记心里扎下了根。看着张秀荷左脸颊的酒窝,郑书记总是觉得自己亏欠她很多很多……

国辉地产的律师许栋梁和讨要阳光权的业户们经过一番讨价还价,终于达成了共识,每平米降价700元。

最近陈家豪心事重重。张秀荷的决策,直接威胁到国辉实业的切身利益。

永和花园的房子噌噌直涨,消费者跟不要钱似的,抢晚了生怕抢不到手;而国辉地产的旧城改造却因为业户的胡搅蛮缠而降价,陈家豪心里堵得慌。以至于心头像堵着太多的东西却一时找不到宣泄口似的艰涩苦痛,他真想大吼一声,发泄出来。

39 矛盾激化

此时,滨海市政府发布公告:墨水河治理开始招标。

这是市政府近几年来投入最大的项目,利润丰厚。这个项目太诱人了,在物欲横流的当今,那些精英豪杰们谁不眼红?谁不想把它竞争到手?

这个项目张秀荷早就做了充分的准备,永合地产是势在必得。

陈家豪综合评估了国辉实业当前的形势,如果参与竞标,他们只能再一次蒙受落败的耻辱;若不参与他们照样会被人讥笑。犹如鸡肋一样的现实让他心不甘情不愿。

前妻张秀荷是他最大的竞争对手,她消息灵通,手眼通天。黑子搜集的资料显示，她和市委郑书记的关系不一般，在公共场合，凡是需要民营企业出头露面的事情，郑书记一般都让永合地产参加，可见其重视程度。他是把张秀荷得罪透了，只要他陈家豪插手的工程，张秀荷拼了命都要跟他争抢，让他来个鸡飞蛋打。女人要狠起来，比谁都狠，张秀荷明摆着就是想把国辉实业往死路上逼。世上没有卖后悔药的，所有的事情都于事无补，陈家豪只好打掉牙往肚子里吞，在逆势中打理着一切。现实就是如此残酷，现在国辉实业失去了李天翔市长的支持，想和永合地产一争高下，明摆着处于劣势。

他没有像往常那样去李天翔市长家求得他的帮助，张秀荷横亘在那里，去了也只能自取其辱。

陈家豪陷于一筹莫展之中，不管怎么样，种种迹象都表明一切对国辉实业越来越不利。不能坐以待毙，他约张秀荷在碧云天一起喝茶，说是想和她好好聊聊。

他们现在是对手，生意场上的死敌。她十分清楚陈家豪约她的动机和目的，敏感的她已经嗅到了某种不寻常的味道。一个前夫为什么要平白无故地一再约会他的前妻，他们之间除了孩子还有什么好谈的？朵朵既懂事又听话，还轮不到他操心。

王惊涛是她的主心骨，拿不定主意的时候，张秀荷就给王惊涛打了个电话，征询意见。

“去吧，听听他说什么。你去了，我来让他后院起火。”王惊涛出谋划策说。

张秀荷如约而至。看着陈家豪那关切的目光，张秀荷觉得他很虚伪。如果不是自己处处遏制他，他会这样紧张、这样在乎自己吗？歇菜吧！她察觉到他紧张的不是她，而是她背后强大的财力。

张秀荷的心像被什么触了一下似的。她想起母亲对她说过的话，“忘掉过去吧！你还年轻，不要背负仇恨去过一辈子”。可是这仇恨怎么能忘记？这个男人曾经置她们娘俩于不顾，在她们歇斯底里的叫喊声中带着郝波义无反顾地绝情离去。

她的心在滴血。

“爸爸，别走！”朵朵那撕心裂肺的呼喊声仿佛就在耳边。

结了痂的伤疤又开始流血，新仇旧恨涌上心头：是他亲手扼杀了家庭的幸福，是他为了另一个女人一巴掌打得朵朵左耳永远失聪，是他将她的尊严

践踏在脚下，是他，成就了今天的她……

“不！一辈子都不原谅他。”张秀荷在心底发出了呐喊，“我要和他争到底，让他尝尝众叛亲离的滋味。”

“想什么呢？这么入神？”陈家豪首先打破寂寞，没话找话说。

“陈总找我来不是叙旧喝茶这么简单吧？”张秀荷淡雅一笑，点开了话题。

陈家豪微微一笑，意味深长地看了张秀荷一眼，那意思是说“知我者，张秀荷也”，以前张秀荷只要猜测对了他的心思，他就用这几句话来打趣，这句话张秀荷已经听了上千遍。陈家豪端起茶盅主动地和张秀荷碰了碰，又亲自给她续上茶。原来在家里，都是张秀荷为他斟茶倒水，现在本末倒置，张秀荷还真有点儿不习惯。

陈家豪心里着急，又不能表现出来，他知道现在的张秀荷在商言商，是个厉害角色，几次到了嘴边，硬是不敢提两家不要再对抗的话题，现在永合地产的势力比国辉实业强盛。要是张秀荷几句话就把他搪塞了，那就等于自找没趣，只好没话找话：“呵呵，你现在是风云人物，想和你叙叙旧，你都觉得浪费时间。”

“陈总取笑了，我不过是在崔总手下混口饭吃，小女人一个。叙旧？我们俩有什么可叙的。”张秀荷笑嘻嘻的，应对自如。

真像张秀荷所说的在崔永合手下混饭吃，那事情就好办多了。他想劝她高抬贵手，放弃墨水河的竞标，反正赚的钱是永合地产的，不是她个人的。只要她不出面，万事好办。他想说，可是又无从说起。

陈家豪并没有指望张秀荷借这次喝茶的机会消除对他的敌对心理。他知道张秀荷心地善良，最好的策略只能是冷水泡茶慢慢浓。只要他下到工夫，张秀荷会原谅他的。问题是，机不可失，时不我待，墨水河治理的事既然已经提上议事日程，他要是搞不定，永合地产就会把这块工程给搂走。

从见到张秀荷那一刻开始，陈家豪身上再也没有半点国辉实业老总的影子，而是一个温柔体贴的丈夫。他坐在张秀荷旁边微微侧着身子跟她说话，声音带点磁性，微热的带着淡淡烟草味儿的气息吹得张秀荷的耳根和脖子直痒痒。当年在家的时候，他们就习惯这样慢声细语地说话，这个习惯要改也难。

恍惚间，张秀荷感觉一股熟稔的气息悠然飘来，属于他的暖暖的，淡淡的烟草气息。这气息纷乱着缭乱她的心，这气息曾经让她留恋，让她沉醉，熟稔中夹杂着一丝陌生。她迷醉其中，梦一样恍惚，深深吸了一口又一口，任那气息浸润着自己。心中那团柔软的东西被触着了，一团一团地荡漾着，不着边际地模糊起来。

“我觉得我们之间的争夺战是结束的时候了，这样争下去、抢下去有意义吗？”陈家豪微笑着问。

“陈总，商场如战场，如果不是把你逼到角落，会有今天这番谈话吗？如果我心慈手软，这时候跪地求饶的人可能是我，我就是有天大的抱负也无法实施。况且，永合地产的日子也不会好过，你会痛打落水狗，让永合地产永无翻身之地。”张秀荷半真半假地开玩笑说。

陈家豪大度地一笑：“我已经知错了，你难道不能放国辉实业一马？把墨水河治理的工程让出来？”

“你怎么只考虑你自己的利益？”

“秀荷，我们握手言和吧！一笑泯恩怨好吗？”说着陈家豪把他的大手覆盖在张秀荷玉笋般的小手上，充满爱意地反复摩挲着。

张秀荷还没来得及将手抽走，门突然被推开了，一张精致而冷峻的脸出现在两人面前，是郝波。她阴声怪气地问：“我没打扰你们吧？继续，继续……”

梦在瞬间悄然湮灭，就再也没有重拾起来的可能，有些东西碎了是不能粘合在一起的。比如她和陈家豪那份的感情。

陈家豪看见郝波反复无常的模样，心就有些烦。

郝波在张秀荷对面坐下，以胜利者的姿态挑衅地看着她的手下败将——张秀荷。

陈家豪反感地看着郝波这张熟悉而陌生的脸，恨不得一拳捣上去。他不明白郝波为什么变得愈来愈不可理喻。只要她插手的事，只能是越弄越糟。陈家豪的肺都要气炸了，他暗自发誓，这次回去，决饶不了郝波。

张秀荷仪态端庄，目光坦然地和郝波对视着，威严而又不可侵犯。她嘴角隐隐约约浮起一丝冷笑，带给人丝丝凉意，陈家豪悚然打了个冷战，依稀记得她离婚时也这样笑过。心头莫名其妙地冒起一阵寒意，心里想：完了，矛盾越来越激化了。

张秀荷不屑一顾地看了陈家豪一眼，昂首挺胸，拂袖而去，留下陈家豪和

郝波,大眼瞪小眼。

这事闹的!窝心!

“你个成事不足败事有余的娘们,你坏了我的大事!”陈家豪手指郝波,气得浑身乱颤。

“不好意思,我来早了。你还没得手,就搅了你们的好事!”郝波阴笑着,扬长而去。

40 落 寂

陈家豪回到家,屋子一片死寂,郝波根本就没踪影。自从他和赵小曼的事情被戳穿以后,她懒得搭理他,上哪里去连个招呼都不愿意跟他打。陈家豪百无聊赖,这种冷战实在没意思,真没意思。他们要冷战到什么时候,他不知道。

其实,老太太死了以后,俩人的关系就这样了,变得不咸不淡,平时基本没话,就像游在池子里的两条鱼,各游各的,谁也不管谁。除非陈家豪做得太过火,她就和他吵闹一顿。陈家豪想想和郝波结婚以来的生活,就像做了一场噩梦。他觉得自己什么都能处理好,就是感情处理不好,总是不知道该在什么时候出手、住手。

处理这方面问题,陈家豪其实是个生活的低能儿,否则他也不会把三个女人的关系处理得如此糟糕,把自己搞得筋疲力尽。

豆豆这几天被幼儿园选中,去外地参加舞蹈演出去了,幼儿园老师要求家长自费跟着去照顾孩子,春花和老头儿都自告奋勇愿意去,不差钱,都跟着去呗!

郝波开着车在大街上流浪,也不愿意回家。

聂志远去外地办案子去了,不在家,打电话说是明天一早往回赶。“别乱跑,早点回家。”聂志远嘱咐道。

不提到家还好,提到家,她的头都要爆了。她的思绪太乱,陷在泥沼里,出不来了。

泡吧的人都有瘾，郝波不知不觉地开车转到了半岛都市港湾酒吧。她来这里，一半是为了放松，一半也是为了那难忘的Frozen Blue Margarita，这酒确实让她上瘾。

她怕寂寞，今天没要单间，而是坐在吧台前。放眼望去，酒吧里有不少像她这样落寞的女人，有的身边坐着一些年轻而帅气的男人在陪酒。

一个染着黄头发的男孩子贴了过来，神情暧昧地说："请我喝一杯，好吗？"

郝波一犹豫，点头答应了。

男孩晃动着杯中的红酒，说："人生十九不如意，醉酒当歌人生几何？花钱买醉，快乐些！"男孩看着郝波说。

"谢谢！你可以走了。"她不想把信任寄托在一个主动过来搭讪的陌生人身上，拒绝道。她内心太多的苦楚还有寂寥，是他这个年龄的人无法体会的。

男孩知趣地走开了。

聂志远在给王惊涛打电话，声音急促："惊涛，拜托你一件事，赶快去半岛都市港湾酒吧帮我守着郝波，我这就往回赶。"

"不管。"王惊涛拒绝得干脆利落。管一个伤害过张秀荷的人，管一个张秀荷的死对头，他王惊涛做不到。

"切！我拜托你去照看我的女人，你小子说这样的话，还是不是哥们。"聂志远急了。

"你的女人？聂志远，你清醒清醒吧！她不是你的，是陈家豪的女人，你还是律师，说话抓不着正点。破坏别人的家庭的事，最好别干！"王惊涛诡辩道。

"破坏她的家庭？是个不错的想法，正所谓我不下地狱谁下地狱？"聂志远嗫嚅说，"不跟你胡扯了，她没地方去，才打我电话的，你到底去不去？哥们，你要急死我！你不管的话，以后你的事我也不管了，连哥们都没得做！"聂志远真火了。

"切！哪那么多废话，我去不就得了。可是有一点我得说明，我只暗中保护。"

"爱咋保护就咋保护，给我保护好了就行，别啰嗦，快去！"

酒吧的气氛让人沉沦。郝波坐在吧台旁落寂地一杯接一杯地喝着Frozen Blue Margarita，不时有帅哥过来搭讪，郝波拒绝着，抵抗着各色各样的

诱惑。酒吧里处处飘荡着那难以抵挡的暧昧气息，似乎一吸进去，就沦陷了，就不是自己了，成了一个需要释放需要排解需要发泄的寂寥人了。

这时候，那首伤感的英文歌曲《Flame in myheart》响起来了，那低吟的旋律让郝波迷失了自我。二十七八岁有家有业却得不到真爱、得不到滋润的女人，像什么呢？像一只丧家犬，甚至连丧家犬都不如，这就是郝波给自己下的定义。

一个帅气高大的男人坐在离她不远的角落里，也把玩着一杯 Frozen Blue Margarita，目光深沉地凝视着她。他就是王惊涛。

这首歌一不小心触及到了她的内心深处，歌词写的正是她和聂志远的真实情感的写照，让她痛苦让她挣扎。郝波似乎被那种能穿透灵魂的歌词所感染，她的眼神，由孤寂逐渐地茫然，再逐渐地恍惚迷离。

这歌词，又何尝不是对她和聂志远命运的揭示？

灯光突然幽暗，音乐转换了，是那样慑人心魄，人们着了魔似的随着音乐舞动起来，人影攒动，如同幻影和鬼魔，疯狂地摇曳着，尽情地宣泄着……

一个俊逸的男孩把她拖下场，那个男孩子紧贴着她的身体摩擦着，那火辣辣的碰擦，浪漫奔放，够味，够刺激！让她春心荡漾，热血喷涌，欲望在燃烧。任何一个女人，都抵抗不了这种致命的诱惑。她感觉自己的身体被点燃，像着了火般的焦渴难耐。

她随着乐曲疯狂地宣泄着。迷离的灯光，俊逸的男孩，酒，性。把她带进了另一个世界，让她放纵让她沉沦……

从人到魔就一念之差，在这种沉沦的气氛下迈出这一步很容易。一杯水酒下肚，人们的关系立刻就从陌路人转为亲密。不需要任何语言，一个暗示的眼神、一个心领神会的微笑，就可以达成某种心照不宣的默契。这里暧昧的气氛太适合陌路人交流，也太容易让这些心无所依者找到心灵的另一半。

一对对沉沦的陌生人相携离开，那个男孩想带郝波走，被她拒绝了。男孩不达目的誓不罢休，坐在郝波旁边和她拼起酒来。他端着酒杯，用那充满欲望的眼睛无限纠结地撩拨着她，让她一点点沦陷其中。女人来这里，无非是无聊，为了寻求刺激，只不过是有的放得开，有的放不开而已，酒能让她们迷乱本性，始乱终弃，没人能抵制住这诱惑。两个陌生人无需设防，一杯又一杯，郝波不胜酒力，很快醉倒了。

通过这种方式，他得到过很多女人，和她们有过一夜销魂。

被人轻轻拍醒，郝波睁开眼，恍惚间觉得是聂志远。像是见到了救星，她一把搂住他的腰，突然哭着说："不要丢下我不管，我答应跟他离婚，嫁给你！"如泣如诉，酒后吐真言。

"走吧，跟我回家。"失去意识之前，郝波仿佛听到聂志远的声音在她耳畔低吟。

努力站起来，可是她站立不稳，一下子扑进他的怀里。他拥着她，渐渐将她搂紧。她探索他的唇，深深地吻上去。

他脸上闪过一丝诡异的笑靥，迅速抱起她，大踏步走出去。

刚刚拉开车门，只听一声断喝："放下她。"

"凭什么？"

"就凭这个！"王惊涛一拳捣在那个男孩的眼睛上，三拳两拳把他打趴在地，抱起烂醉如泥的郝波，迅速消失在夜色中……

清晨醒来，郝波蜷缩在聂志远的怀抱里，慵懒地打了个哈欠。他披星戴月赶回来，让她感动不已。生活中拥有他，真的很幸福。

"不是说不再去酒吧了吗？喝醉了被人带走是很危险的。"聂志远生气地说。

"有你保护，我怕什么？"郝波一脸幸福地说。

"既然这么信任我，离婚嫁给我得了，我可以光明正大地保护你。"聂志远很认真地说。

"还不到时候，耐心等待，会有这么一天的。"郝波长叹了一口气，悠悠地说。

陈家豪，你狠，我比你还狠。她心里正在酝酿一个大计划，一个让陈家豪倾家荡产的计划，这计划是不能露半点口风的。

"你要我等到什么时候啊，七老八十？"聂志远带着无限的伤痛紧锁眉头，质问道。

郝波听着心酸。她无从回答，也给不了他答案。她搂紧聂志远，给他一个温暖的拥抱。

现在她能给他的，也就是这些了。

聂志远悠长而又哀怨地叹了一口气，说："算了，算了，我不逼你了，你自己看着办吧！"

她和陈家豪就这样冷战着,她不回家,他也不找。在公司,低头不见抬头见,俩人除了工作上的事,基本没话可说。他对她漠不关心,没有过问她这几天去了哪里,怎么不回家。

他们俩就像两个毫不相干的陌生人一样,各有各的生活轨道,再也合拢不到一起了。

41 软 肋

墨水河治理的争夺战到了白热化的程度,滨海几家大的公司各显神通,钻天拱地,都希望把工程竞争到手。

为了拿下这块工程,陈家豪不惜血本,和刘成进约定,如果他帮着拿下墨水河治理工程,这个项目完成后,国辉实业可以按照这个项目总利润的百分之八给刘成进提成。而且,按照参与项目提成,极大地提高刘成进的积极性。

工资归工资,提成归提成。两者不混为一谈。

比例不低,刘成进欣然接受。也就是说,如果此项目弄成功的话,刘成进可以从中分享纯利润的百分之八,这可是一笔大数目。这是一道最为简单的数学题,如果国辉实业在这个项目中赚取六千万,那么刘成进就可以拿到四百八十万;如果赚了一个亿,他就可以拿到八百万。这笔账刘成进会算。

"老领导,不用多,拿下一半就成,咱们不吃独食。"

拿下一半,刘成进觉得有这个信心和希望,凭他的关系和威望,应该没问题。虽然退了,他提拔的人还卖他这个面子。

刘成进按照陈家豪的计划,游说于政府分管这个工程的各个部门。

"这个项目是市政府的政绩工程,工程质量要求严格。创文明城市在即,一家公司来做这么大的项目,时间紧迫,如果两家公司共同来做,就会从容不迫。"

在他的游说下,很多领导赞同他的观点。

"刘市长退了,还这么关心环境治理问题,还关注着项目的竞标,实在难能可贵！”

“墨水河治理不但我关心，每一个滨海市民都关心。”刘成进打着哈哈。

“是的，这条臭水河真的有碍市容。借着创文明城市治理，是件好事。”很多人随声附和。

陈家豪紧锣密鼓地忙活着，一刻都没有放松。

派去打探永合地产消息的黑子汇报说，永合地产的高层没有和市政委市政府的官员接触。

怎么可能呢？依着张秀荷的性格，不可能不走上层关系，搂走墨水河治理工程。

不管刘成进怎么活动，当前形势明摆着对国辉实业不利。陈家豪对这件事担忧还是其次，他不知道张秀荷和他的对抗要持续多久，会采取什么措施，会不会对国辉实业不利。要摆脱这种局面，就要解开她心中的仇结，他对她的伤害至深，这结不是那么好解的。想着这些，陈家豪不免毛骨悚然起来。或许这就是冤孽。冤有头，债有主，羽翼渐丰的张秀荷终于开始了她的雪恨之旅。

陈家豪叹了口气，他绝不会想到他会栽在前妻手里。如果当初不是年轻气盛，一时冲动，那么就不会造成今天这个局面。要怪只能怪自己，现在想想，真的对不住她们娘俩。

陈家豪的一举一动都在张秀荷的注视下进行着，包括他和郝波的战争，以及郝波对他的背叛，她都掌握得一清二楚。

商场如战场，陈家豪和郝波的战争成为他的软肋，被对手加以利用形成致命的利器，而且屡试不爽。

家贼难防，这是陈家豪永远想不到的。如此一来，陈家豪纵使有通天的本领也斗不过张秀荷。国辉实业屡遭打击，陈家豪颇感意外，他永远也不会想到提供情报的人就在身边。

他明白市政府这次竞标是走走形式，基本上内定永合地产对这个项目进行独家开发，这与市委郑书记的支持是分不开的。刘成进所有的奔走不过是徒劳而已，但只要存在一丝希望，他陈家豪都不放弃，也不会轻易拱手相让。

竞标结束时，看着淡定如水的张秀荷，陈家豪徒有打碎牙齿咽进自己肚子里的份儿。接连几次的失利，国辉实业在滨海人心目中的形象大大打了折扣。

郝波全然不在意这次竞标的败北和陈家豪的垂头丧气。她全心全意地投入了和聂志远的热恋中，一日不见如隔三秋。聂志远大胆而又直白的短信让她激情澎湃："想你，想你，就这样疯狂地不顾一切地想你。思绪在奔腾，爱火在喷涌，你的出现扰乱了我平静的生活。激情在澎湃，爱火在燃烧，你是我今生最心醉的牵挂，好好爱你，是我今生最大的心愿。把握今朝，珍惜未来，生活有你充满阳光。是你，是你，唤醒了我沉寂的爱恋，让我痴心让我醉，你是我今生最开心的守候，和你相伴一生，是我今生最大的期盼。"

聂志远的这个短信照亮了她人生前进的方向。

豆豆回来了，这个家顿时热闹起来。这个开心果，是联系他和她的枢纽，看着活泼可爱的豆豆，郝波犹豫了，她猛然觉醒了，孩子是无辜的，不能让豆豆缺爹少娘，和聂志远的关系就渐渐冷却下来。孩子，永远是女人的软肋。

她心不在焉地陪豆豆在客厅里玩，坐在地板上，伸着修长的腿，她看见自己的凌乱，丢得满地都是。聂志远，她不停地想着聂志远，他的爱，是那样的浓烈。

她在痛苦中摇摆不定。

对郝波的疏远，聂志远很无奈。女人心，海底针，他想不明白到底哪里出了问题，郝波为什么又会犹豫不决。

他觉得这个女人并不完全属于他，他很介意他在她心目中的位置，可是又不敢苦苦相逼。他也不想强迫她作决定，强扭的瓜不甜。

42 无法逃避

陈家豪隐隐约约觉得国辉实业内部出了问题，问题出在哪里呢？他想破头也没理出个头绪，他感觉张秀荷的触角就在他身边，让他防不胜防。

陈家豪从丢掉"911 号地"就在思考这个问题，到现在他还是没有想明白。每个项目从最初考察到立项一直到最后操作，所有事情进行得都很流畅，为什么会横生枝节，杀出个张秀荷来断他的后路？她是通过什么途径知道消息来源的呢？

想起和他做对断他后路的人是他的前妻，陈家豪内心生出一阵揪心的疼痛。余痛未消的时间里，又想起现在的妻子郝波，更让他烦不胜烦。这两个女人，把他的生活、他的事业搅得天翻地覆，让他毫无招架之力。陈家豪忧心忡忡地坐在沙发上闭目养神，他不愿意再去想任何事，但遇上这样窝心的事也由不得他不想。

陈家豪面对这样的局面更加陷入了一筹莫展的状态中，他心里很清楚，任何办法都改变不了国辉实业当前的颓势。

一个让陈家豪更加恼火的消息传来，永合地产将要承建服装批发市场附近的一所实验小学和一所实验中学。

“他妈的！为什么好事都是她的！”陈家豪愤愤地骂了一句。陈家豪的阴霾在这一句骂人的脏话里，得到了释放，他觉得混沌的心胸之间突然裂开了一条缝隙，那些污垢汪汪地涌出，他的心不是那么压抑了。

陈家豪回南通的这一路上始终铁青着脸一语不发，司机梁子机灵地把车开得稳稳当当，生怕一个不留心就会招来一顿斥骂。

赵小曼像只温柔的小猫一样迎了出来，看见陈家豪一脸疲惫，赶紧端茶倒水，洗水果，烫了一杯牛奶让他喝了。

“怎么了？脸色这么难看？”赵小曼关切地问。

陈家豪强打着精神勉强一笑：“别担心，没事。”

“是不是累着了？我给你按摩按摩吧！”

陈家豪在她的按摩中很快安静下来。赵小曼本来话就不多，在陈家豪烦心的时候，她的话更少。她就那么不知疲倦地按着，不说话。

“歇歇吧，我好多了。”陈家豪心疼地拥她入怀。她像小猫一样安安静静蜷缩在陈家豪的怀中。

突然一阵反胃，肚子里的所有东西都抢着向外奔跑，赵小曼拼命压抑也没压抑住，连忙起身跑进卫生间，吐得稀里哗啦，连苦胆水也呕了出来。

“怎么了？”陈家豪紧张地问。

“我怀孕了。”赵小曼抹着眼睛说。

这消息太突然，陈家豪微微一怔，有些茫然无措。赵小曼敏感地捕捉到了

他的情绪变化。她低着头，痛下决心："我不会让你为难的，我会处理掉的。"

"不要。"陈家豪大声说。在他的肉体和精神都匮乏到极点的时候，在他那个家摇摇欲坠的时候，上天给他送来这样一个礼物，他能不要吗？

赵小曼不明白陈家豪的意思，泪眼蒙眬地望着他。

"我要你留下这个孩子。"陈家豪坚定地说。

"我不想影响你的家庭。"赵小曼摇摇头说。

"不会的，我要这个孩子，这是我们爱情的结晶。"陈家豪更加坚定了他的语气。

"可是，生下来怎么办？户口怎么落？"

"有钱能使鬼推磨，我会想办法给他落上户口，让他正大光明地生活。"

"可是，郝波那里你怎么交代？"

"跟她交代什么？"

赵小曼不作声了，看样子她在做着激烈的思想斗争。如果生了这个孩子，她的这一生就和陈家豪捆绑在一起了。

陈家豪温柔地揽着赵小曼，抚摸着她的肚皮，动情地说："生下来吧，我是真心喜欢你，这是我们的爱情见证。"

"可是……"

"没有可是，如果你爱我的话，生吧！"

"这不好吧？在我们老家，大姑娘没结婚就生孩子，会被人指着脊梁骨骂的。"

"这不是在你们老家，这是在城里，没人敢指责你。"

"不，我自己养不活他。"

"还有我呢，我是他爸爸哎！"

"你有你的家庭，能顾得我们娘俩？"

"放心吧，我会照顾你们一辈子。"

赵小曼还是有疑虑："郝波知道了怎么办？这孩子能见得了光吗？我不想让他背负私生子的骂名。"

"生下来吧，我会给你给他一个交代。"陈家豪亲吻着赵小曼说。

"拆散一个家庭，换来我们母子的幸福，这并不是我想要的。"赵小曼幽幽地叹了一口气说。

陈家豪轻轻地抱着赵小曼轻盈的身体，说："小曼，给我时间好吗？让我慢慢去解决。只要你想要的，我都会给你。我会给你和孩子一个幸福的家庭。"他握着赵小曼的手，信誓旦旦地说："我要这个孩子，一定会离婚。我会丢弃滨海的一切，和你相伴在这里，终老一生。"

赵小曼感动了，她点点头："我会生下这个孩子，用一生的心血培养他。"

"这就对了，我就喜欢你听话的模样。"陈家豪疼爱地摸着她的脸，亲了又亲。

赵小曼的妊娠反应特别厉害，吃了就吐，陈家豪看在眼里，急在心上。

"你去劳务市场找个保姆，要个年龄偏大点的，会伺候人的。"陈家豪吩咐司机梁子说。

"怎么？"

"赵小曼怀孕了。需要找个保姆伺候她。给我找个有经验的，可靠的。"

"好嘞！保证完成任务。"梁子愉快地接受任务走了。

他找了个僻静的地方，拿出另一张手机卡给郝波打了个电话："郝总，赵小曼怀孕了，陈总打算让她生下这个孩子。郝总，千万不要说是我透露的消息，陈总会杀了我的。"

明明知道会这样，可还是无法接受这样的现实。郝波的嘴巴张着，半天没有合拢。她感觉她的世界轰然倒塌，心碎成了碎片。有冰冷的东西，沿着嘴巴，钻进心里。

阳光碎成铁屑。

她愤怒到了无可复加的地步，但还是隐忍着，深吸了一口气，努力支撑着，不使自己倒下。

"我知道了，放心吧，我不会去找碴儿的，更不会出卖你。我会往你的卡里打上5000块钱作为奖励。"郝波的声音一如既往，听不出半点痛心疾首。泪水已经满脸都是，一滴一滴落到自己脚上。

梁子悬着的心安定下来。他真的怕郝波接受不了这个现实，打这个电话的时候，他还犹豫着，现在放心了。

"郝总，别往心里去，现在有钱有势的大老板谁不在外面包养啊，大气候亦然，陈总这是顺应形势，不会对你构成威胁的。"梁子安慰她说。

"有什么事给我打电话。"郝波不愿听他啰唆，压了电话。

“陈家豪要赵小曼把孩子生下来,他是怎么想的?”

郝波的牙咬得咯嘣咯嘣地响,她攥紧拳头咬牙切齿地发誓:“陈家豪,你不仁,别怪我郝波不义,这都是你逼的,你等着自食其果吧!我郝波不会饶了你,你给我等着!这是你逼着我作的决定!”

她心乱如麻,想斩斩不断,想理理不清。在她的内心里,她却没有忘记另一个人,她和他的关系决不可中断,否则她便要迷失了。她实在是撑不住了,丢魂丧魄地开着车,不知不觉来到聂志远家,跌跌撞撞走进门。

“你怎么了?”聂志远看着颓废的郝波,担心地问。

“我被陈家豪给涮了。”她有气无力地说。

一股真正的哀伤袭击着她,她痛哭起来。强烈的呜咽愈来愈厉害,震撼着她,也震撼着他。

“坐下,慢慢说!”聂志远冲了一杯奶放在郝波跟前说,“喝下去,你会好一点!”他用无限的温情望着她,可怜的无依无靠的人。

聂志远温柔地揽着郝波,郝波依偎在聂志远的胸膛上一直流泪。聂志远没有劝慰,他知道现在能让她走出困扰的只有她自己了,外力是帮不了她的。

聂志远起身想给郝波再倒一杯水。她惊恐地紧抱着他,战栗地说:“不,不要走,不要离开我!抱着我,紧紧地抱着我!”她盲目地、疯狂地,喃喃地说。也不知道自己说着什么,她就这样紧抱着他不撒手。她要从她的内心的暴怒中镇静下来,可是这占据着她内心的暴怒,是多么强烈啊!

就这样待了好久,好久。郝波终于说话了:“聂志远,你还要我吗?”她边说边拿手臂擦眼泪。

他的心忽然轻松了,马上笑逐颜开,他抽了几张面巾纸给郝波擦了擦脸,然后把她再次揽进怀里:“要!我家的大门永远对你敞开着,随时准备迎娶你进门!”

“有你这句话,我就知足了,我一定会不负你的厚望,成为你的新娘。”郝波更加坚定了决心。

聂志远亲了亲郝波的头发,贪婪地嗅着她那淡淡的体香,笑得很灿烂:“郝波,这辈子我会不离不弃地爱你,不管天荒地老,生老病死,我们会一直相互搀扶着白首偕老。”

“你耐心等待,我会给你一个满意的答复。”她悠悠地长叹了一口气。

他把渴望写在眼里，给她看，让她懂。她望着他，她看见他的眼睛是热烈的，光亮的。爱到燃烧时，无人能抵抗。这幸福令她眩晕，这样一个全力以赴的男人，怎么能不值得她去珍惜？

她的身体很暖很柔，有种成熟女人才有的韵味。当聂志远的唇贴近她时，她便有了飞蛾扑火的姿态。

他把她抱在两臂中，紧压着她，用脸爱抚着她。聂志远身材高大，她紧贴着他的胸口，感觉娇小的身体随时可被他抓起来塞进口袋。她的神情里沸着一种动人心魄的美，沸着一种剧烈的、却又温柔的情欲。他褪下她的衣裳，温柔地含弄着她的乳房，轻轻地搓揉着。

“呵，你真美丽！”

一团欲火包裹着她，她忍不住喊了出来。她感觉她的身体情不自禁地快要飘起来……

一团火焰，在她身体里膨胀着，颤动着，穿梭着，让她不能自已。

让暴风雨来得更猛烈些吧！她渴望燃烧，渴望激情，渴望放纵！渴望能点燃她激情的男人！

郝波的突然转变，让聂志远觉得生活又燃起了希望。所有的这一切，既是他期待的，又是他害怕的。所以每次床第之欢之后，他都有一种心痛的感觉，他希望她完全属于他。

郝波离开了，在离开的瞬间，明白了在她的心灵深处，另有一个自我在里面活着。

43 敲　诈

郝波和陈家豪的关系就这样不冷不热地耗着，俩人一个天南，一个地北，很少联系。

这样的局面，给郝波和聂志远提供了感情的温床，俩人的感情迅速升温，一日不见如隔三秋。

聂志远约了郝波傍晚在碧云天见面。聂志远因为有个当事人在,告诉郝波可能去晚些。

郝波刚刚停稳车，替国辉实业搜集情报的黑子嬉皮笑脸出现在她的眼前:“郝总,我找你有事。”

“什么事？说！”

“在这里说,恐怕不方便吧？”黑子支支吾吾不肯说。

“什么事能不方便说,我没有请你调查什么吧？有事你跟陈家豪去说吧！”郝波不愿意听他聒噪,不耐烦地说。这个时候,她实在没有精力与他纠缠下去。

“我在这里等你,是因为事情与你有关。”黑子耸了耸肩,“我想,你会对一些照片感兴趣。”

“什么照片？”

黑子从手包里拿出一沓照片,递到郝波眼前。这是一组她和聂志远亲昵地依偎在一起的照片,还有几张是他们接吻的。

郝波倒吸一口凉气,怒目圆睁:“你……你敢跟踪我,偷拍我？”

“郝总,没办法,最近手头紧,想跟你讨几个钱花花。”黑子捻着手指头,做着点钱的动作,依然一副嬉皮笑脸的模样。

人心叵测,由此可知。

落日的余晖照在黑子那张邪恶的脸上,看着黑子那笑嘻嘻的模样,郝波这才知道举凡恶人,皆不会生就一副恶相。

“你想要多少？”郝波问。

他伸出五个手指头,依照黑子的贪心劲儿,绝对不会是五百,五千,这些小钱他看不上眼,应该是五万抑或是五十万。

原来他是为钱。

“告诉我,你要那么多钱干吗？”

“甭管我干吗,就问你一句,到底给不给？”黑子不耐烦了,威胁道。

“给又怎样？不给又怎样？”郝波问。

“给,我就把照片全部给你,这件事就烟消云散了,权当什么也没发生。不给,我就把这些照片交给陈总,让他看着处理,哼哼,你知道这样做的后果。”黑子穷凶极恶地说。

“你好像没有一点职业道德，陈家豪让你为国辉实业搜集情报，调查的人是张秀荷，不是我。”

“职业道德能当钱花？当饭吃？老子现在严重缺钱，就想从你这里捞几个花花，说，到底给不给？嘿嘿，如果把这些照片卖给报社也值几个钱，在照片下面打上‘国辉实业老板娘红杏出墙，国辉实业老总陈家豪戴了一顶大大的绿帽子’！哈哈，这丑就丢大发了！”黑子厚颜无耻地说。

“过来，我给你钱。我的卡里有五十万。”郝波说。她拿出钱夹，掏出卡，等他靠近放松戒备之时，她抬起脚，狠狠地向他的要害部位踢去。

这一脚又准又狠，无异于灭顶之灾，痛得他捂着下身在地上打滚。

“你，你，你这个狠心婆娘，想让我断子绝孙？”

“这一脚警告你，别赚昧心钱！”

“郝波，算你狠。”他一手指着她，一手捂着下身，狼狈地说，“等到明天报刊登出这些照片，有你哭的时候。”

“滚，我敢作敢当，大不了离婚就是了。我是在刀尖上滚过来的，在滨海这么多年，恐吓、绑架这样的事我看多了，也经历多了，还会怕这个吗？”哪个女人被人抓着把柄不心虚？话虽是这么说，郝波还是往四周看了看，她毕竟心虚。

“咱们走着瞧，我会让你有家难归。”黑子恶狠狠撂下这句话，狠狠地吐了一口唾沫，转身离开。

待他在黑暗中正要上车时，一个伟岸的身影掠过，一把揪住他的衣领。

“把照片留下。”一个男人愤怒地呵斥道。

是聂志远的声音。

“凭什么？”黑子油嘴滑舌地质问。

郝波小跑着来到他们跟前。此刻，他与黑子面对面而立，俩人块头同样高大，同样威猛。

聂志远出现得正是时候，他在这里多久了？郝波没空去思量这些，只是紧张地看着他们。

“就凭这个！”聂志远攥起拳头，在黑子面前晃了晃。

黑子恢复了镇定，冷眼打量着聂志远，认出了他。冷冷地哼了一句：“原来是奸夫，你要的话就拿去好了，不就几张照片？”

黑子一副无所谓的模样。

“我不光要照片！”聂志远揪住黑子的衣服，作势要往上提。他那强悍的模样让郝波觉得他很伟岸。

黑子心虚地看着聂志远，大概被他的气势吓倒了，干脆装糊涂，有点口吃地问：“那你还想要什么？”

“你把照片都保存在哪里？”

“在数码相机里。”

“相机呢？”

“没在这里。”

“在哪儿？”

“家里。”

“带我去。”

“别逼人太甚。”黑子叫嚣道。

“去不去？”

“不！”黑子一副死猪不怕开水烫的模样。那意思证据在他的手里，能拿他怎么样？

这时候聂志远的手机响了，他摁响耳麦：“聂哥，在哪？我和谢思亮想上你家喝茶。”

是英伦律师事务所的同事李俊。

“胖子，我在碧云天停车场，赶快过来，我遇到一点麻烦。”

“好的，我们马上赶到。”

“怎么回事？”胖子三步并作两步走，窜到聂志远身旁。

“这小子勒索我。”

“你把他交给我，我带回所里录口供得了。”谢思亮是警察，他一副公事公办的样子。

“我得先把证据弄回来，免得他拿着到处宣扬。”

“这好办，让他带着咱们去找不就完事了吗？”谢思亮像扭嫌疑人一样扭着黑子的胳膊一使劲，黑子就龇牙咧嘴了。

“你俩看着，我在他车上搜搜看看。”这是谢思亮的职业习惯，他挨个地方翻看着。

“你凭什么查看我的车？”黑子紧张得额头渗出了汗，歇斯底里地喊着。

“就凭你敲诈勒索，我这是在找证据。”谢思亮一边翻找，一边和黑子对话。

“你们这群无赖。”黑子挣扎着，想挣脱。聂志远和李俊一人一只胳膊把他钳得紧紧的。

“呵呵，聂志远，你要的证据没找到，我却找到了这个。”谢思亮在黑子车上翻出了一小袋东西。

“是冰毒！”

黑子红了眼，穷途末路，居然挣脱了聂志远和李俊的羁绊，从衣服里摸出一把匕首，朝着谢思亮就去了：“不让我活，老子死也拉着个垫背的。”

郝波的“小心”还没有呼出口，黑子的匕首直朝谢思亮的心脏扎去，眼看着就要扎上了。

郝波惊得闭上了眼睛，不敢再看。就听哎呀一声大呼，郝波心里想：完了，完了，谢思亮受伤了。

“李俊，你真熊包，连个人都抓不瓷实。”谢思亮再次把黑子制服住，摁倒在地。

聂志远和李俊惊得一头冷汗。

黑子看到大势已去，软了下来：“我带你们去我家销毁证据，可是有个条件，你们得答应我。”

李俊踢了他一脚：“妈的，这时候还讲条件？说！”

“我把证据交给你们，恩怨一笔勾销。你们不准把我移交给派出所。”

“行，我答应你。”

没想到为了敲诈郝波，黑子作了充分的准备，他在电脑里备了份，还拷在U盘上，这小子真是钱迷心窍。

“把照相机给我。”谢思亮伸出手。

“找不到了。”黑子诡辩。

“给不给？”谢思亮眼神凌厉冷峻，用力掐住他的脖子，黑子憋得脸红脖子粗。

“在床头柜底下。”黑子被谢思亮的神情吓坏了，居然乖乖交出了照相机。

“志远，拿走！”

“你们这是以权谋私，变相抢劫。”他一把夺过照相机，牢牢抱在怀里不撒手。这是他吃饭的工具，他岂能轻易撒手？

聂志远从包里捞出一把钱，拍在床上：“我们不抢劫，买你的总行吧？撒手！”

谢思亮推了他一把：“如果以后再骚扰郝总，新账旧账咱们一起算。告诉你，我可不是什么善男信女。就凭这东西就可以把你送进监狱。”他晃动着那包冰毒说。

郝波被一连串的事情惊呆了，愣了半晌，才反应过来。看着黑子那丑恶的嘴脸，她明白，并不是所有人都人心向善，这世界上什么人都有，你越软弱，敌人越强悍。

有些事是无法逃避的，只有面对。

44 身不由己

若不是下个月要还银行贷款，郝波和陈家豪俩人可能就这么耗下去。银行有规定，到期的贷款必须全部归还。到了账上以后，第二天可以接着办理贷款业务。

郝波开始忙着回笼资金，和陈家豪的联系渐渐频繁起来，聊的都是公司的事情，不含半点感情。

郝波约了招商银行的行长赵克禄一起吃饭，想和他谈银行贷款的事。国辉实业在滨海的发展势头不怎么样，赵克禄实在不想冒这个险，不想接着发放贷款。他推辞了几次，总是支支吾吾，就是不肯赴约。郝波也不好发什么牢骚，她有求于人家，不是人家有求于他，她现在只能当孙子。

这些天，一直追着赵克禄不放的郝波终于逮到了机会，她永远不会知道这个机会是聂志远央求张秀荷暗中帮忙得来的。

陈家豪给李天翔市长打电话，希望他能去帮郝波一把，没想到李天翔市长痛痛快快答应了。

一阵寒暄后，按照座次，李天翔和招商银行行长落了座。郝波想不到的是招商银行贷款部的主任王山伦居然也到了场，居然还带着一个让她意想不到的人——聂志远。

她眼里涌起些许惊喜。

服务员问："喝什么？"

郝波把脸转向李天翔，希望他做主。"男士一律上白的，女士嘛……"李天翔思忖着，聂志远接过话题："上果汁。"

"好，就上果汁。"李市长大手一挥说。

"李市长，这样不公平，她请客，喝果汁，有点说不过去，光咱们男士喝没意思！"赵克禄提出异议。

"呵呵，赵行长说的也是，你说怎么办？"李市长在酒席桌上最民主了。

"我的意向是，保持啤的，冲刺白的！"

结果就给郝波倒了啤酒，其余人都喝的白酒，一比六的比例。

他们哪是在喝酒，简直就是在喝命。几轮酒喝过，郝波就已经被炸得七荤八素有些摸不着头脑了。

但事到临头，郝波只能当硬汉一样撑着，谁叫她请人家呢。

在李天翔市长的周旋下，招商银行行长总算松了口，答应回去研究研究后给国辉实业一个答复。他话里暗藏的玄机让久经沙场的郝波心知肚明他所谓的研究指的是什么。

星期日，华山高尔夫球场风光旖旎，张秀荷和赵克禄在练习场上练球。张秀荷一身白色球衣，风情万种，她两脚平分，挥舞着小臂用力，准确击飞地面上的小球，腰身配合恰到好处，动作连贯优美，赵克禄忍不住叫好，看她打球，简直是一种享受。

赵克禄也不示弱，他做了几下热身活动，然后站位挥杆，球发出一声脆响，嗖地直向前方的球网飞去。

张秀荷在旁边不禁叫起好来："哇，赵行长的球越打越棒！"

赵克禄笑着摆摆手，又干净利索地打了几个球。自从张秀荷把他带进高尔夫这项运动，他就乐此不疲。

俩人有一搭没一搭地说着话："深秋了，再打不了几回了。"

“是啊！春华秋实，大地万物快要到了休养生息的时候了，储蓄精力，等待来年的生机勃勃。”

张秀荷问：“看你最近压力挺大，怎么了？”

“还不是国辉实业的贷款闹的，他们公司这两年在滨海就没什么大项目，基本上是你所说的休养生息，就怕一蹶不振。李市长的面子又不能不给。”

“那就来个顺水推舟，贷给他呗！在滨海没有，可是在外地不一定没有啊！”

“听君一席话，心里豁然开朗！”赵行长挥动着球杆说。

今天，张秀荷约赵克禄的目的达到了，她受聂志远之托，给国辉实业当说客，争取贷款事宜。受人之托，忠人之事，聂志远的人情总是要还的。张秀荷是个明白人，也是一个重情重义的人，聂志远帮了她，她也想尽一切办法为他做一些力所能及的事情。

以不同的视角看世界，世界就会向你展现出迥异的风采。张秀荷从那种逼仄的自我意识形态中跳脱出来，不计恩怨情仇，聂志远让她帮助郝波，她主动地施以援手。

张秀荷去接赵克禄的时候，赵克禄迎着她那纯净得不含任何杂质的目光，顿感压力全失；及至到了高尔夫球场，心情也就完全放松下来。张秀荷的美丽体现在她的目光和光洁的额头上，那淡定的笑容给她的外表增添了无穷魅力，他被她的魅力所征服。张秀荷优雅淡定，无论在生意场上还是在球场上，她都游刃有余，温雅贤淑，显出一种融入环境的和谐，任谁都能对她心生爱怜。

“张总，和你在一起，受益不浅啊！”赵克禄由衷地说。

“赵行长就是会说话。”张秀荷轻笑浅颦，黑亮的眼睛闪动着，娇媚无比。

事情都凑在一块了，老太太的三周年祭日比还银行贷款早两天。过三周年是大事，所有的亲戚朋友都来祭奠。

郝波和老头儿商量在豪门大酒店订了四桌，又调配了两辆公交车以备临时需要。郝波的积极配合，让老头儿心里稍微有点感动，他觉得儿子不在家，儿媳妇表现还凑合。

陈家豪在南通利用地皮抵押贷了两个亿，近几天就到账。郝波这几天忙着做账，转账，忙得不亦乐乎。她把所有的心思都用在这上面，一大笔一大笔钱，陆陆续续到了国辉实业的账面上。

赵小曼的肚子微微隆起，出怀了，保姆做的饭菜相当可口。很多时候，赵小曼还是喜欢亲自下厨，为陈家豪做早餐，她觉得这是她的本分。而郝波从来就不干家务，她认为这是保姆应做的事情，有失身份。陈家豪毕竟是男人啊！他需要来自女人的温暖，渴望这温暖一点一滴地滋润他的心田。

陈家豪边吃边问："反应小些了吗？"

赵小曼懒洋洋地说："早就过了，就是累，想睡觉，不想去售楼处上班了。"

"去不去无所谓，本来就让你去打发时间的。你现在的任务就是吃了睡，睡了吃。"

"那不成了一头猪了？"

"管你成了什么，我都喜欢。"

"我最近要回滨海一段时间，你自己多加小心。"

"回去离婚？"赵小曼满怀期待地问。

陈家豪一愣，说："再说吧！"

赵小曼没有作声，她丢下筷子，去房间躺着去了。陈家豪追了过去："乖，起来，多吃点，孕妇要摄取足够的营养。"

赵小曼瞥了陈家豪一眼，委屈地说："我就知道你不会给孩子一个名分，她说过，你不过是哄我玩玩罢了！你们都亲儿子，为了豆豆，老陈家这根根，你们不会离婚的。"

陈家豪沉默了一会儿，忧伤地说："我现在不是说离就能离的，我活着不是为我自己，我的肩上，背负的是整个家族企业——国辉实业，不能甩掉跟你厮守在一起的。"陈家豪的话，透着无奈与悲凉。

"小曼，我是真心爱你。我会给你和孩子无忧无虑的生活，这一点我保证能做到。"

"我明白你的一片心，我一定会好好把孩子带大。"赵小曼感动地依偎着陈家豪说。

明天就是老太太的三周年祭日，陈家豪不得不动身回滨海了。临行前，他掏出一张卡，塞给赵小曼说："这个留着，里面有五十万，万一有需要花钱的时候，不必担心。"

赵小曼不要:“你上次给我的还没花,你拿回去,你需要用钱的地方很多,我这里不需要。”

陈家豪不由分说把卡塞进赵小曼手里,说:“叫你拿着你就拿着,还怕钱多了蛰手啊!”

“好吧!暂且先放在我这里,你需要的时候就跟我要。”

“自己在家要好好照顾自己啊,我真不放心你。”陈家豪抓着赵小曼的手嘱咐道。

“知道了,你真八婆。”

“叫保姆来和你同住,咱们给她加工资得了。”陈家豪下楼了,又返回来说,“还有,过年你回家把你弟弟接来同住,放在邻居家总不是长远之计。”

“你怎么这么啰唆,只是回去几天,搞得好像生离死别似的。”赵小曼突然意识到自己说错了,急忙说,“呸!呸!呸!看我这张嘴,瞎说些什么!”

“心里真有些依依不舍。”陈家豪拥抱着赵小曼。

“英雄气短,儿女情长。”赵小曼嘲笑他。

“我真走了。”

陈家豪一扭头,赵小曼突然看见他脖子上长了一个鸽子蛋大小的瘤子,很突兀,很醒目。

“家豪,你的脖子怎么了?”

“没什么啊!”陈家豪扭了扭脖子,灵活得很。

“过来我看看。”赵小曼摸着,担心地问,“痛不痛?”

“没事,不痛不痒的。”陈家豪满不在乎地说。

“我要你先去医院查查看看。”赵小曼心急得要命。

“这样吧,过几天我回来,你陪我去。”

“你怎么拿着自己不要紧啊!”赵小曼心疼地说。

“忙完了这几天一定去,我走了!”

赵小曼看着他离开的身影,心里七上八下的,总有一种不祥的预感缠绕着她。此时此刻,陈家豪的胸口也滋生着一种生离死别的闷痛,这闷痛侵蚀着他,困扰着他,让他不能自拔,他自言自语地说:“我这是怎么了?真的像赵小曼所说的婆婆妈妈的。”

想到不能给赵小曼肚子里的孩子一个名分,陈家豪内心生出一阵揪心的疼痛。余痛未消的时间里,又想起豆豆那活泼可爱的模样,陈家豪强迫自己努力忽略掉这个不祥的预感。

“我脑子有病啊,一天到晚不想好,净瞎琢磨些不好的事情。”陈家豪敲着自己的头,摸摸耳朵,索性抛下了这份瞎担心。

郝波安排得井井有条,滨海的一切运转正常,陈家豪暗笑自己杞人忧天。

陈家豪回家,最高兴的人莫过于豆豆。他趴在陈家豪的怀里,诉说着自己的想念,到了睡觉时间,还赖着不走。

“爸爸,豆豆想你,你怎么老长时间不回家?”

“爸爸在外面挣钱给豆豆花啊!”

“那我长大了,也挣好多好多的钱给你花。”

春花接过话题,由衷地赞叹:“家豪哥,您那么会挣钱,真了不起!”

豆豆接上说:“我爸爸当然了不起了!街上跑的大汽车很多是我爸爸公司的。”

陈家豪笑了:“豆豆,又瞎吹牛了。”

春花说:“豆豆没有吹牛,您就是了不起!我最佩服的人就是您。我们幼儿园的若干老师都坐你们公司的公交车上班。”

老太太的三周年祭日,来了很多人,家里都没地方转身了。郝波和春花忙着招待客人。

“爸爸,人到得差不多了,咱们招呼亲戚朋友们上车,从墓地回来直接去酒店行吗?”郝波问老头儿。

人多了乱,老头儿也觉得乱嚷嚷的心烦,亲自带头上了车,春花带着豆豆想上去,郝波说:“坐我的车走。”

两辆公交车几乎满座,向着百龄园驶去。

郝波让春花抱着豆豆坐在副驾驶座上,一遍一遍地嘱咐春花,平常日子里给豆豆吃什么,怎么注意营养均衡。反正说了一大堆不放心豆豆的话。

“郝姐,你又不出远门,叮咛这些干啥?”

“最近忙得顾头不顾尾,顾不了豆豆。”

“你说的也是,你最近这事那事太多了,常常半夜才回来。郝姐,你也不容易,那么大的公司需要你打理,我会照顾好豆豆的。”

“春花,你是我唯一可以托付的人,好好看着豆豆。”郝波动情地说,说得春花心里热乎乎的。

回来的时候,郝波让春花带着豆豆跟着公交车走,说是直接去酒店帮着招呼客人,她独自开车。

“妈妈,我要跟你在一起。”豆豆抱着郝波的腿不撒手,眼睛泪光闪现。

郝波的心软了,她抱起豆豆,亲亲他的脸庞,用手抹去他的泪水,深挚地凝视着他,说:“男子汉大丈夫,流血不流泪。记住妈妈的话,以后别哭天抹泪的,男孩子就应该有个男孩子样子,要顶天立地。记住,妈妈永远爱你!”

“妈妈!”豆豆搂着郝波的脖子,“我记住了!”

郝波握着春花的手,千叮咛万嘱咐,好像这一去就要与豆豆诀别了一般。春花见郝波前前后后的为难样儿,一股侠义之情浮上心头,平日里与郝波的恩恩怨怨一笔勾销,口口声声郝姐放心。郝波俯下身痛惜难舍地看着豆豆,眼里泛起了泪花。

“春花,带他走!”郝波狠了狠心,把豆豆推给春花,“记得替我好好照顾他,拜托了!”她动情地说,揽着春花和豆豆给了俩人一个大大的拥抱,这才难分难舍地走了。

陈家豪也安排了司机梁子跟着公交车走,去酒店招呼客人。他还有事情要处理,说是开席的时候就过去了。

车驶出百龄园,陈家豪突然感到头有点疼,视力有些模糊,他使劲摇摇头,努力摆脱这种状况。最近还贷款,压力太大,可能是睡眠不足引起的,他想。

可是,视力一阵好,一阵坏。他眨巴着眼睛,让自己保持清醒。到了市区,他觉得眼前一片模糊,继而什么也看不见了。习惯动作让他刹车,可是还是追尾在一辆车上。

陈家豪趴在方向盘上,喇叭压得山响,他完全失去了意识。

被撞车辆不干了,拉开陈家豪的车门,想大声指责。看见肇事车主趴在方向盘上,急忙拨打110报警。

车辆损坏并不严重,也不是什么大的交通事故,可是肇事车主昏迷不醒,急救车把他接到了医院。

交警根据驾照，知道人叫陈家豪。根据手机，很快查找到了家属的电话号码，打郝波的，没人接，打老头儿的，也没人接听。老头儿的手机声音小，酒店里乱嚷嚷的，哪能听见？

在家人的那一栏里，还有个张秀荷的名字，交警拨打过去，终于接通了。

"你好，你是陈家豪的家人吗？"

张秀荷一愣，没有正面回答。

"怎么了？"

"他出车祸了，在人民医院。"

"我马上赶过去。"

"惊涛，陪我去趟人民医院。"张秀荷拉着王惊涛就跑。

"去干吗？"王惊涛边跑边问。

"陈家豪出了车祸，身边没人。"

"关你什么事？你不是想置他于死地吗？"

"只想在事业上打垮他，不想他这样死去，失去了竞争对手，还有什么意义？"

"你这人最大的弱点就是太过仁慈，没有狼性。没有将对手置于死地而痛击的勇气，你的这套，陈家豪还不一定领情呢！"

"人命关天的大事，不能不管。"

"妇人之仁！"

张秀荷到了急救中心的时候，陈家豪已经悠悠转醒。他脸色苍白，躺在急救床上。

"好点了吗？"张秀荷心急如焚地问。

"我没事了。可能是最近睡眠不足，低血糖犯了引起的。"他虚弱无力地说。

"来了就仔细检查一下，别大意。"张秀荷说。

"感觉没事了。跟医生打声招呼，我得走，今天是老太太三周年祭日，来了很多客人，我不到场不好。"

"身体要紧，还是面子要紧？听医生的，仔细检查检查再走。"张秀荷动员说。

"没办法，身不由己！谢谢你赶过来看我。"陈家豪感动地握着张秀荷的

手。人在病中,感情是最脆弱的。

“没事就好,那我送你去酒店。”张秀荷说。

在大是大非面前,张秀荷不把个人恩怨放在心上,没有置陈家豪的生死于不顾,这份高风亮节是别的女人很难做到的。

所有人都在翘首以盼等着陈家豪的到来,可以说望眼欲穿,宴席好正式开始。

亲戚朋友们一个劲儿地劝酒,盛情难却,一杯又一杯啤酒倒进陈家豪的肚子里。

无人知道,一个更大的危险正在向陈家豪逼近。

45 大爱无私

从百龄园回来就没看见郝波的身影,昨晚她一夜未归,打她手机,通了,就是没人接听。一种不祥的预感在陈家豪心中蔓延开来。分管南通工地的副总姜瑜远安慰他说:“别着急,郝总可能被什么事缠住身,相信她很快就会回来。还贷是大事,她不能不以公司的利益为重!”

“能不着急吗?她跑到哪里去了?电话通着就是没人接。”陈家豪背着手,困兽似的在办公室踱来踱去,心里那个急啊,无法言喻,边踱步边想,“找着郝波,就是把她砸个稀巴烂,也不解我心头之恨!这个臭娘们,关键时候玩失踪!”他的拳头攥得咯嘣咯嘣响,脸上的肌肉紧绷着。

张秀荷和王惊涛刚刚吃完早饭,快递送来一个邮包,让王惊涛签收。惊涛狐疑地打开,原来是聂志远的一封信和一套家门钥匙。

“惊涛,我带着郝波走了,去国外生活。我的辞职信和郝波签字的离婚协议书以及郝波写给陈家豪的信都放在我们家的茶几上,你把我的辞职信交给老板;把郝波的东西通过快递给陈家豪送去,拜托了!另外还有一件事拜托你,就是让张秀荷多照看一下豆豆,她是一个有爱心的人,把豆豆拜托给她,我和郝波都放心。”

“这个聂志远,怎么能这样?”王惊涛愤懑地把信塞在张秀荷手里,“你看看,聂志远让你帮忙照看豆豆!”

看完信,一阵强烈的快感涌上张秀荷的心头,她抹着眼泪,失心疯地笑着说:“哈哈哈……陈家豪,你也有今天,哈哈哈……你也有被人抛弃的时候,也有戴绿帽子的时候。当初你给我戴了一顶大大的绿帽子,让我撕不下来捋不下来,哈哈……一报还一报,郝波给你也戴了一顶大大的绿帽子!陈家豪,你去哭吧!哈哈哈……陈家豪,你丢人丢大了。”

那压抑和淤积在心底的苦痛,一下子释放出来,猛烈地冲击着张秀荷的灵魂。一阵痛楚,一阵晕眩,一抹病态的酡红缓缓地显现在她的脸上,眼神也随之发生变化,然后,她就浑浑噩噩,不知所以然。

王惊涛瞪大了眼睛,瞪视着像个呆瓜般手舞足蹈的张秀荷,心里不清楚她怎么会出现这样的变故。他心急如焚地把她拥进了他怀里,紧紧地抱着她。“哦,秀荷,哦,秀荷!你这是怎么了?别吓我!”

可是,张秀荷只顾兀自笑着说着,迷了心窍。“哈哈哈……陈家豪,你去死吧!哈哈哈……”她不停地重复着这句话。

“秀荷,秀荷!”王惊涛摇晃着她,企图想让她从这种混沌状态中清醒过来。可是,怎么摇晃,张秀荷还是依然如故,不见半点好转。

王惊涛突然想起中学课文里学过的《范进中举》,范进听说中举以后,就是这个样子。

“怎么办?怎么办?”王惊涛坐立不安,在家里转圈。

王惊涛急得抓耳挠腮,就是想不出办法来,看着张秀荷迷迷瞪瞪的样子,他心痛得要命。

“哈哈哈……陈家豪,你去死吧!哈哈哈……”张秀荷傻笑着,神智糊涂。

王惊涛努力使自己镇静下来,忽然想起他办案的时候,有个当事人因为兴奋过度,也出现过类似症状,是一个老中医援手解救的。

老中医替张秀荷把过脉,说:“这是因为大喜大悲过度,以至于迷失了心智。”他用一根长长的气针扎在张秀荷的人中穴上,又在几处要害部位扎了几针。还别说,真管用。

张秀荷悠悠转醒。哦!她陡地吐出一口长气来,像卸下了一副沉沉的重担,说不出来有多么轻松,神智清醒地问:“我怎么会在这里?我记得咱们在

家，你让我读聂志远的信。”

“你突然意识不清，是这位老中医救治了你。”

“谢谢你！”张秀荷彬彬有礼地致谢，神态和进来时完全判若两人。她恢复了往昔的神采，眼睛一如往昔的纯净如水。

陈家豪给郝波打了无数的电话。郝波把电话扔在聂志远家的沙发上，她和聂志远远走高飞了。任它没完没了地响着，没人接听，也不关机。不接电话和不关机，都是为了给予对方更持久更强烈的惩罚。她不能一个人受煎熬，她要他陪着她难受，如果有可能的话，她希望他比她更受煎熬。她走的时候有意这样为之，就是要惩罚这个薄情寡义的男人，这个朝三暮四的男人，这个表里不一的男人。她在为公司奔劳，他却另结新欢，并且让她怀了孩子，他从来就没间断过左拥右抱的生活。一个抛弃前妻的男人怎么会可靠呢？能抛弃他的前妻就能抛弃她，郝波笑自己被猪油蒙了心！

他知道她跟人私奔了，一定会怒发冲冠，一定会被她给活活气死！活该！自找的！这是郝波临走时对着电话说的话。

仇恨或者是爱，就是人生的魔法师，它会叫你的人生出现意想不到的变化。

“一日夫妻百日恩，百日夫妻似海深。”这是感情好的夫妻的写照。可郝波和陈家豪之间只有冤和仇。女人狠起心来，比谁都狠。最毒妇人心！郝波就是要在精神上、肉体上完全摧垮陈家豪，让他永世不得翻身。

不但郝波不接电话，郝杰也是这样，手机一直响，就是不接电话。陈家豪忽然打心底冒出一股凉意，直至头顶，一种不祥的预感紧紧地包裹住了他。

张秀荷和王惊涛踏进聂志远家的时候，郝波的手机还在响个不停，张秀荷见来电显示陈家豪三个字，随手就摁死了。打了N遍电话，终于有了回应，陈家豪哪会放弃，电话又响起来。陈家豪打，张秀荷就摁掉，俩人你来我往几个回合，陈家豪撑不住了，发信息问：“郝波，你在哪儿？明天还贷款，很多事情急需你回来办！”

张秀荷在心底发笑，郝波跟人家跑了，还帮你办个头！陈家豪，你去哭吧！陈家豪，这是你罪有应得！

她拿着郝波的电话，一阵快感涌上心头：“哈哈，陈家豪，你也有今天，也有被人抛弃的时候！电话打通了，没人接听，你干气干急干火干胀饱。想当初我也这样拨打过你的电话，你不是也不接我的电话吗？哈哈，现在尝到滋味了吧？这就叫前有车，后有辙。”

陈家豪如热锅上的蚂蚁，惶急地在办公室里团团乱转。他的心思乱飞，郝波不接他电话到底什么意思？外面不知什么时候已下起了雨，雨声凄厉厉的，打在陈家豪心上，激起无限的凄凉。

陈家豪再次打来，张秀荷想捉弄他一下，就接通了电话，电话里传来陈家豪焦急而嘶哑的声音：“郝波，你赶快回来，这不是怄气的时候，有什么事还完贷款再说，好不好？”他的声音近乎哀求。张秀荷在那边，无端地沉默。时间，仿佛凝固了似的沉闷而纠结，分分秒秒都是一种熬煎。一时间，她也不知道该说什么。他只是感觉，随着时间一点一滴地流逝，他的心开始渐渐发紧，接通了，不说话，没有比这更折磨人的了。

“你到底想怎样？说话呀！”陈家豪几乎崩溃了，他实在压抑不住内心的怒火，终于爆发了，暴风骤雨铺天盖地而来。

张秀荷赶紧摁死电话，这次干脆关机，让他彻底失望。

王惊涛正在看聂志远留下的辞职信和郝波的离婚协议书，这两个人说走就走，一点迹象都没有，王惊涛接受不了这个现实。聂志远确实是个好哥们，俩人合伙、合作这么多年，从来没有为钱闹翻过。

郝波给陈家豪的信没有封口，王惊涛犹豫着，到底打不打开看看，这牵涉他们两个人的隐私，还是不打开为妙。

但是好奇心不由他做主，他打开了那封信：

陈家豪：

我跟别人私奔了，离婚协议书我已经签好，一式两份，等你签字就生效。别指望找到我，我会隐姓埋名安居国外，过我想要的生活。另外，还有一件事得告诉你一声，还贷款的3.5个亿，我已经全部转到我的名下，这笔钱够我在国外舒舒服服生活一辈子。陈家豪，这是你欠我的，你应该偿还。

郝波

王惊涛目瞪口呆，一屁股坐在沙发上，信飘落在张秀荷脚下。

王惊涛的神情很清楚地说明了事情的严重性。一个处事不惊的男人，能这样目瞪口呆，张秀荷愈发觉得事态严重。

张秀荷拾起信，浏览了一遍，她不相信自己的眼睛，又仔细看了一遍，是真的。郝波，卷走了国辉实业的3.5个亿，国辉实业将死无葬身之地，陷入了前所未有的水深火热中。

现在陈家豪整个一个众叛亲离。

一切来得太突然，她呆站在那里，心里的落差很大，看着眼前的一片浮华，忽然有种失去对手的感觉，心里涌起无边的落寞。昨天陈家豪还是身价几亿的老总，现在狗屁也不是，所有的钱财都让郝波卷走了，活该！唉！一切都是神马的浮云。

其实，聂志远也被蒙在鼓里，他做梦也想不到郝波竟然携款3.5亿跟他私奔。如果他知道这件事，一定会加以制止的。这件事郝波埋得很深，做得很隐秘。好一个有心计的女人！她早就打算好了，给陈家豪沉重一击，她一直在等这个机会。

一股子泪水涌出来，陈家豪为了郝波，不顾一切跟她离婚，到头来落得这样结果，张秀荷替他不值，他败在郝波手里，真替他不值。哭完，张秀荷觉得心里好受许多。她知道，这个时候，她必须坚强起来。

站在聂志远家的客厅里，听着外面的细雨声，张秀荷突然觉得自己失去了一个竞争对手，没劲！她为陈家豪可惜！

或许只有像郝波这样心肠狠毒的人才有闻到敌对方血腥的快感，像张秀荷和王惊涛这样善良的人，胜利后反倒产生了很多心理上的负担，特别是对陈家豪的同情，而这种同情会让他们久久不安，甚至会伸出援助之手。

王惊涛没有说话，他知道张秀荷心里一定很矛盾。王惊涛发现她虚脱了，坐在沙发上，依偎着靠背，仿佛刚从战场上走下来，连呼吸的力气都没有了。她不敢想象那个可怕的结局。

“按理说，现在应该有胜利的感觉，可是为什么自己没有胜利的感觉呢？”张秀荷心里空落落的，她发现自己的心肠很软，她的眼眶不禁有些湿润。其实每个人的心肠都是柔软的，唯一的区别就在什么时候显现这份柔软。

张秀荷此时乱了分寸，她不知道该怎么处理这件事了。王惊涛拖着张秀荷，来到快递公司，想尽快通知陈家豪。

“什么时候能送去？”王惊涛问。

“明天上午。”快递公司工作人员回答。

“能不能现在就送？”王惊涛急不可耐。

“不行。”

“这样吧，把信件还给我，我另外想办法。”王惊涛说。

“已经交款了，再退很难的。”工作人员为难地说。

“钱不要了，就把东西退给我。”王惊涛商量说。

事关重大，王惊涛找了一个人，开车把他送到国辉实业门口，给了他一百块钱，让他把快递亲手交给陈家豪。

人生，没有定数，什么事都在变，日日在变，时时在变。看着信，陈家豪的嘴唇抖着，颤着，他一定是被这一切惊住了，一定是被郝波卷走3.5个亿吓坏了。多么可怕的事情啊！

他的脸在不断变化，先是抽搐，而后惊恐，最后是绝望；脸色也在复杂地变幻不定，先是暴怒，接着是死灰。大约，他不会想到，自己的妻子会卷款跟别人私奔，给他戴了一顶大大的绿帽子，说出去真是天大的笑谈。但郝波确实是这样做了。砰！他愤怒地把杯子揉碎了，双手鲜血淋漓，他捶着桌子，懊悔断了肠。他也不觉得痛，这点痛和郝波带给他的耻辱相比，不算什么。

郝波走得决绝，预先一丝征兆也没有，一丝挽留的余地也没有。

陈家豪只觉脑子里轰一声，碎了，什么都碎了，夜晚，白昼，家庭，事业，全碎了。他脸色变得苍白，心中如泼了烫油一般翻江倒海，口中一阵咸苦，一口血喷了出来。他惨叫一声，眼前一黑，栽倒在地。

“陈总，陈总，你怎么了？”姜瑜远大惊失色，一连声地呼喊着。陈家豪气若游丝，不省人事。

救护车声凄厉地划破雨帘，张秀荷紧张地坐在王惊涛的车里，眼睁睁地看着它呼啸着进了国辉实业。

任是铁人也扛不住这样毁灭性的打击！何况陈家豪这样一个血肉之躯，他不气死才怪呢！

张秀荷飞也似的下车，冒着雨，跌跌撞撞朝着国辉实业飞奔而去。不顾门卫的阻拦，一个劲往里闯。王惊涛冒雨撵上她：“当心，别淋感冒了。”

“这时候还担心淋不淋感冒！不愿意跟着，就别跟着我！”女人就是这样反复无常，不知道是在跟谁怄气还是故意惩罚自己，张秀荷不耐烦地说。

王惊涛心里叫着屈，人却小心翼翼陪在她后面，两个人淋着雨，各揣心事奔向国辉实业。

她不知道她是怎样闯进陈家豪办公室的，她、王惊涛还有姜瑜远上了急救车去了急救中心，人间还有比医院急救中心更令人恐怖的地方吗？她不知道。整个人都麻木了，没有了思想，没有了意识。

陈家豪昏迷不醒，医生正在实施急救。是的，这打击足够要了他的命！

“陈家豪，你真娶了一个‘好妻子’，居然卷着你的全部家当私奔了，早知今日，何必当初？”她突然觉得气血翻腾，倒了下去，心力交瘁地倒在王惊涛的怀里。

老头儿匆匆忙忙赶来，看见张秀荷，心里莫名涌起一种无法言明的安慰，他仿佛看见了主心骨，镇定了许多，那哆哆嗦嗦的腿似乎不再打战。他像看见救星一样泪眼婆娑地一把抓住张秀荷，等待她拿主意。现在也只有张秀荷能帮他了。他相信他这个前儿媳妇不会丢弃他们不管的，她有这样的气度和胸怀。

老头儿面无血色，恐慌不安抓着张秀荷的手，泪流不停。他吓坏了，儿子轰然倒下，对他来说，好像天塌了一样。

陈家豪呼吸沉重，面色发紫，他的手在空中挥舞着，好像在诉说着自己的不幸遭遇，又像在抓住什么。郝波的卷款私奔，完全打垮了他，就是再有涵养的男人也经不住这双重打击，这是要人的命啊！

王惊涛推着陈家豪，螺旋 CT、B 超等一样样做下来，腿都跑细了，累都累个半死。老头儿惊悸地抓着张秀荷的手，颤颤巍巍跟在后面，生怕自己一离眼，儿子有个三长两短。他已经经历了失去大儿子和老伴儿，再也遭受不了这样的重创了。

郝波卷款私奔的这个坏消息在滨海像瘟疫一样迅速传播开来。有关国辉实业的非议日渐增大，犹如滚雪球一般，成了人们津津乐道的话题。

墙倒众人推。整个国辉实业笼罩在悲凉的阴霾中，仿佛一切的一切都给凄凉忧郁的情绪浸透了，丝毫没有半点儿生机。所有人认为，国辉实业一定死翘翘了。讨债的、要账的挤破了国辉实业的大门，门卫拦也拦不住。有些职工也怕拿不到工资，在犹豫着辞不辞职。一时间，关于国辉实业撑不下去的消息传得满天飞，国辉实业的每个人都陷入惶惶不可终日之中，这情形令人心寒。

情况的确是很严重，姜瑜远觉得他无回天之力，郝波转移走还贷款的 3.5

亿，国辉实业成了空架子，他这个巧妇难为无米之炊。为了应付这场灾难，他已经做了一切努力。一时间，他整个人也像陈家豪一样垮了，流露出一种听天由命的无奈。

催债的，要账的没有一句好话，姜瑜远恐惧着惊讶着这些人的污浊和人们的落井下石，陷入一种被动无奈的情景中。

一宿过去了，陈家豪还是昏迷不醒。

“转院吧！去青医附院。”张秀荷在医院束手无策的情况下，提出这样的要求。

到底是大医院，很快查出了病因。淋巴癌晚期，已经全身转移，头部有个肿瘤压迫视神经，可能导致双目失明。

有这么严重？张秀荷仿佛觉得自己被什么猛击了一下，倒退了几步，稳了稳心神，停顿瞬间，扶着墙站稳了。

张秀荷问大夫什么时候手术，大夫说应该是明天吧！越早越好。张秀荷还遭到了医生的严厉批评，说她太不关心丈夫了，脖颈上鸡蛋大的肿瘤竟然视而不见，为什么不早点来检查？拖到晚期？

张秀荷低着头，一句话都不说，只觉得头重脚轻，似乎只要有人轻轻碰她一下，她都能一下子倒在地上，再也起不来了。

“医生，这情况只能告诉我自己，千万不能外传，否则大厦将倾，覆水就难收了。”张秀荷说的这些医生不完全懂，但是还是点头答应了。

老头儿看见张秀荷脸色煞白，身体摇摇欲坠，认为她昨晚一宿没睡的缘故，他关切地问：“医生怎么说？”

张秀荷迅速调整了一下情绪，努力给老头儿一个笑脸。

“没事。没事。应该没有生命危险，他是气糊涂了，情郁于中，才昏迷不醒的。”张秀荷尽量避重就轻地说。她知道这是谎言，但是她不由自主地这样说。用这样的谎言来安慰老头儿，安慰自己，安慰那个癌症晚期的事实。只要人还喘着气，就要对任何人说没事，给老头儿个定心丸吃，给整个国辉实业一个定心丸吃，给滨海地产界一个定心丸吃。这是缓兵之计，不得已而为之。

老头儿知道张秀荷不会骗他，提着的心安定下来，也不再哭天抹泪了。

一上午时间，陈家豪的电话被打爆了，是银行的催款电话。郝波卷着国辉实业 3.5 亿跟人私奔的消息像风一样传遍了滨海的每一个角落，成为人们茶

余饭后的笑柄。银行方面已经知道了这一确切消息,一遍遍打电话催着陈家豪还款。一时间,国辉实业上上下下人心惶惶,不可终日。

人的神经有时候是很脆弱的,脆弱得经受不住一点风吹草动。在钱的问题上,没有哪个人能做到稳如泰山。特别是银行,每一笔贷款,可能因为外来的一句话,一条信息,会变得紧张兮兮。听到国辉实业的副总郝波卷款私奔的消息,赵克禄傻眼了,蒙了。

他不停拨打陈家豪的手机,就是无人接听。他气得跳着脚骂娘,这可关系到他生死攸关的大事啊,3.5 个亿的贷款收不回来, 弄不好他就会被免职,还可能被双开,这是生死攸关的大事!

“爸爸,我有些要紧的事情要回滨海处理,你在医院好好看护家豪,等着明天手术。”张秀荷恢复了以往的镇静。

“秀荷,你可别丢下我们不管啊,家豪昏迷不醒,豆豆还小,我们这一家子全指望你了。”老头儿吓坏了,张皇失措,怕张秀荷一去不复返。老头儿边说边扑通给张秀荷跪下了,他知道现在能指望的,就是这个前儿媳。

“爸爸,你这是干吗？这不是要折杀我嘛！我哪能丢下你们不管不顾？你是我爸啊,豆豆就是我的儿子。爸爸,你起来！”张秀荷也跪在地上,抱着老头儿放声恸哭。

老头儿哭得鼻涕一把泪一把,那悲凉劲儿,凄惨着呢!

“爸爸,是国辉实业的大事等我去处理,我不能让大哥辛辛苦苦创下的基业毁于一旦,我要为你,为豆豆,为这个家撑起一片天。”张秀荷大义凛然地说。

前儿媳妇能这样想,老头儿的心踏实了。

“秀荷,爸爸老了,家豪又这样,你就多费心,国辉实业交给你,我放心！”老头儿悲喜交加,他没想到张秀荷能这样大度,有这样的前儿媳妇,是他这辈子的福气。

“爸爸, 让惊涛留下来陪你, 有什么问题他都会及时处理, 这样放心了吧？”张秀荷坚定地握着老头儿的手说。

踏踏实实地生活,自自然然地关心每一个人,张秀荷用行动感动了所有人,把无边的阴霾化成一片涌动的爱。这就是张秀荷的人格魅力,大爱无私。

这感觉让王惊涛和老头儿很温暖, 一种莫名的感动荡漾在每个人的心海……

46 祸不单行

秋雨过后，天气骤变，张秀荷从医院出来，冻得打了个哆嗦。她给津海都市报房地产栏目的主任李相洲打了个电话，说是有个重要消息要发布，希望他帮忙约各大媒体，下午四点赶到滨海宾馆会议大厅，崔永合董事长想召开一个新闻发布会。

她又用陈家豪的手机打了招商银行行长赵克禄的电话，说国辉实业 3.5 亿贷款下午五点以前就会到账，请他放心。

“呵呵，是张总啊，有你出马，没有搞不定的事情。放心，有你在，绝对放心！”赵克禄打着哈哈，会说了，也会笑了。不是上午陈家豪不接他电话，跳着脚骂娘那个模样了。

生活是逃不掉的，该来的总会来，这就是宿命。一切都要去勇敢面对，而且逃是解决不了张秀荷将要面对的局势。

张秀荷把她的想法告诉崔永合的时候，崔永合惊讶得目瞪口呆，不相信地摇着头。他认为张秀荷可能受了刺激，才作出这样错误的决定。

“张总，你没发烧，烧糊涂了吧？这不是一笔小数目，用 3.5 亿去填国辉实业的窟窿，值得你这样做吗？我们不是一直要打败国辉实业吗？现在置之不理就能让它死无葬身之地啊，何必救它于水火之中。”崔永合不理解，试图说服张秀荷改变主意。

“现在不是值不值得的问题，是必须这样做。我要把国辉实业化腐朽为神奇，让它在我的手里发扬光大。”张秀荷坚定不移地回答。

“赵行长，已经安排转账，3.5 亿已经到了银行的名下，请查收。我们的人已经去了银行办交割。”张秀荷给赵克禄打电话说。

“呵呵，你办事，我放心。”赵行长轻松地和张秀荷聊着。

“我希望明天能用永合地产的名义再贷出来，希望赵行长帮忙。”张秀荷说。

“呵呵，滨海的神话贷款，能不开绿灯吗？放心吧，不给别人也得给你！”赵克禄愉悦地答应了。

银行和永合地产殊途同归，最终的目的是赚取利润。

“一言为定，大恩不言谢！”张秀荷轻松搞定贷款事宜。

没想到《津海都市报》房地产栏目的主任李相洲有那么大的号召力，预约了那么多的媒体到场，崔永合很有派头地在主席台上坐定，张秀荷说：“今天约了各大媒体到场，是永合地产的崔永合董事长有个重要消息要发布。”

乱哄哄的会场立即静了下来，大家洗耳恭听，都想知道是什么重大消息。

“永合地产决定收购国辉实业。”崔永合就说了这一句，他的话犹如一颗重磅炸弹，发布会现场立马炸了营。

记者们打断了他，发问：“听说国辉实业的老板娘卷款跟人私奔，国辉实业剩了一个空架子，你们这时候收购国辉实业，是不是得不偿失？”

“我们考虑的不是眼前利益，而是国辉实业的后续发展。”张秀荷应酬自如地说。

“张总，听说你是国辉实业老总陈家豪的前妻，你对这件事有什么看法？为什么在这个时候作出这样的决定？有没有私人感情在里面？”这帮记者无孔不入，提问的问题越来越尖锐。

“收购国辉实业是崔永合董事长的决定，我完全支持他的这个决定。至于私人感情嘛，这好像不是今天的话题。”张秀荷圆滑地应付说。

“永合地产和国辉实业达成共识了吗？陈家豪为什么不到场？听说他在医院急救，有这么一回事吗？”这帮记者消息真的很灵通，再封锁消息也封锁不住，世界上没有不透风的墙。

“是的，基本上已经达成共识。”崔永合回答说。

“我刚从医院和陈总达成共识回来，陈总身体无大恙，相信不久就会与大家见面。”张秀荷面不改色心不跳地回答。

面对记者的提问，张秀荷总是回答得很到位，滴水不漏。

好不容易应付了这帮记者，崔永合脑门子上满是汗，这样的场面，亏着有随机应变的张秀荷把握大局，要是他自己，一定被这帮能言善辩的记者给问倒。

记者招待晚餐张秀荷就匆匆忙忙作陪了一小会儿，她实在支撑不下去了，昨夜到现在没睡，她疲惫得如同一团棉花了。

预报说来了寒流，天变了，起风了，冷飕飕的。张秀荷裹紧大衣，跑进楼洞。

屋漏偏逢阴雨天。

豆豆又病了。早晨送豆豆上幼儿园的时候，豆豆的精神就不好，无精打采。再加上幼儿园的小朋友胡说八道，说豆豆的妈妈跟着人家跑了，不会回来了。豆豆就和小朋友打起来了，老师罚他站了半下午。等到春花去接他的时候，他已经烧得小脸通红。豆豆的班主任告诉春花，豆豆最近脾气暴躁，无缘无故就动手打人，还患了严重的流感，这个礼拜就不要到幼儿园来了，免得传染给其他小朋友。班主任告诉春花，如果豆豆还发烧，一定带他去医院看看，否则，烧出大毛病，就麻烦了。

豆豆认真地倾听班主任的话。春花给他穿上外套，戴上帽子，把他捂得严严实实。当听到班主任说要及时去医院，这个小人精立马咳嗽几声，以引起大家的重视。

春花带着豆豆回家，路上就给他打预防针："你爸爸、妈妈和爷爷都不在家，跟着我可得听话，要不我也不管你，听见了吗？"豆豆对所有需要回答的问题一律都用咳嗽作为回应。他知道自己病了，爸爸也病了，所以对自己的生命格外在意。

现在家里就剩下豆豆和春花两个人了，没了管闲，他把所有的玩具都搬弄了出来，那辆玩具大吉普车也开进了客厅，飞机也遥控出来，客厅到处都是，没处下脚。沙发上、地毯上到处都是卡宾枪、步枪、坦克、飞机，他坐在玩具堆里，手里拿着遥控器指挥这个飞飞，指挥那个挪挪窝。豆豆要的就是这种拥有的感觉，而并不是玩它们的感觉。豆豆喜欢坐在玩具堆里看碟，《神探柯南》、《阿纳金·天行者》、《蜘蛛侠》等等，百看不厌，一些国际大片连外国语都能跟着说出来，那模样哪像高烧三十八度的病孩子，倒像个忙碌的老总，插碟，进碟，暂停，快放，倒退，熟练至极，小手不停地忙碌着，他翻来覆去地看着，百看不腻。

豆豆还算听话，春花让他干吗就干吗，就是慢吞吞，磨磨蹭蹭的。唯一难缠的是他想念郝波，只要春花稍微不如他意，他张嘴就哭："妈妈，我要妈妈。"

春花烦得要命，只好实话实说："哭什么哭，你妈跟人家跑了，不回来了！

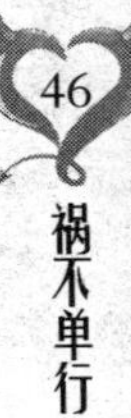

你爷爷昨天去医院，把家里的钱都拿走了，说是给你爸爸交住院费，家里只剩下 100 块钱了，哭出毛病来可没钱看病。”

豆豆火了，在幼儿园受的屈辱全部涌上心头，他朝着春花就去了，一头撞在春花肚子上，哭喊着：“你这个大坏蛋，说我妈妈的坏话。你骗人！我爸爸和我妈妈可好了！”

春花发现，豆豆实在太精了！有关他爸爸妈妈关系不和的话题，他全部给你封死。

春花被撞火了，指着他的鼻子告诉他实话，说：“我说的是事实，你妈妈跟人家私奔了，你爸爸气得进了医院，爷爷正在医院陪着呢！要不家里怎么光剩下咱俩。”

豆豆眼睛里闪着怒火，一脚踢在春花腿上：“你胡说八道，讨厌！”

这一脚把春花踢火了，她把豆豆提溜起来，大声呵斥道：“闹什么闹？谁讨厌？你才讨厌呢！”

豆豆愣住了。他从来没有见过春花敢这么大声呵斥自己的家人。豆豆虽然小，但是郝波曾经告诉他，他是这个家的小主人，春花得听他的。他知道家里没有大人，春花故意冒犯他。

豆豆扯着嗓子喊：“你讨厌！你是个讨厌鬼！你就知道背后说妈妈的坏话！”

春花一把揪住豆豆的胳膊，指着他的鼻子质问：“我就说你妈妈的坏话，你能怎么的？她本来就是个坏女人！一个抛弃丈夫、儿子跟人家私奔的坏女人。”

豆豆感到无与伦比的恐惧。要是在平时，春花敢这么呵斥他，他早就放声大哭了。可是今天他倔强得很，咧咧嘴，就是不哭。怒视着春花，大声喊：“你个讨厌鬼！你凭什么说我妈妈是坏女人！你才是欺负小孩子的坏女人呢！”

春花气极了，一把把狂怒的豆豆推倒在地，正好跌坐在玩具车上，痛得他大喊一声“啊——”，放声大哭，“你坏！你坏！你欺负小孩，你是世界上最坏的坏人！”

管不了豆豆，春花气糊涂了，露出了乡村姑娘本来的面目，指着豆豆，口不择言，不三不四的话从嘴里淌出来：“你狗咬吕洞宾——不识好人心。你妈是破鞋，跟人家跑了，把气撒在我身上干吗！你爸爸妈妈惯你，我可不惯你，今天我就要替你爸爸妈妈教训教训你这个狂小子。反正在你们家也干不长远了,你妈卷着钱跟人家跑了,你爸爸破产了,再也雇不起保姆了,晚走不如早走,别连工资都发不起。”

她挽起袖子,逼过去。

豆豆被彻底震撼,他瞪大眼睛看着春花指责他,吓得不再出声。许久又恐惧地哭起来。

春花说完,不理豆豆,任他大哭,回到自己的房间,关上门。

人的适应能力简直是不可思议。没有任何生活经验、从来都支使春花做事的豆豆居然自己摇摇晃晃爬上楼,回到房间,乖乖躺在床上,还知道把被子盖好。他不去跟春花道歉,也不央求春花做饭给他吃。

那天晚上,俩人都怄气没有吃饭,谁也不搭理谁。

到了半夜,春花听到豆豆的哭声:“你走,你走,你这个坏人,说我妈妈的坏话。”然后是一阵一阵剧烈的咳嗽声。

春花从来没有听到过豆豆这样剧烈的咳嗽声,咳嗽得排山倒海。接着是豆豆尖利的哭叫声:“妈妈,我要妈妈。妈妈,你在哪里?”

春花气没有顺,狠了狠心,没有上楼去看他。她得治治这个倔小子,再叫你撞我,再叫你不听话。春花想修理修理他,给他点厉害。

在黑漆漆的夜里,豆豆的哭喊声越来越凄惨:“妈妈,我要妈妈,妈妈,我怕!”

春花想:没有妈的孩子真可怜!但是想归想,做归做,她硬起心肠,依然不理睬。

又是一阵剧烈的咳嗽声,这咳嗽声好像就在春花的门外。

门突然被拉开。门外,豆豆惊恐的眼睛睁得滴溜圆。

站在豆豆面前的春花,已经背好了行囊,穿上了大衣,围上了围脖,即将远行:“你看看我只拿了自己的东西,我走了!”

“春花阿姨,别走,我再也不气你了。春花阿姨,你忍心扔下我走了?”豆豆惧怕到了极点,他拉着春花的手央求道。

“我在你们家就是一受气包,你都可以拳打脚踢,你妈妈嫌弃来嫌弃去,我还是走吧!”春花越说越伤心,她真想撇下豆豆不管了。他妈妈都不要他了,她充什么大头?

"春花阿姨,别走!"豆豆手一松,晕倒了。

春花知道家里满打满算就100块钱,她挣的钱每月都寄回家了。奶奶病了的时候,拨打120,进了医院这钱那钱,到处是钱。没钱医院也不给治病,怎么办?是扔下豆豆走,还是送他去医院?春花犹豫不决。钱钱钱,没有钱,去了医院也白搭,怎么办?她抱着晕倒的豆豆,欲哭无泪。

爷爷不是一有事就找张秀荷吗?可是那是爷爷,我找张秀荷,她能管吗?她和郝波可是死敌啊!春花在心里犯嘀咕。她跟没头苍蝇似的在翻看爷爷的电话号码本,脑子完全不听使唤,根本不知道自己到底想找谁的电话。手里比什么都忙,脑子一片空白。翻了三四遍,才找到张秀荷的电话。

"你在家等着,我马上就到。"张秀荷居然不计前嫌,痛痛快快答应了。

两个人抱起滚烫的豆豆,冲破黑夜,朝着医院驶去。

豆豆因为肺炎高烧抽搐已经昏迷不醒,生命危急。如果不是春花拨打张秀荷的电话,及时送到医院救治,豆豆必死无疑。医生及时施救,情况有所好转,但是病情极不稳定,总是反反复复。

真是祸不单行。父子都住进了医院,一个在津海,一个在滨海。张秀荷顾头不顾尾。

47 亲情呼唤

张秀荷让崔永合委派原野到国辉实业主持大局,又让崔永合以永合地产的名义给国辉实业贷了款,挽救它于危难之中。

陈家豪手术很成功,可是手术以后他一直处于昏迷状态。老头儿急得团团转,天天跑医生办公室问怎么回事。

豆豆在医生的救治下,三天以后脱离了危险期,一周以后痊愈。为了方便照顾豆豆,张秀荷让春花和豆豆搬到了他们那里居住,有朵朵和他们做伴,省心。

其实陈家豪早就有意识了,他不愿意睁开眼,也不愿意面对这个现实。他难受极了,感觉世界在一点一点地崩塌,思前想后,看不到一线希望。他就这样浑浑噩噩地昏睡着,逃避着一切烦心事。他愿意这么死去,死了,死了,一死了之,所有的恩恩怨怨就都随着他的死烟消云散。在这漫长的一生中,陈家豪可能还是第一次这么渴望一死了之,他的思绪就给心里那个毫不容情的死亡精灵给缠住了,此刻这个死亡精灵正在随着一下下的心跳,在一遍遍对他说:“你要死了,死了死了,一死了之!”

有谁会想到一个风光无限的实业公司的老总会被人戴绿帽子?会被妻子遗弃?让人不可思议的是妻子会卷着还贷的款项和情人私奔,更具讽刺意味的是出手相救的竟然是被自己抛弃的前妻,陈家豪接受不了这个现实,也不愿接受这个现实。他实在承受不住那个看不见的影子的噬咬。

他明白,倘若他活着,一切都会变成耻辱,他将是一个活在前妻阴影里的可怜虫;倘若他活着,关心就会变成讥笑,怜悯就会变成催逼;倘若他活着,他只能是一个不守信用,不能履行诺言的人。那活着还有什么意思?活着还有什么价值?

醒来就得面对这一切,还不如一死来逃避一切。陈家豪现在就是陷入在如此状态中不能自拔。

“医生,问题到底出在哪里?为什么病人一直处于昏迷状态呢?是不是病情加重了?”张秀荷担心得要命。

“病人丧失了求生的意志。我觉得病人好像在拼命逃避什么,自己不愿意醒来。”医生也不肯定地说。

“会有这种可能?”张秀荷问。

“嗯!他入院之前有没有受过什么大的刺激?”

“遭遇过灭顶之灾。”张秀荷不愿意深说,就此打住。

“解除他这种症状,心病还得心药医,目前医学是没有办法的。”

“求您指条明路。”张秀荷整天焦头烂额,她已经不能正确思考。

“打亲情牌,这是唯一的出路。如果他能被感动,就会出现奇迹。”

亲情?陈家豪把所有的亲情都扼杀了,他所钟爱的妻子卷款私奔,亲情何在?夫妻形同陌路,他还有什么亲情所在?张秀荷恼恨地想,她现在是恨铁不成钢。

“要不咱们把朵朵和豆豆接来试试?孩子永远是父母心中的牵挂!”王惊

涛提议说。

“嗯,只好如此了。”

两个孩子一左一右拥着陈家豪,左一声爸爸,又一声爸爸,陈家豪听了,心里酸酸的。这两个孩子他放心得很,包括老头儿在内都不用他牵挂,有张秀荷这个依靠,不管他在不在,张秀荷不会丢下他们不管的。

星期六和星期天两天,俩孩子就这样左一声“爸爸”,右一声“爸爸”深情地呼唤着,陈家豪还是一直沉睡着,一点反应也没有……

张秀荷摇了摇头,让王惊涛送孩子回家,明天上学。

“张总,有件事不知道该不该说。”陈家豪的司机梁子吞吞吐吐欲言又止。

“说。”

“说了你别生气啊!”梁子说话办事先做铺垫。

“这都什么时候了,还啰唆这些,说吧。”

“我知道一个人可能唤醒陈总,要不要试试?”

“在哪?立即把他找来。只要能唤醒陈总,他要什么,我都给他。”张秀荷豁出去了。

挺着大肚子的赵小曼出现了,张秀荷一愣,继而明白了郝波卷款私奔的原因,原来陈家豪不甘寂寞,在外面又包养了一个,快要生养了。任是谁也不能容忍这样的事情发生。这个朝三暮四的男人,自己离开他是正确的。

“家豪!”赵小曼呼喊着,对着他冲了过去,泣不成声,“你这是怎么了?走的时候还好好的?你千万别吓我,没有你,我和我肚子里的孩子怎么生活?”她跪了下去,跪在他的床前,痉挛地用手抓住了陈家豪的手,把面颊埋进陈家豪的胸前。抬起头,泪水沿着她的面颊,滴落在陈家豪那浓厚的黑发上。

张秀荷看见陈家豪的手指轻微颤动了一下,有反应了,不仔细看,几乎看不出这细微的反应。

“家豪,哦,家豪!你快点醒来啊!你摸摸,孩子也在担心你,在不停地乱动。你不能撇下我们娘俩不管,你说过要和我一起抚养孩子长大!”赵小曼动情地诉说着,完全不在乎有没有外人在场。她抓着陈家豪的手,放在她的肚皮上。

张秀荷僵了,呆了,依靠在墙角,一动也不动地看着这一幕。她注视着他们，隔了那么远的一段距离，但是，她几乎可以听到和感觉到他们之间彼此的呼吸，彼此的心跳。她的眼睛睁得好大好大，心脏在狂跳，她期望这个女人能创造奇迹。不但她在等待着，所有人在等待着这个奇迹。

突然，赵小曼尖叫了一声，捂着肚子大声叫着。“啊哦，好痛！”

“可能要生了，快快快，惊涛，赶紧送妇产科。”张秀荷搀扶着赵小曼。

张秀荷突然看见陈家豪的手剧烈地抖动了几下，呼吸明显急促起来，有种欲说不能的表情。原来他有意识，也关心赵小曼的生养。只是像医生所说的不愿意面对当前的一切。

人都有弱点，在这一瞬间，张秀荷找到了陈家豪的命门。

赵小曼顺产，生了个大胖小子，嗓门很大，那洪亮的哭声给整个病房增添了生机。

张秀荷和医院商量，把赵小曼的病床设到陈家豪的病房中，源于情况特殊，医院研究同意了。

第二天，张秀荷让王惊涛把朵朵和豆豆都接来，说她有话要说。老头儿疑惑地望着她，不知道葫芦里卖的什么药。

所有人都到齐了，张秀荷断然地说：“爸爸，现在陈家豪的病情已经稳定，我决定不再插手你们家的所有事务。我和陈家豪已经离婚多年，我觉得我没有义务、没有责任替陈家豪赡养老人，哺育孩子，更没有责任替他养活情人。能做的我已经做了，国辉实业我注入了3.5个亿，已经救活了，贷款也已经贷下来了，我觉得对得起自己的良心。陈家豪，我把你们家老的、小的都给你放这里，我走了！”张秀荷眼里没有一丝同情怜悯，充满决绝之色，那神色令人心碎。

“妈妈，你不是教育我说要以德报怨吗？你怎么会这样？怎么会扔下意识不清醒的爸爸说走就走呢？”朵朵哭喊着，像不认识张秀荷似的，摇着头。

“以德报怨？朵朵，你忘了你这个所谓的爸爸，一耳光掴得你左耳永远失聪？你忘了他抛弃咱们时那毅然决然的神情？他这个爸爸，你要不要无所谓。他只顾自己逍遥快活，哪管他的责任和义务？我凭什么替他收拾烂摊子？陈家豪，你的死活跟我无关，我今天还不管了呢，你该死该活腚朝天！”张秀荷哭着诉说着，越说越怨。

说着，她往后退了一步，准备离去。

豆豆一脸恐惧之色，他抱住张秀荷的腿，哭喊着："大妈，我亲你，你别丢下我！我跟你走！"那可怜兮兮的小模样，让人心疼。

"豆豆，你爸爸不会丢弃你，乖乖地跟着他，大妈走了。"

老头儿陡然失去了依靠，恐惧到了极点，他怪叫着："秀荷，你不能走，我们老的老，少的少，你就这样走了，扔下我们怎么活啊！"他扑通一声跪在张秀荷跟前。

"爸爸，你就是跪破了膝盖，也改变不了我的决心。走，朵朵，惊涛，我们走！"她拖着朵朵，毅然跨出病房的大门。

"妈妈，我不走，我要和爸爸还有爷爷在一起……"朵朵大声哭喊着，抗议着。

"秀荷……你别走……秀荷……"老头儿凄厉地喊着，晕了过去。

春花扑过去，掐着人中，凄厉地哭喊着，"爷爷，你醒醒，爷爷，你别吓我！"

赵小曼支撑着虚弱的身子扑到老头儿跟前，摇晃着老头儿："叔叔，你醒醒啊！"她哭天抢地，"天啊！这可怎么办？老的老，小的小，老天爷，我该怎么办？"

病床上不愿醒来的陈家豪听着这拨动他最隐秘心弦的声音，不由打了个寒战。是的，她已经没有责任和义务替他照顾他的家人，她不过是他的前妻而已。结发夫妻，陈家豪突然对这个称呼有了更深刻的理解和体验。

陈家豪骤然睁开眼睛，瞪视着春花，下着命令："还不去把张秀荷撵回来，你想爷爷死啊！快去！"

"啊！家豪，你醒了？"赵小曼惊喜地喊叫着，"感谢上苍，你终于醒过来了！"赵小曼惊喜得泪水满面，扑了过来。

"小曼，你受苦了！"陈家豪紧紧搂住赵小曼，热泪盈眶。他的目光与赵小曼的目光相遇时，觉得自己亏欠她很多。

他翻身下床，一把搂紧父亲，摇晃着，呼喊着，老头儿悠然转醒。"家豪——"老头儿老泪纵横，喜极而泣。

陈家豪觉得自己的胸膛在涨开来，心也在涨开来，他张开双臂，豆豆的小脸上带着泪珠却挂着笑容扑向爸爸的怀抱，赵小曼抱着孩子，也扑向他的怀抱。一家人紧紧抱在一起，他们的心中充满了希望。

"我爱你们，我会好好活下去！"陈家豪的泪水顺着脸颊淌了下来，他的幸福是花了昂贵代价才换来的，他一定会好好珍惜。

春花抹了一把眼泪，醒悟过来，追了出去。

张秀荷根本没有走远，惊涛扶着她站在电梯口，没有离去。陈家豪能不能苏醒过来，就在这最后一搏。她没有告诉任何人她这样做的目的，这是不得已而为之。如果真像医生所说的那样，这个激将法应该管用，她不能让陈家豪形成依赖心理，逃避责任。

春花追了出来，看见张秀荷，就像看见了救星，她结结巴巴地说："家豪哥让我来把你追回去。"

"什么？你说什么？"张秀荷以为自己听错了。

"家豪哥让我来追你回去啊。"春花重复了一遍。

"谁让你来追我回去？"张秀荷不相信地再问了一遍。

"陈家豪！"春花一字一顿地说。

"他醒了？"张秀荷一抓住春花的手臂，惊喜地问。

"上天啊，这一招奏效了。"张秀荷大叫了一声，喜极而泣。

"妈妈，我知道你不会扔下他们不管的。"朵朵惊喜交加，给了张秀荷一个热烈的拥抱。

张秀荷从胸中吁出一声压抑的长叹，任泪水在脸上纵横。她转过身，拉着朵朵的手，迎着清晨的阳光，大踏步向前走去……